中国古典文学名著丛书

［清］李亮丞 著

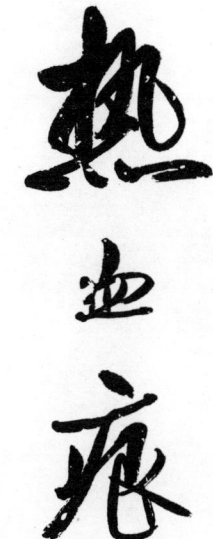
热血痕

华夏出版社

前　　言

　　《热血痕》，清末武侠小说，成书于1907年，共四卷四十回。作者署名克敏，应该是笔名。台湾著名武侠小说评论家叶洪生先生认为，作者为李亮丞，生平不详。

　　《热血痕》以男侠陈音和女侠卫茜为主角，演绎了春秋时期吴越两国之战的历史。小说从吴王夫差击败越国这样一个局势严峻的关头开始，在越王勾践百般受辱、越国百姓惨遭蹂躏的背景之下，叙述了一些不甘忍受异国非人压迫的越国子民为了复仇雪耻、重振国威而进行的一系列活动，颂扬了那些以国家的兴亡为己任的江湖豪士可歌可泣的事迹。

　　《热血痕》塑造的主要英雄人物陈音，个性突出，形象鲜明。他是一位越国百姓，父亲陈霄曾经充军，战败后被迫在吴国为奴。他从小练就了一身本事，正在准备为国效力，但战争中国家的失败，使他的抱负无法施展。他在去吴国搭救父亲的途中，遇到吴国恶少以强凌弱的不平之事，激发了他拔刀相助、不惜耽延自己私事的侠义之心；亲眼目睹父亲被吴国贵族毒打致死的惨景，又燃起了他奋起反抗的复仇报国意志。他首先亲手杀死不但是杀父仇人，而且也是侵略自己国家的元凶的吴将原楚；然后又多方联络爱国义士，共同回到祖国，为国分忧；最后，在吴越激战中壮烈殉国，终于完善了他这位不但是侠士，而且也是爱国英雄的形象，可以说，也是实现了他报效祖国的志向。

　　《热血痕》是讲史小说中的优秀之作，通过以古喻今的手法，对晚清时期黑暗腐朽的政治有颇多揭露。中国文艺理论批评家、文学史家阿英在《晚清小说史》中指出，"晚清的政治社会，在这一部公案里是透露了不少情况。"叶洪生先生认为，该书是"清代侠义公案小说拨乱反正压卷之作"，具有相当的历史意义和思想价值。《热血痕》的主旨就是要国人牢牢记住外人之侮，雪耻自立，在国难当头之时，卧薪尝胆，共同对敌。小说所塑造的爱国志士不畏困苦、复兴亡国，表达了作者的胸怀和理想。

从武侠小说的视角来看，《热血痕》行文洗练精致，情节惊险曲折，多有精彩之处，具有很强的可读性，是当时畅销一时的通俗文学作品。比如，小说描写亡国后的非人苦痛，处处动魄惊心。《热血痕》的缺点是下半部忽然掺入仙法作战等情节，与作品主要风格不相协调，给人突兀之感。但总的来看，《热血痕》是一部不错的历史武侠小说，可谓开"以侠写史、以史论侠"风气之先，对后世产生了重要影响。

此次出版，我们以1987年吉林文史出版社本为底本，并约请了相关学者对原书进行了大量的较为精细的校勘、补正和释义，对原书原来缺字的地方用□表示了出来。尽量为读者扫除阅读障碍。由于时间仓促，水平有限，难免有疏漏之处，望各位专家及广大读者予以指正。

编　者
2015年4月

目　录

第 一 回	作臣姜勾践权忍辱	舍妻儿陈音独寻亲	（1）
第 二 回	逞横豪诸公子夺剑	争判断唐大尹挂冠	（8）
第 三 回	激义忿独盗盘螭剑	蹈危机再上绾凤楼	（15）
第 四 回	洒热泪大哭毛狮子	冒奇险三探绾凤楼	（21）
第 五 回	忍辱难堪勾践随辇	衔仇图报陈音磨刀	（27）
第 六 回	勇陈音挥刀报父仇	老宁毅擎杯谈国事	（33）
第 七 回	考军器楚国宝臂弓	入盗群利颖锄蟊贼	（39）
第 八 回	黄泥冈陈音救弱妇	苦竹桥赵允款嘉宾	（45）
第 九 回	败晏勇大闹洪泽湖	劫昭王独霸云中岸	（51）
第 十 回	收雍洛陈音得臂助	杀蓝滔蒙杰留爪痕	（57）
第 十 一 回	王孙建随征云中岸	皇甫葵大战燕子矶	（64）
第 十 二 回	芦花港水擒皇甫葵	燕子矶夜战郝天宠	（71）
第 十 三 回	受箭伤屈将军死战	凿船底老英雄解围	（77）
第 十 四 回	偃月塘屈采报兄仇	飞云渡洪涛施神勇	（83）
第 十 五 回	破卧云王翼中奇计	探铁崖陈音奋雄心	（90）
第 十 六 回	听高歌陈音遇赵平	行秘计蒙杰劫通理	（96）
第 十 七 回	离泛地洪涛落圈套	解重围蒙杰逞雄威	（102）
第 十 八 回	因敌出奇陈音变计	裹创请战屈采争先	（109）
第 十 九 回	劫楚营洪龙受大挫	攻旱寨斗辛困重围	（115）
第 二 十 回	献鸩果迅机破巢穴	寻宝物设计赴潆潭	（121）
第二十一回	习弩弓陈音留楚国	失宝剑卫老毙监牢	（128）
第二十二回	卫茜儿忍死事仇家	杨绮华固宠施毒计	（135）
第二十三回	碎宝器妖狐陷孝女	跃寒溪义犬救娇娃	（142）
第二十四回	雪天樽酒郑妈倾生	日夜笙歌杜鹃设计	（149）
第二十五回	拒奸淫独奋霹雳手	惧强暴同作鹧鸪啼	（156）
第二十六回	闻喜信合家敬烈女	艳娇姿大盗劫饥民	（163）

第二十七回	崆峒山卫茜习剑术	蓼叶荡陈音试弩弓	…………（170）
第二十八回	诘囚徒无心了旧案	射猛兽轻敌受重伤	…………（177）
第二十九回	激义愤群英挑恶战	读遗书豪杰复本宗	…………（183）
第 三 十 回	忧国难赵平抒伟论	归神物卫茜报大仇	…………（190）
第三十一回	敌猿精山前施妙技	诛鼠贼庙里救表亲	…………（197）
第三十二回	寻旧仇兄妹欣聚首	入险地盗寇共惊心	…………（204）
第三十三回	诛余党陈音逢故人	论世事宁毅抉时弊	…………（210）
第三十四回	昆吾山越王铸八剑	演武场卫英服三军	…………（217）
第三十五回	试弩弓陈音显绝艺	叩剑术卫茜阐微机	…………（224）
第三十六回	泄龙精村妇贪重赏	治蛇毒唐懿传妙方	…………（231）
第三十七回	战西鄙越王初试兵	截江口陈音大破敌	…………（237）
第三十八回	御强暴雍洛得佳偶	报仇恨越王获全功	…………（243）
第三十九回	破笠泽陈音殉国难	战吴都卫茜显奇能	…………（250）
第 四 十 回	大报仇勾践灭吴国	深寓意晏冲留箴言	…………（256）

闲煞英雄,销不尽,填胸块垒。徒惆怅:横流无楫①,磨刀有水。侧注鹰瞵横②太甚,沈酣狮睡呼难起。叹鲁阳、返日苦无戈,空切齿。

局中人,都如此,天下事,长已矣。且抽毫摅臆③撰成野史。热血淋漓三斛墨④,穷愁折叠千层纸。愿吾曹、一读一悲歌,思国耻。

——调寄《满江红》

---

① 横流无楫(jí)——楫,划船的短桨。指无桨的船在水中行不由河道。引申为放纵恣肆的意思。
② 瞵(lín)横——眼光闪闪。无所顾忌地看。
③ 抽毫摅(shū)臆——指提出自己的主观看法,以抒发自己的感情。
④ 三斛(hú)墨——斛,量器名,亦容量单位。古代以十斗为一斛,南宋末年改为五斗。

第 一 回
作臣妾勾践权忍辱　舍妻儿陈音独寻亲

太史公曰:"怨毒之于人甚矣哉!"嫠妇①衔仇,嘤嘤啜泣;匹夫饮恨,霍霍磨刀。人生不幸而为人所辱,辱我者我仇也,彼岂真有所恃,而敢于相辱?我实不克自立,而自取其辱。人将辱我,我不能预防之,是无谋;人方辱我,我不能抵制之,是无勇;人既辱我,我不能报复之,是无耻。无谋者愚,无勇者怯,无耻者鄙。一事辱我,事事相逼;一人辱我,人人效尤。迁延隐忍纷至沓来,不唯人不齿我于人类,即自问亦不堪以人类自待。酒阑灯炧,倚枕沉思:我之受辱始于何人?我之辱不胜辱,受无可受,始于何事?蓦然记忆,历历在心。遂觉辱我之仇,非但不戴天,不反戈,不足以泄我之恨!我即左手把其袂,右手抉其胸,吸仇之血,寝仇之皮,剁肉成泥,剉骨扬灰,仇死矣,且无噍类②矣,犹嚼齿作恨恨声。当时观者,群哗然以为快事;后世论者,咸侈然以为美谈。无他,乘间辱人,尘世间每有此不平事,报仇泄愤,交际上以此为平等。吾窃不解受辱者何所甘而不思报?更何所畏而不敢报?吾为受辱者悲,吾为报仇者欢。然而受辱易也,报仇抑何难耶!修睚眦③之怨,殊非雄才,逞血气之勇,尤易偾事④。力不能敌千人,万人未足多,时不可乘十年,百年未为晚。唯事事为受辱计,刻刻为报仇计,一身受辱,若手,若足,若皮,若毛,均为报仇用。一家受辱,若妻,若妾,若子,若孙,均为报仇用。至于一国受辱,若妃,若储,若勋,若戚,若臣,若民,若草,若木,均无一不为报仇用。存一不甘终受之心,立一必有以报之志。众口不能间,百折不能回,事机未至,如倦鸟伏丛阿;事机既来,如怒马脱羁勒。利剑断沤麻,疾风扫败叶,填胸积恨尽泄无余,宁非快

---

① 嫠(lí)妇——寡妇。
② 噍(jiào)类——能吃东西的动物,特指活着的人。
③ 睚眦(yá zì)——瞪眼睛,怒目而视。引申为小怨,小愤。
④ 偾(fèn)事——犹言败事。

事！非然者，受辱不报，身不能立，有身者耻；家不能立，有家者耻；国不能立，有国者耻。此《热血痕》一书所由作也。

　　看官：你说这件事出于何时？何地？说起这件事来，不但读过书的人都晓得，就是那驵僧菜佣①也有多半晓得的。不过此事的原委，就中的曲折，大半不能尽悉，只因书上所载，或仅撮其大略，或又出以深文，看书人每每囫囵看过。且此事之旁见侧出者，不暇一一搜考，遂致绝好一段传奇故事，不能尽人而知，绝好一副救世妙药，不能对症而愈。你说可惜不可惜！待小子先将这事的源头铺衍②起来。

　　这件事出在周朝列国时，大江南面有一吴国，是泰伯之后，国势强盛。吴之东邻，有一越国，大禹之后，国势与吴相等。吴越两国世世积仇，其先越之宗人为吴王祭余所获，使守艅艎③。宗人乘祭余大醉，解祭余佩刀刺杀之，吴人共杀宗人。周敬王二十四年，吴王阖闾④领兵伐越，时越王勾践在位，统率大军与吴王战于檇李。越国先锋灵姑浮挥戈刺阖闾，中其右足，伤其将指，血流如注而死。太子波早死，太孙夫差嗣位，使内侍十人轮流立于庭中，夫差出入，内侍必扬声呼其名曰："夫差！尔忘越贼之杀尔祖乎？"夫差应曰："不敢忘！"时时警惕，誓报祖仇。周敬王二十六年春二月，吴王夫差起倾国之兵，命伍子胥为大将，伯嚭⑤为副将，带领一班战将，从太湖泛舟，直攻越国。樯帆⑥顺风，戈矛耀日，吴国军士一个个摩拳擦掌，大有平吞越国之势。探子报到越国，越王勾践临朝，召集群臣商议迎敌。大夫范蠡⑦，字少伯，出班奏道："吴国衔檇李杀其祖父之仇，朝夕

---

① 驵（zǔ）僧菜佣——驵，骏马。这里指车夫、和尚、菜农、佣人。泛指地位卑下的人。
② 铺衍（yǎn）——详细陈述、叙说。
③ 艅艎（yú huáng）——大舰名。
④ 阖闾（hé lǘ）——春秋末年吴国君。名光，吴王诸樊之子。公元前514—前496年在位。他用专诸刺杀吴王僚而自立。曾灭亡徐国，攻破楚国，一度占领楚都郢（今湖北江陵西北），因秦兵来救及其弟夫概反叛而受挫。后在檇李（今浙江嘉兴西南），被越王勾践打败，重伤而死。
⑤ 伯嚭（pǐ）——人名。春秋时吴国大夫。即"太宰嚭"。
⑥ 樯帆——樯，桅杆。这里指帆。
⑦ 范蠡（lǐ）——人名，春秋末期政治家，越国大夫。

图报,养精蓄锐,至今三年。大志既愤,众心必齐。与战必不得利,不如敛兵坚守,伺其有隙,乘其稍疲,或望幸胜。若此时会战,必败之道也。"勾践沉吟未答,大夫文种,字会,亦出班奏道:"以臣愚见,不如遣一能言之士,卑词请罪,以乞其和,俟吴兵退后,再作良图。"勾践道:"二卿言守言和,未免长他人志气,灭自己威风。吴与我世仇,若不出战,必为所轻,后将侵陵不已。二卿且退,看孤破吴,直如迅风扫秋叶耳!"范蠡、文种咨嗟①而退。勾践尽起国中丁壮,共三万人,命诸稽郢为大将,宁须为副将,仍命灵姑浮为先锋,畴无余、胥犴②为左右翼,勾践亲督大队,往椒山进发,与吴兵相遇。

次日,越国先锋灵姑浮挥戈讨战,夫差命牙将仇良出阵。仇良手横大刀,带领小舟二十只,军士五百人,来至阵前,大骂:"越狗死到临头,还敢对敌!"灵姑浮亦骂:"杀不尽的吴豕③,焉敢犯吾边境!"挺戈直进。仇良接住交战,至十余合,仇良力弱,刀法已乱,被灵姑浮拨开刀,一戈刺入肋下,挑落太湖中而亡。五百军士杀死百余人,余俱逃散。勾践闻报先锋得胜,大喜,整队直进。约行数里,夫差大军已到,雨下,不及布阵,一场混战,只杀得波涛鼍立,蛟鳄潜逃。鏖战两时之久,吴兵渐次失利。夫差趋立船头,亲自秉枹④击鼓,激励壮士。伍子胥、伯嚭挥动两翼,阵势坚固,排墙而进。夫差爱将王子地、原楚、诸无忌各将莫邪宝剑一口,吴鸿扈稽神钩二把迎风挥动。这三件军器都是神物,只见光芒射处,越兵头颅如滚瓜撒豆一般,越阵大乱,纷纷倒退。时值北风大起,灵姑浮正与伍子胥酣战,渐渐不支;忽见阵势已乱,急欲掉舟回阵,无奈风力太大,桡轻浪急,舟忽倾覆,可惜一员勇将,竟自溺水而死。胥犴敌住伯嚭,正在怙命相搏,被吴将原楚暗放一箭,正中胥犴面门,也落水而死。越国副将宁须急忙来救,奈吴兵势大,又有莫邪宝剑、吴鸿扈稽双钩飞跃伤人,如何能敌?正想奔逃,被伍子胥赶上,手起一鞭,把头打得粉碎。勾践大败而走,奔至固城,闭关自守。吴国分三路追赶,追至固城,围得铁桶相似。夫差意在绝

---

① 咨嗟(jiē)——叹息;赞叹。
② 犴(àn)。
③ 吴豕(shǐ)——豕,猪。骂人的话,把吴兵比作猪。
④ 秉枹(fú)——枹,鼓槌。指拿着鼓槌。

其汲道，不出十日，越兵自乱。哪知山顶有灵泉，勾践取嘉鱼数头，以馈夫差，夫差大惊，攻打愈急。勾践留范蠡守固城，自率残兵五千余人奔会稽山，叹曰："孤悔不听范、文二大夫之言，致遭大败！"文种进计曰："为今之计，不如请成①为上。"勾践道："吴不许成，如之奈何？"文种道："吴太宰嚭贪财好色，忌功嫉能，与子胥有隙，吴王畏子胥而昵伯嚭。若私入伯嚭之营，结其欢心，伯嚭言于吴王，无有不听。事成后，子胥虽阻之，亦无及矣。"勾践道："孤方寸已乱，任卿为之。"

文种乃选宫中美女八名，加以白璧二十双，黄金千镒，夜入伯嚭营寨，卑词下气，屈鄢②致词，竭力谄谀。伯嚭大喜，收了礼物，许在吴王前方便，留文种在营中。次日引见夫差，伯嚭备道那勾践使文种请成之意。夫差初意不允，经伯嚭再三劝说道："孙武子有言：兵，凶器，可暂用而不可久。越虽得罪于吴，而今勾践请为吴臣，其妻请为吴妾，宝器珍玩尽贡于吴，所乞于王者，仅一线之宗祀耳。王盍怜③而许之？"夫差乃唤文种入道："汝君请为臣妾，须从寡人入吴。"文种俯伏道："既为臣妾，生死在君，敢不服左右！"夫差乃许。文种正要谢退，忽见伍子胥满面怒气，趋至中军，问吴王道："王许越和乎？"夫差道："已许之矣。"子胥连叫道："不可！不可！"吓得文种倒退数步，垂头静听。子胥谏道："吴越世仇，势不两立，吴不灭越，越必灭吴，越已归吾掌握，舍之必贻后祸。况又有先王大仇，今日不灭越，往日立庭之誓谓何？！"夫差不能对，目视伯嚭。伯嚭奏道："相国仇楚，何以不灭楚，竟许楚和耶？ 相国自行忠厚之事，而使王居刻薄之名，忠臣断不如是。"夫差喜道："太宰之言有理。"只气得子胥面如土色，叹道："吾悔不听被离之言，与此佞臣同事！"原来伯嚭自楚奔吴，是子胥引见阖闾，得为大夫。大夫被离曾告子胥道："伯嚭鹰视虎步，其性专功，贪佞擅杀，不可亲近。"子胥以伯嚭同忧苦，不听。至是果应其言，恨恨而出，谓大夫王孙雄道："越十年生聚，加以十年教训，不出二十年，吴其为沼④矣！"王孙雄漫应之。

文种回见勾践，备述前事。勾践虽免目前之危，念及臣妾于吴，不觉

---

① 请成——请和，求和。
② 屈鄢——屈身降服，奉承。
③ 盍(hé)怜——何不可怜之意。
④ 沼——陷没；攻取。

第一回　作臣妾勾践权忍辱　舍妻儿陈音独寻亲　5

双眼流泪,因王孙雄在越守押,伯嚭屯兵一万于吴山守候,只得回至越都,布置一切,将国事交文种治掌。带了夫人,止范蠡一人相随。先见伯嚭,谢其覆庇之德。伯嚭又一力担承,许以返国。勾践心中稍安,随伯嚭至吴,引见夫差,勾践肉袒①,伏于阶下,夫人侧跪。范蠡将贡单呈献勾践,再拜而言道:"东海役臣勾践,不自量力,得罪大王,乞大王赦宥,使执箕帚,以保须臾之命,不胜感戴!"夫差道:"寡人若念先王之仇,今日安有生理!"勾践叩首道:"臣实当死,唯大王怜之。"时子胥在旁,目若闪电,声如巨雷,进谏道:"勾践机险,今为釜中之鱼,命制庖人②,故诡词令色,以求免。一日得志,如虎归山,如鲸入海,后患实大!唯大王察之。"夫差不听,使王孙雄于阖闾墓侧筑一石室,将勾践贬入其中,去了衣冠,蓬首垢衣,斫莝③养马。夫人衣无缘之衣,汲水洒扫。范蠡拾薪炊饭,面目枯槁,真是苦不堪言。这一段勾践臣服吴国的故事,不能不铺叙出来,原是这部《热血痕》的源头。看官作正传观也可,作楔子观亦无不可。

话说夫差胜越之后,论功行赏,自不必说。将所擒越国军士计六百余人,分给与随征的将官为奴,给数多寡以战功高下为差。战越之时,夫差爱将原楚箭射胥犴落水,这回分给官奴,原楚派给十二名。此中单讲一人,姓陈名霄,本是楚国人,随他祖父到越经商,在越四十余年,也就算越国人了。此次被擒,拨给原楚为奴。原楚这人,性情暴躁,只因膂力过人,临阵奋勇,为夫差所爱,官封右戎,宠幸无比。自从陈霄到了原楚府中,日里割草养马,晚间支更守夜,不得一刻安闲。府中大小人役还要不时的私差私派,稍有不到,非打即骂。陈霄到了这步地位,只得敢怒而不敢言,又想:"我国君王尚且如此,何况于我,只是我的儿子现已成人,近来不知怎样?但愿立志向上,将来或者有个出头日子,替国家出点力,替祖宗争口气,也不枉我抚养一场。"偷着写了一封家信,便寄回家。原来陈霄年届五十,妻室早故,只有一个儿子,名叫陈音,现今二十七岁,生得眉浓眼大,鼻直口方,膀厚腰圆,身长力壮。从小儿就好武艺,不是蹿山逐兔,就是泅

---

①　肉袒(tǎn)——去衣露体。古时在祭祀或谢罪时表示恭敬或惶恐。
②　庖(páo)人——厨师。
③　斫莝(zhuó cuò)——斫,本义为大锄,引申为砍。莝,铡碎的草。这里指把砍来的草铡碎用以养马。

水摸鱼。虽说每日照例到学校里读书,什么《三坟》、《五典》总不在意,不过略略得大概而已。放学回家,便抡刀舞棍,越弄越有精神。陈霄因世道扰攘①,能文能武都是一样博取功名,就不十分管束,有时还请几个名师教导他。陈音到二十岁时,习得通身武艺,马上马下无一不能。娶妻韩氏,是越国土著儒家之女,深明大义,夫妻甚是和好。次年生下一子,取名继志。当勾践点兵时,陈音一心要代父出征,陈霄只是不肯,教他好好操习本事,将来容容易易出头。一入军籍,杂于行伍,每每奇技异能,无由表现。这本是陈霄一片苦心。后来越国打了败仗,陈音不知父亲是死是活,朝夕号啕,寝食俱废。还是韩氏娘子解劝道:"爹爹死活尚无得信,你像这样悲伤,苦坏了身子,岂不辜负爹爹期望?你总要保重身体,爹爹若在,你也好到吴国探视爹爹;若死,你更要整顿精神,替爹爹争口气!你想想我的话是也不是?"陈音本是个聪明人,不过思念父亲,急痛昏迷,经韩氏一席话提醒得明明白白,焉有不听之理?渐渐地温习旧业,照常寝食,只是不知父亲下落,心中总是郁郁不乐。光阴易过,到了十月,忽然接得父亲的家信,知道父亲未死,略略宽心。想起父亲给人为奴,书中虽未说出光景如何,看来定是苦楚难堪。想到这里,便是心如芒刺,坐卧不安,恨不得插翅飞到吴国,看看父亲。心中一急,将主意打定,把信念给韩氏娘子听了。韩氏听毕道:"爹爹既在,你须往吴国探视一遭。儿子虽只得六岁,身体颇好,容易长成。家中薄田二十余亩,尽可度活,你不必替妻子担心。今晚将随身衣物打点妥当,明朝吉日就可动身。"陈音听了,不禁满心欢喜,道:"娘子这样贤淑,真是我陈音终身之福!我也不必多说,总望娘子宽心,抚养孩儿,看他骨格不凡,将来定能发达。我此行到吴,能设法赎回父亲最好,倘吴国不许赎回,我就留在吴国,陪父亲一世,恐不能一时回来。"说到这里,不觉凄然下泪,咽喉哽塞。韩氏也自酸楚,因见丈夫如此,不敢哭出,只得说道:"这些话妻子自然明白,不必多嘱。你在路上须事事着意,步步留心,不可恃着自己本事弄出事来,最是要紧。"陈音点头应了。当夜,韩氏备了几样果菜,替丈夫饯行。陈音哪里吃得下,不过略为领意。韩氏又将家中所有的金银全部搜出,一共也有三十余两黄金,一百二十余两白银,通共放在包裹里。陈音道:"你将家中所有全数付我,

---

① 扰攘(rǎo rǎng)——指混乱,不太平。

难道你家中不要过活吗?"韩氏道:"丈夫出外,盘费自然要多带些。且到了吴国,或吴国准赎人回,那时若是不够,你一个异方孤客,向谁告贷?妻子在家,现存的柴米,尽可支持三五月,到了明春,田中所出自能接济,即或一时短缺,本地本土也好通融,你只依我就是了。"陈音听了,也就无话可说。一夜已过,第二天清早陈音起来,韩氏已将茶饭端整好了。陈音用过饭,拜了宗堂,背了包袱,带了一把牛耳尖刀防身。看了看儿子继志睡熟,也不惊醒。他只对着娘子,说了句诸事宽心的话,韩氏点头,也说道:"路上保重,早去早回!"夫妻二人洒泪而别。陈音出了门,大踏步向吴国而去。正是:

丈夫当有四方之志,
忠臣出于孝子之门。

不知陈音往吴,一路有何事故,且待下回分解。

第 二 回
逞横豪诸公子夺剑　争判断唐大尹挂冠

周敬王二十六年冬十月中旬,陈音出门,径往吴国,沿路无事,无非是饥餐渴饮,晓行夜宿。一日到了吴越交界的地方,地名西鄙,两国货物总汇于此。越国设一关尹在此征税,兼理词讼,本来是越国地方,凡是越货出口,吴货进口,均应越国征取,吴国从不干涉。近因吴国大败越国,勾践夫妇俱为臣妾,吴国便干涉越国地方的事,也在西鄙设一监事,名为保护吴国商人,实则干预越国政治。初时吴国监事尚与越国关尹遇事相商,积久玩生①,吴国监事直把越国关尹视同赘瘤,动辄欺凌,硬行武断。越国关尹自知本国衰弱,无力与他相抗,只得事事隐忍,不过把些不紧要的公事分办几件,也就算尽心供职了。凡词讼系吴越两造,关尹须与监事会讯;断结一案,必须监事应允,方算定谳②。若是监事断定,关尹以为未允,任你说破嘴唇,写秃笔颖③,也是无用。最不平的是越人犯法,监事可以惩办,吴人犯法,监事将犯事人交回吴国办理,关尹不敢过问。这都因国势强弱使然,虽有实心任事的关尹,只好付之于无可如何而已。

是年,吴国在西鄙开一赛珍会,先期关照各国,凡有奇珍异宝,带至西鄙竞赛。愿出售者,会都事定价,务求平允,成交后,售货者纳十分之一于都事,以充会费,纳费后两无反悔,著为定例。于是齐、秦、楚、晋、卫、陈、宋各国均带珍品来西鄙赛会。会场之中各有陈设所,国大则货场大,国小则货场小。越国本是地主,且在大国之列,论来货场自应宽敞,无奈新为吴败,会都事哪里看它得起,把一个偏僻场角,覆点席棚,算是越国的陈设所。越国关尹也不敢争辩,只得叫越国商人将就地方陈设,总算与了赛会,开了眼界。那些讲志气的越商,有不肯来的,有到了会场,看此光景,

---

① 积久玩生——日子长久了,种种弊病便相继发生。
② 定谳(yàn)——审判定案。
③ 笔颖(yǐng)——笔尖。颖,尖端。

掉头便去的,不过一些糊糊涂涂的商家随众热闹,也觉得十分高兴,内中间有一二家藏奇宝,不肯埋没,携到会场,显显藏珍的。一时各国商宦齐至,真个呵气成云,挥汗成雨。

　　会场热闹之时,正陈音行到之日。陈音到此寻下寓所,也就随众观览。仔细品评要寻一稀世之宝,实系没有。看来看去,走到场角,见本国的陈设所这般简陋,心中着实不快,只好付之长叹。正感叹间,忽然瞥见一个案上,横放一口宝剑,装制古雅,剑出鞘寸余,恰如旭日初辉,寒泽欲泻。一个年逾六旬的老汉,端坐一旁,相貌十分质朴。陈音上前声喏道:"老丈宝剑可否赐借一观?"那老汉抬头见了陈音堂堂仪表,随即起身还礼道:"大哥尽可赏鉴。"双手将剑递与陈音。陈音接剑在手,仔细审视,见鞘上镂刻精致,浑然天成,柄是錾金①的,系两束淡绿穗绦。拔剑出鞘,约长三尺六寸,霜锋凛凛,冷焰逼人。剑柄握处镌的两字细如蝇头,凝目细看,是"盘螭②"两字,知系宝物,苦不知此剑来历。赏玩半晌,仍然将剑入鞘,双手奉还,料到价值贵重,力不能买,不敢请价。那老汉似觉会意,说道:"老汉列剑在此地,并无求售,不过世代家藏,无人识得,今日之会,各国均有人来,想遇一考古专家,考明来历,此神物不至淹没。无奈老汉守此七日,从无一人过问,真真可叹!今得大哥把玩一回,爱不忍释,总算是此剑的知己。敢问大哥尊姓大名?"陈音一一说了,转问老汉。老汉道:"老汉姓卫名安素,今年六十七岁,世居此地,先祖曾有人授过武职,到老汉时,只以读书为事。"正谈论间,见一垂髫③女子走至老汉面前,叫声:"阿公,回家吃饭。"老汉将女子手挽住,含笑答道:"我此刻腹中不饿,乖孙孙,你先回去,我停一会就回。"说罢将手一松,女子就庄庄稳稳地向北去了。陈音见这女子,年纪不过十四五岁,生得剑眉星眼,琼鼻樱唇,说话之时,露出两行细齿,白润如玉,前发齐眉,后发披肩,身材虽极窈窕,眉宇间却有一股英爽之气,令人可爱而不可狎④。心中十分爱慕,问老汉道:"此女子系老丈何人?"老汉叹口气道:"此是老汉孙女,名叫茜儿,父

---

① 錾(zàn)金——指用金子雕刻的。
② 螭(chī)——古代传说中的一种动物,蛟龙之类。
③ 垂髫(tiáo)——古时童子未冠者头发下垂,因以"垂髫"指童年或儿童。
④ 狎(xiá)——指态度轻慢,不尊敬。

母俱已亡故,有一阿姊,去年又病故了,有一阿哥,名叫卫英,九岁时失去,至今八年,杳无下落。茜儿今年十五岁,颇识文字,朝夕相依,堪娱老景①。"陈音听罢,赞叹几声,随即告别。又往各处游览,偏见满眼俗物,不胜烦厌。

正想转回寓所,忽听人声喧嚷,抬头看时,见一人方巾朱履,红氅绿衫,满脸的奸邪,浑身的骄傲,手拿宝剑一口,笑容满面。后跟二人,似仆从模样。陈音见那人手中宝剑,很像适才所玩之物,据卫老说来是不卖的,如何又到此人手里?心中正在诧异,忽见卫老随后奔来,满面遑急②,口中喊道:"青天白日,如何肆行抢夺!若不还时,老汉的这条老性命与你拼了!"一路喊,一路跑,已经赶出会场,看看赶上,不防东面来一醉汉,跄跄踉踉颠扑而来,正与卫老相撞,两人一起撞倒在地。卫老急急爬起,喘气吁吁,正待要跑,那醉汉早已爬起身来,劈胸把卫老扭住,竖起帚眉,圆睁环眼,大喝道:"你这老狗头,如何撞我?我活活将你这老狗打死,出口恶气!我毛狮子岂是被人欺负的吗?!"说罢,握起拳头,刚待打下,陈音正要上前解劝,只见卫老抬起头来,连声叫道:"毛大哥,不要动手,是老汉!"只见毛狮子停住手,定睛片刻,改了笑脸道:"原来是卫大爷!为何这样慌张?"卫老道:"我的宝剑被诸伦那厮抢去了!"毛狮子道:"诸伦在哪里?我替你夺回来!"卫老用手向南指道:"去此快半里了。"毛狮子也不言语,一洒步向南追去,卫老在后紧跟。其时旁观的人都说道:"今日姓诸的惹着毛神,倒有一场好热闹看。"一窝蜂儿都向南跑去。陈音也随后赶去,约一里之遥,见毛狮子已经将那人赶上,抢步上前,一个冷不防,劈手将剑夺过,道:"宝剑把我!"那人蓦吃一惊,见宝剑被人夺去,大喝道:"你是什么人?敢夺我宝剑!"毛狮子将双眼睁得圆彪彪的,喝道:"你夺得别人的,我就夺得你的!你把老爹怎么样?"那人见毛狮子凶恶,自己不敢向前,喝后面两个跟仆道:"你与我打这恶棍!"二人趋步上前,毛狮子左手握紧宝剑,伸出右手,握起毛拳,对准前面一人劈脸打去,打个正着,鼻血直流,两眼立时肿起,蹲在地,捧着脸嗳哟连声。后面一人正要回头跑去,被毛狮子赶上前,抬起右边的毛腿一脚踢去,正踢着那人的腰

---

① 老景——老年的景况。
② 遑(huáng)急——惊惧慌张的样子。

际,也就扑地倒了,毛狮子抢一步,一脚踩着那人的背心,毛脚毛手乱打了一顿。大骂道:"你这般倚势欺人的小毛虫,老爹今日活活将你打死,出口恶气!"倒是卫老已到面前,连忙劝说道:"毛大哥,剑已到手,饶他去罢。"毛狮子又将那人踢了两脚,始将那只脚松开。那人连爬带滚地去了。毛狮子还在眼光四掣①,意欲寻觅夺剑那人。卫老连忙挽了毛狮子的手道:"去罢,且到酒店喝三杯。"毛狮子听了,笑容可掬道:"怎好又扰大爹?"说罢将剑递过道:"大爹收好。若是这般小毛虫再来吵大爹时,我来替大爹出力,打死了他我去偿命!"卫老连劝带拖,把毛狮子拖至西面一家酒店去了。陈音想:"这人虽说粗鲁,倒是个有肝胆有血性的人。哎!若是我越国的人都能这样,何至被别人欺负到这般地步!"

只听毛狮子在酒店里拍桌狂叫道:"这般吴豕,动辄欺负人!我们的主上又被他制住了,事事由他们摆布,我受这般吴豕的腌臜②气不少。我如今打定一个主意,遇着他们一个不讲道理的,我就一顿毛拳,打他一个臭死,纵然抵命,替我国的人出出气也是好的。一半也是我国的人不好,见别人强盛,就去趋奉他,奴颜婢膝,反被别人看得不值一个狗屁!这样下去,我国还能够……"一句话未完,忽然人声鼎沸,由南来了一个黑大汉,带领二三十人抢进店去,势甚汹汹。陈音急速趋至店首一看,只见黑大汉同毛狮子扭作一团,桌凳碗碟纷纷落地,余者二三十人也有帮黑大汉打毛狮子的,也有将卫老扭住,夺了宝剑的。先前夺剑那人骑一匹白马也到了门首,此时夺得宝剑的,将剑递与那人。那人在马上接了,挂在腰间,厉声喝道:"打死这个恶棍不值个屁!"陈音见毛狮子被众人打得头破眼肿,遍体鳞伤,跌倒在地,不能动弹,又见卫老周身衣服撕得稀烂,额角流血,不由心中火冒。正待向前打个不平,忽见来了七八人,像是公门人役的模样,走进酒店,将那黑大汉与卫老一并带住。黑大汉面上也是皮破血流,二三十人一哄而散,马上那人先自去了。毛狮子不能走动,用板门将他抬起,一行人到关吏衙门去了。

陈音知道今日不能审讯,只得闷闷地转回寓所,行至半路,忽见卫老的孙女儿哭哭啼啼向关吏衙门而走。陈音知道是去看她阿公的,叫道:

---

① 四掣(chè)——指向各方察找。
② 腌臜(ā zā)——脏,不干净。

"茜姑娘，不必去，来，我告诉你。"茜儿猛听有人叫她，停住脚，拭了眼泪，一看认得是午间同她阿公说话的，就叫了一声："伯伯贵姓？怎么说？"陈音将姓说了，又将她阿公的事细细告诉一遍，说道："谅来此事不甚要紧，如今你阿公已同那黑大汉收柰起了，你到衙门去也是不能见面，且待明日过堂再说。"茜儿竖眉睁眼，为难了一会，道："多谢伯伯，凡事还望伯伯照应。"说罢向北走去。陈音道："我送你回去，以后你不必出来。"茜儿谢了，前行引路，陈音后跟，行不半里，已经到了。茜儿让陈音进屋款茶，陈音道："不消了。"见茜儿住的是平屋两间，左倾有一竹篱，内种蔬菜。房屋虽不高敞，却甚雅洁。茜儿叩门，是一个中年妇人开门，挽了茜儿的手进去，茜儿还回过头来望陈音，大有凄惨之状。

　　陈音循路回寓，一进寓所，听得店中客人一个个都是议论毛狮子的事。一个说："毛狮子是个热性人，虽然嗜酒无行，却专肯扶弱抑强。世界上这等人倒不少。可怜今朝吃了大亏，恐怕性命难保嘞！"一个说："毛狮子这个人专于醉酒骂世，惹是生非，倒是死了清净。"一个说："今朝的事与毛狮子什么相干？恃着几分蛮力，硬行出头，这苦恼是自己寻出来的。"一个说："诸伦那厮平日倚着他叔父的势力，惯行欺人，我们越国人不知吃了他多少的苦！"陈音听了，接口道："兄台，那诸伦是个什么样人，就这样无法无天嘞？"那人望了陈音一眼道："兄台有所不知：他是吴王爱将诸无忌的侄儿，广有家赀①，在这西鄙的生意真真不小，平日间夺人田地，淫人妇女，谁敢正眼觑②他一觑。"陈音道："难道官府也不能制他吗？何不告他！"那人叹气道："吴国的官府都是巴结他的，越国的官府更不敢侵犯了。如今又得了个勇士，就是今天打毛狮子的那个黑大汉，此人姓椒名衍，本是我们越国东海的人，他的父亲名叫椒邱䜣，从前在淮津饮马，马被淮神吃了，入水与神决战，伤了一目。后到吴国，自夸其勇，为要离所辱，心中怀恨，欲刺杀要离，被要离折辱他一番，自己触窗而死。他这儿子椒衍自小时便有勇力，只是横行好赌，为乡邻所不齿。目前来此，光景十分狼狈，后来与诸伦的仆人交好，得近诸伦身边，无论奸淫掳掠，都是椒衍向前。诸伦有钱，椒衍有力，谁敢奈何他！"陈音听了，沉吟道："椒衍

---

① 家赀（zī）——同"家资"，家中财产。
② 觑（qù）——细看。

是我们越国东海人吗?"又问道:"诸伦住居在什么地方嘞?"那人道:"就是向南一直去,离此不过三里,一座石桥过去,转西,一座三层楼的大庄院,周围俱栽棘刺,听说里面设得有机板伏弩,怕人谋害他,所以盗贼从不敢去偷他。"

陈音也不言语,别了众人,回房用了晚饭,倒在床上,心中踌躇道:"我此回出来是寻找父亲,万万不可在此耽搁。只是卫老丈今日所遭之事,我心中实实忍受不得,若不是寻亲之事在身,我今天早把诸伦这个狗头打死了。"停了一会,又道:"难道我就恝然①而去了吗?想起那孙女儿那样光景,实在不忍。咳,且待明日再定罢!"翻来覆去也就睡了。次晨起来,已是巳牌时候。只听一客说道:"椒衍那厮昨晚已被诸伦要出去了。"陈音诧异道:"难道我国关尹就全不做主吗?"那客道:"我国关尹为此事与吴国的监事抗辩,怎奈监事总说诸伦是他吴国人,要依他吴国的法律。关尹也就无法了。"昨日同陈音说话那人在旁叹口气道:"你们还不知道,毛狮子今晨已经伤重身死了!"陈音一听,着实难过,急问道:"毛狮子死了,我国关尹难道不向监事索凶手来办吗?"那人道:"何尝不索凶手?监事说道,他吴国的法律杀人的不办罪,罚银十两作为死者的殓费。如要办罪,殓费不给,将凶手交他本国定办,我国关尹不能过问。"陈音又问道:"卫老汉的宝剑何如嘞?"那人道:"还问宝剑!监事说他价卖之物,反悔图诈,又勾串恶棍行凶滋事,要罚他二百两银子才得脱罪哩。"陈音复问道:"卫老汉卖剑有何凭证?"那人道:"据监事说来,会都事处诸伦已经缴有会费银一两,说剑是十两银子买的,此刻剑是归于诸伦了。椒衍之罪已由诸伦缴银十两,逍遥无事了。毛狮子无亲人领埋,已拖向丛冢里窨②了。卫老汉此刻只有措办罚款赎罪了。这件事就算结了。"陈音正待开言,忽见一人由外走进,对着那人叹气道:"二哥,你晓得么,我们关上的唐大尹今日为诸伦的事,与吴国监事极力争论,几至用武,怎奈不能争转分毫,一时气愤不过,现已挂冠而走,不知去向。你看可叹不可叹!"陈音听罢,捺不住心头火起,一股愤气直往上冲,鼻子里哼了几声,匆匆出店而去。一些人见了陈音的光景,也不知什么道理,仍然聚在一块说那不相

---

① 恝(jiá)然——不经心,无动于衷。
② 丛冢里窨——乱葬在一起的许多坟墓。

干的闲话。正是：

　　　燕雀不知鸿鹄志，
　　　蛟龙岂受鱼虾欺！

不知陈音匆匆出店,做出些什么事来,下回分解。

第 三 回

激义忿独盗盘螭剑　蹈危机再上绾凤楼

　　话说陈音愤恨出店,口中私念道:"杀人的倒无事,苦主反监禁起勒罚;杀人的倒只罚银十两,苦主反罚银二百两。天下竟有这不公平的事!"一路恨声不绝,不觉已到茜儿门首,见茜儿正立在门口,眼睁睁朝南翘望。陈音到了面前,茜儿方才看见,叫道:"陈伯伯屋里坐。"陈音应了,进得门去,也不暇看屋中的布置,开口问道:"你阿公之事你可晓得么?"茜儿道:"晓得了。今朝早起有关上的衙役来此,说道阿公罚款二百两方得脱身。"陈音道:"姑娘的意思如何?"茜儿道:"只要我阿公无事,已将家中所有的衣物全部典质①,凑足二百两之数,烦我干妈带至衙门去缴,想来阿公快要回来了。"陈音道:"姑娘干妈可是昨日替姑娘开门的?"茜儿道:"正是。"正谈论间,卫老已同一中年妇人进门,见了陈音颇觉诧异,道:"陈大哥如何光降寒舍?"陈音急忙站起道:"老丈受惊受屈了,小子因此放心不下,特来探听。"卫老连声称谢。一面叫茜儿泡茶,一面叹气道:"这样的黑暗世界真真令人气闷死!只是诸伦那厮夺我的宝剑,老汉拼着性命定要同他拼一个死活。可叹毛大哥因老汉受伤而死,老汉实实痛心!"说着双泪长淌,说话不出。陈音也是伤感。茜儿将茶端整好递上,见她阿公在那里伤心,也靠在身边流泪不止。陈音道:"已过之事不必提起了。老丈说要与他拼个死活,看来卵石不敌,也是枉送了性命。依小子之见,若将宝剑弄到手里,还是离开此处为妙。"卫老道:"若不与他拼命,宝剑如何能到手里?"陈音道:"老丈就拼了命,此剑还是不能到手。事宽则圆,老丈暂时忍耐,小子以三日为限,定来回复,再作商量。"说罢立起身来告辞一声,出门而去。卫老意欲挽留时,见陈音已去了一箭之远,只得说道:"恕不送了!"

　　陈音也不回头,一直向南行去,过一石桥,向西一望,果见一个大庄

---

①　典质——典押。以物为抵押换钱,可在期限内赎回。

院,墙高檐耸,周围都是合抱不着的大树,间有几处垂枝墙内,墙内大树也有垂枝墙外的。树外一壕,约有三丈的水面,深浅不知,安设吊桥七八处,大约是日间放下,夜里收起,大门向南设有木栅三层,排列刀矛,均有人看守,东西北三面都是如此,不过路径窄些。墙内北面一楼高峙,看来若是站在楼上,四围百十里地面定行都归眼底,庄内的情形不必说了。偏西有草屋一带。陈音作为闲游,仔细看了一遍,转至大街,买了几件应用的东西,回至寓所,也不与众人交谈,进房歇息。躺在床上,肚里筹划了一番。渐渐天晚,用过晚饭,仍然躺下,略睡至二更时,一听寓中客人都已睡尽,寂无人声,陈音起来,将牛耳尖刀带在身上,又带了一个皮囊,内装石块铁弹钩索等物。换了一身黑色衣裤,蹬了薄底快靴,先将灯火吹熄,轻轻把房门一开,侧身出房,一听无人惊问,仍将房门拽好,轻步点地去。至后院空地,踊身一蹿,上了墙头,四顾无人,随落墙外,一直向南。

到了石桥,见诸伦庄内人声未静,北面高楼火烛之光正亮,隐隐有弦索歌唱之声。庄中更鼓已二更三点。忽见高楼窗外一个人影,头向下,脚向上,是个倒垂帘式,一眨眼人影已不见了。心中疑惑:难道另有贼盗今夜也来偷他不成?踌躇半响,听更鼓早已三更,急忙洒步由西转北走去,到了壕边,一纵步已蹿过壕沟,沿壕转北,都是树林,曲曲折折穿林而走。看看已近墙头,见一槐树,大可十围,沿树而上,有一粗枝朝南垂入墙内,挨枝雀跃到粗枝上,缘枝蛇行,缘至墙头,轻轻落下,站定一望,墙外通是棘刺,墙内不知是何光景,不敢下去,只得沿墙而走。近高楼处有桂树一株,花开正盛,相离不过二丈,正拟踊身蹿去,忽听下面当厅一人高声叫道:"公子吩咐,刻已三更二点,守夜人等切须小心,机板可曾安放,伏弩可曾整顿,稍有疏忽,尔等担罪不起!"一时人声嗷应,听得嘣咙嘣咙的响声,大约是安放机板,整顿伏弩。移时声寂,陈音奋身一跃,扑上桂树,爬至树梢,见楼是三层,树梢已拂过二层楼檐。将腰一伸,已到二层楼檐,身轻步健,毫无声息,一个摘月势,将手一探,已翻上三层楼,扳着栏杆爬至南面,星光之下见一横匾,三个大金字隐约是"绾凤楼"。楼中灯光未灭,不敢落地,抱着柱,盘旋而上,攀着横木,挨近窗棂,伏在窗缝一看,暗暗叫声惭愧,只因那把盘螭剑正挂在此楼梁上。

一听更鼓正打四更,见时不早,用手把窗扇轻轻一拽,里面却是系好的,身上取出牛耳尖刀,插入窗缝,探至系处,用刀尖一拨,内簧已脱,乘势一推,窗扇随手而开。忽听嗖的一声,急急把头一偏,从耳畔刷过窗外,柱上噔的一响。陈音知道伏弩已过,钻进窗去,留神张望,见东西摆设桌儿,桌角上尚有烛泪两堆,余火犹明。当中悬一大琉璃灯,灯光四照,宝剑悬在梁上,四围都是光滑滑的,万万不能着手。心内十分作难,细细一想道:"他既能挂上,我就能取下,只要寻着他挂剑的路道就容易设法了。"定睛细看,看出宝剑不是钉在梁上,却是一绳系定,绳从天板眼里穿出。端详一会道:"是了,定是一绳扯拽而上。只要寻着他绳的结头,就容易到手了。"凝神审视,四壁空空,楼中除两副桌儿外,只当中一只铜凤高约八尺,双脚直立,粗如人臂。一想不错,绳的结头定在这只铜凤里。正要纵身而下,恐有声响惊动防守的人,反为不好。双手扳住窗扇,伸脚坠下,踏到楼板,一手松开,脚力一沉,楼板忽然活动,一面下壁,一面上翻,拍、拍、拍接连三声。陈音知道不好,幸得一只手未曾松开,紧紧扳牢窗榍,双脚一弯,将身向上一挺,忽听楼下一片喊声,道:"有贼人在此了,快快发火!"霎时火把齐明,庄内外一起哄动。陈音这一惊真真不小,想道:"性命休矣!"忙扳窗榍蹿上横木,溜柱而下,沿着栏杆爬至北面,纵身一跳,到了桂树上,伏着不动,手握牛耳尖刀,四下一看,见正厅上灯光照耀,许多守夜的人绑着一个大汉推进厅去。

晓得适间声嚷不是为的自己,方才把心放下。于是蹿到屋脊,一直到正厅屋上,伏在檐口看时,见诸伦当中坐定,大汉下面挺立,生得面黑睛黄,声粗气猛,厉声骂道:"今夜被你所擒,剐杀由你,像你这欺天蔑理势横行倚的狗奴,终究有碎尸万段的一日!"只见诸伦气得满脸发青,指着大汉喝道:"你这贼到底是什么人,敢来犯我!"大汉吼骂道:"你抢夺我的妹子,勒逼死了,我是来替妹子报仇的!总是你这狗奴死期未到,我既被擒,任你处置!"见一个家人走近诸伦面前道:"这人就是小人前日说过东村的司马彪,那日触墙死的就是他的妹子。"诸伦点头,吩咐众人道:"把这贼子拖至树林内,与我乱棒打死,死了挖个坑窖了就是。"众人答应一声,将大汉拥出庄去,诸伦回房去了。

陈音想道:"此人性命眼见送掉在此,我不去救有谁来救?"随即连蹿带跃,跳在墙头,轻轻一纵身,攀着槐枝,溜至树杈坐歇片时,听更鼓已是五更,料来盗剑之事万来不及,正在烦闷,忽听人声喧嚷,约有十余人将大汉拥入树林,择一大树将他绑起来。陈音一想,许多人在此,我如何救他嗬？心中一急，想出个主意来了，不敢迟延，在树上如鸟移枝到偏西处，幸得也有一株槐树，不过离墙稍远，只得尽力一纵，已上墙头。在皮囊中取出引火之物，发燃火种，向草屋一掼，顷刻之间火光上冒，正值西风骤起，火势愈猛。庄中人众一起惊醒，听正厅上哨哨钟响，接连不绝，满庄的人都向起火处拥来。陈音一看，料道树林中的必然来了。急转身蹿至林内，举眼一看，地下火把尚自未熄，而两个人躺卧不动，仔细看来，喉间流血，想是被人杀了的。树根处几段绳索纵横，树上所绑的人却不见了。心中好生惊疑，想来总是他同来的人救去了。忽听鸡声四唱，天将放晓，不敢再延，几步跑至壕边，蹿过壕沟，由石桥转回寓所后面，跳入墙内，回至房中。

不一刻，天已大亮。靠在床上细细想昨夜的光景，忽然恨声道："我陈音如何恁地鲁笨！昨夜楼下拿人之时，全庄之人通在正厅，我何不趁此时摘取宝剑？真可惜！"懊恼一回，又想道："把楼中情形看来，系剑的绳头大约定在那铜凤身上，据这楼名'绾凤'二字想来更无疑义。不过铜凤立在当中，四围无靠，楼板上必设机板，如何走得拢去？"忽想起扳窗下楼时那样危险，心中又觉凛凛。停一会发狠道："我不将此事做到，算什么男儿！今夜再去，定将宝剑取回，方了我一片心事。"一夜辛苦，随即沉沉睡去。午后方起，洗脸用饭，到赛会场闲逛一回，归寓时天已傍晚，用过夜膳，静睡一会，又是二更天了。陈音照昨夜装束，仍由后院越墙而出，到了石桥，望见诸伦庄内灯毯火把照得内外通明，更鼓之声络绎不绝，想来必是昨夜拿了贼人，今夜分外防守得紧。在桥头略歇片时，仍由西面转北，蹿过壕沟，穿林而进。及到了昨夜所攀的槐树，却吃了一惊，原来今晨诸伦带了椒衍四围查看，说道："我这庄院与铁桶相似，贼人如何得进？"椒衍看了一会儿，指说道："贼人一定是从这些大树的垂枝翻越进墙。"诸伦看了点头，即吩咐家人将这些靠墙的树枝全行砍去。因此陈音来到槐树上一看离墙过远，大费踌躇，扬头四望，都是一般，只急得搓手搔头，无法可想。往树枝上一靠，突一小枝撑住皮囊，皮囊一侧叮噌有声，蓦然想起囊中钩索来，心中一喜，急将钩索取出，把索一理，溜下树来，走到墙根，见靠墙处通是棘刺约有一丈之宽。陈音将钩索用力一抛，却好端端正正搭在墙上，正要挽索而上。一想不好：此时向上身子尽可腾空，下来时岂不坠在棘刺里？想到此处便不敢动，对着棘刺闷闷地筹算半晌，想起壕上的吊桥来。它此刻收起不用,我将来靠在墙上,就无阻碍了。即将绳头拴在树上,去到放吊桥处,且喜不见一人,用尖刀割断绳索,弯弯曲曲将吊桥板拽至墙边,平斜靠墙,板长三尺余,一头抵墙根,倒十分稳靠。陈音解了树上的绳索,一步步走上桥板,至板尽处挽索而上,直上墙头。取了钩索装入囊中,又掏出粉石在墙上画了暗记。向北行去,且喜那株桂树未动,踊身一跃,扑上桂树,仍照昨夜由二层楼翻上三层,绕至南面缘柱而上,转眼已到窗楞,侧着身把牛耳尖刀拨簧,簧脱后窗扇一开,弩箭已出,蹲在窗楞见宝剑仍系原处,楼中摆列的同昨夜一样,想来楼板是不能踏的,东西两张桌离铜凤不过七八尺,窗离桌约有一丈二三尺,谅来尚可一纵而到。只是一来怕桌上设有机弩,二来怕脚点桌时略有声响,便要误事。想来想去,忽然醒悟道:"夜来他们既在这桌上饮酒,此桌必然稳实,所虑不过响声。"停一响,发狠道:"咳!事已至此,也顾不得许多,且把靴子脱去,赤着脚跳去,就有声响,也就小了。"主意打定,将靴子脱了,顺手搁在窗楞上,往上提劲,奋力一纵,已落桌上,真个稳实,毫无响声,心中甚喜。再一纵落在铜凤背上,乘势一骑,用手把凤头凤尾凤背凤肚细细摸过,哪里有点缝隙?好不着急。摸了三四遍都是如此,心就呆了,气恨不过,把手中的牛耳尖刀在那凤身上乱拄,不料拄到翅上,忽觉得翅处有点活动,便用手细细地按,果然按着机关,凤翅一张,现出一个窟窿,心中大喜。于是一只手按着机关不肯放松,一只手探入窟窿内,摸着一卷绳索拴在一个铜钩上,知是到手,将绳头理出,取下铜钩,把绳一松,抬头望那宝剑已缓缓地坠下,只是离铜凤约有五尺,伸手不能取到。人急智生,蓦然又想起囊中的钩索来,将剑放至分际,便把绳拴在凤翅内铜钩上,那剑便不动了。将钩索掏出,向剑鞘系处一抛,搭住了往怀中一带,剑已入手,用刀把绳割断,这只手一放,凤翅依然收好。

听更点已是四更三点,不便久延,拿着剑纵回桌上,再向窗楞一纵,将身坐定,把牛耳尖刀带好,把宝剑搁在窗盘上,取了靴子一一地穿上。私念道:"剑已到手,去罢!"伸手去摸剑,吃惊不小,剑不知哪里去了!急往窗内外仔细一看,何曾有点影响①。这一惊比昨晚踏住机板还要厉害。定了定神,只得溜上横木,沿着楼柱一直往上,攀着檐牙,摘月势翻上楼

---

① 影响——影子和声响。

顶,爬至瓦脊上,四围看了一会,只见满天星斗,远处朦胧看不清晰,近庄处都是黑鸦鸦的树影,树外是壕,流水潺潺,除五更转点外寂无声息。看来时候不早,天又快亮,久耽搁便去不了。顺着瓦沟爬至檐口,一个倒垂檐势抱着楼柱溜下,踏住栏杆,叹一口气,见窗棂仍旧开着,望那悬剑处一口宝剑却依然端端正正悬在那里。这一惊比适才不见了剑的时候更加厉害。心中一横道:"我还是要把它取下,方才转去。"正要盘在窗棂上脱靴,耳边忽听一阵声响,惊得陈音手足无措。正是:

　　漫夸摘月拿云手,
　　还有惊天动地人。

不知陈音听见是何声响,弄得手足无措,小子若不说明,看官定猜不着。请看下回。

第 四 回

洒热泪大哭毛狮子　冒奇险三探绾凤楼

　　看官你说陈音听的是何声响,这样惊慌?原来五更已尽,四邻鸡声乱唱,天时发晓。陈音一想,再延片时便不能脱身了,只得循楼而下,由杨树蹿上墙头,寻着暗记,将钩索搭好,一步步挽索而下。到了桥板撂下钩索,几步跑至树根处,将钩索收在囊中,仍将桥板弯弯曲曲拽回原处,安放停当。蹿过壕沟,急急跑回寓所,越后墙而进,悄地进房,窗上已白。坐在床上想来,此事真正古怪:"我明明白白将剑取下,为何霎时不见?及上楼顶张望转来,为什么又端端正正挂在那里?若说是他本庄人取回,就该惊起防夜的,何得毫无动静?若说是外面去的人,就该挈剑而去,何得又归还原处?好生令人难猜!"猜疑一会,身子困倦,沉沉睡去。巳牌时方醒,起身梳洗用饭毕,出得房来,听同寓的说道:"今日有许多不相干的人去丛冢里追悼毛狮子,听说甚是热闹,我不懂得这些人为什么喜欢做这些不要紧的事?"陈音听了,默无一言。走出寓所,向丛冢①处走去,果见许多人,有执着束刍②的,有挑着纸钱的,有携着壶酒的,有扛着花圈的,纷纷扰扰,甚是热闹。仔细看来,不是与毛狮子相契的屠狗辈,就是与毛狮子至交的卖菜佣,又有的是彼此同场的博往③、朝夕同醉的酒友,求一搢绅世家读书士子半个也没有。大众到丛冢里寻着毛狮子的新坟,具束刍的焚束刍,有纸钱的化纸钱,壶酒列于坟前,花圈放在坟顶。也有搔首无言的,也有顿脚长叹的,也有满面戚容的,也有放声痛哭的。内有一人像是毛狮子的酒友,大声号啕道:"毛大哥!你每到醉时,便讲做事要热肠,待人要血性,遇有不平不是挺身向前,就是拔刀相助。你而今受了委屈而死,谁有热肠,谁有血性,挺身拔刀替你申辩?反被那鼓唇舌弄笔尖的人

---

① 丛冢(zhǒng)——隆起的坟墓。
② 束刍(chú)——用纸扎的牲口。用以祭祀。
③ 博往——一起赌博的同伙。

说你是恃蛮多事！想你九泉之下定然不肯甘心。你我交好一场，携得白酒三杯，你须要像生时那样的爽快吃个大醉，从此沉沉大睡，再莫管世间的闲事，倒落得个身安意适，反有那鼓唇舌弄笔尖的人赞扬你是安分良民！"

大众正哭得沉痛，忽见来了十余个监事处的巡役，手执短棒没头没脑地乱打，将众人赶散。焚不尽的束刍掼得遍地纵横，化不尽的纸钱摔得满天飞舞，壶酒齐翻，花圈乱转。骇得一些人东奔西窜，一哄而散。此时毛狮子若是有灵，想来决不肯甘休，无奈孤坟横亘，万唤不应，只付之无可如何而已。且喜众人奔逃得快，没有一人被巡役拿着，还算幸事。

一路转来倒听得许多人说长道短，无非是讥笑这般悼毛狮子的人无味可笑。陈音听了仍是默无一言，闷闷地转回寓所，进房来躺卧在床，想起如今的时势，满腔热血正如波翻鼎沸一般。此时天气尚燥，不觉浑身出汗，坐卧不安。作书的：十月下旬为何天气尚燥嘞？原来周朝正月建子，周朝的正月是如今的十一月。陈音在西鄙时是十月下旬，照此时是八月杪①。所以西风虽起，余暑未退。不然诸伦庄中的桂树如何花开正盛？放火时如何西风骤起？此处述明，后不再赘，看官自然明白。闲话休提。陈音发热一会，心定片时，也就无事。吃了夜饭横卧床上，忽见灯光一隐，窗上人影一晃。赶紧立身起来，开门出去，到窗外一看，哪里有个人影？只听得天边雁唳②，草际虫鸣，夜色沉沉，满天星斗。心中诧异，私笑道："莫不是我的眼花了？"仍然横卧，天已二更，收拾停妥，照样将门虚掩，越墙而出。到了诸伦的庄上，蹲过北面壕沟，去至吊桥，正要将桥板拽起，忽听树林内一声大喝道："贼人休走！"喝声中火把已燃。陈音见一人挺戈而前，当胸便刺。陈音不慌不忙，身躯一侧，恰恰躲过，趁势一步抢进，逼近那人胸膛，一牛耳尖刀当心一刺，刀快手沉，鲜血直喷，那人倒了。又听树林内锣声不绝，蓦地跳出两人，一人手执硕刀，一人手执长枪，都不言语，对准陈音便刺，枪先到时，陈音一手接个正着；砍刀已向头上扫来，陈音把头一低，用力把枪一拖，使枪的扑地倒了，枪已脱手。使刀的又把刀从脑后砍下，陈音往前一蹿，刀砍个空，乘势翻身转来，正待举枪刺去，使

① 杪——末尾。
② 雁唳（lì）——大雁的鸣叫。

刀的早已赶上,劈头砍下,陈音一枪敲开刀,顺手一刺,正中那人的咽喉,刀丢一旁,倒地死了。先倒地那人却已不见。此刻锣声四面不绝,东北角跑出三人,两人挥鞭,一个就是适间使枪的,仍然挺着一杆枪,陈音弃了手中的枪,拾起砍刀在手,三人一拥而上。陈音抡动砍刀,只见刀光闪灼,霍霍有声,先听使枪的"哎呀"一声,枪已两段,此回不倒地,就拽开步跑了。两个使鞭的拼命相斗,刀光过处,又听一人叫声"不好",躲闪不及,削去半边天灵盖,却见活不成了。还剩一个心慌手乱,被陈音用刀隔开鞭,转手一刀杆打倒,加一刀杀却。左右一望,见东南两面灯笼火把蜂拥而来,看看快到。陈音弃了砍刀,一挺身蹿上树去。顷刻之间,两边合拢来不下五六十人,举火四照,见地下杀死四人,贼人不知哪里去了,两面为头的道:"贼人谅在近处,大家须要留神,多燃火把,四面照看。且把尸首搬在一处。"此时庄内锣声大作,前后照得通红,更鼓声中隐约听得刀矛相撞、剑戟相碰之声。陈音在树上一想:"桥板不能取用,万难进庄,且庄内警觉,防守甚严,进得庄去也难济事。眼见盗剑之事也成画饼,宝剑不能到手,叫我怎么回复卫老?咳!"真个剑不到手,不但陈音不能回复卫老,我作书的又怎么回复看官嘞。事情到此真真难了!且莫性急,想来总有个交代。

　　只说陈音在树上为难了半晌,想道:"此刻由墙头进去的话不要说完了,我想且由树上直到大门,既已绕过三道木卡,或者大门地方倒不十分提防,可以进去,亦未可知。"定了主意,攀枝拂叶,矫捷如猿。走不多远,下面有人喊道:"乙哥,你看那树上不是一个人吗?"陈音吃惊非小,心中一急,伏在树上不动。听得一人答道:"你真喝醉了,这时候什么人肯到树枝上去?走罢!"陈音听了,心中一宽。又听那人道:"乙哥,你不要说我醉,你仔细看那里一团黑影,那人还在那里摇摇摆摆哩!"陈音听了心中一急。一人答道:"就是你手指的地方吗?"那人道:"正是。"一人笑道:"说你酒喝多了,醉眼蒙眬,你只是不服,那是一棵权槎,一团黑影是个鸦巢,风吹着摇摆。不要在此胡混,快快巡哨去!"倒听那人笑了,口中糊糊涂涂道:"乙哥,到底多几岁了,吃了酒,眼眼有点发花。"说着话,掌着火把去了。陈音才宽了心,一口气蹿至正南,望那三道木卡,更鼓不绝,恰是三更一点。火球照耀,刀矛整齐,所踏的树枝离大门不到二丈,果然人都集在三卡,大门处不过三五人坐在那里。一纵身上了大门的门楼上,循墙而进,蹑至第二层屋脊,虽说下面防守的人不少,却无一人瞧见。望正厅上火光照得透亮,往来巡哨的络绎不绝。望缩凤楼上仍似前两夜静悄悄的,望南的门却大大敞开。想来必是前两夜开窗踏板有了形迹,因此另设机彀①。却正望着一口剑,仍是清清白白、端端正正悬在原处。到了此际,顾不得许多利害,连蹿带跃直上正厅。正待扑上桂树,眼前黑影一现,风声一响,一件兵器劈面打来。陈音急向左边一蹿,恰恰让过。那人已出声大喊道:"屋上有贼!"下面声如雷轰,内外俱应。陈音见势已急,只得稳住心照应四面。那兵器又横腰扫来,陈音用手中牛耳尖刀一隔,却十分沉重,虽被隔开,一只膀臂已震得麻木,急急转身逃走。哪晓得那人蹿高的本事也不弱,紧紧追赶,赶至二层屋上,四面火光冲天,陆续有人扒上房来,有用箭射的,有揭瓦打的。陈音此时眼观四面,耳听八方,哪里敢丝毫怠慢。火光中见追赶那人正是椒衍,手中兵器是根齐眉铁棍,一眨眼已离身不远,一根棍由背后拄来,恰恰侧面又有屋瓦飞到,陈音把身一伏,棍摔个空,只听哗喇喇一片声响,却是飞瓦碰在棍上碰得粉碎。陈音用个鲤鱼奔滩势,早蹿在大门的门楼上,见大门一带刀戟如麻,齐声呐喊:"贼已到此,快快放箭!"一霎时箭似飞蝗般向上射来。陈音或拨或躲,幸喜未着一箭。焦躁道:"不将椒衍退去,怎能脱身?"无奈手中的刀太短,不能得力。心中一急,计上心来,用手在囊中掏取铁弹,正待发出,只听椒衍喊道:"休使暗器!"陈音一惊,私念道:"他如何就会知道?"回头一看,见椒衍用棍一隔,一个金黄色的家伙噇的一隔格去数丈远。陈音趁这空里回手一铁弹,恰好打着椒衍的右眼,血光一冒,"嗳哟"一声倒在屋瓦上,一根铁棍哗喇喇从屋瓦上滚下,却听有人在下面也是"嗳哟"一声,与椒衍相应。这些人见椒衍伤了,就成了蛇无头而不行。诸伦虽在下面吆喝,瞎吵瞎闹有何用处?陈音此刻抖擞精神,铁弹蝉联而出,向前的都被打倒,在大门口放箭的也被打伤三五人,大势便乱了。陈音从箭林中一蹿到了树枝,跳跃如飞,不敢向木卡处走去,转到西面树枝尽处,早到壕边。虽远远听得人声鼎沸,眼前却无一人,蹿过壕沟,径上石桥,回头见火光蜿蜒已到壕边,更鼓早已四更。

闷闷走回,越墙进房,将门拴好,将灯点起,坐在床沿懊恨道:"今夜

---

① 机彀——机关。

第四回　洒热泪大哭毛狮子　冒奇险三探绾凤楼　25

一闹,绾凤楼是不能再去了。且今夜杀死四人,连前夜共杀六人,势必惊动官府。我的面目众人通已认得,此地亦不可住了。我离此地原是容易,只是卫老处如何回复?"越想越难过,闷闷沉沉倒在枕上,用手将枕一移,觉得有物触手,一翻身坐起来,取出一看,看官:你道是什么物件?正是陈音三次冒险、到手复失的那口盘螭剑!正不知此剑如何到了陈音枕上,只见剑鞘上夹着一张纸条,陈音取来在灯下一看,上写的是十六个字:

　　取真易假,释彼之疑;忙山不远,与子为期。

　　陈音此际倒发了呆,手握宝剑坐在床沿细细揣想,忽然醒悟道:"是了!第一夜救司马彪必是此人;第二夜趁我着靴之时将剑取去,必然亦是此人;今夜椒衍追我甚急,助我暗器的必然又是此人。但不知那口假剑又是几时悬上的嘞?哦,我上楼顶探望的时候,他就趁这个空悬上了。呀!我晚饭后窗外的人影想来还是此人。难道那时就送宝剑来吗?定因寓中人多犯眼①,恐有不便,等我出去,门是虚掩的,他将剑送来枕上,一些也不错!"心中一动道:"此人这时候在我窗外也未可知。"立起身,轻轻开门出去,四围一张,连雁唳虫鸣都不听得。回房坐下道:"忙山不知在什么地方,好叫人难猜!"

　　只听得更鼓已转四更二点,心中一急道:"时候不早了,我明晨就要动身,不趁此时将剑送还卫老,少迟就要误事了。"在包袱中取了一锭银子带在身上,忙忙地吹灭了灯,轻轻地走出了房,将门拽好,依然走至后院,一纵上房,向北而去。不消一刻,早到了卫老屋上,侧耳一听不闻声息。轻轻落在天井里,见朝东一房灯光未灭,伏窗一听,听得卫老叹口气道:"乖孙孙睡罢,此时不来是绝望了。明日我与诸伦拼命去!"又听茜儿道:"阿公,千万不可,不要枉送了性命,丢下孙女靠着何人?总要慢慢想法才是。"陈音用手敲窗,卫老惊问道:"什么人?"陈音应一声:"是我!"随听脚步响,将门开了。陈音知卫老家中别无眷属,跨进门去,卫老见陈音手握着盘螭剑,不待开言,倒身先拜。陈音急忙扶起道:"快休如此!时候不早了,早定计较为是。"茜儿也走拢来扶起阿公,一起坐下。卫老问道:"大哥此剑是如何到手的?想来不知受了几何惊骇,费了几何力气!"陈音道:"此剑到手,另外还亏一人,我也不及细表。我劝此刻收拾动身

————————
①　犯眼——让人瞧见。

为上,恐到明日,诸伦那厮定然发作,就有许多不便。我明日就动身的。"卫老听了,看着茜儿道:"我们此刻就动身可来得及?"茜儿道:"所有值钱的前日已经典尽了,所剩的不值什么。随身物件容易收拾。"陈音道:"如此,愈速愈妙。"公孙二人即时收拾起来,略微有几两银子放在包裹内作盘缠,宝剑卷在铺盖里。茜儿道:"隔壁干妈不必惊动了。"一听已是五更,陈音催促道:"好动身了。"卫老背了铺盖,茜儿捆了包裹,所有粗件家具一概弃了,匆匆出门。茜儿忽喊道:"阿公,北面墙上是什么影子,一晃就不见了!"卫老看不清白,兀自痴痴地张望。陈音料是送剑那人,也不提出,只催快走。随即问道:"老丈向哪里去?"卫老道:"我有妹丈在山阴,此时且到山阴栖身。"茜儿道:"陈伯伯,我太姑爹姓伊名举。陈伯伯若到山阴,务到我太姑爹处。"陈音见茜儿精细,越是喜欢。此时约走了半里之遥,卫老道:"大哥请便。"陈音道:"天尚未明,我送你几里,到了可以雇车的地方,我就放心了。"卫老知是不能推却,只得高一步低一步向前走去。走了五里,到一地方叫乔村,看看天将发晓,一行人歇在一株大树下。陈音道:"老丈,天快亮了,恕不再送。"身上取出银锭递过:"老丈在路上贴补茶水之费,沿路小心,早到山阴为妥。"卫老愕然道:"这是什么道理?萍水相逢,多蒙费心,取回宝剑已是感谢不尽,如何敢领厚赠?老汉有几两银子尽可用到山阴,大哥也是出门人,留着自用。"万不肯收。陈音执意要送。二人虽各有意思,倒弄出客套样子来了。只是茜儿立起身道:"阿公,听我说……"正是:

  世路崎岖何足异,

  英雄意见总相同。

不知茜儿是何说法,且看下回分解。

第 五 回
忍辱难堪勾践随辇　衔仇图报陈音磨刀

　　话说陈音将盘螭剑取还卫老,送至乔村,更送银一锭,卫老决意不收,彼此推却。茜儿立起身道:"阿公,听我说:我们承陈伯伯的美意取回宝剑,护送到此,因见我们一老一小,心中不忍,加赠银两,这是陈伯伯救人救彻的意思。我们若是不收,陈伯伯心中定然难过,就是我们替别人做了这样的事,也是要照此做去方才心安。天快亮了,我劝公公率性收了罢!"陈音听了,满心大悦,默说道:"此女将来未可限量。我今番出力冒险真值得了!"卫老也就不再推辞,但道:"老汉只得愧领大哥之恩,老汉只有图个结草相报!"言罢涕泣交流。陈音立起身嘱咐道:"一路小心,我去了。"卫老随即立身道:"大哥好走!"心中甚是凄惨。倒是茜儿毫无恋恋不舍之意,只说一声:"陈伯伯,恕不转送了!"

　　陈音急急转回西鄙,越墙而进,到了房间,舒了口气道:"这才了结我一桩心事了!想来他公孙此去定然平安了。"哪晓得依旧弄出事来,卫老丢了性命,茜儿受尽苦辛,后文自有交代。此时只说陈音挨至天一发晓,将包裹打好,给清店赀①,出了寓所,足不停趾向吴国而去,思父心切,毫无耽延。十一月初旬到了吴国,到了盘门,一见人烟辐辏②,市面繁华。正行之间,只听鞭声不绝,行路的人都纷纷向两边分开,一人说道:"大王出来了,快站向旁边去!"陈音知是吴王出来,也随人众挤在一旁。少时人声寂寂,马蹄得得,金瓜铁斧,白钺黄旄③,以及豹帜龙旗、朱幡翠羽依次而过,又见香气氤氲④,乐音沉细,军仗过去,方是珠围宝盖,玉辇金鞍,

---

① 店赀(zī)——指店钱。
② 辐辏(fú còu)——车辐凑集于毂上,比喻人集聚一处。
③ 白钺(yuè)黄旄(máo)——钺,古代兵器。旄,古时旗杆头上用牦牛尾作的装饰,因即指有这种装饰的旗。比喻白色的兵器,黄色的旗。
④ 氤氲(yīn yūn)——形容烟或气很盛。

吴王端坐车上，气象十分尊严。忽见车前一人手执马𫏋①低头而行，气如槁木，面似死灰。陈音心里正在疑惑，私念道："吴王车前杂着这样一个人，是何缘故？"恰好身边一人指着吴王车前一人说道："那手执马𫏋的，就是越王勾践。"陈音一听，仔细一看，果然是越王。原来越王低头而行，加以面目改色，一时认不出，此刻认清，霎时面如喷血，连耳根通红了，不觉两脚都软，不忍再看，埋着头挤至众人背后。吴王过去时看的人议论纷纷，有叹惜越王的，有讥笑越王的，有说此时不诛勾践，将来难保不报仇的，并有说像这样人谅不能做出事来的。陈音一一听在耳里，真是刀扎心肝，油煎肺腑！

　　沉闷一会，慢慢地转过气来，信步行到蛇门近处，寻一寓所。小二引进房，放下包裹，洗脸吃茶不必细说。小二搬饭进来，陈音问道："你可晓得原楚原将军么？"小二正放碗箸，倒停了手，眼望着陈音道："你认得他吗？"陈音道："虽不认得，却与他有点交涉。他的府第在哪里，你可晓得？"小二安好杯箸答道："离此甚近，就在蛇门内东面，门口有'右戎府'三字的就是。我怕你认得他哩！"说着出房去了。陈音吃过饭，见天色尚早，换了衣服，一路问人，到了蛇门向东一望，果然一座高大府第，较之诸伦庄院气象格外整肃。见府门口坐着几个彪形大汉，不敢造次，缓缓地踱来踱去，总不见父亲的面。天已不早，只得转回寓所。一宿已过，次日起来，侵早②就往蛇门逡巡了一会，仍是不见。回寓用了几口饭，又往蛇门。刚到蛇门，瞥见几个人各牵一匹马由东而来，向蛇门外走，一一挨身过去。末后牵马的一人正是父亲，面目黧黑③，越显老了。正待开口，陈霄早已看见，递一眼色，陈音不敢声张，远远跟随在后，一径出了蛇门，约走两里，转向西去，又一里许，到了旷野，疏疏落落有几株树木。陈霄随众放马，不时偷觑陈音，见陈音趐④至南面一个土堆上，有五六株小树，隐身在那里。陈霄放了一会马，匆匆地将马系在一株树上，携了斫草的家伙向东行去。此时众人通牢牢地系好了马，也携了家伙斫草，纷纷四散，各行各路。陈

---

① 马𫏋（chuí）——马鞭子。

② 侵早——天刚亮，拂晓。

③ 黧（lí）黑——黑色。

④ 趐（xué）——来回走或中途转回。

霄趁众人不留意,由东转南,几步上了土堆。陈音见父亲来了,双膝一屈,伏在地上,放声痛哭,一句话也说不出。陈霄眼中扑簌簌地掉下泪,问道:"我儿是几时到此?今日得见我儿一面,为父虽死也是瞑目!媳妇与孙儿可好么?"陈音挥泪答道:"父亲放心,媳妇孙儿都好。父亲为何这样憔悴?"陈霄叹气道:"儿呀!为父既然给人为奴,哪里还有得安闲的日子过?这是为着国家的事,为父死是应该,毫无怨恨,只望我儿努力向上,将来挣得一官半职,为国出力,替为父争一口气,方不辜负为父的苦心。儿在此万万不可露面,恐生别祸,要紧要紧!"陈音道:"儿此来些须带得有点金银,一心赎父还家,不晓得吴国准赎不准赎?"陈霄道:"近两日听说有许赎的话,不知真假。儿在司马衙门仔细打听就晓得了。我儿在何处栖身?"陈音道:"儿在这蛇门西头鼎新客寓。转去儿就到司马衙门打听,父亲须要宽心,保……"

　　一句话未完,忽然一片声喊道:"陈霄的马跑走了!"陈霄脸上立时变色,也不顾儿子,迸着一口气跑去。陈音不敢后跟,只得探头瞭望,远见一匹马前蹄高举,鬃毛纷披,向东跑去,一竹篱拦路,一闯而倒,内是花园,菊花满眼,大甏①小盆,高下罗列,被马一冲,纷纷乱落,地上的菊花踩躏得秋影迷离,寒香四散。惊动了园丁,上来两人左右拦截,费尽气力始行将马扣住。见一人进内去了,父亲随后追赶,三步两跌,汗气上冲,不由一阵心酸。好一会方到花园处,见父亲向扣住马那人连连作揖,那人掉头不理,父亲用手去接马勒,被那人一推,父亲一个踉跄跌倒在地,苦爬爬的站起来,见那人一手扣住马,一手指着父亲大骂,只因隔得远些,听不出骂些什么。正在心内凄楚,忽见先进去的一人出来,后面跟着五六人,一起围上,将父亲扭住,取出绳索绑在一棵树上。里面又走出一人来,身躯高大,看不清眉目,后跟四人,到了花园,一些人都垂手侍立。这人指着父亲,嘴唇略动,众人一起应声。这人仍带四人进去了。众人手中各执皮鞭,轮流上前向父亲身上乱打。此时心中哪里还按得住!几步跳下土堆向东跑去。半路里已见众人放下父亲,一个人扛在背上,一拥进去了。一个人牵着马,到草场里招呼众人,都带着马回转蛇门而去。

　　陈音此时把这花园周围一看,连着是一个大院落,大门朝西修得十分

---

① 大甏(bèng)——大瓮,坛子。一种小口大腹的陶制盛器。

整齐,大约里面至少也得五六十间房,但不知是什么人的住宅。离宅一箭之地,见一老头儿弯着腰在那里剉草。急走上前去,向老头儿声喏道:"老丈辛苦!"老头儿抬起头见了陈音,伸起腰来答道:"什么事?"陈音指着那宅问道:"请问老丈:这是什么人的住宅?"老头儿听了,瞪了陈音一眼,摇头道:"大哥想来不是此地人,这住宅里的人都不晓得吗?这就是原楚原将军的别墅,日常来此。刚才一个放马的溜了缰,把花园闯坏了,原楚恰在此地,出来吩咐人将那放马的打得九死一生。这些放马的尽是越国的囚虏,由他作践,听说死得不少,也是可怜。"陈音听了,称谢一声,转身而走,老头儿依旧在那里弯腰剉草。陈音绕墙走了一遭,打定主意夜间进院相机行事。看看日已偏西,正待回寓,忽听"呀"的一声,向北的侧门大开,见两人扛着一个蒲席卷筒,上插锹锄,不觉心中突突地跳,不敢上前动问,只得远远跟着,不到一里,一片荒地杂树丛生。二人歇歇,抽出锹锄挖了一个坑,把蒲席卷筒掼下,远望着露出一双脚,套着草鞋,脚肉枯黑,认定是自己父亲,心中一痛,眼睛一黑,一跤跌在草地上,昏了过去。直到扛尸的两人掩埋好了,转来时见草地上僵卧一人。一个道:"这人想是发痧①倒了。"一个道:"这样天气不见得是发痧,不如行了方便,叫醒他,也算是件好事。"说着用脚踢了两踢,叫道:"快快起来!"陈音此刻悠悠苏醒,回过气来,狂叫了一声,睁眼见两人立在身边,一蹶站起来称谢一声。一个对着那人道:"可是好。"回头对着陈音道:"你为什么躺在此地?"陈音道:"小子在此寻人,走迷了路,一时昏晕,不知不觉地倒了,多蒙二位关念,感谢不尽。"两人也不回言,一径去了。

陈音呆立一会,对那几株杂树哑哭一场,闷闷沉沉,转回寓所,茶饭一点不进口,躺在床上泪如泉涌,只不敢哭出声。挨到天晚起来,取出一套衣服鞋袜,扎束停当,锁着房门,对寓主人道:"今夜在友人处有事不能回来,烦费心照应则个。"主人应了。陈音离寓一直出了蛇门。月钩挂天,露珠布地。急忙忙跑至坑边,四顾无人,身旁取出牛耳尖刀将土挑开,新堆之土通是松的,不一会现出蒲席,跳下坑去将蒲席拦腰抱起,挣上坑来,放在平地,将蒲席抖开,月光下一看,正是父亲,满头是血,眉青目肿,身上衣服破碎不堪,透破处血迹模糊,肉开见骨。真个肝肠碎裂,呼天抢地,不

---

① 发痧——痧病,也称臭毒、瘴气,是一种常见的流行病。

觉号啕①大哭起来,直哭得宿鸟惊啼,树枝乱颤,天地失色,星月无光,泪尽血流,悲痛不止。心想将尸移埋别处恐露了眼,倒有许多不便,不如仍埋此处,再行设法搬归。慢慢地将身上的破衣撕下,血肉粘连处不敢用力去撕。心中一想道,不如寻个有水的地方洗拭干净。放下父尸,立起身来四处张望,寻来寻去,且幸靠北不远就是个溪涧,连忙跑回,抱了父尸一步步走至涧边放下,就将尸身上脱下来的破衣蘸水来洗,浑身洗得干净,血肉粘连处通收拾好,把带来的衣服取出穿上,又换了鞋袜,仍然抱回原处放下。跳下坑去,用刀连挖带掘,足足一个更次,约有六七尺深,走上坑来,四面去寻些落叶衰草,陆续抱至坑边,匀匀地铺理平整,然后将父尸轻轻放下,上面盖了蒲席,脱下的破衣卷作一团塞在身边。又痛哭一回,方将土照旧堆上。去寻了一节竹枝,插在土堆侧边,做个记号。大约已是四更天气,坐在土堆侧边,哭了又哭,伤心道:"我若不来,父亲不同我说话,马不至逃跑。马不逃跑不至闯坏花园,又何至鞭打而死! 倒是你儿把父亲害了。只是原楚那厮这样横暴,我不能替父报仇,何颜立于人世!"想到此际,便觉气往上冲,提起精神来,睁目剔眉,真有一刻不能容忍的光景。只是认不清那厮的面目,心下一沉道:"事怕有心,总有窄路相逢的一日!"天将发白,向着坑磕了几个头,默祷道:"父亲阴灵不远,儿不能替父报仇,枉为人也! 望父亲在暗中保佑,儿总有日来此搬取父亲回家安葬。"

祷罢起身,曲曲寻路而回。到蛇门时城门恰开,入城回寓,开了房门进去,不脱衣服睡下,直睡到午后方醒。起身来略吃了一口饭,走到街上逛来逛去,只想碰见原楚,认个清白,以便寻仇。一连十余日总不一遇,心里焦躁起来道:"似此耽延岂不把人急死!"沉闷一会,恍然道:"是我自己昏聩了,那日刬草的老头儿不是对我说过吗,原楚那厮日常到别墅去,我何不在别墅近处守候他,总容易碰见。"定了主意,便去原楚的别墅前后远远游眺②,见那些放马的日日照着时限来爬山沿涧四处刬草,不得一刻闲空,触目伤心,自不必说。原来原楚这十余日受了感冒,卧病不出,所以陈音寻了多日从不一遇。这日,原楚病好了,骑了一匹骏马出了府门,带

---

① 号啕(táo)——号哭;大哭。
② 游眺(tiào)——行走、远望。

了人役一直向别墅去。陈音正在悬望,突见一个骑马的,身躯高大坐在马上,神情很像那日颐指众人的那人。心中一想是了,急急转至路旁缓步迎上,见那人生得浓眉方面,眼光凶恶,脸肉横生,一双眼直往陈音身上一起一落地盯视。陈音面不改色,垂手在一旁不动。顷刻过去,径入院中。陈音放开大步一口气奔转寓所,心中犹自乱跳。想道:"原楚那厮倒恁地厉害呀!他把眼光注定我身上,必有疑我之心,我若不快走,必为所害。今日无事总算侥幸。"果然原楚进至院中,便吩咐人役道:"我看适才在院前路旁立着那人,眉气眼光大大的,不怀好意。尔等派几个精干的出院去,不问皂白与我抓进来,待我细细地盘问他。"人役听了,便议出几个精干的,出得院来,四处寻觅,那人早不见了。试替陈音想想,真算危险!真算侥幸!陈音既然认清了原楚,勉强按着痛父的悲伤,到了夜间,带了牛耳尖刀,去到寓屋后面的溪边细细地磨。溪中水声呜咽,天上月色清凉。磨了又磨,把刀锋磨快了,又把刀尖锋铓磨好,连刀背刀柄通身磨得雪亮,在溪边扯了些乱草,把刀拭得明晃晃的,用指头在刀口试一试,真个吹毛可断,刹石立开,心中大喜,掌着刀默祷道:"刀呀!我自小儿把你佩在身边,从未离开。今日望你脔割①仇人的头,饱吸仇人之血,你须要替我好好出力,方不负我平日宝重你的意思!"刚刚祷毕,忽听树枝上戛然长啸,扑的一声腾起一只老枭②,飞过溪那边去了,溪中的水一股风吹得波纹绉绿,浪影翻青,月色刀光,照耀得闪灼不定。正是:

　　急难相随唯白刃,
　　雠仇不报岂男儿!

不知陈音如何报仇,下回自见。

---

① 脔(luán)割——切割的意思。
② 枭(xiāo)——猫头鹰。

第 六 回
勇陈音挥刀报父仇　老宁毅擎杯谈国事

　　话说陈音衔原楚杀父之仇,心中苦痛,溪上磨刀,磨好了藏在身边,朝夕踩探原楚行止,总不得个下手之处。光阴荏苒,早已十二月,正是"草枯鹰眼疾,霜落马蹄轻"的时候。陈音心中急痛不过。一夜,正筹划好第二日探好原楚的宿处,夜间前去行刺,就是冒险也是说不得了。挨至次日午饭后出寓,行至大街,突见人众拥挤,刀枪旗帜络绎而来,又有人驾着猎鹰,牵着猎犬,负弓挟矢,夹在中间。后面一匹大白马,鞍上驮着一人,恰是陈音横亘在胸提念在口的原楚。后面有一二十匹马,都驮得有人,簇拥过去。陈音想道:"必是城外射猎,我何不跟到城外,远远窥伺,或者有个机会也未可知。"一直跟在后面,出了胥门,径到石子山,人马一起屯住。原楚指示放火烧山,札下围场,霎时火光遍野,烟色漫空。陈音望见左面有一小山,树木荟荟,高与石子山相埒①,相离不满三里。只因原楚凶狡,不敢由正路行去,恐露了眼,反受其害。因此拨草牵藤,藏藏躲躲地爬至小山,钻进树林去。沿山脚的地方一片平地,不过时常有人来采樵,斫了树木,剩下树桩,又夹些桠桠杈杈,颇碍行路。陈音道:"我不过要上山顶去瞭望,此地看他做甚!"东弯西转,爬上山顶,远望围场处,火熄烟消,刀枪旗帜已排列得整整齐齐。一时豺狼乱窜,狐兔齐号,遍山都是。围场中竖的白旗临风挥动。一些人纵鹰嗾犬②,弯弓放箭,人声嘈杂,马足纵横,兴高采烈,争先恐后,乱纷纷的,缭得眼花。骑马的东驰西突,认不清谁是原楚。陈音叹道:"照此情形,今天又无望了!"坐在地上丧气垂头,闷坐一会,抬头时忽见山脚左面一人骑着马驰骤而来,大约是追赶野兽。心中一动道:"莫不是原楚那厮吗?"立起身,正想奔下山来,再细看时,骑的是匹青马,且马上人的身躯也不及原楚高大,心便灰了。又眺望半晌,想来无

---

①　相埒(liè)——同等,相等。
②　嗾(sǒu)犬——指使狗。

益,重叹了一口气,懒懒地从右面曲折下山。到了山脚,瞥见一只大鹿腾踔①而来,眨眼已从眼前过去,后股上中了一箭。忽听辔铃声响,急急扭过头来一看,一匹白马驮着一人,拨风似地急骤而来,一认正是原楚!急急抽出牛耳尖刀,一想那厮马快势猛,断然拦遏不住,一眼瞥见树根处有一巨石,约六七十斤,叫道:"好了!"急急摇出土来,举在手中,抢一步向前,在路边一株大树后隐身,尚未站定,马已奔至面前。陈音举起石,喝声"着",一石砸去,恰中马头,石巨手重,将马头击破,那马一声长嘶,前蹄一跪,后蹄一掀,把原楚颠下马来,倒在地下。陈音纵步上前,举起牛耳尖刀,对准原楚头颅刺去。原楚忽然腾身一跃而起,齐巧躲过,手上的弓已经落地,顺手拔出腰间宝剑。陈音第一刀刺了个空,复一刀对原楚的咽喉刺来,原楚用剑一拨,当一声响,火光乱迸,两人通吃一惊。原楚一看,认得是那日在别墅前路旁立定那人,不敢急慢,把剑舞得滚圆,恰如蛟龙夭矫②,一股白光上下旋绕。陈音的牛耳尖刀连挑带划,好似穿梭往来,闪灼不测。战到酣时,两道光芒绞作一团,两人身躯忽伸忽缩,四个脚步乍合乍离,好一场恶斗!陈音刀法虽熟,无奈尖刀太短,原楚剑长,终占便宜,若非陈音矫捷,早着原楚的手了。陈音见不能取胜,又恐后面有人追寻来反难脱身,心中一急,不敢恋战,把刀对他肋下喝声"着",原楚横剑一隔,陈音掣回刀,趁空转身迈步而走,钻进树林。原楚哪里肯舍,大喝:"贼人休走!"跃步追来。陈音左穿右跳,十分矫便。原楚本是马上的将官,步战之时已是吃力,又在树林左追右赶,直累得浑身是汗,气喘眼花。陈音正往前蹿,忽听背后一声响,回头看时,原楚扑地倒了。急转身一跃上前,向原楚背上坐。原楚飞起右脚一蹬,想踢陈音,哪里能够着身?倒将一株拱把大小的树踢断,力真不小了。陈音左手撑着原楚的颈项尽力一按,只听原楚哼一声,手中剑就松了,陈音右手的牛耳尖刀向颈项一截,鲜血一喷,截下头来。陈音立起身,把头摔在地上,骂道:"势贼,你也有今日!"见原楚衣甲绊在一个木桩上,桠杈穿插,好像经人用手扎上似的,才晓得原楚是因此倒地。一阵牛耳尖刀把头砍得稀烂,又在身上截了几十刀,方说道:"这才出了我一口无穷恶气!"

---

① 腾踔(chuō)——跳跃;凌空。
② 夭矫——屈伸。

陈音喘息一会，步出林来一望，后面无人追寻，死马倒在地上，见那脚镫黄澄澄，知是金的。又见勒口也是金的，心想道："寓所不能回去，包裹中的金银通丢了，不如把这两件金器取作盘费。"先将金镫割下，再用刀尖去马口里一绞，挖出金勒，也割了下来。怎奈没有包袱，又将原楚身上的里衣撕下一块卷好镫勒。忽听辔铃之声络绎不断，知是有人追寻来了，捐了包裹，急急钻进树林，由原楚尸身上践踏而去。

　　原楚将士等寻到那里，见马死在路旁，又在树林内寻获原楚尸身，刀眼无数，头颅剁得粉碎，即时号召别路追寻的人到来，告知此事，四处捕贼，毫无影响。只得将原楚的尸首收拾，扛回城中，报奏吴王，自然有一番大搜索。鼎新寓的主人听得此事，过了几日不见陈音归来，甚是疑惑，投凭里正，扭锁进房，查点什物，包袱内黄金三十余两，白银八十余两，以外只有衣服两件，铺被一副，床角挂一皮囊，内装钩药铁弹等物。里正惊疑，研问①来客情形，后由小二口中话出："此人来时，开口就问原楚原将军的府宅，是我告了他，余者从未提起。"里正沉吟半晌道："是了，目前原将军被人刺杀，想来就是此人了！"又蹙着眉问寓主人道："此客是几时出去的？"寓主人道："初九夜里出外，次日绝早回来。二十三日午后出去，至今未归。"里正跌足道："越发是了！原将军正是二十三日被人所刺。"随附着寓主人的耳悄悄道："你窝藏刺客，伤害长官，你这罪名可了不得。你想想！"寓主人听了，吓得面上青黄不定，呆了一会，用手悄悄地把里正衣服一扯，里正会意，一同到一僻静房里。寓主人向他咕噜了半天，里正闭了眼坐在那里，忽而点首，忽而摇头，忽而皱眉，忽而叹气。主人又向其央求了半天，将一个包裹塞在他手里，他又故作为难了一会，只说一句："客人包袱内的怎样？"寓主人又轻轻地说了两句。里正慢慢睁开眼，先咳嗽了两声，方道："我与你至交好友，这是天大祸事，我不替你担待些儿，如何对得住平日的交情？银钱两个字算得什么！你我大丈夫做事，还要替换生死，全凭的一副热肠，满腔血性，才算得是好汉子，银钱值个狗屁？只是我若是不收下，你又不放心，我暂时替你存着，你要用时只管来取。"又拍拍胸脯道："此事都交在我身上，你快将客人的东西全交给我，不可少了分毫，我自替你布置，包管无事。"寓主人急忙将查点之物全行

---

①　研问——仔细询问。

交与里正,里正解开包袱仔细看过,收好告辞。寓主人还说了多少承情不了、后报有期的话,方才分手。大约这等事,他们里正一般做公的人要蒙蔽起官府来,官府们只图省事,没一个不甘心俯首听他的,还要称赞他些"公事谙练,办公勤能"的上等考语。多少大有出入的要案都由他们上下其手①,何况这点无人发觉的小事,就算冰消了。

且说陈音杀了原楚,一直向西爬山越岭,牵藤附葛而行,都走的丛林荒岭,幸未遇着一人。大约走了二十余里,离石子山已远,天色渐渐地快黑下来了,想道:"此时十二月下旬,到了夜间,全无月色,又值北风凛冽,寒气侵人,身边又无铺被,荒山之上寒气愈大,如何度夜?"四顾近处,不见一个人家,心中着实为难,便坐在一块大青石上停息,见身上斑斑点点血迹不少,一想倘若遇着人必然盘诘,许多不便。一看寒烟影里白茫茫一个水荡,我不如往水荡那里把血迹洗去,再寻个栖身的地方。立起身转下山来,到了水荡,放下包裹,将身上的盖衣脱下,一一地将血迹洗洁净,对着水光一照,脸上也有几点血痕,掬水洗过,挣身立起,忽听清磬一声,穿林度水而来。其时冷雾横山,晚烟笼树,陈音顺着磬声听去,料来相隔不远,急急跑至山腰,四下张望,见北面山坳②里,树林丛中露出绀瓦③,鱼鳞层叠,鸱吻④高撑。进口气向北跑去,一刻到了,果然是座庙宇,门额"太清宫"三字,只是清荡荡的,山门虚掩。陈音叫道:"可有人么?"连叫数声,方见一人,年逾五十,驼背跛脚,慢条斯理地出来,问道:"什么人,大呼小叫?"陈音向前声喏道:"失路之人,求借一宿,万望方便!"那人把陈音上下打量一回,又问道:"你姓甚名谁?是哪国人?到此何事?"陈音道:"小子陈音,越国人氏,迷道至此。"那人也不再问,只说一声:"且随我来。"进得庙去,那人关好山门,将陈音引至西廊,指着一个房道:"你就睡在此间。"陈音谢了,进房一看,倒还干净,支板作床铺草为褥。见那人已经去了,就坐在板上歇息。少顷,那人携了一盏灯,夹着一卷布被进来,陈音连忙将灯接了,那人放下布被道:"夜间寒冷把来盖身。"陈音感谢不

---

① 上下其手——比喻暗中勾结,串通作弊。
② 山坳(ào)——山间平地。
③ 绀(gàn)瓦——指天青色的瓦。
④ 鸱(chī)吻——我国古建筑屋脊上的一种装饰。

第六回　勇陈音挥刀报父仇　老宁毅擎杯谈国事

已。那人道:"肚中想是饿了,我去与你端整茶饭来。"说罢出房,一会用大盘托了进来,摆放在一张桌上。陈音一看,一碗肉汁,一尾鱼,一盘麦粉卷子,三碟菜蔬,还有一壶酒,两双箸,两个杯。陈音甚是不安。那人将大盘倚在当壁,随即坐下,叫陈音坐了道:"大哥,你的肚子饿了,先吃几个卷子,再喝酒,我先喝酒陪你。"陈音也不客套,用了十来个卷子,随意吃点菜,已将饥焰塌下去了。只因那人如此举动,颇为疑惑,陪着喝了几杯酒,问道:"请问居士在此几年了?庙中另外有什么人?"那人此刻酒已半酣,撑着杯叹口气道:"不消问起,喝酒罢!"陈音越是疑惑,再喝几杯又问道:"寒夜无聊,居士何妨略道一二,以解岑寂①?"那人又满喝了一杯,方答道:"你不是说你是越国人吗?"陈音道:"正是。"那人道:"越国自会稽大败,臣妾于吴,此刻不知越王在吴是何光景?越国的时势又不知是何光景?"陈音听了,触动满腔的心事,也叹口气道:"越王在吴受尽屈辱,每日砍草饲马。吴王出游,越王手执马箠,步行随辇,观者任情讥笑。夫人身穿无缘之衣,汲水除粪。范大夫柴炊爨②,石室相随,真是难堪!"那人听了,早噙着一包眼泪,更问道:"越国近来时势嬲?"陈音道:"国事是文大夫掌管,一班旧臣仍旧分任各事,均以国耻难堪,尚能实心任事。"那人听了点点头道:"还好,但不知可有洗刷国耻的一日?"陈音问道:"居士莫非也是我越国人吗?"那人道:"何尝不是!我是甬东人氏,姓宁名毅,椒山之战我亲在行间,副将宁须是我族兄,死于伍员之手,我为右翼牙将,与伍员所部左翼相持。族兄战死,我死命抵御,手刃吴将三人,杀死吴兵不少,怎奈莫邪宝剑与那吴鸿扈稽二钩十分厉害,把我胸前筋骨划断。所以我的背至今驼了,把我左脚的腱骨戳伤,所以我的脚至今跛了。当时多亏了我部下一个步校名叫利颖,平日受我深恩,舍命把我从乱军中背出来,离了船,凫水上岸,将身上的衣甲换些银两,买药敷了伤痕,一路千辛万苦问道逃至此处。路上就听人传言,知是君王夫妇臣妾于吴。我那时一恸几绝,利颖再三劝解,自念天不祚越③,受此大辱,你我都是越国的一分子民,食毛践土,世受国恩,太平之世仰赖君王抚育,无虑不周,无微不到,省

---

① 岑(cén)寂——寂静。
② 柴炊爨(cuàn)——砍柴、烧火、做饭。
③ 祚(zuò)越——保佑越国。

刑薄敛,救灾赈荒,哪一点不是君王的仁厚?不幸否运相乘,国势衰弱,强邻压制,欺夺随心,真令人裂眦①滴血,握拳透爪,恨不得以颈血相溅,出口恶气!其实这般愤激,每每偾②事,不但毫无益于国计,且反使国家多受其损。只要把这国耻两字镌在心里,联络众心,筹划远计,大家在富国强兵上用一番精力,心坚气奋,艰险不辞,哪有做不到的事?!就说身不列朝位,言不入公卿,伏在草茅作几部稗官野史,吐一吐胸中的义愤,提一提国民的精神,也不枉国家有这个子民,方是郑重国耻的道理。你说是不是?"陈音听了,甚是佩服,连连点头,又接着说道:"我此时成了残废,空怀幽愤,莫遂壮心,可望天可怜我,眼睛里亲看着把国耻雪了,死在九泉也自瞑目!"不禁点点滴滴洒下泪来。陈音尤觉伤感,涕泪模糊,立起身道:"原来是上官,失敬了!"宁毅道:"快休礼套,酒冷了,且喝两杯再说。"大家喝了一会酒,吃了几样菜。陈音问道:"上官到此,难道这庙从前无人居住吗?利颖这人如何不见?"宁毅道:"此话慢讲。我观大哥气象不凡,且眉宇之间大有一种沉郁悲壮之气。何妨对我提说一二?"陈音把自己的事细细说出,宁毅一面听一面称快,听到刺杀原楚时,拍案大叫道:"快事!我要满饮一杯!"斟满酒一汲而尽。陈音说完,宁毅道:"足下既这样的忠孝,且有这般的本事,又在英年,正是分君忧雪国耻的伟器。但不知此刻的主意作何计较?"陈音道:"匆忙之际,主意尚未打定,还望上官赐教!"宁毅默然片刻,拍案叫道:"有主意了!"正是:

　　喜同老将联杯饮,
　　　更为英雄借箸筹。
　　宁毅替陈音打个什么主意,下回自有分解。

---

① 眦(zì)——指眼角。
② 偾(fèn)——破坏,败坏。

第 七 回
考军器楚国宝臂弓　入盗群利颖锄蟊贼

　　陈音此时侧耳静听,宁毅捻着几茎髭①道:"战阵之事与时为变,方今列强并峙,考求战务精益求精。我国军政腐败,器械窳钝②,用以制境内萑苻③尚能得用,倘以国家之兴衰系于一战之胜负,此等军械只好借以壮仪表,张虚声耳! 遇战辄北令人愧死! 苟有深思渺虑之士能审其所短,设一奇想创一奇器,制其所长,何难称雄一世。想来一物之兴必有一制克之物,盾兴而矛艰于攻,牌出而箭失其利。只要肯专心致志,哪里有想不出的道理。不过如今的人总没有恒心,遂至别人随意创一物件,便震而惊之,缩颈挢舌④,你说可笑不可笑? 就是依样葫芦,学人步武⑤,袭其貌似遇其神真,也是事事受制于人,有何用处! 我替你一想,现在楚国的弩弓天下无敌,弩之所向鸟不及飞,兽不及走,楚国之强,恃此以御邻国。你何不去到楚国学习弩弓,学成回越,教习一军,吴不足灭矣!"陈音道:"听说楚国的弩弓,其中施机设枢,不肯传人,恐到楚国没一个投师处,如之奈何?"宁毅道:"大哥既然原籍楚国,到了楚国或者弄出机会来,得偿所愿,也未可知。大凡丈夫做事,只要拿定主意,振起精神,立一个做不到不止的心,总是十有九成的。"陈音甚以为然,道:"承上官指示,我而今就一心往楚国去。"喝了一杯酒,又问道:"上官且把来此的情形,何妨说个大概。"宁毅道:"我同利颖是三月间到此,此处已不是香火地方,早成了盗贼巢穴,共是七个强徒,盘踞在此,白昼杀人,黑夜放火,毫无忌惮。贼人

---

① 髭(zī)——嘴上边的胡子。
② 窳(yǔ)钝——指器械粗劣,不锋利。
③ 萑苻(huán fú)——泽名。《左传·昭公二十年》:"郑国多盗,取人于萑苻之泽。"杜预注:"萑苻,泽名,于泽中劫人。"后称盗贼出没之处为"萑苻"。亦作"萑蒲"。
④ 缩颈挢舌——缩勃子直惊讶。
⑤ 步武——样式。

见我已成残废,没得用了,便想杀我,因见利颖身强力猛,一心要利颖入伙。我同利颖悄地商议,若不相从,定为所害,不如暂时相附,慢慢设法剪除他。利颖便应允了。他们出去,我就留守,利颖听我计划,把这般贼人明诱智陷,陆续诛了五人,现今只剩两个,一个唤做辛都,一个唤做蒙劲,这两个比那五个尤为狡悍①,今日午后带了利颖出去,说离此十余里有一富家,名叫曹渊,那人一身好本事,广有积蓄,近来新买两匹好马,十分神骏,两个贼人久想去劫掠,只畏曹渊了得,不敢冒昧。昨日打听得曹渊有事往鸠兹去,今日动身,家中不过些幼妇小孩杂役佣工,毫不足畏。动身之时我嘱利颖好生留心,善觑方便,不知可能除此两贼?大约也快回来了。倘是两贼同回,你只将灯光吹灭,不出声息,天明即去,我也不来照应你。"陈音听了奋然道:"既有贵部,小子不才,与贵部合诛此贼,谅也不难!"宁毅道:"这样也好。两贼回来,你总须吹灭了灯,免他动疑,到得下手的时候,我自来唤你。"陈音应了。

正说间,山门拍得声响,陈音卟的吹灭了灯,静悄悄坐在铺板上听候信息。宁毅点烛在手,出外开了山门,只听马蹄得得,连着人的步声一路进来,又听得关山门的声响。到了西廊停了,听得两人哝哝唧唧了一回,忽然宁毅大叫道:"甚好,甚好!只可惜蒙劲那贼逃了。陈大哥快出房来!"陈音摸出房门,到了廊沿,烛光中见一年约三十岁的人,面如削瓜,气象猛厉②,一手拿根铜棒,一手牵着一匹铁青色的马,马背上驮一革囊,不知装些什么,立在那里,知是利颖。宁毅指着陈音,告利颖道:"这是我越国人陈音陈大哥,真算个忠孝汉子!"利颖把陈音一相,知是一个豪杰,挽着缰绳,恭恭敬敬作了一揖。陈音还礼不迭。宁毅道:"此处不便说话,叫利颖把马拴在后院,到东廊房里再谈。"利颖牵马去了,陈音跟着宁毅先到东廊,宁毅推开房门让陈音进去。陈音见房内虽不华丽,却十分整洁,箱笼什物堆得不少。宁毅将烛插好了道:"待我去西廊把酒菜收拾拿过来。"陈音道:"上官步履不便,且待我去。"说罢携烛到了西廊,将桌上的酒食全放在大盘内,捧过东廊。利颖已将革囊抱到房中。宁毅问利颖道:"想来你也饿了,厨下酒菜现成,快去搬来,大家吃个饱,你好把今天

---

① 狡悍——狡猾凶悍。
② 气象猛厉——样子凶猛异常。

的事细细表说,虽不能下酒,大约总可以喷饭。"说罢一笑。利颖出房去,顷刻也是用大盘托来,摆满桌上。陈音一看,又添了一大碗焖猪肉,一只大肥鸡,一碟卷子,一碟馒头。宁毅招呼坐下,通不言语。利颖一口气喝了两大碗酒,然后将鸡肉馒头往口中乱塞,像是饿极了的光景。三人狼吞虎咽饱吃了一顿,利颖一起撤去,拭净了桌面,大家用汤漱过口,坐下吃茶。宁毅笑道:"只因此刻吃饭要紧,耽搁工夫,倘若将来有人把我们今天的事做成书,照此做去,看书人倒要急坏。闲话休题,你把今天的事说来听听。"利颖道:"今日我同二贼出去,到了曹渊庄上一打听,曹渊果然往鸠兹去了。我们见天色尚早,伏在近处树林里,挨至黄昏,计划停妥,辛都去庄外草堆上放火,我同蒙劲持械闯进,辛都后来接应。照计而行,辛都先去,一霎时哔哔剥剥,草堆上火起,烈焰腾空,黑烟乱滚,曹渊庄上的男子都拿了水桶铁钩救火去了,我同蒙劲手执器械大吼着闯进庄门,一些妇女正立在阶上望火,见了我们,吓得乱跑乱窜,好似蝴蝶纷飞,躲藏得影子俱无。我同蒙劲直扑正房,见房门紧闭,两脚踢开,冲将进去,听得床下窸窣有声,知是有人躲在那里,不去管他。蒙劲便去开箱倒笼,搜刮金珠宝玩,装入革囊,还想奸淫妇女。经我再三搁阻,说恐久延误事,方肯出房。去到马房里,只见这一匹铁青马,那一匹枣骝想是曹渊骑去了。我牵了这匹马出来,就将革囊搭在马背上,刚刚走出庄,救火的人把火救熄转来了,见了我们,齐喊有贼,又不敢向前,倒被辛都挥动钢鞭打得个鸡飞狗跳墙,也是藏躲得影子俱无。"陈音插口道:"你们闯进庄去,难道这些妇女通不叫喊一声吗?"利颖道:"妇女们的胆是最小不过的,一见是强人进屋,魂也不知飞到哪里去了,就是有个把胆略壮些的,叫喊一两声,那救火之时唬唬的风声、烘烘的火声、泼水声、钩索声,更加些众人的嘈杂声,哪里还能听见?"陈音就不言了。宁毅道:"后来怎么样?"利颖道:"我们出了庄时,蒙劲牵着马在前,辛都紧跟马后,我又在辛都后,各执火把。一路转来,走到一个山麓边,左面逼山,右面悬崖。我在后面屡想将辛都推下岸去,恰好这匹马一只后蹄掀起来踢辛都,辛都一退,紧靠着我,我口叫一声'辛大哥当心',暗用铜棒在辛都腰眼上一挺,脚下一扫,辛都骨碌碌地滚下崖去。蒙劲回头来问道:'怎么样?'我故意惊惊慌慌地喊道:'怎么了?怎么了?辛大哥被马踢下崖去了!'我也照着蒙劲一样向崖下张望一响,不但听不着人声,连火把的影子一些也不见。原来此崖高有十余丈,崖底是一条小溪,溪边通是怪石嶙峋,如刀似笋,从高处跌下去不成个肉丸,总成个肉饼。我日间早看在眼里,两面通不能下去。我只得照着蒙劲叫了几声呵呵而已。"

陈音、宁毅听到此处,都哈哈地大笑了一阵。宁毅忽然道:"陈大哥的包袱然何不拿过来?今夜作个竟夜之谈,不必睡了,快去拿过来!"陈音急急地去至西廊,把包袱并牛耳尖刀连布被通卷过来放下。宁毅道:"陈大哥包袱硬挺挺的,什么东西?"陈音道:"就是刚才对上官说道的那副金马镫同那金勒口。"宁毅道:"我倒糊涂了,且放在那里,明日再说。"向利颖道:"你往下讲,蒙劲那贼呢?"利颖道:"我那时仍想照样处置蒙劲,只是山径太窄,不能由马身边挤过去,心想只剩蒙贼一人,尽能对付他,心便稳了,慢慢地总有隙可乘。走过山麓,蒙贼一时内急,将马缰索递给我,便蹲在草地里出恭,铁铜握在手中,火把掼在地上,口里再三说辛大哥死得可怜,我们明日定要来寻寻他的着落。我一面答应一面想道,不趁此时下手,更待何时?用左手挽着缰索,右手举起铜棒,对着蒙贼劈头打下,叵耐那贼眼明手快,把头一偏,用铜来挡却来不及,一铜棒正打在那贼左肩窝上,蒙贼狂叫一声,连爬带滚跑进树林里去了,远远地大骂道:'我誓不与你这负心贼甘休!想来辛都之死也是你这负心贼所为。两日不着三日着,总有死在我手里的时候!'我也不理他,夜黑林深,不敢追赶,我就跨上马背一径回来了。"陈音道:"这样看来,此贼决不肯甘休,早晚须得提防。"利颖道:"蒙贼那厮本不是我的对手,如今又伤了左肩,越发不必虑他了。"宁毅道:"蜂虿尚然有毒,祸根不除终是后患,他焉肯容易把这巢穴离开?这里许多东西又焉能舍却?"正说话间,果然听得墙外大喊道:"负心的贼,快快与我滚出来!"利颖听了,便抓了铜棒跑到前面,开了山门,大喊道:"蒙贼快来领死!不把你这一窝儿贼诛灭净尽不显我的手段!"黑影一冒,蒙劲早到庙前,挥铜便打。利颖舞动铜棒乱戳乱捣,蒙劲左肩伤重,哪里招架得来,只得趁个空,一溜烟往右面逃跑,跑至转角。利颖忽然一声大喝:"贼人往哪里走?"黑暗中白光一掣,蒙劲叫声不好,把头一低,刀锋过处,挑脱裹巾,连头发削去一半,只吓得魂不附体。利颖早已赶到,蒙劲脚快,往斜刺里便跑。利颖要赶,陈音叫道:"利大哥,穷寇勿追,况在黑夜。"利颖止住脚大喊道:"蒙贼,你要是不想活命,你尽管多来几次,谅你这孤鬼游魂能做什么!"蒙劲跑进树林里,千负心贼万负心

第七回 考军器楚国宝臂弓 入盗群利颖锄蠹贼

贼地骂个不了,又骂道:"你这两个负心贼,一个废物,一个饿鬼,若不是我等收留,早已填了沟壑,哪晓得是这样的狼心狗肺!"利颖还在门外骂,陈音道:"骂有何益处?进去罢。"二人转身时,又听蒙劲骂道:"你勾引党羽来占的道儿,难道我就不能邀请别人吗?你这负心贼,好好留心!"二人也不理他,进厅关门,到了东廊,对宁毅说了。宁毅蹙眉道:"蒙贼不足虑,若是真个勾结人来,倒是厉害。况且明枪易躲,暗箭难防。此人未除,须善作计较。"陈音极口称是。宁毅道:"贼赃不下二三万,我的本意把贼除尽,将来散给贫苦之人。如今此事办不了了,现在年节已近,陈大哥就过了年去,一则可以畅叙,二则防备那贼,三则缓缓想一个或行或止的善法。陈大哥以为如何?"陈音想来不错,点头应了。

谈论一会,天就大亮。用过早饭,利颖又问了陈音的事情,陈音又说一遍,利颖听了,只乐得跌脚拍掌道:"可惜这送剑的人不晓得他叫什么名字,我要遇着他那才乐嘞!"陈音道:"不但名姓不知,连面貌还不知是个什么样哩!"利颖道:"磨刀报仇,大是快事。我要在那里,替你加戮几刀也畅快畅快!"宁毅道:"我昨夜细细想来,这二三万贼赃好在都是轻便之物,容易收拾,不如此时扎束好,趁这两日悄然搬回越国,将来济我越国的贫苦,多培得本国的一分元气,也算略尽得个人的一份心思,何必在这吴国地界担惊受怕?二位以为何如?"陈音道:"好是最好,路上须加意谨慎,不可大意。"利颖把所有的积蓄通搬出来,黄的金、白的银、珠宝古玩,璀璨满目。宁毅道:"陈大哥没有碎银,此有碎银一包,带在身旁,路上方便。被盖甚多,随便拣一套带上,夜间方能御寒,皮棉衣服却也不少,可随意取几件。陈大哥的金镫勒,不如换了金锭,以免累赘。"陈音也不作假,一一收好,将金镫勒交出。直至午后方才收拾妥当。陈音去到马房,把马相了又相,头至尾八尺,背至蹄七尺,倒也神骏。相毕转至东廊,宁毅道:"今夜蒙劲那贼来不来不可知,大家总要防备,若不来时,我们明日就动身,也不在此过年节了。"陈音、利颖闻声称是。宁毅见天色不早,去到正殿,击盘烧香毕。大家吃了晚饭,且喜一夜无事,天明收拾动身。宁毅对陈音道:"大哥到楚国弩弓习成,早回越国,只在军政司处就可打听我的居址。"陈音应了。利颖将马牵出庙来,扶宁毅上马,背了包裹与陈音洒泪而别。

陈音见他二人去远,放开大步向西而行。只因离吴都太近,不敢走大路上,只拣小路行走。行路多少不计,走至天已傍晚,看前面只有一座茅屋,周围土墙,靠墙处大小不一有几十根杂树,壁缝里漏出灯光。陈音道:"我就在这人家借宿一夜,明日再走。"一直行去,到了门首,正待叩门,忽听里面有妇女哭泣之声,甚是凄惨,便停了手。想道:"里面的妇女哭泣得这样,我如何好去惊动她,只不知她为着什么事如此伤心?我不免就在这屋旁边寻个地方歇宿,慢慢地去窥听,或者听出原委也不可料。"想罢,见离屋不远有一草堆,便走至草堆南面,放下包裹,轻轻将草拨一窝铺,被盖摊好,余物作了枕头。取出干粮吃饱了,正想去寻水吃,忽听妇女之声,哭喊救命。正是:

　　世间坑陷难填尽,
　　夜半啼声不忍闻!

不知陈音听了作些什么举动,下回详叙。

第 八 回

黄泥冈陈音救弱妇　苦竹桥赵允款嘉宾

　　话说陈音听得哭喊救命之声，急在包裹上抽了牛耳尖刀，两步赶至那人家东面墙外，里面哭喊之声越是紧急，大有喉破声嘶之状。急急一纵步跳进墙去，一听声在南面房间，一个健步抢至房门，灯光之下，见一妇人仰卧在地，一个男子骑在身上，把妇人的上下衣服乱扯。听妇人哭喊道："恶叔强奸嫂嫂，天雷救命呀！"陈音听了，心内火起，一步跨进房去，向男子屁股上一脚踢去，用力太猛，男子"哎呀"一声从妇人身上一扑过去。陈音赶过去，正想用脚踩在那男子背上，男子早已一蹶劣①站起来，在腰间掣出一根铁锏，劈面打来。陈音眼快手快，伸手接着，将牛耳尖刀顺着铁锏削去，那男子又"哎呀"一声松了手，想寻路逃跑。陈音早已颠转②他的铁锏，趁势向他胸膛一挂，那男子立不稳脚，仰面而倒。陈音用脚踏住胸膛，正要把牛耳尖力刺下，一想不可，事情未知底细，杀死了人反要遗害别人。此时地上的妇人已经爬起，整理了衣服，见外面来一大汉把叔子脚踏在地，急喊道："好汉，不要放走他！"陈音道："嫂嫂可寻一根绳索递我，将他绑起再说。"妇人连忙在门后取了一根绳掷将过来。陈音接着，用手去擒那男子的两手，男子用右手支拒，陈音擒牢了去擒左手，倒毫不费事，一擒过来，将绳绑好两手，转过身来绑两脚，两脚乱蹬乱踢，陈音拖过铁锏在脚盖上一敲，呛一声便不动了，一起绑好，绳索一紧，两头一凑，弄成了一把弓，卧在地下。

　　陈音正待跨出房门，妇人爬在地下磕头不止道："今夜若非恩公，小妇人性命必丧于此贼之手。万求恩公莫去，替小妇人做个主！"陈音道："嫂嫂请起，有话好说。"妇人又磕了几个头，方才起来，端了一个杌子③安

---

① 蹶劣——疾起貌。
② 颠转——反拿过来。
③ 杌子——一种非正式的坐具。

放房门口,道:"恩公请坐。"陈音坐下,方看那妇人,年纪不到三十岁,生得眉目清秀,举止端庄,虽是满脸泪痕,却没得一点悍泼的样儿,只觉凄婉可怜。问道:"嫂嫂到底是件什么事?地下卧着这人可是亲叔叔?"妇人正待开口,不觉触动伤心,号啕大哭起来,哭了一回,方拭了眼泪道:"恩公不知:此地名黄泥冈,小妇人姓孙,今年二十五岁,丈夫姓蒙名杰,春初往楚国去了。家有一个婆婆,年纪六十二岁。"指着床上道:"一个孩子,今年两岁,名叫阿桂,"指着地下绑着那人道:"那贼是丈夫的叔伯兄弟,名叫蒙劲。"陈音立起身道:"原来却是此贼!"举灯一照,蒙劲紧闭双眼只是哼。妇人道:"恩公认得他吗?"陈音道:"虽不认得,却晓得他的行为。嫂嫂且说今夜的事。"妇人道:"恶贼近年来专与强盗结党,杀人放火,无恶不作。丈夫在家就不准进门,他也一二年从不到此。今日午刻忽然来家,小妇人吃了一惊,问他来此作甚,他说他的积蓄被人霸占了,弄得腰无一文,要到潜邑去寻个什么朋友,没有盘缠,晓得婶婶有点银两,借我一借。小妇人的婆婆道:'我能有几两银子?你哥哥不在家,不知几时回来,家中用度正没法支持,哪得有来借你!'这恶贼听了,恶狠狠地去抢我婆婆的箱子,婆婆拖住不肯放手,恶贼丢了箱子,将婆婆一推,可怜婆婆年老的人,跌倒在地,箱子压在身上。恶贼就拧住箱向婆婆胸脯上拄了又拄,四无邻居,无从喊救,小妇人拼命上前,怎奈恶贼力大,一掌将小妇人打倒。小妇人爬起来时,婆婆已经呕血死了!"说着,眼泪像断线的珍珠一般。陈音一眼瞅着蒙劲,皱了皱眉,鼻子里哼了一声。妇人道:"婆婆此刻尚停在西屋里,未曾收殓。恶贼扭断锁开箱搜寻,只搜得白金十余两,口口声声道'断不止此',硬逼小妇人将所有的快快取出。小妇人此时见把婆婆殴死,同这恶贼拼命,恶贼把银子抄在怀里,说道:'此刻我有别事,夜间再来摆布你!'一直去了。小妇人此刻丈夫不在家中,儿子又小,婆婆死了,又无钱安埋,一直哭到点灯时。恶贼来了,反说出雷劈火焚的话来道:'哥哥不在家,你不如跟了我,带你去一个地方,包你终身快活。'小妇人气得要死,大骂:'你这豺狼不如的恶贼,总有天雷劈头、天火烧身的一日!'恶贼见小妇人不从,便把小妇人推倒在地,硬行强奸。幸得恩公来救,想必是恶贼的恶贯满盈了!总望恩公做主。"说罢又恸哭起来。陈音道:"既然如此,这贼万不可留了!只是嫂嫂寡妇孤儿,此地也不可住。不知蒙大哥几时才回?嫂嫂可别有栖身之处?"妇人道:"栖身之处只是相隔太远,在齐国的济南,是小妇人的舅父,姓赵名允,住在济南苦竹桥。小妇人孤孤单单如何走得去?"陈音道:"这个地方你丈夫可晓得?"妇人道:"晓得的。"陈音道:"既有地方,再作商议。且把恶贼收拾了,以便办理别事。"

蒙劲此时倒告饶了道:"我从今后再不敢了,饶了我罢!我以后做好人就是!"陈音笑道:"你认以前不是好人还算明白,世上多少做一辈子的恶人,至死也不肯认嘞!你要饶你,你能叫你婶婶活转来,我就饶你。"妇人喊道:"恩公饶他不得!"陈音也不答言,把蒙劲拖向西屋去。妇人也随后跟来。到了西屋,见床上停一死人,点了一盏灯在脚下,把蒙劲拖至床前,叫妇人道:"嫂嫂可有香烛?拿来点上。"妇人进西房里取出香烛点起来,又倾了一碗酒放在床前杌子上。陈音道:"我要看看你这恶贼的心肝是个什么样子?"一手撕破胸前的衣襟,牛耳尖刀向胸脯里一戳,顺手一绞,把心肝挖出来摆在杌子上。妇人哭道:"婆婆!恶贼心肝在此,婆婆阴灵不远,早升天界!"陈音已将蒙劲抛至天井里,用手巾拭净了手。妇人道:"恩公肚中想是饿了,小妇人且去烧饭来。"说罢去了。陈音仍还转到南房门口的杌子上坐下,细细筹划此事如何办理。心中想来想去,总难十分妥当,却又不能不走。沉吟一会道:"顾不得许多,凭心罢。"

妇人已将饭搬在正屋里安放好,请陈音吃饭。陈音蓦然想起自家的包裹,对妇人道:"我去就来。"抢行几步,蹿出墙去。妇人不敢阻拦。见陈音去了,蒙劲尸首横在地下,心中害怕起来,去至房里,看见儿子仍然沉睡未醒,就坐床沿,蓦然想起家中只自己一个年轻妇女,不觉满面发热,心中突突地跳,周身都觉软瘫了。灯影一晃,陈音已挟着包裹被盖转来了。妇人忽然醒觉道:"这人来去并不开门,都从墙头蹿进蹿出,到底是个什么人?"心中越觉害怕,见了陈音倒弄得手足无措。陈音见了,心中明白,道:"嫂嫂请放心:天地在上下,鬼神在四旁,我陈音是个戴发嚼齿①抑强扶弱的男子汉,稍有亏心,天地鉴察,鬼神不容。嫂嫂请放心!"妇人听了,立时回过脸色,立起身拜道:"恩公原来姓陈,小妇人一命悬于陈恩公之手。陈恩公这般居心,真是小妇人重生的父母。"陈音道:"且吃饭去,好作筹商。"妇人引至正屋,陈音坐了,见妇人立在一旁,便说道:"嫂嫂休

---

① 戴发嚼齿——形容路见不平,愤慨之状。

拘礼数,想来已是饿了,且坐下同吃,我好把我的来由对嫂嫂略说一二,也免嫂嫂心疑。"妇人也就坐下,一同吃饭。陈音把自己的事说了个大概,妇人心中一块石头方才放下。陈音道:"吃过饭将你婆婆的尸首安埋在屋后,恶贼的尸首,走时一把火烧了房屋,就灭了迹,只怕烧房屋之时惊动乡邻,倒有些不便。"妇人道:"这事休虑。陈恩公来此之时,难道不见吗?周围通无人家,谁来管账?倘是乡邻逼近,恶贼断不敢这般凶恶了。只是烧了房却如何处?"陈音道:"我送嫂嫂到济南。"妇人一听,便不言语,甚有为难之状。陈音道:"我的话说明在先:一路之上兄妹相称,就无妨碍。我包裹中颇有金银,尽可用到济南,嫂嫂请放心。"妇人倒身下拜,涕泣道:"陈恩公这样用心,我孙氏只有供奉长生禄位牌,朝夕跪祝,尽我的心!"陈音连忙起身道:"快休如此!天气不早了。"孙氏起身来,等陈音用过饭,递上一碗茶,陈音喝了。孙氏要收碗碟,陈音道:"不消了,且将你婆婆安埋好要紧。"孙氏取了两床棉被将婆婆裹好,当作棺木,寻出一把锄头,孙氏掌灯,陈音掘土,一个更次安埋好了。孙氏进房将随身用的衣物打成两小包,卷了一副被盖,余物不要了。对陈音道:"陈恩公,后面有一匹驴儿,是婆婆买来磨麦粉的,倒好骑着上路。只是陈恩公如何嘞?"陈音道:"再不要这样称呼我,我今叫嫂嫂是妹妹,妹妹就叫我做哥哥罢。我只步行,总赶得上。"孙氏道:"真正僭分①了,容后再图报罢。"商议定了,天将发亮,陈音将蒙劲拖至房里,等孙氏牵出一匹黑驴,抱了阿桂先走出门,陈音一把火烧起来,草房着火,烘烘地燃起来了。背了包裹出门,等孙氏背了孩子上了驴儿,包袱被盖搭在驴背上,扬鞭而走,陈音后跟。

  一路兄妹相称,往济南进发。日间分桌而食,夜间异房而居。走不多几日,眼见户户桃符,耳听声声爆竹,已是新年。逃难之人哪里还管什么年节。走了十余日,看看离济南不过百十里。那一天大雪纷纷,好似鹅毛乱滚,龙甲纷披,把那远山近树都如银装玉琢一般。朔风怒吼,湿云低垂,全身上下冷如水浇。这一匹驴儿一步一滑,孙氏在驴背上用布裙兜好阿桂,步步留心,生怕跌倒。卯时起身,行过午牌,只走得二十余里。歇下吃了午饭上路,走不到半里,陈音忽然腹痛起来,让驴儿先行,寻个僻静处出

---

① 僭(jiàn)分——越过分寸。

恭①。一会站起,即往前赶,约走了一里地,哪里有孙氏母子的影子?连忙爬上一座土山,四围一望,只见白茫茫一片平阳,有几株老松雪中压倒,有几竿枯竹雪里横斜,远远的虽有一二处人家,都是茅屋,被雪封满,成了雪堆。这一急,不但把寒冷忘了,就是腹痛也立时好了。站了一会,忽然得了主意道:"我不免寻着驴儿的脚迹跟去,自有下落。"跳下土山,果见路上驴儿的脚迹分明,又夹些人迹,看来不止一人。情知有变,急急跟寻。不到半里,见脚迹尽处是个茅屋,一排三间,矮小得很,后面围着竹篱,一扇竹门开在那里。绕至后面由竹门进去,走到檐下一听,孙氏在屋里大嚷大哭。一个年老声慢的妇人道:"狗儿,你又做出这宗事,恐天下不容你嘞!"一男子吼声道:"你这老厌物,总有许多屁放!不做这宗事,活活把你这老厌物饿死!"又一男子懒声慢气道:"二哥,我们商量正事,她老人家的话不要听就完了。"先前那男子道:"江老爹前日不说要寻个媳妇么?我们把东西留下,把人送给江老爹,连孙儿都有了,必然重重地酬谢我们,你说好不好?"那个男子尚未回言,陈音早将包裹卸下,藏在乱草堆里,扯出牛耳尖刀,大喊一声:"蠡贼,做的好事!"一脚踢开后门抢进来。一个男子先跑了,一个拖了一根木棒,一言不发对陈音打来。陈音左手接住,右手从木棒下往上一弹,"喳"的一声成了两段,对准那人小腹一刀戮去,只听"哎呀"一声,鲜血直喷到在地上。急出门寻那一个,踪影全无,哼一声道:"便宜了这狗男女!"见驴儿拴在檐柱上,孙氏此时已走出西屋,叫声:"哥哥!倘若稍迟一步,妹妹的性命就没了。"陈音又到房里寻那老妇人,已在东屋里用带自勒死了。陈音道:"妹妹,此地不便久停,速速上驴动身为是。"孙氏将包袱等物搭上驴背,抱了阿桂上驴。陈音已将包裹取出,上路而行。当夜寻了宿头,一夜无事,次日雪仍不止,也只走得三五十里。第三日雪霁,午前就到了济南。问到苦竹桥,孙氏下驴,见门前坐一庄汉,上前说了。庄汉认不得,转身进去,片刻跟一年约五十余岁的人出来。孙氏一见,上前称舅父,陈音一见,知是赵允,也上前声喏。赵允一起让进庄中,庄汉牵了驴儿进去。陈音见这庄内虽是耕种人家,倒也十分洁净。赵允让陈音坐在东偏房,问了姓名,递了茶,跟着孙氏进里面去了。少时出来,对着陈音深深一揖道:"外甥女若不是恩公搭救,哪有性命!

---

① 出恭——入厕。

又蒙千里相送,真令人又感又敬!"陈音谦让了几句,立起身道:"小人有要事在身,就此告别。"赵允哪里肯放?叫人杀鸡宰鸭,留住陈音,款待得十分恭敬。至晚收拾一间洁净房间让陈音睡觉。陈音连日辛苦,倒睡了一个十足。次晨起身吃过饭,定要动身。赵允再三苦留不住,只得送了二十两路费,不由陈音不收。孙氏出来,手拿一封信叫道:"恩公到了楚国,若遇见拙夫,务乞交到。但愿恩公前程万里,一路平安!"说罢洒了几点泪,将书递与赵允转付陈音。陈音收好了道:"当得①留心。"辞谢了赵允便行,赵允与孙氏一同送出庄门,见陈音走远,方才进去。

陈音上了路,向楚国而走,约行十日,到了一个地方,但见洪涛滚滚,浊浪滔滔,虽是水落天气,仍是一望无涯。沿岸寻觅船只,忽见枯芦败苇中缕缕烟起,急走向前叫道:"可有船只?渡我一渡!"听得有人一连应了几声,又听推开芦蓬声、解缆收板声、咿咿呀呀摇橹声,一只小船摇出芦林,一人立在船头掌篙,一人在船后摇橹,四只眼睛望陈音。到了陈音立处,前立的一人叫道:"客人请上船。"陈音不问皂白,一步跳上船去。正是:

  客里孤身须着意,
  世间跬步有危险。

陈音到了船上,几乎丢了性命,且听下回详解。

---

① 当得——一定要。

第 九 回

败晏勇大闹洪泽湖　　劫昭王独霸云中岸

却说陈音在苦竹桥辞了赵允,向楚国而行,到了一个大湖叫洪泽湖,寻了一只小船过渡,跳上船去,"咚"的一声,将包裹丢到舱里。船上二人打了一个眼照,齐问道:"客人想已饿了?这洪泽湖有四五十里的水面,一时不能过去,且做饭吃了,再行开船。天色又不早,大约今晚就在船上过夜。"陈音道:"做饭吃了开船也好,出门人随便哪里好歇。"二人听了大喜。一个瘦小的跳下船系了缆索,一个黑壮的烧火做饭。瘦小的系好了缆索跳上了船,对陈音道:"客人可要喝酒?"陈音道:"喝点御寒最好。"陈音一面解了包裹,打开被盖,一把明晃晃的牛耳尖刀抖在舱板上。瘦小汉子吃了一惊,问道:"这把刀可是你自己用的?想来武艺不弱!"陈音笑道:"出门之人将来防身,讲什么武艺。"做饭的黑壮汉子道:"这洪泽湖常有水贼,抢劫客人,可要小心些!"陈音道:"三五十个蟊贼不在我眼里,来了你们不要惊慌,自有我对付他。"二人通不言语,呆望了一会。那黑壮汉子道:"这样很好,我们才放心哩!不知客人到哪里去?"陈音道:"到楚国去。"黑壮汉子道:"既往楚国去,何不搭船,直由淮河转到大江?楚国此时迁都于鄀①,号曰新郢②。至夏口转入汉水,直到新郢,岂不比旱路方便?"陈音道:"好是最好,何处有此便船?"黑壮汉子道:"这不难,离此不过五里水面,有个白云荡,时常有那长行的船,我与那些船主大半相认。吃过饭我送你去,可好么?"陈音道:"很好。"须臾饭熟搬来,大家吃了几碗,酒便忘了,收拾好。

解缆开船,慢慢摇去,傍晚已到,果见一只大船,帆橹齐备,篷窗关好,

---

① 鄀(ruò)——古国名。允姓。有上鄀、下鄀之分。上鄀——作若,在今湖北宜城东南,后灭于楚,春秋后期为楚都。下鄀,金文作"蠚"或"蟜",在今河南内乡、陕西商县间,后灭于晋,为晋邑。

② 新郢(yǐng)——古都邑名。在今湖北江陵西北。春秋楚文王定都于此。

泊在那里。瘦小汉子喊道:"晏大哥,我替你送财来了!"叫了两声,后梢上钻出一个人来,年纪四十以外,颧高额阔,脸黑睛黄,微有胡须,应声道:"老三,谢你关照,今日不巧。"瘦小汉子道:"怎么说?"那人道:"船被人包了。"瘦小汉子道:"我们船上是个单身客,只有一个包裹,偌大的船,搭一个客人碍什么事!"那人还在迟疑,黑壮汉子道:"待我上去对他说说罢。"将小船挨拢去,一步跳上大船。那人道:"老大舱里去坐。"一同进去,好一会出来道:"行了。"对陈音道:"我替客人费几何①唇舌!客人请过去。"陈音称谢,取出一块银子,约有五钱,递与他,二人也不争论,收了。陈音卷了被盖,掮②上大船。大船上那人招呼水手在后梢寻了一个空地。陈音铺了被盖,见小船已去,倒身就睡。忽听中舱连声叫船主,船主应声后中舱有人喝问道:"此船既已包给与我,然何又搭外人?速速撑下船去!"船主央告道:"夜黑水深,将他撑向哪里去?只求贵人暂容今夜,明日定行撑他。"中舱的人道:"一夜原不要紧,晓得是个什么人?万一是贼,做出事来,你可承担得起?总总撑去为是!"船主再三代恳,中舱的人道:"带来我看看,到底是个什么人,只经我的眼睛一看,是好是歹自不失一。"船主来叫陈音,陈音此时无法,只得随船主去到中舱,有仆役带了进去。陈音见正面坐一年约六旬的人,像个贵人模样,面圆体壮,气象倨傲。旁边一个少年,不过十五六岁,生得甚是清秀。那贵人见了陈音,瞪着眼,歪着头问道:"你是什么人?为甚这时候赶到我船上来?我看你这样儿断断不是个好人,你与我快快下船去罢!"陈音正待申诉,那贵人又道:"我的眼睛不知看过多少人,说你不是好人,决乎不错。你也用不着分辩,快快与我滚!"只气得陈音眼中火冒,鼻内烟生,一口气冲出中舱,忽听那身边的少年道:"爹爹这时候撑他,实系无处走,望爹爹且容留他过了一夜,明晨撑他,想来不见得就出坏事。"那贵人为难一会道:"你年轻人,不曾在外边经练过,哪晓得外面的厉害?稍有点不留心就要吃大亏。既是我儿替他求情,且容他过一夜罢。"又对船主道:"我将此人交给你,你要留心提防,有了错误,我只问你!"船主应了一声,同陈音到了后梢,敷衍了几句就去了。

---

① 几何——许许多多。
② 掮(qián)——用肩扛。

第九回　败晏勇大闹洪泽湖　劫昭王独霸云中岸

陈音越想越气,翻来覆去,哪里睡得着。不一时人声寂静,连日辛苦的人,气过一会也就沉沉地睡着了。忽然满船大乱,人声闹嚷,睁眼看时,火光照得通红,正想跳起身,哪里能动?两手两脚通通绑好,面前站着一人,正要举刀劈下。陈音一想是了,只得哀求道:"饶我个全尸罢,死了也感激你!"那人倒停了手,把陈音提起,"扑通"一声掼下湖去。此时是正月下旬,天气寒冷得很,湖水又深,掼下去焉想活命?哪晓得陈音自小儿水内的工夫就练得十分纯熟,水内可伏得一个昼夜。陈音落到底,用口把绳头咬松,慢慢地退脱两手,再将两脚松开,迸口气向上一冒,加一劲冒出水面。听船上哀告之声,正是那个贵人,又夹着妇女啼哭之声。陈音轻轻泅到船尾,此时船上的人都在中舱,且喜船尾无人,急急把湿衣脱下,又去了袜,扭作一卷塞在舵眼里。身上只穿一条裤,无奈两手空空没有寸铁。蓦然想起上船之时,瞥见篷上插得有一把鱼叉,悄悄摸上去,且喜鱼叉尚在,抽出来捏在手中,去摸包裹被盖,哪里还有?想扑到中舱,又恐人多地窄,施展不开反而吃亏。可惜铁弹不在身边,不能远取,忽想起一个主意,摸到烧饭舱里,取了十来个碗,在舵眼里扯出湿衣,用一件将碗裹紧,余下的仍塞进去。鱼叉夹在肋下,碗包系在背上,摸到桅杆,滑溜溜爬上桅去,双脚夹紧,将碗包移至前面,大声喊叫:"救命呀!救命呀!"果然中舱有两个人钻出头来。陈音喝声:"着!"一碗飞下,听得一声"哎呀",再一碗,又是一声,二人连声呐喊:"桅上有贼!"火光一晃,中舱拥出十余人,仰头上望,齐喊拿贼。陈音一手一碗如联珠弹一般,手不停挥,碗不虚落,只打得一个个头破血流,眼珠突出。忽见一人爬上桅杆,陈音只作不见,仍用碗打下面的人。内中一个手拿板斧的正是船主,对准一碗飞下,船主用斧一挡,碰着旁边一人,伤了额角,爬桅的人已相离不远,陈音一鱼叉当头戮下,直透脑门,那人双手来拖鱼叉,被陈音用力一提,趁势一挑,将那人"扑通"一声掼下湖去。不知那人是不是掼陈音下水的人,不必问他。船主此时急得暴跳如雷,大叫道:"且把桅杆砍倒!"有三五个未受伤的正待动手,陈音早已溜下来,大喝道:"鼠贼,怎敢害人!"鱼叉一摆,对着船主当胸便刺,船主用斧敲开,回手砍下,陈音掉转鱼叉又一拨,叉尖已至船主面门,船主头一偏,把右耳划去半个。一连几叉,杀得船主手慌脚乱,大叫众人快快动手。先时众人看得呆了,此时听得叫,大家短刀长棍围上前来。陈音不慌不忙,舞动鱼叉,忽左忽右,忽上忽下,火焰横飞,响声不绝,杀得落花流水,只剩船主一人,招架不及,虚砍一斧,回头一跳,扑下水去。陈音想下水追赶,一则夜黑难防,二则恐带伤的贼坏了船上的客人。此时带伤众贼见船主赴水逃去,一起跪在船板上叩头讨饶。陈音道:"尔等要留狗命,都去船头舱板下伏着,少时自有发落,若是动一动,就追了你的狗命!"众人喏喏连声,揭了舱板伏在下面。

　　陈音跨进中舱,见那贵人绑了手脚,像个捆猪模样,额角上受了伤,血流满面。那少年也绑了,倒在一边。后舱里有个人影,贴着门帘还在那里发抖。陈音到了贵人面前道:"贵人受惊了!"贵人初时被贼人细绑了手脚,只骇得魂飞魄散,口中乞命,心里发昏,后来听见有人杀贼,心中一喜,醒过来私念道:"不知是个什么样的英雄!什么样的豪杰!"叫佛叫天叫个不住。此刻对面一看,就是适才说他决乎不是好人的那人,真羞得面如血泼,头似火烧,自骂道:"我是个老杀才,老瞎狗!我的大恩公,千万不要记我老糊涂的过!"陈音只当没听见,拾了一把板刀,把鱼叉靠在一旁,走近贵人身前举起刀来,那贵人惊得面如土色,大叫:"饶命!"陈音不理,把上下的绳索割断,又将那少年的绳索挑脱。此时贵人伸手伸脚,一会儿,扑地跪在船板上,那感激涕零、糜顶捐躯、莫报高厚的官样文字,此刻倒是真而又真了。陈音连忙跪下扶起道:"贵人不必如此,折煞小人了!"此时少年也跪了,后舱的人影也出来跪了,却是个十七八岁标致女子,并有两个人从前舱板下钻出来。陈音倒吃了一惊,仔细一看,不是贼人,却是那贵人的仆役。先时贼人动手就钻进舱板下去的,此时听得清清楚楚。知道主人无事,放胆钻出来也跪了。陈音一一让起,扶贵人立定,贵人一定让陈音坐,陈音再三口称不敢,贵人倒急了,立起身道:"恩公不肯坐,我们大家仍然跪下。"说罢就要跪下去。陈音连忙拦着道:"小人坐,小人坐!"于是贵人正坐,一男一女坐在肩下,陈音对面斜签着①身子坐下。两个仆役寻了茶水来送过,立在舱门口。贵人问道:"恩公尊姓大名?贵府哪里?此行何往?有何贵干?"陈音通了姓名籍贯,把投楚学弩的话说了,转问道:"贵人尊姓大名?是何贵国?如何坐了此船?"贵人道:"老夫王孙无极,"指着少年道,"小儿王孙建,"指着女子道,"小女季华。楚国人氏,右尹王孙繇于是我胞兄。昭王返国时,我曾授职宗伯。今因小儿患

----
　　① 斜签着——侧斜着。

病,在本国百般医治总是无效。此行在齐国就医而回,由陆路到此,雇得此船,哪晓得是只贼船!适才得罪恩公,竟把好人认作贼,把贼认作好人,我这对瞎眼应该挖去才是!贼人动手时将我绑了手脚,那船主举刀待砍,小儿情急拔剑救护,怎奈年轻力弱,加以众寡不敌,格斗一会儿也被贼人绑了。"指着舱门口道:"这两个狗才不知躲在哪里,小女哭哭啼啼推开篷窗意欲赴水,贼人围拢去拦阻。正在危急,幸得恩公搭救了我一家性命。且喜恩公要到敝国,正好同路,再图报答。"陈音立起身道:"贵人不可这样称呼。倘蒙贵人携带,自愿随侍,到了贵国,诸事还望照应!"王孙无极拍着胸道:"一概在老夫身上!"又说道:"老夫有一句话相屈①,务望恩公应允。"陈音道:"贵人有话尽管吩咐。"王孙无极道:"老夫一生只此一儿一女,爱如掌珍。小儿年纪虽幼,专好武事。老夫见恩公英雄,十分倾爱,叫小儿拜恩公为兄,小儿朝夕得恩公教导,老夫感谢不尽,且路上也方便些,恩公万不可推却!"陈音听了,心中暗喜,说道:"小人怎敢高攀?"王孙无极道:"这是什么话!"王孙建早已立起身来,对着陈音磕头下去,口称"哥哥"。陈音急忙跪下还礼。季华小姐也过来见了礼。陈音与王孙无极磕头,口称"老伯"。王孙无极哈哈大笑,吩咐仆役道:"从此尔等称呼大恩主,早晚要小心伺候,与小主人一般。"仆役同声应了"是",上前叩了头。

  此时大家高兴,几乎把刚才的事都忘了。王孙无极要吩咐暖酒备菜,畅饮快谈。陈音道:"待小侄把这班蟊贼开发了再行陪侍。"王孙无极道:"要紧要紧!"陈音觉得身上冷了起来,才想起身上只得一条湿裤。跳至后梢,细细地才寻着包袱,取了衣服穿好。包袱中取出牛耳尖刀,去船头上掇开舱板,叫道:"快快出来!"两个仆役掌灯照着,见这些人都是头破眼肿,共有十三人。到了中舱门口一字儿跪倒。陈音立在舱门口,在灯光之下仔细一看,见一个个身强气壮,喝问道:"好好从实直说,饶尔等的狗命,若有半句支吾,休想活命!"两个黑面汉子爬一步向前,一个道,"小人王成",指着一个道:"他叫逄魁。船主叫晏勇,武艺了得,水中本事也不弱,专在这洪泽湖劫夺客商。我与逄魁驾着小船四路招揽客商。今日招揽得王孙贵人,见他行李富足,送上大船。刚才送好汉来的两个也是一

---

① 相屈——相麻烦,使屈就。

党。我们下了手,得了财,他们有份的,大约此时也快来了,这是实话,冒犯好汉,真正该死!"说罢磕头,众人也跟着磕个不了。陈音又问道:"晏勇赴水逃到哪里去,你可晓得?"王成道:"我们的党羽各处水路都有,总巢穴在楚国云中,为头的叫做洪龙,本是大商,被囊瓦勒财①逼逃在云中为盗。此人生得碧眼虬髯,满身筋络暴起,两臂有千百斤气力,能在水中伏个昼夜,使两根水磨鸳鸯拐,二三百人不能近他的身,年纪不过五十。楚昭王逃难到云中,就是洪龙劫了,一个楚臣叫王孙繇于代昭王中了一戈,此刻听说做了楚国的右尹。昭王回国命斗辛在云中筑了一城,派人驻守。哪晓得洪龙的势大,守护巢穴的船只有二三百艘,四路行动,往来劫掳的不下五百只,哪里把驻守的几百老弱兵丁放在眼里!日常听得晏勇说,洪龙的意思,说江汉淮泗,羽党早经布满,俟有机会,先夺楚国江汉一带,顺流而取吴越,占了江南,再图西北,立志甚是不小。晏勇是否到那里,不得而知。"陈音正待往下盘问,忽然船头上一声大喝:"匹夫休得夸口!"嗖的一声,一个铁弹向陈音面门飞来。正是:

　　本来兽困犹能斗,

　　更有枭雄不易图。

　不知陈音如何对敌,下回分解。

---

　① 勒财——勒索财物。

第 十 回
收雍洛陈音得臂助　杀蓝滔蒙杰留爪痕

　　话说陈音正在盘诘群贼，忽听嗖的一声，一颗铁弹飞来，急将手中牛耳尖刀一匾，一声响，碰在船板上。接连又是一弹，陈音接在手里回手掷去，正碰着第三弹飞来，弹碰弹火花迸出，一起碰向湖中去了。陈音抢步向前，忽然脑后风声一响，知是暗器，头一低，从顶上飞了过去，只听得船头上叫声"呵唷"，"扑通"一声，那人倒下水去。陈音急回转身来，一步蹿上船篷，船尾上也是扑通连声，不见一个人影，四面一望，黑邓邓①的毫无声响，倒在大船侧面一只小船如飞而去。急下篷来，船已去远。前后搜过，转到中舱，群贼见陈音霍掷腾跃如狮子一般，只吓得垂头缩颈，环跪求饶。陈音用刀指着王成、逢魁道："你这两个贼徒，饶你不得！"二人骇慌了，把头磕得应山响。陈音哪里睬他，伸手提起王成到船头上，一刀剁了头，抛下水去。逢魁立起身要跑，陈音抓着他的背脊也提到船头，照样地剁下水。还剩十一人，真是身似筛糠，头如捣蒜。陈音笑说道："像你这宗脓包，也配作贼！尔等既想活命，明日好好地驾舟，把贵人送到地方，自有重赏。尔等可愿？"众人连忙磕头道："蒙好汉不杀之恩，决不敢有丝毫怠慢！"陈音道："谅尔等颈上只有一颗头，倘有些须差池，我且把牛耳尖刀的滋味与尔等尝尝就结了。"众人齐声道："不敢，不敢！"陈音见内中三人带伤甚重，指着道："你三人留此无用，我放你逃生，速速去罢！"三人连连磕头，流泪哀告道："我三人伤势已重，眼见不能活命，承蒙好汉厚恩，死在这船上也自瞑目，倘或挨得出活命来，情愿一生侍候好汉，赴汤蹈火，死也不辞！"陈音愕然道："你三人此话可是真心？"众人都和声道："若有假心，神天鉴察！"陈音大笑道："很好，很好！既是这样说，通通起来，各人去将息，天明时好开船。"众人欢欢喜喜，叩头起来，陈音带进中舱，与王孙无极叩了头，方出来到后梢去歇息，说不尽许多感激的话。

---

①　黑邓邓——黑灯瞎火，没有一点灯光。

王孙无极见陈音处置妥当,心中甚是喜悦,大家坐下饮酒,细谈一会,天已亮了。那带伤轻的八个人早已收拾好篷帆桨索,专等示下开船。陈音甚喜,便吩咐开船。八人一起动手,推篷打桨,齐声吆喝,却又作怪,船不行动,大家诧异。陈音忽然记起,笑道:"是了,舵眼里塞的湿衣未曾取出。快取出来就行了。"众人向舵里一看,果然一卷湿衣,取出来递与陈音。一时打桨如飞,船发如箭。陈音见这十一人心真,也放了心。王孙无极叫人取了陈音的被盖到中舱铺好,略为安歇,船由洪泽湖经淮转江。一路上陈音把己身的事详细说出,王孙无极甚是畅快,王孙建尤为倾服,赞叹不绝于口。陈音在路上日间安睡,夜里巡防,有时与十一人讲论武艺,逆江而上,转入汉水,一路无事。直到新郢,一行人收拾上岸,雇了人夫扛行李。正要动身,船上十一人一起跪倒,为首的叫做雍洛道:"一路上蒙好汉开诚相导,又指点武艺,我们通是父母所生,也晓得点忠孝廉耻,从前误入匪党,行些没王法没天良的事,此回算是死中得活,我们大家商议定了,不论如何总跟着好汉过一世,有用我们的去处,我们舍命向前,就是丢了性命,落得个好名声,总胜如作贼。好汉若是不肯收留,我们十一人通死在好汉面前,表白我们的心事!"说罢磕头,一个个流下眼泪。陈音听见,又是欢喜又是为难。王孙建在旁听了道:"哥哥收了他们罢,莫辜负了他们这片心!"陈音道:"贤弟有所不知,愚兄承老伯不弃,借着庇荫,总是仃伶一身。这十一人作哪样的安顿,将什么来留养呢?"雍洛急说道:"好汉放心!我们早经筹商好了,现成的偌大一只船,我们只在近处趁些生意,尽可过活。只要好汉不抛弃了我们,早晚听候驱使,有一个效力处,替好汉出点力,略略有点报答,就是我们十一个人的心了。"陈音尚未开口,王孙无极听了道:"贤侄不要为难了,就收了他们罢!"陈音方才应允。十一人欢天喜地叩头起来。留两个人看守船,其余九人也帮着招呼行李进了城。

　　陈音见这新郢都城宫殿巍峨,市廛①热闹,人烟稠密,货物丰盈,称羡道:"果然新建的都会,另有一番气象!"不一时到了王孙无极的府宅,自有府中人役收接行李,一番忙乱自不必说。王孙建陪陈音在客厅上坐,王孙无极带了季华小姐先进内宅,良久良久,有婢女出来招呼道:"夫人叫

---

① 市廛(chán)——古地城市平民的房地。

第十回　收雍洛陈音得臂助　杀蓝滔蒙杰留爪痕

少主人陪陈小恩主到上房去。"王孙建陪了陈音走到上房,陈音见王孙无极对面坐个五十余岁的妇人,面貌十分慈善,下首坐一个二十余岁的妇人,珠围翠绕,生得十分娇艳。王孙建先上前向年老的叩了头,再向年轻的请了安,方对陈音道:"这是母亲,这是姨娘。"陈音也向前照样地叩头请安。都立起身来还礼,年老的道:"此回多亏贤侄救了一家人性命,我们把贤侄当作亲骨肉看待,贤侄不要客套,尽管诸事随便,小儿还望教导。"又向王孙建道:"你哥哥初次到此,地方不熟,无事时可同哥哥去游玩游玩,只不可生事。"王孙建应了。王孙无极道:"你就同哥哥在东花园住,一路辛苦,去歇息罢。"陈音辞了,同王孙建出来,叫来的九个人回船去,"我无事时再到船上来。"九个人应声去了。陈音同王孙建住在东花园。王孙无极摆酒洗尘,又与陈音制办衣服,不必多赘。

　　陈音一心只想学习弩弓,闻说二太子章精练弩弓,教习弓队都是太子章,无奈不能近身。心中闷闷不乐。王孙建见陈音不乐,就约同出外闲逛,到了一家酒楼,叫做醉月楼,十分宽敞热闹。二人拣了座头①,酒保放下杯筷,搬了酒菜来。二人慢斟闲谈,甚是快畅。见对座一人坐在那里,自斟自饮,生得削瘦,尖鼻薄嘴,鼠眼狼头。酒保去添酒上菜,说不尽那巴结的媚语。这时来了个老头儿,满脸枯黄,浑身褴褛,双眼挂泪,轻轻地走到那人身边,低声下气咕咕噜噜不知说些什么。忽听那人把桌一拍,大喝道:"再休放屁!有一点不照我所说的话办到,你只当心你这几根老骨头!"那老头儿吓得倒退了一步,不敢作声。那人只顾吃酒,也不理他。老头儿为难了一会,又走近一步,先作了一个揖,忍着气复又在那里苦苦哀求,只是听不出所求何事。忽见那人把手一扬,哗喇一声,却将一碗汤泼在老头儿的头上,淋淋滴滴,碗已砸破,老头儿的额角被破碗打伤,流血不止。那人怒冲冲指着老头儿喝道:"再放屁,打死你这老狗!"老头儿用衣袖揩掉头上的汤,倒弄得满脸是血,退得远远的放声大哭。此时闹动了酒楼的人,围上来观看,见了那人都不敢作声。

　　正巧楼梯上走上一个人来,生得面如油漆,剑眉环眼,身材七尺外,年纪三旬以内,气象甚是勇猛,衣服却甚敝坏②。见一些人围在那里,用

① 座头——座位。
② 敝坏——破旧衰败。

手把人丛一分,看的人纷纷倒退,挤到里面见了光景,也不知是个什么事由,因见老头满脸是血,就走到老头儿面前问道:"老头儿,什么事被人家打得这个样子?快快对我说,我替你出力!"老头儿尚未回言,那人把黑汉瞅了两眼,立起身来,哼了两声,先下楼去了。老头儿对这黑汉道:"大哥,你不晓得我的苦楚!"说着又痛哭起来。黑汉道:"哭有什么益处?你快说罢!"老头儿拭了泪道:"老汉名叫屈永,走了那人名叫蓝滔,是我外甥,他的母亲是我的妹子。老汉今年六十七岁,住在东门外渔湾,先年家道殷实。蓝滔的父亲名叫蓝国璜,甚是忠厚,却贫苦得了不得,老汉一力关顾他,求名不成,改作商贾,都是老汉资助。又将妹子许配他,结了亲戚,就生蓝滔一人。且喜营运①得法,不到五年狠狠地发了财。老汉的运气一年不如一年,也不到五年,真真的一败涂地,妇人死了,儿子已经成立,去年又死了,只剩下一个女儿名叫玉英,今年二十岁。蓝国璜在时倒凭良心随时周济,不料三年前也死了。蓝滔掌了家私,就大变了样子。老汉上他的门,动辄辱骂,还说老汉欠他家的银钱无数,受过他多少气不要说了。如今他巴结上蓝尹亹②大夫,认了同宗,气焰更大了。去年十二月,他因晓得小女有几分姿色,就捏造凭据,指出证人,说老汉亲收了他五百两身价,许与做妾,硬要娶去。老汉哪里肯服,与他理论,他不由情讲,反将老汉送在有司衙门,有司不由分诉,昨日将老汉笞责③五百板,硬断老汉将小女送给他家。小女晓得了,在家中寻死觅活,老汉无法,只得去哀求他,他那守门的又不准进去。今天打听他在此饮酒,所以赶到此地哀告,他不但不准情,反将老汉作践得这个样儿。大哥想想,老汉虽穷,总是世宦人家,焉肯将女卖人做妾?况姑表至亲,何能做此乖伦背理之事!他这样凶横,老父女只有拼着两条性命对付他罢了!"说罢恸哭不已。黑汉听了,气得暴跳如雷,狂吼道:"这等忘恩负义、猪狗不如的匹夫,与那样谄势欺贫、奴婢不如的赃贼,岂可容留在世害人吗?这匹夫住在什么地方?你引我去,我替你出气!"一手挽了老头儿,踉踉跄跄下楼而去。一些围着看热闹的人一哄散了。陈音对王孙建道:"这个黑汉倒是个直快

---

① 营运——运营,经营。
② 亹(wěi)。
③ 笞(chī)责——用小荆条或小竹板敲打臂、腿或背的刑罚。

侠义的汉子,怕的弄得不好,反使老头儿吃亏,本想问问黑汉的姓名,恐人多口乱,闹出事体来,连累老伯。好在老头的姓名居址通晓得了,再听信罢。"王孙建称是。又饮了几杯,会账下楼而回。

到了第二日,听得哄哄传说渔湾的蓝滔,昨夜被人窬墙①而进杀了七口,粉墙上各处留下血手印,一只左手是枝指的,只盗了三百银子。渔湾的巡司夫妻二人也被杀死,仍然留下枝指血手印。这个强盗倒厉害嘞,杀了人还敢留下血印!现今渔湾挨户搜索,哪里有点影响。又听说前日被蓝滔送在巡司衙门,打了五百板的屈老头儿父女两个也不知去向了。都猜杀蓝滔与巡司的人定是屈老头儿支使的,两个人通搜寻不获,真真是桩奇事。陈音听了,心中甚是快活,对王孙建道:"世间原有仗义扶危的人,可惜此人姓名不曾问得。"王孙建也甚是叹惜。这件事过了一月半月也就冷了。

陈音总想学习弩弓的机会,无奈呆呆痴想,机缘不凑,心中甚是烦闷,叹气道:"我越国受吴国的压制,君王受辱,人民被欺,真有不可终日②之苦!似此天不从人,淹滞楚国,不但人寿几何,转眼老大,到了精力衰颓,虽有报国之心,苦无任事之力,只好挥挥老泪,于国事丝毫无补。且恐积久成惯,人心大半苟安,为人奴隶,为人犬马,渐渐地隐忍习惯,把国仇国耻通撇在九霄云外,那还了得吗!"想到此处,不觉毛骨悚然,汗出如雨,大有坐不安席、睡不安枕的光景,甚至有时或怒或笑或骂或哭,像个发了痴的样子。王孙建不时劝解,哪里劝止得住。王孙无极夫妇也十分感叹,时时替陈音想法,时时替陈音留心。过了月余,一日王孙无极归来,对陈音叹气道:"贤侄,天下竟有这等不凑巧的事,真要叫人气死!"陈音摸不着头脑,问道:"老伯为着何事这样焦急?"王孙无极道:"我今日去参见二太子,二太子问我到齐国的情形,我趁此把洪泽湖遇盗,盗贼如何凶狠,我家如何危急,贤侄如何英勇,仔仔细细铺张得天花乱坠。二太子听了甚是高兴,问贤侄是哪国的人,如今人在何处。我也说了。二太子听说是越国人,心中加倍喜悦。"陈音听了不明白,问道:"二太子喜悦越国的人,是何缘故?"王孙无极道:"你还不晓得吗?如今我楚国王妃是你越国的宗女。

---

① 窬(yú)墙——从墙上爬过去。
② 不可终日——形容局势危急或心中极其恐慌不安。

从前王妃生大太子启,王妃自尽了。现在王妃生二太子章,吾王十分敬重,二太子甚承宠眷,故此吾王把这弩弓的事专委于他,是二太子教习弩弓队。我想二太子既然喜欢贤侄,我就趁此把贤侄引进二太子身边,岂不是个绝好的机会?哪晓得正谈得入港①,忽然闹了乱子,真要叫人气死!"陈音惊问道:"却是为何?"王孙无极道:"只因二太子听说郑国有一个翡翠瓶出售,高过三尺,宝气精莹,十分欣慕。去年派人往郑国,不惜万余金买得这瓶带转来,路过云中,被云中岸的水贼洪龙劫去了,杀死十余人,逃得性命的赶回来报信。二太子听了,赫然震怒,拍案道:'洪龙那贼,从前劫我父王,至今未曾拿获,今又劫我的翡翠瓶,真真目无王法了!那守城的人在干什么事,难道耳聋目瞎了不成?!我定然奏明父王,先把这庸懦无能尸位旷饷的狗才正法了,再起兵到云中,捣那洪贼的巢穴,擒着那贼碎尸万段,方泄我胸中之气!'我听了就对二太子奏道:'臣在洪泽湖遇着的水贼晏勇,正是洪龙贼的党羽,若不剿除,后患甚大。'太子点首,立时就要进宫,我就辞了回来。贤侄,你说气人不气人!"陈音听了,踌躇了一回,道:"既然如此,小侄倒有个计较②。"王孙无极道:"什么计较?"陈音道:"还是求老伯再去见二太子,出兵之时,小侄愿随大军同往,效一臂之力,如能拿获此贼,得二太子的欢喜,岂不是个好机会吗?"王孙无极顿脚道:"你看我真个老糊涂了,遇着这样的好机会,我竟不晓得把贤侄引进,岂不可惜!这也是我当时气昏了。还好,还好,我此刻就去!"说罢就要起身,陈音拦阻道:"老伯不必性急,二太子不知几时出宫?出宫来又要派兵选将,总有几日的忙乱,明日再去不迟。"王孙无极点头道:"贤侄这样英雄,又这样的精细,我真是喜欢得了不得!"对着王孙建道:"你将来要学你哥哥这样才好。"王孙建立起身,先应了一声是,随叫声父亲,道:"哥哥去时,儿也要去,一来替国家出点力,二来替哥哥分点劳,也不枉为人在世!"王孙无极道:"你年轻骨嫩,从未经过战阵,断断去不得!"王孙建道:"儿同哥哥相处几个月来,多蒙哥哥随时指点,遇事教导,受益不少,颇觉得胜前百倍。若说不曾经过战阵,自古的元戎大将,哪个是生出来就经过战阵的?孩儿定要同哥哥去!"王孙无极听了,同陈音商议道:

---

① 入港——投机。

② 计较——办法。

"贤侄与小儿朝夕相处,小儿的本事贤侄是尽知的,贤侄看来到底去得去不得?"王孙建此时一双眼睛光溜溜地望着陈音,生怕哥哥说他去不得,心中的急切通露在满脸上。正是:

　　初生之犊不惧虎,
　　至小之蚊能食牛。

不知陈音是何说法,王孙建能否同去,下回分解。

第 十 一 回
王孙建随征云中岸　皇甫葵大战燕子矶

　　话说陈音要随征云中岸,借此替二太子出力,为学习弩弓地步①。王孙建听了,鼓动了少年的锐气,豪杰的雄心,一心要同陈音前去。王孙无极不知道儿子近来的本事如何,到底去得去不得,问于陈音。陈音道:"论贤弟近来的本事,水斗陆战俱有进步,去是尽去得的。只是贤弟年纪尚轻,老伯只有贤弟一人,云中岸地势险恶,攻取甚难,倘有疏虞,如何是好?依愚兄相劝,贤弟暂时按捺性子,历练几年。大丈夫生当乱世,只愁没有本事,何愁没有用本事的去处?"王孙无极连连点头称是。王孙建愤然作色道:"这就是哥哥的不是了!"陈音愕然道:"然何是愚兄的不是?"王孙无极笑道:"你哥哥是一片金石良言,你倒派②起他的不是来了!岂不是胡闹吗?"王孙建道:"爹爹休说孩儿胡闹,哥哥时常对孩儿道:'人生一世,总以忠孝为先,任你天大的本事,若把忠孝两字亏了,不但算不得英雄豪杰,连那知君臣的蜜蜂儿、跪母乳的小羊儿都比不得。'"面对着陈音:"这话可是哥哥说的?"陈音道:"正是。"王孙建道:"这就是了。云中岸的水贼洪龙,从前吾王出奔之时,乘危劫夺,岂不是君仇吗?洪龙那贼以戈刺王,是伯父以身代受,至今伤处尚未痊愈,岂不是父仇吗?君仇不报,如何是忠?父仇不报,如何是孝?哥哥刺杀原楚是报父仇,来楚学弩要报君仇。自己要忠要孝,如何叫小弟不忠不孝?倒要请教哥哥!"一席话说得激烈响亮,不但陈音听了心中甚是佩服,王孙无极听了也是欢喜,随对陈音道:"贤侄,你就带他去罢!倘有差误,能够忠孝两全,就是膝下无子,也是快活的。"又对王孙建道:"你此去事事要听哥哥的约束,不可任性狂为!"王孙建立起身来,答应了几声是。王孙无极道:"你们把随身用的东西收拾好,以免临时错乱。"陈音道:"此去云中岸,水战当先。求

---

① 地步——方法。
② 派——怨,责备。

老伯唤两个好手缝工来,缝两套水靠①。贤弟你还要制件短兵器,长枪大戟水里全无用处。"王孙建道:"小弟就制哥哥说的鹅毛刺罢?"陈音说好。王孙无极进内去了,王孙建心中的高兴自不必说。陈音向雍洛等十一人告知此事,雍络十一人个个踊跃,准备一切不提。

次日王孙无极见了二太子,陈奏此事,二太子允奏,着将二人带领进见。二人随王孙无极进去叩头礼毕,二太子吩咐起立,一见二人英姿卓越,气概雄豪,心中十分欢喜。先问陈音履历,陈音从从容容对得简明。二太子道:"壮士原籍楚国,越是好了。而今既入越籍,暂为客将随征,有功之日从重封赏。"陈音叩头谢恩。二太子又问王孙建几岁,王孙建奏道:"十六岁。"二太子道:"如此英年,勇于报国,甚是可嘉。暂时不加封号,到了营中再行授职。大军起行时,你二人自行投见元帅,孤这里自会嘱咐元帅看觑。到了营中好生努力,擒得洪龙转来,孤再与二位把盏贺功。"王孙无极父子也叩头谢了恩,随即辞出,回到府中。过了数日,朝命下来,斗辛为水陆大元帅,蘧②季高为陆路先锋,申黑为水路先锋,孙承德为参谋,武城庸为陆军接应,却勃为水军接应,屈光督运粮草。战将百余员,水陆兵丁四万。王孙无极带了陈音、王孙建二人去斗辛府中参见。斗辛已领了二太子的嘱咐,又见二人英勇,十分钦敬。命陈音带小船三十只为巡绰官,王孙建不愿另行授职,愿随陈音一船。斗辛允了,二人就留营中,王孙无极自回。

此时五月天气,莺飞草长,日暖风和。斗辛统带水陆人马往云中岸进发,真个旌旗整肃,盔甲鲜明。陈音与王孙建带了雍洛等,把自己的船当了座船,督率三十只小船,陆续而进。风平浪细,船稳桡轻,不多几日到了云梦城。城中驻防的将官名叫卢伯,平时也夸说些行伍的本事,到了需用时却就模模糊糊起来。驻防云中将满二年,颇有积蓄。那日传齐哨弁③,正言厉色地吩咐道:"诸位可晓得斗元帅领率水陆大军来剿水贼么?"众人应道:"晓得。"卢伯道:"诸位须知道,此回是个大差,与往常的差事不同。诸位赶紧传示下去,叫满营军士要把旌旗儿弄得齐齐的,刀枪儿磨得

---

① 水靠——古代用鱼皮等制作的一种潜水衣。
② 蘧(qú)。
③ 哨弁(biàn)——古时低级武职。

亮亮的,衣甲要鲜明,船只要洁净,不可一毫怠慢!还有一桩顶要紧的事:大队到时,唱名迎接要提起中气,放开喉咙,跪下去要一字儿排齐,站起来要一起立好。趁着笙箫并作,铙鼓齐鸣,何等的威风!方显得我云中城驻防的军队办公勤能,操练精熟。大帅见了,只要得他个含笑点头,你我的升官发财就不难了!这是行伍中秘密要诀,不可不知!"众人齐声应是,各人吩咐各哨准备。卢伯又亲自查看,试验几次,方放了心。不一日前队已到,卢伯一番迎接,自不必说。接着元帅到了,卢伯顶盔贯甲,挂剑负弓,迎着船头跪接,手擎红筒①,高声唱名,驻防的五百军士果然都听哨弁的指挥,齐齐整整一跪一起,很有步伐。元帅见了,真个含笑点头,吩咐中军官传见。卢伯听了,立起身来,凝神屏气,小步徐行,上了座船。中军官领进中舱,行了参见礼,侍立一旁。元帅命坐,卢伯打一躬道:"大帅虎威在此,末将何敢僭②坐!"元帅道:"有话细谈,将军不必推逊③。"卢伯又打一躬,方斜签着坐下,用半边屁股尖搭在几上。元帅问道:"卢将军在此驻防两年,这云中岸里外的形势,贼人出没的踪迹,虚实如何,请道一二。"卢伯应了个"是",停了好一会说道:"云中岸的形势险恶得很……"就不说了。元帅问道:"究竟如何险恶?将军可详细告我。"卢伯此时一张脸急得通红,哼噔一阵,却一句话也答应不出。元帅皱了皱眉,又问道:"贼人的出没,将军可晓得?"卢伯踌躇半晌,对道:"贼人出没,诡秘得很。"也就不说了。元帅问道:"究竟如何诡秘,将军可探听得一二?"卢伯此时更急得项胀筋粗,满头滴汗,连哼哼也不能哼哼了。元帅发怒道:"你这虚糜国帑④、纵贼殃民、侵吞粮饷、庸懦无能的狗才!国家的武官都要像这个样儿,那还了得吗!本帅此来,奉了大王之命,拿问你这狗才!本帅恐有委屈,特传你面试面试,果然一事不知,要你这狗才何用?"说罢,看卢伯已不在椅上了,低头一看,却匍匐在船板上,捣蒜般地磕头,连连口称大帅的恩典。元帅冷笑道:"像你这样卑鄙不堪的东西哪里配做官!"吩咐中军官押下去,摘了印,解回郢都问罪。中军官应了一声,卢伯

---

① 红筒——红颜色的木笺。
② 僭(jiàn)——超越本分。
③ 推逊——谦让;谦逊。
④ 国帑(tǎng)——国库所藏的金帛。

第十一回　王孙建随征云中岸　皇甫葵大战燕子矶　67

知道不能挽回，又磕了两个头，方爬起来，双眼挂泪，随着中军官出去，摘印交代，不必多赘。

斗元帅派了牙将孟经驻防，申黑众将扎下水寨，蓬季高、武城庸等陆军已到，扎了旱寨。陈音与王孙建等结了一个小水寨在后，不时巡绰。斗元帅传令：无论军民人等，有晓得云中岸的形势、贼人的踪迹者，许其报名进见，本帅不次拔用。次日，有云中城驻防的一个老火军王庆报名求见，斗元帅传进，赐了一个小座，问道："你是何处人？可晓得云中的形势、贼人的虚实？"王庆道："小军王庆，本地云梦人，今年五十四岁。这云中岸未被洪龙占据的时候，小军一径在里面打柴捕鱼，水道山路颇甚熟悉。云中岸离此三十五里，前十余年洪龙占据了，小军卖点零物小食，仍然不时进去。里面靠北一山，极其险峻，名叫插天岭，洪龙做了正寨，累石成城，作为第三关。当中横亘一冈，名叫卧云冈，冈的右面有一个鸦嘴滩，左面有一个铁崖，是卧云冈的两支膀臂。鸦嘴滩水面虽平，却弯弯曲曲，水里都设得有铁链暗弩，尖桩水栅，船只不谙①水道万难进去。铁崖水势最陡，直向崖脚冲去，日夜奔腾，船不能到，作为第二关。前面一石，靠着江边，形同燕子，名叫燕子矶，沿岸钉下木桩，船的暗道忽左忽右，不是熟手断难拢岸，作为第一关。三关的后面，石崖孤悬，下面通是流沙泥淖②，不但船不能行，人也不能走到。两旁的小道都被洪龙塞断，汊港纷歧，最难认识，只有节节攻打，步步为营，方能济事。这就是云中岸的形势。"斗元帅听了，瞑目沉吟，一会又问道："贼人的踪迹嘞？"王庆又对道："贼首洪龙，本国汉川人，年纪五十岁，气雄力大，善使两根水磨鸳鸯拐，水中岸上俱甚得。从前本是富商，只因小事被前任令尹勒罚了万金，还吃了许多亏，一口气不忿，约了平日结识的好汉，挈家到此，霸据称雄，江汉滩泗，党羽不知多少。第一关的守将皇甫葵生得面如蓝靛，暴眼红须，使一支点钢枪，重七十余斤，运动如飞，本事十分高强，性情却十分急躁。两员副领，一名韩燮，一名东郭煌，都是一般的骁勇，手下喽兵五千名。第二关的守将王翼，生得身材瘦小，深通水性，武艺虽不十分了得，却是足智多谋。四名勇将：一名周奎，一名王子虎，一名张信，一名游龙，一个个都有万夫不

---

① 不谙——不熟悉。
② 泥淖(nào)——泥沼。

当之勇,手下军士五千名。鸦嘴滩的守将黄通理,是一员老将,年纪将近七旬,使一柄大砍刀,万人难近。铁崖的守将洪涛,是洪龙的侄儿,年纪不过二十岁,精悍矫捷,贼中号为飞虎将军,使一支方天画杆戟,运动时洒水难透。各人手下喽兵五千名。第三关正寨洪龙镇守,谋士名叫华勋,是宋国华督之后,此人诡计百出,江淮一带多布党羽,云梦地方,扼守形势,都是华勋的主谋。骁将八名:一名蓝建德,一名颜渥①,一名卜崇,一名郝天宠,一名唐招,一名西门铎,一名苏飞,一名严癸,通是勇悍绝伦。副将数十员,喽兵一万,船只计五百余只,各关分派,真似铁桶一般。离燕子矶东面五里有一烂泥沟,扎下一个旱寨,守将牛辅,副将洪铸,喽兵三千名,结为犄角,以便接济。这就是云中岸的形势。"斗元帅听了,略点了点头,问道:"贼人的财用出于何地嘞?"王庆回道:"云中岸纵横二百里的地方,多出鱼虾,贼人到有事时充作兵丁,无事时捕鱼为业,出产也就不少了。插天岭一带从前都是荒地,华勋命人开垦,谷米桑麻,十分饶足,以及蔬菜果实,无一不产。贼人不过四万人,尽够吃用。还有那各处的羽党,俱有常例②,不能计算,兵械旗账明目张胆地源源运来,所过之处,谁敢盘问他一声?"斗元帅问道:"难道这云中岸纵横二百里的地方都听他的管辖吗?捕鱼的人难道就不同他争利吗?"王庆回道:"地方虽不归他管辖,洪龙这贼从不扰害附近的居民,且时常得他些好处,因此相安。只有捕鱼一事,非有云中岸的牌记,是无人敢私取一鱼,妄捞一虾的。风闻近来有一个老头儿,倒许他各处捕鱼,却只准驾一小舟,只准载人五名,不知是何缘故,未曾探听详细。"斗元帅见王庆说得有条不紊,心中甚喜道:"不想你一个火军,倒能这样的留心!暂时充作向导,有功之日从厚封赏。"王庆磕头谢恩起来,自有中军官带了下去,听候差遣。

斗元帅次日升帐,众将参见已毕,斗元帅吩咐道:"昨日听王庆说来,洪龙这贼既然这般骁杰,加以党羽众多,形势险恶,诸位须得戮力同心,固不可贪功躁进,一则误了自家的性命,二则挫了国家的锐气。若是畏葸不前③,贻误军机者,本帅定行按法惩治!"众将齐声应诺。随传令命蓬季高

---

① 渥(wò)。
② 常例——常规;惯例。
③ 畏葸(xǐ)不前——指害怕;胆怯。

第十一回　王孙建随征云中岸　皇甫葵大战燕子矶

带了本部人马往烂泥沟屯扎,武城庸随后接应,只要择要扼守,不许牛辅等往来接应,便算功劳。蘧季高与武城庸领令去了。又命申黑带领船只一百号,水军三千,直取燕子矶,却勃随后接应,王庆为向导,须要小心在意。申黑等领令,督率水军直逼燕子矶,结成阵势。

此时皇甫葵正由大寨回来,把守水栅的军士报知:楚国水路先锋申黑,带了三千水军前来讨战。皇甫葵听了,立时披挂起来,令东郭煌守关,带了韩燮并小头目数名,拨船五十号,开了水栅,将船一字儿排开。皇甫葵立在船头大叫道:"楚国不怕死的,快来领死!"申黑手提金蘸斧,举眼一看,见敌将生得蓝脸红须,威风凛凛,知是皇甫葵,又见战船坚洁,兵械整齐,料来是个劲敌,便应声道:"来者想是皇甫葵?朝廷哪些薄待尔等,胆敢啸聚亡命,占据险隘,蔑视王法,扰害客商!今日大兵到此,还不悔罪投诚,乞饶狗命,反在阵前耀武扬威,少时就擒,碎尸万段,悔之晚矣!"皇甫葵呵呵大笑道:"你这般狗官,开口朝廷,闭口王法,平日剥削百姓,欺蔑公家,居心行事哪一件不比强盗还狠!手辣心毒,无恶不作,我们做强盗是朝廷的罪人,像你这般狗官又是强盗的罪人!人说强盗假仁假义,强盗尚晓得'仁义'两个字是好的,肯去假它,像你们这般强盗不如的民贼,竟不晓得仁义是何物,假也不肯去假,反在人前装腔作势,真真是不知羞耻的蠢料!"申黑听了,气得面红颈胀,大喝道:"狂贼休得逞口,照斧!"劈头一斧砍下,皇甫葵用枪架住,喝道:"匹夫通下姓名!"申黑厉声道:"楚国斗元帅麾下,水军前部先锋申黑便是!"说罢又是一斧,横腰砍去,皇甫葵使动点钢枪,连架带刺,舞得呼呼风响,不上二十个回合,只杀得申黑力软筋酥,汗如雨滴。楚阵上的偏将涌上四人,刀枪并举,围住皇甫葵,大声喊杀。皇甫葵哪里放在心上,一支枪横遮直隔,左刺右挑,片刻之间,偏将中一人丧命,一人落水,申黑见势不好,只得虚掩一斧,拨转船头,败下阵来。皇甫葵也不追赶,哈哈大笑道:"这样不济事的脓包也要充作先锋来吓唬人!"说罢收队,闭了水栅进关。申黑见敌将不追,方放了心,慢慢地将船收拢,虽然失了两员偏将,且喜船只兵丁无甚损伤,就在离燕子矶五里地名小渡结了营寨。次日却勃已到,二人见面,申黑诉了败阵的情形,却勃道:"胜负兵家常事,何足介意!此时天色正早,待我前去会他一阵。"申黑道:"皇甫葵那厮真个骁勇,将军不可小觑他!"却勃道:"难道怕他骁勇,就罢了不成吗?"说得申黑无言回答,只好催动战船,一起进发,不消一个时辰,已到了燕子矶,抵栅讨战。皇甫葵得报,仍带韩燮出阵,两阵排开，却勃挥起双鞭，直冲过去，皇甫葵正待接战，韩燮早已挺戈向前，接着厮杀，战到十余合，皇甫葵见韩燮战不下却勃，舞枪夹攻。申黑见了，急忙挥斧抵住皇甫葵，四人绞做一团，只杀得阵云乱卷，骇浪横飞。正酣斗间，忽听叫声"哎哟"，扑通一声，一将跌下水去。正是：

  战死沙场号雄鬼，
   磨砻①铁戟认前朝。

不知阵亡是谁，且看下回分解。

---

 ① 磨砻(lóng)——磨。

第 十 二 回

芦花港水擒皇甫葵　燕子矶夜战郝天宠

　　话说申黑、却勃与皇甫葵、韩燮四人正在酣战，韩燮敌不过却勃，战到三十个回合，被却勃一鞭敲开长戈，横腰扫去，将韩燮打下水去。皇甫葵见失去了韩燮，气得暴跳如雷，撇了申黑，来战却勃，却勃接住厮杀，皇甫葵枪杆沉重，骤如风雨，不敢怠慢，舞动双鞭，死力抵敌，申黑挥斧，双战皇甫葵。枪影与鞭斧交飞，鼓声与波涛并作。皇甫葵越战越有精神，战到一百余合，申黑二人不得半点便宜，料难取胜，看看天色渐晚，申黑用金蘸斧架住皇甫葵的点钢枪，喝道："天色晚了，明日再来取你的首级！"皇甫葵哪里肯依？大叫道："不取你两个的头首，誓不回关！天色晚了，举火再战，逃的不是英雄！"一面说，一面抡枪穿梭般向二人刺来，二人只得拼命相斗，又战三四十个回合，便觉得支持不住了。此时两边已将灯球火把发燃，照得水面通红。正在危急之间，忽然一队船只从刺斜里如飞而来，船头一员大将，金甲绿袍，神威抖擞，面黄如蜡，吼声如雷，手使截头大刀，大叫："贼徒休得逞能，某来擒你！"申、却二人认得是督粮官屈光，心中大喜，一时精神陡长，一柄斧、一把刀、两条鞭忽上忽下，忽左忽右，围定皇甫葵。这屈光是楚国的头等上将，皇甫葵虽勇，战了半日，气力也就溜乏了，哪里当得起屈光这支生力兵？又战了三十余合，皇甫葵把枪向却勃的咽喉一点，喝声"着"，却勃一闪，皇甫葵趁势尽力用枪杆把申黑的斧头敲开，震得申黑两臂麻木。屈光的大刀砍下时，皇甫葵从刀口钻过，跳离船头，掉船逃去。屈光等见皇甫葵骁勇，又因地势险恶，天色黑暗，不敢穷追，只得收队，仍回小渡结寨。原来斗元帅知道皇甫葵猛勇，深恐先锋有失，命参谋孙承德同屈光前来助阵，却好战败皇甫葵，救回二将。申黑与却勃见了孙参谋，备说皇甫葵十分骁勇，连日交战的事。孙参谋笑道："匹夫之勇，何足道哉！三位将军辛苦了，且去安息，明日自然有计擒他。"三人谢了，各自安寝。孙参谋唤王庆近前，详细问了附近的地势。

　　到了次日，便令却勃前去引战，许败不许胜，只望西面沿岸插有尖角红旗处走去,自有救应。又令申黑领战船五十只,去西面芦花港尽头处埋伏,皇甫葵到时,截住去路,用铁索将港拦断。又令屈光领战船五十只,在芦花港口埋伏,望见皇甫葵进了港口,领船截住港口,船上多备弩弓柴火,以防冲突。又令王庆领弩弓手一千名,去芦花港两岸芦苇深处埋伏,并带挠钩手二百名,趁势夺取船只。王庆领令,带同二将去了。孙参谋督率偏将另作准备。却勃领率战船,到了燕子矶抵栅讨战。不到一刻,皇甫葵已带领船只,开栅而出。却勃见皇甫葵去了盔甲,头上扎的青绢包巾,身穿细软短甲,脚登黄皮快靴,手仗两条虎尾铜鞭,唿哨①而出。战船未曾列齐,却早直冲向前,并不言语,挥鞭便打。却勃见皇甫葵来势凶暴,急急举鞭相迎,尽力抵敌,勉强支持了七八合,无奈皇甫葵双鞭沉重,雨骤风驰地上下不定,实实招架不住,只得败下阵,棹船而走。皇甫葵哪里肯舍?紧紧追赶。却勃一直望尖角红旗处鼓棹如飞逃去,将皇甫葵引至芦花港,进了港口。皇甫葵大笑道:"哪怕你飞上天去!"说罢催船赶来,刚进港口,忽听一声唿哨,屈光领了战船,将港口截断。皇甫葵毫不在意,催船直进,忽见却勃的船只四散,港尽头处申黑领着战船一字儿拦截水面,口中大叫道:"皇甫葵狂贼!你今日已到绝地,插翅也难飞出,好好地卸甲投降,或者饶你一死,若是恃强不悟,稍时擒住,碎尸万段!"皇甫葵听了,也不言语,挥鞭来战申黑,鞭斧交加,狠命拼斗。却勃招集船只围裹上来,呐喊助战。王庆伏在芦苇丛中,急忙招呼弩弓手放箭,一声梆子响,两岸箭如飞蝗向贼船队射去,皇甫葵船上的喽兵纷纷落水。皇甫葵将双鞭舞得蛟龙腾踔一般,夹岸的箭射来,一箭也不曾着身。酣战两时之久,皇甫葵看看自己船上的喽兵死了大半,谅难取胜,只得拨船转来,想冲出港口。屈光早已将战船摆列得齐齐整整,立在船头大叫道:"皇甫葵!此时还不投降,更待何时?"皇甫葵见了,知道不拼命恶战一场,断难冲出,咬紧牙关来战屈光。屈光并不接战,只命弩弓手放箭,将浇了鱼油硝磺的柴草着了火,向皇甫葵的船上抛去。片时火发,布帆橹索一起都燃,趁着风势,黑烟四塞,烈焰腾空。申黑、却勃早已赶到,喊杀之声震动山谷。王庆也带着弩弓手,驾着小船,围将拢来。皇甫葵见所领船只烧毁殆尽,自己的船上

---

① 唿哨——又作"呼哨",把手指放嘴里用力吹,发出尖锐的像哨子一样的声音。

第十二回 芦花港水擒皇甫葵 燕子矶夜战郝天宠

只剩自己一人,船已横了,只得右手挥鞭,左手摇橹,冒烟突火,奋勇冲突,拦路的都被打下水去,无人敢阻皇甫葵的去路。屈光觑得亲切,见皇甫葵将次冲出重围,急取一张铁胎硬弩,搭上一支狼牙箭,对准皇甫葵的咽喉射去,喝声"着",皇甫葵正在奋力冲杀,一时人声风声火喷涛喧,哪里听得弦响,只觉得一股冷气冲到面前,知道不好,将头一偏,却中在肩窝上,弩劲镞利①,直透骨里,左手立时运动不得。又见船上四处着火,只得踊身一跃跳下水去。屈光见了,正待命人下水,瞥见一只小船冲波破浪而来,船上共是四人,两个立在船头上的,早已跳下水去。屈光急忙招呼小船摇拢来,问船上的人:"下水去的两人是谁?"一个面黑的应道:"小人名叫鲍皋。"指着那个黄瘦的道:"他叫鲁直。跳下水去的两个,一个年长的叫雍洛,一个年幼的叫王孙建。雍洛与我两人都是巡绰官陈音的部下,王孙建是王孙宗伯的令嗣,陈音结拜兄弟。今日奉命巡哨,来至港口,恰遇交战,正待上前助战,见皇甫葵赴水,因此下水追赶。"正说话间,忽然水面一开,王孙建与雍洛已把皇甫葵擒获,提出水面。鲍皋急叫道:"快提到这里来!"雍洛听了,与王孙建扛着皇甫葵踏水如平地一般,到了屈光船头,先将皇甫葵抛进船中,随即跳上。此时皇甫葵已弄得气如游丝,面如金纸,双眼紧闭,四肢不动。原来皇甫葵虽然猛勇,水性却不精习,跳水之时,不过想逃性命,却被王孙建二人不费丝毫气力将他擒获,哪里还能动弹。屈光先叫人救熄了火,对着王孙建、雍洛道:"若非二位到来,此贼势必漏网,二位之功不小!"王孙建等二人谦逊一会,仍回小船,各处巡绰去了。屈光命人将皇甫葵衣甲剥了,用牛筋粗索捆绑起来。会齐申黑、却勃、王庆等,领率战船望小渡而回。

行不到五里,忽听战鼓雷轰,人声鼎沸,屈光催船直进,早见本营的探船迎面而来,一人手擎令箭,高叫道:"屈将军速速督率全队前去破贼!"屈光接了令箭,问交战的情形,探子道:"自屈将军们动身后,孙参谋命人在沿江一带来往梭巡,见皇甫葵追赶却将军过去,知已中计,随即着人留心贼人的探船,遇着时将贼中探子杀了,取了衣帽腰牌,扮作贼谍,去骗东郭煌从速接应。东郭煌果然倾巢而出。孙参谋带领满营偏裨②伏此等

---

① 镞(zú)利——形容箭的轻捷,锋利。
② 偏裨——偏将。

候,恰好等着,正在厮杀。孙参谋有令:命申将军带队四面围裹,不准逃脱一船一人,千万要紧!屈将军同却将军作速前去助战!"屈光听了,即使申黑照令而行,带同却勃、王庆等杀上去。果见孙参谋正在督战。那东郭煌生得面如削瓜,使一支方天画戟,喝咤霍跃,如狂虎一般。虽然十余个偏将围住喊杀,都只是左右遮拦,并没得一人敢当其锋。屈光心中大怒,吼声道:"匹夫休得猖獗!照刀!"手挥砍刀劈头盖下,东郭煌用画戟一隔,敲在旁边,回手便刺。屈光不敢怠慢,抢刀接战,却勃又到,双鞭并举,丁字儿厮杀,大战三十余合,东郭煌一人怎当得两员骁将,左盘右旋,没得半分儿放松,只杀得喘气呼呼,满头如汗,渐渐招架不来,被屈光觑着一个破绽,急用砍刀一卷,逼住画戟,纵一步跳过船去,轻舒猿臂,拦腰一把横提在手,掷过船来。却勃挥起一鞭,打得脑浆迸出,死在船上,拔出腰刀割下首级。此时屈光已将贼船上的头目擒斩殆尽。偏裨众将见屈光擒了贼将,一个个勇气百倍,枪挑剑劈,如破瓜切菜一般。贼众见首将被杀,齐跪船头乞命。孙参谋急急传令不准妄杀一人,叫贼人脱了衣甲,缴了军械,一起过船听候发落。其余逃走的都被申黑四面围得水泄不通,或杀或绑,真个不曾逃脱一个。

　　孙参谋即时传令,命本国军士将贼人的衣甲装束起来,仍用贼人的船只,命申黑带同王庆假作东郭煌赚进水栅,得了关隘,放火为号。屈光、却勃随后接应。又怕栅内水路不熟,误触木桩,在降兵中选了几个生得诚朴的,抚以好言,许以破关后从重录用。几个降兵得了性命,又望后日的封赏,都已齐声答应,真心效力,一个个给还衣甲,在前引导。到了水栅,大叫开栅。守栅的喽兵见是本关的船只,将栅开了。此时天色傍晚,申黑督船进栅,一路弯弯曲曲,到了关前,陆续登岸,发燃火把,见关门大开,几个贼目在关门口迎接。申黑一声暗号,大家动手,众贼措手不及,杀得半个不留。守关的喽兵见势不好,呐一声喊四下逃奔。申黑叫人寻些柴草堆积起来,放了一把火,霎时火光烛天。屈光见了,知已得手,督众急进,正待上岸,忽见正北上一队船只,火光如龙,急骤而来,转眼已到面前。火光之下,见前面两只大船上立着两员贼将,一个面如噀血①,五绺长须,红袍金甲,手横两面三尖刀,认旗上斗大一个"郝"字,料是贼将郝天宠。一个

----

① 噀(xùn)血——噀,喷。喷血,指红色。

第十二回　芦花港水擒皇甫葵　燕子矶夜战郝天宠

面如傅粉,厚膊细腰,白袍银铠,手捻撒缨烂银枪,认旗上斗大一个"苏"字,料是贼将苏飞。齐声大喝道:"匹夫!焉敢入吾重地?"屈光知是贼兵救应,见来的两将一般的威风锐气,只因苦战一日,又饥又疲,正想入关休息,无奈贼将来得疾骤,一时回避不来,只得强打精神,横刀立在船头,大喝道:"尔的巢穴已破,还敢肆口猖狂,速速退去,暂缓尔等一死!"苏飞挺枪便刺,屈光举刀相迎,枪似雪花乱落,刀如电火飞腾,大战二十余合。却勃在旁,见屈光有些招架不及的光景,急挥双鞭上前助战。郝天宠见了,举起两面三尖刀拦住厮杀。火把齐明,喊声大作,四员骁将恰如猛虎争餐、游龙戏水一般。无奈屈光、却勃竟日苦战,未曾片刻歇息,怎当得郝天宠、苏飞都是健将,看看要败下阵来。恰好孙参谋领了全队赶到,见屈、却两将渐渐支持不住,急忙吩咐偏将八员,四员从左,四员从右,一起绕至贼阵后呐喊放火,搅乱贼的阵势,贼将退时休要阻挡,即速退回。八员偏将领令而去。郝天宠与苏飞正在抖擞精神奋力厮杀,忽然阵后喊声雷动,火焰冲天,霎时之间阵势大乱,恐中敌人之计,不敢恋战,急急撇了屈光、却勃往后救应。屈光、却勃不敢追赶,约住船只,缓缓而退。少时八员偏将已陆续退回。孙参谋即命屈光督同八员偏将就此设立水寨,不许出战,夜间小心提防劫寨。军士传餐,轮班休息。吩咐毕,带了却勃等,命人扛着皇甫葵,到了燕子矶,申黑迎接入关,将皇甫葵囚禁起来。略为休歇,分派众将四处搜查,各守要隘,连夜申报元帅,大兵从速前进,以便大举不提。

却说郝天宠、苏飞二人退后救应,见敌将已去,扑灭了余火,休息半响。苏飞道:"军师恐燕子矶有失,才命我二人前来救援,不想头关已失,皇甫葵等不见下落,谅来凶多吉少。楚兵此时业已入关,我二人谅难夺回。依我之见,今夜去劫他的水寨,定能得胜。"郝天宠道:"暂时休动。头关失了,定有逃脱的喽兵到此,问了详细,再作计较。"果然关上的逃兵络绎不绝地奔来,郝天宠唤至面前,细细地盘问。逃兵道:"今日午前,皇甫头领带队出关,留东郭头领镇守。午后,东郭头领得报,说皇甫头领被围在芦花港,即时带领全队前去救援,只留几个小头目守关。黄昏时分被楚兵冒作两位头领,赚①进水栅,部下军士与我们一般的装束,一时不防,被他冲进关去。几位小头目都被杀了,小的们见大势已去,只得逃来报

---

① 赚——欺哄;诳骗。

信。"郝天宠问道:"皇甫头领等的生死,你们可曾听得?"逃兵道:"一些①不曾晓得。"苏飞道:"皇甫葵等的生死问之无益,此时且去劫了他的水寨,再作道理。"郝天宠道:"孙承德那厮机谋百出,屈光匹夫力敌万人,贤弟休得任性,依愚兄之见,且将船只扼住要路,连夜申报大寨,从速添派大兵,夺回头关,方见万全。"苏飞道:"哥哥之言固是,只是被他布置周密了,要想夺回,越是费手,不如趁他初到之时,尚未布置,楚兵今日大胜,必不准备,且去劫了屈光的水寨,乘势去夺头关,一个迅雷不及掩耳,有何不妙!"郝天宠再三不肯,无奈苏飞执意要去。只得命人一面申报大寨,一面整顿船只,同苏飞来劫屈光的水寨。三更以后,到了水寨,远远望去,灯火分明,细细听时,更鼓络绎。郝天宠道:"我说那厮必有准备,你只是不信,不如趁早去,扼住隘口为是。"苏飞哪里肯听,忿然道:"既已到此,不论他如何的准备,也要与他决个胜负!"说罢,吩咐擂鼓。鼓声大起,一声呐喊,直向屈光的水寨冲去,渐渐逼近,水寨中毫无声响,好像全不知觉的光景。郝天宠见了甚是疑惑,急向苏飞道:"看此光景,屈光定有诡计,不可前进,速退为妙。"苏飞道:"就是龙潭虎穴,我也要去搅他一搅!"说话未了,水寨中一声梆子响,弩箭如疾风骤雨般射来。楚国的弩箭与寻常的弓箭不同,一箭可杀三五人、七八人不等。黑夜之间,如何抵敌。苏飞正待退回。忽见右面水湾火势冲天而起,鼓声如雷,一队战船冲波而来。苏飞急欲向前迎敌,左面水泊里火光又起,鼓声相应,也是一队战船破浪而至。两面一起大叫:"休得放走贼将!"正是:

  月湾映水鱼惊避,

   树曲如弓鸟脱逃。

不知苏飞二人如何抵敌,且看下回分解。

---

  ① 一些——一点。

第 十 三 回

受箭伤屈将军死战　　凿船底老英雄解围

却说苏飞同郝天宠二人去劫屈光的水寨,忽见两路船只冲波破浪而来。苏飞的意见要与郝天宠分头迎敌,郝天宠道:"屈光那厮既有准备,黑夜之间恐中他的诡计,只宜约住战船,缓缓而退,谅他也不敢追来,方为上策。"苏飞听得有理,吩咐转舵,郝天宠在前,苏飞押后,缓缓退回。楚军果然不追,两路的火光也不见了,四围的鼓声也不响了,远远望去仍如前静悄悄的,不过灯光几点,更柝数声而已。二人退到六七里时,停船商议,一面吩咐喽兵造饭。郝天宠道:"天将发晓①,我二人留此无益,不如退到二关,与王头领商个长策,夺转头关,方为稳妥。"苏飞允了。吃饱了饭,鼓棹向二关而去。

且说屈光见来船退去,吩咐军士四路紧守,不可疏忽,自己也就卸甲安息。到了次晨,孙参谋到了,迎入寨中。孙参谋道:"据王庆说来,二关的守将王翼,此人足智多谋,手下的勇将不少,加以鸦嘴滩、铁崖左右犄角俱是能将,不可轻敌,且待大军到来再作计较。将军此处紧要,须加意提防,倘有疏失,关系不小。"屈光道:"参谋不必过虑,谅洪龙等不过乌合之众,久羁天诛,便尔猖獗。末将今日愿督率本部直取二关,生擒王翼,捣入贼巢!"孙参谋道:"将军忠勇,素所钦佩。但行兵之道,不可畏缩以偷生,亦不可躁进以取败……"屈光不待说完,急躁道:"参谋只管催取大军随后而进,末将就此前去,如有疏失,甘当军令!"随即立起身来,催取盔铠,立时披挂。孙参谋此时心中又是钦敬,又是为难,谅难阻挡,只得说道:"将军既是执意要去,定卜成功,我自命申先锋随后接应。大军一到,即时进发,将军总宜小心谨慎为是。"屈光点头应了,孙参谋辞去。吩咐陈音,拨人随后照料,陈音分派去了。屈光命军士起锚鼓棹,直取二关。此时足有十分锐气,鼓勇前进。不到两个时辰,早到了卧云冈。说也稀奇,

---

① 发晓——即"破晓",指天刚开始发亮。

不但不见旌旗之影,并且不闻金鼓之声,静荡荡的,真有空山不见人之象。此时屈光的锐气早去了一分,只得停了船只,自登船楼四下瞭望,哪里有点影响,真正猜测不出。此时锐气早去了二分。下得船楼,选几个精细水军,各驾小舟分两路去侦察,速来回报。水军领命分头去了。屈光立在船头,呆呆地等候,急切不见转来。此时锐气早去了三分。又停半晌,只见从西路去的小舟转来了,到了大船头,屈光急问道:"如何?"水军道:"小人驾着小舟从西绕去,约有五七里水面,都是静悄悄的。一路汊港甚多,湖草铺满四处。张望又寻不着一土人①探询,只得转来回复。"屈光听了,沉闷不言。又半晌,从东路去的小舟也转来了,到了大船头,屈光急问道:"如何?"水军道:"小人驾着小舟从东绕去,约有六八里,水面都是空荡荡的,一路沙石甚杂,水势急溜,往来许久,只见一只小小渔船,船头坐一年逾六旬的老汉,注视小人目不转睛。小人正要向前探询,那渔船却斜掠过去,似箭离弦,霎时不见。只得转来回复。"屈光听了,越是沉闷,此时锐气早去了四分。呆呆地望着卧云冈,想不出一个主意,只得命军士造饭,独坐舱中暗想道:"似此情形定有诡计,不如将船约退,徐图进取,方为妥当。"随命水军立时起锚,退五里结寨。此时锐气去了一半。军士听了,起锚驾橹,正要掉转,忽听卧云冈上鼓声如雷,眨眼之间遍山遍岭都是旗帜,乘风招展。又听四下里鼓声相应,大有山摇浪涌之势。屈光大惊,急命停橹,准备厮杀,手横大砍刀,立在船头等候敌军。好一会,始见一队战船由西面荡出,来约有二十余号,缓缓地向北棹去,好像不见敌人一般。屈光急命人上船楼瞭望,少时回报道:"向北望去,湖草甚深,贼船向草丛里钻进去了,不见动静。"屈光正在惊疑,又见一队战船由东面荡出来,仍是二十余号,慢慢地向南棹去,也像不见敌人一般。屈光又命人上船楼瞭望,少时回报道:"向南望去,沙碛②辽阔,贼船向沙滩嘴转过去了,不知去向。"屈光此时弄得莫名其妙,进退两难,锐气直去了六分。心中忿然道:"既已到此,总要与他厮杀一场,任他布下天罗地网,我也要去闯他一闯!"

随点壮丁五百名,快船二十余号,余者退五里结寨。屈光带领船只从

---

① 土人——世代居住本地的人。
② 沙碛(qì)——这里指沙漠。碛,浅水中的沙石。

西面向南直进,果然行了五七里,静悄悄的一个土人也不见,日影西斜,波光平泛,仍往前进。又行了五七里,还是静悄悄的。心中正在纳罕,忽听前面大声叫道:"屈光向哪里去?某在此等候多时了!"屈光急抬头看时,只见靠北岸处斜排二十余号战船,船上一杆认旗,斗大一个"周"字。当中一只船头上立定一人,面黄睛暴,结束整齐,肩担长戈,威风凛凛。急命人将船掉转迎上前去,不问姓名,举刀便砍。那人挥戈接战,上上下下战了二十余合,那人虚掩一戈,掉船而去。正待追赶,又听后面叫道:"屈光不必赶他,这里来,我与你战三百合!"回头看去,见一队战船由北冲出,一字儿横截湖心,船上一杆认旗,斗大一个"苏"字。屈光认得是苏飞,厉声叫道:"杀不死的狂徒,焉敢犯我!"急掉回船与苏飞相拼,来来往往也战了二十余合,苏飞用枪架住屈光的刀道:"日已西沉,让尔回去,明日再取尔的首级!"屈光哪里肯舍,无奈苏飞已将战船约退,依旧向北棹去。屈光意欲紧追,果然天色已黑将下来,汊港纷歧①,恐有失误,只得约齐船只,徐徐退回。约行三五里,下旬天气,满天星斗,月色毫无,四望茫茫,不辨方向。心中颇怀疑虑,此时锐气已去了七分。忽然前哨报道:"湖心有船阻路,黑暗暗不见灯火,呼之无人应声。"屈光听了,急将坐船抄上前来,朦胧望去,果然约有二十余号船只顿扎湖心,声影俱无。正待命人呼唤,一声鼓角发于水上,霎时火把齐明,船上一杆认旗,斗大一个"游"字,认旗下立着一员贼将,黑面虬髯,乌盔黑甲,手提双斧,杀气腾腾,大声喝道:"屈光休想转去!快快弃刀受缚,免污吾手!"屈光大怒,挥刀便砍,那人举斧相还,反反覆覆又是二十余合。屈光早被周奎、苏飞遛乏了,见那人斧沉手快,谅难取胜,正想退下,忽然二十余号战船从汊港里嗯哨而出,围裹上来,又换了一杆认旗,火光之下斗大一个"郝"字,知是郝天宠,横着三尖两刃刀,急骤向前,大叫道:"屈光匹夫已入重地,还敢猖獗吗?"举刀助战。屈光想要勉勉强强再战二十余合,实在精力困乏,万难支持。此时锐气足减了八分。没奈何,只好拼命招架,正在苦战,忽听贼人大叫道:"你的船只均被烧尽,还不投降,更待何时!"屈光听了,向北一望,果然火光烛天,人声鼎沸,知是本寨有失,又见随身的船只也是七零八落,不由心中慌乱,手一松缓,被郝天宠劈面一刀砍来,屈光叫声不好,将头一偏,额

---

① 纷歧——众多,杂乱。

角上早已被划破,血流如注,急急抖擞精神,舍死接战。贼船中一声梆子响,箭如雨点般射来,屈光纵有三头六臂也难招架,将大砍刀横挑直隔,右盘右旋,任尔手脚溜滑,左肩窝里中了一箭,直透骨里,左手立时无力,又被游龙一斧敲开砍刀,当胸一斧砍来,屈光虽穿重甲,斧刀过沉,甲裂胸伤,鲜血喷出。屈光知难脱身,大叫道:"今日是我尽忠之日了!"此时锐气直减去了九分。

正待横过刀锋自刎,忽听贼船上一片声嚷道:"坐船舱里通进水了,快快靠岸!"霎时之间纷纷向西岸移去。屈光见了十分诧异,随带船只冲回原路,船也不见一只,人也不见一个,又见所带壮丁只剩一半,大半受伤,所带船只虽是全数,多半毁坏。心中忿恨,顿足道:"我一时负气,不听参谋之言,以至于此,有何面目去见参谋?不如死的干净!"嗖的一声,腰间拔出宝剑,向咽喉抹去。忽然船头侧面水中冒出两人,一纵上船,倒把屈光大吃一惊。两人抢步向前,齐声道:"将军快休如此!"屈光定睛一看,方认得是水擒皇甫葵的王孙建、雍洛。问道:"二位何得到此?"王孙建正要申说,雍洛道:"且休讲话!屈将军伤势过重,必须收拾①才好。"王孙建看时,果然胸脯上鲜血模糊,左肩窝里一支箭深入骨里,心中甚是难过。屈光此时十分锐气变作十分疼痛了。雍洛命人将盔甲解脱,取盆水来,用净巾揩去血迹,裂下一片旗角把胸膛束好,又在舱板上铺好被褥,嘱屈光睡下,双手去拔箭,说道:"将军且忍痛楚。"屈光笑应道:"死且不惧,忍痛何难!"雍洛用力一拔,倒将箭杆拔断,箭镞仍在骨里,分毫未动。王孙建及左右军士无不失色,屈光却神色如常。又见雍洛蹲了下去,用口衔着箭簇,用劲把头一扬,嘶的一声,把箭簇咬脱,肩窝里血流不止。雍洛起身,也将净巾揩去血迹,用旗布把肩窝扎好。问道:"将军身体如何?"屈光早挣起身来应道:"虽觉有点疼痛,无大妨碍。"众人无不叹服。

大家坐定,王孙建方说道:"我二人擒了皇甫葵之后,不分昼夜四围巡绰。今晚黄昏后,奉了陈巡官分拨,驾只小船悄悄往卧云冈左近②哨探,听得喊杀之声,知是将军与贼人交战,本想向前助阵,自量船小人单,无能为力。远远望见将军被围,心中好不焦急。依小将的意思要舍死冲

---

① 收拾——整治,诊治,安顿。
② 左近——附近。

第十三回　受箭伤屈将军死战　凿船底老英雄解围

进重围,是雍大哥拦住道:'徒死无益,还须想个急法方妙。'正在愁苦,忽然来了一只渔船,船上共有五人,一个老汉坐在船头,凑近前来低声问道:'船上的四人可是楚将?'我们倒不敢作声。那老汉道:'老汉并无歹意,快休瞒我,我有话讲!'我们见他人也不多,想来惧他作甚? 应声道:'我们正是。有何话说?'那老汉道:'既是楚将,你国屈将军身陷重围,死在转眼,不去救援,在此何益?'我们听他说话很有意思,答道:'正在此无法可设。'老汉笑道:'你四人既来巡绰,水性谅来精通,可随老汉来。'说罢一腾身钻下水去,声息毫无。他的船上又有三人陆续下水。我二人命鲍皋、鲁直守船,也跟着下水。老汉在前,我等在后,到了交阵处,老汉在腰间皮袋里取出钻锤凿破贼人船底,我二人恍然大悟,也用随身军器向几只大船底乱凿乱挖。那老汉甚是矫捷,领着三人,半响功夫凿漏了贼船十余只,我二人也挖破了三五只。听得上面声嚷:'将船撑到岸去。'正要约同那老汉上船,与将军见面,早已一人不见了,心中好不诧异!"屈光急问道:"二位可问他的名姓?"王孙建道:"慌忙之际,哪有功夫问他的名姓。"屈光也十分叹惜。王孙建又道:"我二人因寻那老汉,耽搁片刻,将军的船也离远了,急急赶来,幸得将军未曾下手,稍迟便误大事!"屈光叹道:"现在身受重伤,死何足惜! 贼人如此猖獗,不知何日方能扫除!"

正在说话,忽听汉港里鼓声大作,冲出一队战船横截去路,却是周奎、苏飞由汉港抄出,齐声高叫道:"屈光匹夫! 尔的巢穴已毁,还不投降,求免一死!"屈光听了,双眉倒竖,切齿有声,立起身索取衣甲。王孙建二人拦住道:"将军身负重伤,只宜休息,我二人不才,愿退敌军!"屈光只是不听,经左右的人再三劝止。王孙建取了一支画戟,雍洛取了一柄大砍刀,扎束停当,各到一个船头上,大喝道:"鼠辈偶然得志,便尔狂妄! 着家伙!"王孙建战住苏飞,雍洛战住周奎。火把高举,战鼓齐鸣。屈光立在舱口见王孙建手腕灵活,一支戟如苍龙戏水,丹凤翔林,私念道:"此子倒有这般武艺,将来未可限量! 吾国又添一员健将。"又见雍洛的大砍刀也是运动如法,十分叹羡。无奈周、苏二贼手段强硬,只杀得个平手,死战不退。正在焦躁,忽见从北面来了一队战船,如流星赶月般急骤而来,声势甚猛。屈光骇然道:"再添敌兵,吾命休矣!"一转眼,战船已到,火光之下,见认旗上是个"申"字,方晓得是申黑的援兵到了,满心大快。申黑挥斧冲入贼队，直劈横砍，势如猛虎，贼兵纷纷退去。王孙建、雍洛见有救兵，精神陡长，一支戟、一柄刀风驰雨骤。周、苏二贼见阵势已乱，又见敌将猛勇，只得嗦哨一声向两面退去。申黑还要赶杀，屈光高叫道："申将军不必追赶，屈某在此！"申黑方才把船队约住，跨上屈光的船头，见了屈光模样，知受重伤，说道："救援来迟，致伤将军，心实惶愧！"屈光笑道："将军上阵，不死带伤，何足介意！"王孙建、雍洛又来相见。屈光道："此时不暇①细谈，你二位可去寻着鲍皋、鲁直回营。申将军在此助我，誓复一败之仇！"申黑道："临行之时参谋敦嘱道：将军胜了，须择扼要地方扎营，徐图进取。将军若败，务必从速转去，守护燕子矶水寨，以防他变。千叮万嘱，深恐将军违拗致误大事。"王孙建二人也从旁苦劝。屈光此时虽不气馁，也觉得带伤过重，万难力战，只得应了。王孙建二人辞去。屈光与申黑带领船只折回，一路上始将被围遇救、受伤自刎的情形详细告知。申黑十分叹息。不到两个时辰，早到了水寨，却是火影全无，一人不见。屈光惊问道："难道我去了，水寨就撤了不成？"申黑也吃惊道："我动身之时，参谋是派却勃替将军镇守，为甚此时人影俱无？好令人难猜！"屈光道："我留此地，将军且到关上探看转来再议。"申黑应了。船靠了岸，申黑叫人牵过马，带了十名军健，匆匆上岸而去。屈光独卧舱中纳闷。不过半个时辰，随申黑上岸的一个军健急急跳上船来，直进中舱，气急败坏地道："启禀将军，大事不好了！"屈光这一惊也足有十分。正是：

　　未泄出十分锐气，
　　　　转吃了一番大惊。
　　欲知后事，且看下回。

---

①　不暇——没有时间。

第 十 四 回

偃月塘屈采报兄仇　飞云渡洪涛施神勇

却说屈光大败而回,独卧舱中纳闷,忽然随申黑上岸的军健回报道:"大事不好了!"大吃一惊,一蹶劣挣起身来,急问道:"何事不好?"军健回道:"小人随申将军上岸,约行三里,到了高阜,听得鼓声大作,遥望关上火焰冲天。申将军顿足道:'关上必然有失!'急命小人转报将军,火速带兵前往。"屈光听了,心中一急,眼前一黑,胸脯窝疮口齐裂,哇的一声,吐出一口鲜血,倒在舱板。左右大骇,上前看时,早已咬牙关,面如黄蘗①,突然大叫一声:"气死我也!"须臾气绝。

可怜赤胆忠心将,
化作黄泉异路人!

左右见屈光死了,惊得手足无措,面面相觑,只有流泪而已。倒是军健略有主意,对左右道:"屈将军已死,留此无益。此处离烂泥沟不远,且将船只移向烂泥沟近处,报知邅将军,再定计较。"左右听了有理,用锦被将屈光的尸身盖好,急急开船向烂泥沟而去。

原来屈光被围之时,即却勃战败之际。只因苏飞、郝天宠折回二关,对王翼说了备细,王翼道:"头关既失,皇甫葵等谅来凶多吉少,明日必有楚兵到此。"既命周奎、游龙、苏飞、郝天宠四人四面埋伏,以待敌军。果然杀败屈光。又命王子虎、张信绕到燕子矶,先破他的水寨,破寨之后,如此如此,头关可复。王子虎、张信受计而行,到了水寨鼓噪②而进,却勃却未防备,被他冲进。片时水寨大乱,却勃披挂不及,抢鞭在手,向前抵敌。怎奈王子虎、张信十分凶猛,张信用力逼住却勃的双鞭,王子虎觑得真切,举起铁锏当头劈下,正打着却勃的右肩,立时握鞭不牢,掉在船板,只将左手的鞭来支隔,被张信一刀撒开,纵过船头,拦腰一把提起来,掷过本船,

---

① 黄蘗——枯萎的荷叶。
② 鼓噪——指擂鼓呐喊。

贼兵用绳索绑了。楚兵见主将被擒,纷纷上岸逃走。王子虎、张信令人将死楚兵的衣甲剥下百十套,把与贼兵穿好,就用孙参谋赚关之计,照样做去。百十余名喽兵依计而行,一拥上岸,赶着楚兵混在里面,一起向头关跑去。到了关门,一起乱嚷道:"水寨被贼人破了,却将军已被擒去。速速开关,救我们的性命!"守关的牙将①听了,不敢做主,急急报与孙参谋。孙参谋听说,急上城楼,命人用火把往下一照,果然通是楚兵,叫关的声音一阵紧似一阵。抬头往后一看,却不见有贼兵追赶,心中略一踌躇,便对逃兵道:"黑夜之间难分真假,且喜贼兵尚远,尔等可向山径僻处暂躲一夜,明晨进关不迟。"一起楚兵皱着眉头哀恳,一起楚兵挺着颈项乱闹。孙参谋越发疑心,大声喝道:"不到明晨决不开关!尔等速去!"说罢急下城楼,传集牙将等从速布置一切。传命众军饱餐,准备抵御攻关。城垛上竹木礌石备得十足。不到一个时辰,果然贼兵咆哮而来,火势冲天,鼓声震地。王子虎、张信挥兵一拥而上,即有数十架云梯向城垛靠来。哪晓得贼兵一松手,云梯通共倒了。王、张二人心中疑骇,不知是何缘故。原来孙参谋早防他云梯攻城,用些粗竹巨木支在垛口外,参差不齐,云梯如何依靠得稳。王、张二人见云梯无用,命人多用火箭射上关去,垛口上却擎起竹排,沿城一带的房屋早用水浇过,火箭射上去,一起都熄了掉下来。关上转将滚木礌石向贼兵多处打下,打死贼兵不少。王、张二人弄得无计可施,又不敢逼城攻打,相持两时之久,毫无半点便宜。看看天将发晓,孙参谋目不交睫②,四面巡视,一点不敢疏虞。忽然贼队扰乱,晨光中见申黑挥斧而前,王子虎接住厮杀,约战十余合,张信上前夹攻,申黑看看抵敌不住,瞥见西面火光闪灼而来,势甚急骤。少时一队人马早到关前,当先一员大将,紫袍金甲,手挺方天画戟,恶狠狠闯进贼阵。贼兵当之辄靡③。王子虎让张信战住申黑,提起铁锏拍马向前,那将舞动画戟,呼呼有声,杀得王子虎骨软筋酥,满头是汗。张信见了想去助战,申黑哪肯放松,双斧一起一落,势如风雨。王、张二人只有招架之功,并无回击之力。孙参谋此时看得清晰,见阵中一杆认旗,斗大一个"蓬"字,知是蓬季高到了,心

---

① 牙将——古代一种军衔。
② 目不交睫——夜间不睡觉或睡不着。
③ 当之辄靡——阻挡的人纷纷被打败。

第十四回　偃月塘屈采报兄仇　飞云渡洪涛施神勇

中大喜。即派四员牙将,各带三百人,从东西两门出去助战。亲自在城楼上援枹①擂鼓。楚兵见蘧季高得胜,一个个奋勇当先,只杀得贼兵东逃西窜,人头如瓜滚,鲜血似水流。王、张二人见大势已败,不敢恋战,一起退走,奔至水寨上了船只,押着却勃转回卧云冈去了。

　　孙参谋见贼兵退尽,大开关门迎接,蘧季高连忙下马,同申黑走进关中,一同步行,到了帐中坐下。孙参谋对着蘧季高道:"若非将军相救,此关断然难保。"蘧季高道:"末将因屈粮官的部下将屈粮官的尸身载至烂泥沟……"孙参谋急问道:"怎么,屈粮官死了吗?"蘧季高将屈光战败气死的情形一一对孙参谋说了。孙参谋痛哭道:"屈粮官忠勇性成,遇战当先,今日身亡,楚国失一股肱②,不才折一膊臂矣!"说罢,号啕不止。蘧季高与申黑也是泪流满面。孙参谋急命人去烂泥沟迎取屈光的尸身。忽又想却勃,急问左右道:"水寨失守,可知却将军的下落?"申黑道:"末将到水寨时,人影俱无,甚是疑惑。水寨的逃兵难道一个都不曾到关吗?"孙参谋道:"我真是糊涂了,逃兵到关口,称水寨打破,却将军被擒。我因恐中贼人的诡计,不敢开关,此时天已发晓,大约逃兵也快进关了。"须臾水寨逃兵纷纷投进关中。孙参谋命人点名归伍,幸无贼人混在里面。唤两个来问了详细,果然却勃被擒。大哭道:"只因屈粮官一时气愤,致失大将二员,我将何颜去见元帅!"蘧季高与申黑竭力劝解道:"胜败兵家常事,俟大兵到来,谅此小寇,难逃天诛!"孙参谋默默无言。左右搬上酒饭,大家胡乱用些,暂时安息。孙参谋倒在床上,翻来覆去,哪里睡得着。忽然坐起道:"如此如此,可复此仇。"午后屈光的尸身已到,一番的哭奠不必细说,香汤沐浴,棺殓停妥,就葬在关外。

　　不一时探子报道:"元帅的大队已到关下。"孙参谋等出关迎接,斗元帅进关,立了帅府。众将参见毕,孙参谋将以上的情形一一禀知。斗元帅听说屈光战死,却勃被擒,只气得长髯飘动,虎目圆睁,愤然道:"擒尽狂贼碎尸万段,方泄我胸中之恨!"孙参谋献计道:"不才想得一计在此,如此如此,可复此仇。"斗元帅听了,点头称善,拔了一支令箭去传陈音。少时陈音进府参见,元帅吩咐道:"明日如此如此,速去准备。"陈音领令,正

---

① 援枹(fú)——支援,帮助。
② 股肱——比喻左右辅佐之臣。

要退出,斗元帅问道:"王孙建等可曾回寨?"陈音答道:"今晨已经回寨了。"斗元帅道:"二人替屈粮官解围,力敌贼兵,忠勇可嘉。照此努力,本帅自有重赏。"陈音鞠躬道:"为国效力,分所当为,何敢望赏!"说罢禀辞出府,自回船上准备。

　　到了次日,孙参谋写了一封书,命人去到卧云冈投递。书中所说,要将皇甫葵调换却勃,大家在飞云渡会齐对换。王翼见了书,批了准字,付与来人去了。对众人道:"孙承德来书,将皇甫葵来换却勃,倒无折①便宜之处,只怕他另有诡计,不可不防。"众人称是。王翼唤过周奎吩咐道:"周头领领战船二十号,押了却勃去飞云渡对换皇甫葵。对换之后,他若没有动作,头领也不必妄动;他若来冲杀,只须略战数合便向绿杨湾退去,我自有接应。"又唤过游龙吩咐道:"游头领领二十号战船,去绿杨湾埋伏,让楚兵追了过去,截住他的归路,周头领转身夹攻,定可获胜。"又唤过王子虎吩咐道:"王头领领二十号战船,去飞云渡左近埋伏,他既敢冲阵,后面必有接应。且等楚兵追赶周头领之后,他的接应兵必起,便截住厮杀。"又唤过郝天宠吩咐道:"郝头领领二十号战船,也去飞云渡侧近埋伏。见王头领与楚兵接战不必相助,领战船向北而去,作出打燕子矶之势。如另有接应兵,此时必起,可接住厮杀。若无另起接应兵,前路楚兵必退,郝头领与王头领两面夹攻,何患不胜!"又唤过苏飞吩咐道:"孙承德因屈光败死,却勃被擒,心中愤恨,必尽起燕子矶的全队拼命而来,燕子矶必然空虚。苏头领带二十号战船到燕子矶,四面纵火烧关,若无大将镇守,军心必乱,头关可复。"又唤过张信吩咐道:"张头领领二十号战船,随苏头领进发,在燕子矶水路埋伏,楚兵败回锐气已失,拦住厮杀,楚兵必败,可乘胜夺回头关。"六员贼将称赞道:"王头领有此谋略,哪怕楚兵百万!"王翼摇首道:"孙承德那厮机诈百出,我虽然这般调遣,终有点放心不下。"又唤过两员副头领吩咐道:"二位可分路去鸦嘴滩、铁崖两处,报知黄洪二将军:一面紧守汛地,一面来飞云渡近处救应②一切。"又命一员副头领去烂泥沟报知洪涛:趁蓬季高不在,作速出战,我自紧守此关,谅来无大妨碍。六员头领和三员副领各领命而去不提。

---

①　无折——没有什么。
②　救应——救援接应。

第十四回　偃月塘屈采报兄仇　飞云渡洪涛施神勇

且说楚营下书的人回转燕子矶,将回批呈上。斗元帅即时升座,唤过屈采密嘱道:"如此如此。"这屈采是屈光之弟,武艺不在乃兄之下,性如烈火。屈光死了,屡次哭讨令箭,要去报仇。斗元帅与孙参谋极力劝止①。此刻得了将令,摩拳擦掌,带着王庆而去。又唤过成允密嘱道:"如此如此。"又唤过斗荡密嘱道:"如此如此。"又唤过养子敬密嘱道:"如此如此。"又唤过公子申密嘱道:"如此如此。"又唤过斗必胜密嘱道:"如此如此。"又唤过公子成英、梁邱密嘱道:"如此如此。"又唤过蓬季高密嘱道:"速转烂泥沟,如此如此。"九员大将各受密计而去。斗元帅督同申黑守护燕子矶,另作准备。孙参谋带了一队战船相机策应。安排已定,一夜无话。到了次日,屈采押了皇甫葵,带了战舰,直到飞云渡。周奎早到,列齐船只,立在船头大喝道:"我皇甫头领何在？速速献上,还你的却勃!"屈采命人将皇甫葵带至船头,大喝道:"还我却将军来!"周奎也将却勃带出,两面都是去了衣甲,赤着身体,剪着两手。周奎道:"各放小船一只,当中对换。"屈采应了,两边俱用小船荡至适中之地,两船相接,却勃、皇甫葵互跳过船。楚兵催桨归阵。贼兵荡桨转去,将近大船,忽然水面起两个漩涡,冒出两个人来,扳着船边用力一搏,喝声"下去!"立时船翻,皇甫葵与荡船的通落水中。周奎见了大骇,霎时之间,水面上泛出血色,见两个人各提一个头首,从水面上走到楚阵,如履平地。骇异一阵,不觉勃然大怒道:"匹夫焉敢欺人!"顿忘了王翼的吩咐。挺戈直上,来战屈采。屈采挺枪相迎,略战数合,掩一枪便退。周奎哪里肯舍,鼓棹追来。屈采弯弯曲曲引到一个所在,四面都是芦苇,屈采停了船,笑叫道:"这里来,与你战三百合!"周奎一看是偃月塘,蓦然醒悟道:"不好了!"一句话未完,成允带了一队战舰截去归路,横矛大叫道:"周奎!留下头颅让尔归去!"周奎到此没法,只得抖擞精神,与二人厮杀。怎奈两将都异常骁勇,略一松手,被屈采一枪挑入左肋,倒在船头,血流如注。成允跳过船去,拔出宝剑,割了头颅,提在手中,厉声喝道:"敢动者以周奎为例!"贼兵吓得胆战心惊,齐跪船板上乞降。屈采要一起洗杀,替兄报仇。成允附耳说了几句,屈采方才依允,问了贼兵的口供,叫贼兵穿了楚兵的衣甲,楚兵穿了贼兵的衣甲。对陈音附耳道:"如此如此。"陈音领计,带了假楚兵,屈采、成

---

①　劝止——劝人不要做某件事或进行某种活动。

允带了假贼兵,屈采、成允在前,陈音在后,向绿杨湾而去。游龙正在扬头扬脑地张望,忽见周奎的认旗过去,后面楚兵紧接而来,认旗上一个"屈"字,一个"成"字。游龙急将战船横截出来,举斧便砍。陈音假意跌下水去,可怜一些贼兵仓促之间不能分诉,只杀得头颅乱滚,鲜血长流。屈采、成允早折转船头,逼将拢来。游龙见了急来船头问话。屈采觑准①咽喉,一矛刺去,刺个正着,游龙叫也不曾叫一声跌下水去,谅来不能活了。贼兵弄得糊糊涂涂,哪里还敢厮杀!识水性的凫水而逃,不识水性的只好伸颈挨刀。屈采倒杀得畅快,洗戮净尽,伸了一口气道:"此刻方出了我十分的怨气!"成允道:"我们快到卧云冈要紧。"陈音上船扮作周奎,带了假贼兵在前,屈采、成允带了楚兵在后,离了绿杨湾直向卧云冈而去。

却说斗荡带了一队战舰,来至飞云渡不远,果见二十号贼船,认旗上是个"王"字,一直棹来,大叫道:"认得王将军否?"斗荡大笑道:"区区小丑,何足道哉!"王子虎大怒,舞起铁锏向斗荡劈来。斗荡舞动泼风刀急忙相架。双锏似流星赶月,大刀如滚雪飞花,酣战四十五个回合,正在相持不下,郝天宠领了二十号战船掠阵而过,大叫道:"尔的巢穴尚且不保,还敢在此恃蛮②!"说罢催船向北棹去。养子敬舰队恰到,拦住去路,手执长锋宝剑,大喝道:"匹夫向哪里去?养将军等候多时了!"郝天宠急举三尖刀迎面刺去,养子敬舞剑相还,长锋枪似苍龙探爪,三尖刀如银蟒翻身,两处杀声相应,约有半个时辰。公子申与斗必胜却从两面抄来,公子申舞动双枪,帮着斗荡,斗必胜舞起双锤,帮着养子敬,只杀得贼兵七零八落,王子虎、郝天宠死力抵敌,满面是汗,喘气呼呼,看看就擒。忽来一队贼船,直冲向前,船头立一少年贼将,银盔银铠,面如傅粉,唇若抹朱,相貌堂堂,威风凛凛,挺一杆方天画戟闯入阵中。斗必胜撇了郝天宠来战那员小将,那员小将唬唬唬一连几戟,戟沉手快,势如撒豆,哪里招架得来。公子申瞥眼望见,撇了王子虎来帮斗必胜,那员小将全不在意,运戟如飞,戟锋总不离二人的面门喉颈,只杀二人眼花缭乱。斗必胜一错眼③,手腕上早着一戟,戟杆过处,将公子申右手的枪杆碰成两截,二人吃惊,不敢阻

---

① 觑准——看清,瞅准。
② 恃蛮——依仗蛮横。
③ 一错眼——不留神。

第十四回 偃月塘屈采报兄仇 飞云渡洪涛施神勇

挡,只得退开。王子虎、郝天宠见有救兵,方才定一定神,那员小将早冲近前去,戟尖上弹起一个花圈,把斗荡的泼风刀、养子敬的长锋剑当的一声一起荡开,只震得二人两膀酸麻,汗流浃背,急急退下。小将在前,王子虎、郝天宠在后,一冲出围,无人敢挡。四将面面相觑。养子敬愤然变色,回顾左右叫道:"取弓箭来!"这子敬是养由基之子,神手世传,箭不虚发。接过手来,搭箭拽弓,对准那小将的脑后射去,喝声:"着!"正是:

　　啼猿神手惊天下,
　　射虎奇能试彀中。

未知小将性命如何,下回自见。

第十五回

破卧云王翼中奇计　探铁崖陈音奋雄心

话说养子敬见那员小将救了王子虎、郝天宠冲出重围，心中愤怒，取弓搭箭，对准那员小将脑后射去，喝着："着！"无奈两膀酸麻，弓力不足，箭头不准，一支箭从那员小将耳轮擦过去。那员小将毫不惊觉，一直向卧云冈去了。楚将四员商议一会，只得遵着密嘱，跟向卧云冈去，策应屈、成二将。

却说陈音扮了周奎，假作败兵之势，逃回卧云冈。屈、成二将紧紧追赶，直到卧云冈，人声鼓声哄成一片。王翼听了，直上城楼瞭望。探子报道："周头领被楚兵赶杀甚急，特来报知。"王翼急下城楼，派了四员副领守关，自己带了五百名精兵冲下关来，拨了船只来救周奎。快到面前，周奎早被屈采一枪挑下水去，周奎的认旗也飘飘荡荡地倒了。王翼吃惊非小，督率①四将向前，屈采、成允略战数合便退。王翼把一些假贼兵救上岸去，一拥进关。屈、成二将领了楚兵跟踪而至，逼关攻打。王翼急急上关策应，忽然关内人声鼎沸，四面火起，却是王孙建、雍洛等十一人及所带楚兵二百名发作起来，关内大乱。王翼情知中计，急急下关，带了十余员小头目并亲随数十人，开了西关逃出关去。王孙建、雍洛斩关落锁，迎接屈、成二将进关，将却勃安顿养息伤痕。屈采问道："王翼何在？"王孙建道："王翼弃关逃了。"屈采道："谅去不远，我追他去。成将军在此安抚。"说罢，带了本队也向西关而去。遥见一起人正在上船，屈采着急，急急招呼本队战舰向西移来，少时船到，一拥上船。此时王翼已离去三里水面。催船紧赶，看看赶上，大叫道："王翼奸贼，还不束手受缚，逃向哪里去！"王翼着急，正想泗水而逃，忽然鼓似雷鸣，船如箭发，一队战船冲到面前，当先一船，认旗上是个"洪"字。王翼见是洪涛，心中狂喜，大叫道："飞虎救我！"洪涛命王子虎守护王翼，命郝天宠押着后队，挺戟在前。屈采已

---

① 督率——督促率领。

第十五回　破卧云王翼中奇计　探铁崖陈音奋雄心

到,见洪涛年幼,哪里放在心上,笑喝道:"乳气尚臭,也来逞狂!速速退去,饶尔一死!"洪涛并不回言,挺戟便刺,屈采横枪一隔,觉得十分沉重,心中吃惊,用尽全身气力,接着厮杀。枪戟飞腾,如两条蛟龙搅海一般,约战二十来个回合,屈采已是气喘汗流,渐渐支持不及。却好养斗四将赶来,一拥上前,围着洪涛,刀枪锤剑上下翻飞,洪涛不慌不忙,把方天戟舞得呼呼风响,挡开刀口,隔着枪尖,架过双锤,逼转长剑。屈采见策应兵到,抖擞精神,一支枪穿梭在洪涛面前,在他胸脯上弄影。郝天宠见了,恐洪涛有失,急舞三尖刀来战屈采。屈采回过枪尖,向郝天宠咽喉一划,郝天宠横起三尖刀往上一隔,屈采早将枪头掉转,用个拨草寻蛇势,向郝天宠两脚一扫,喝声"下去!"郝天宠立脚不住,跌下水中。王翼见了,急跳下水救起郝天宠,抱到自己船上,郝天宠早吞了几口水,弄得腹胀头昏。洪涛见郝天宠落水,又见屈采枪法厉害,谅难取胜,恋战无益,用力把戟杆一弹,戟尖上起个大花圈,五件军器一起挡开,虚掩一戟,掉转船头,保住王翼便走。斗养四将还要追去,屈采道:"二关已得,且到关上守护要紧。洪涛那厮必来攻关,再擒那厮不迟。"

众人听说得了二关,大喜,急急向卧云冈来,进得关去,见孙参谋已经入关。相见毕,孙参谋道:"我已探听明白,苏飞、张信去攻燕子矶,谅他必败。屈将军同陈巡官速去策应。众位留此守关。"屈采、陈音领命而去。屈采在路上与陈音道:"又好痛痛快快杀他个血溅肉飞!"陈音道:"将军英勇,不亚督粮官,末将十分佩服。"屈采笑道:"什么叫作英勇,不过不要命罢了!"陈音道:"武将上阵,只要有个不要命的念头,便能建立奇功。多少偷生怕死的深恐坏了①性命,退退缩缩,到底把性命丢了,不但误了国家大事,还落个骂名千载,你说可笑不可笑?"屈采听了,把陈音十分敬爱,二人谈谈笑笑,早离燕子矶不远。却见一队船来,是公子成英与梁邱二将。屈采跑至船头,高叫道:"二位何往?"公子成英也与梁邱出立船头,应道:"我二人奉了元帅将令去卧云冈。屈将军何往?"屈采道:"难道燕子矶就没事了吗?"公子成英道:"张信那贼被我二人杀败,只剩得只身逃走。苏飞那贼去攻关,被元帅督同申先锋用伏兵杀得一个不留。元帅亲斩了苏飞,即命我二人到卧云冈策应。"屈采哈哈大笑道:"好极好

①　坏了——被伤害。

极!"就此合兵一处折回卧云冈。到得关前,果然洪涛会齐鸦嘴滩的守将黄通理前来攻关,正在攻打甚急。屈采对众人道:"洪涛小子十分了得!听说黄通理那个老贼也是个骁杰,我们总得想个法子退他才是。"公子成英作色道:"难道他二人是三头六臂不成?我倒要试他一试!"屈采摇头道:"我是已经试过了,厉害,厉害!"公子成英只是不服。梁邱道:"我们不如分兵去攻他鸦嘴滩、铁崖两处,卧云冈之围自然解了。"公子成英、屈采道:"好计!"陈音摇头道:"大难大难!"公子成英问道:"却是为何?"陈音道:"末将与王庆等各处俱已哨探明白,铁崖的山势如削,全无进兵之路,沿崖一带水势紧急异常,不但船不易到,就是深通水性的人也难泅过,是个明险。"公子成英道:"他的兵难道是飞出来的不成?"陈音道:"他出兵时只在南面悬梯而下,过后即将悬梯拽起,我们如何得近?"公子成英又问道:"鸦嘴滩却又为何?"陈音道:"鸦嘴滩外面似甚平衍,水里都设有铁链暗弩、尖桩木栅,是个暗险,仓卒①也不能攻入。"公子成英与屈采、梁邱俱皱着眉头:"难道这两处就不攻取了吗?"陈音道:"那两处须得慢慢设计,自有攻破之时。此刻只想这卧云冈如何解围,的是②紧要。"众人想了一会,陈音道:"末将想得一计在此,如此这般,诸位以为何如?"众人拍手称妙。各人将船只移至僻处,到了黄昏后,带了火绳焰硝悄悄去卧云冈,分四面上去,各做准备。此时王翼督同洪涛等攻打半日未能取胜,已是疲倦,暂时休息。二更以后,忽然西面山坳里火光冲天而起,鼓角之声震动山谷。王翼急命洪涛前去迎敌。洪涛急急提戟上马,带了本队向西跑去,约走二里,火影全消,人声俱寂。勒马四望,黑黝黝的不见影响,只得回营。将待下马,东面山坳里又是鼓声大作,火势烧空,喊杀之声不绝。王翼听了,急叫洪涛休得下马,速向东去迎敌。洪涛带着本队向东去了,不到一刻,遥望火光已绝,喊杀无声。正在心疑,西北角又是火起。急命黄通理前去哨探,黄通理尚未起身,东北角喊声又发,急命王子虎前去。霎时之间,几处的声响全无。三人陆续转来报知。王翼道:"此是孙承德疑兵之计,只须紧守营寨,不必理他。"顷刻之间,忽东忽西,忽左忽右,不是鼓鸣,就是人喊,不是火势飞腾,就是火星起灭,一连十数次,已闹到四

---

① 仓卒——亦作"仓促",指非常匆忙急迫。
② 的是——确是,实在。

更天气。贼寨中料是虚张声势,全不在意,大半偷空歇息。不料楚兵从四面扑进营去,火光毫无,人声不作,逢人便砍,遇马便杀,好似千百只猛虎在营中东闯西突。立时贼营大乱,洪涛与黄通理手执军器要寻人厮杀,却不得一个头脑,乱糟糟无处用力。城上早见贼寨扰乱,知有人去劫寨,急派斗荡、公子申从西关出去接应,养子敬、成允从东关出去接应。城上擂鼓助势,四将冲进贼营,斗荡、公子申遇着洪涛,一场恶战;养子敬、成允遇着黄通理,丁字交锋。王翼一见大势已坏,同了王子虎落荒而走。却说斗荡、公子申哪里敌得住洪涛,看看遮拦不住,且喜公子成英冲到,大叫:"小儿休得逞强,着枪!"一个怒龙探爪势,直扑洪涛的心窝。洪涛将戟一竖,一个旋风,三般兵器一起碰开。公子成英暗吃一惊道:"真好手段!"说时迟,三人举起兵器攒蜂①地递上前去;那时快,陈音却早扑到,一蹲身,把牛耳尖刀在马腹上一划,立时腹破,将洪涛撞下马来。公子成英急用枪向洪涛咽喉戳去,洪涛左手握着枪头一跃而起,右手的戟一摆,一个大撒手,好似一匹白练,丁丁当当将四般兵器一裹,洪涛趁势向乱军中一钻,早已不知去向。公子成英此时惊得呆了,叹口气道:"此贼不除,终是后患!"陈音道:"贼既逃去,不必说了。东边喊声正高,我们速去策应。"大众向东跑去,却是成允、养子敬同黄通理厮杀,梁邱也在助战,三人裹住老将。黄通理的一口刀风车一般,舞得呼呼有声,三员将只有招架之功,并无还手之力。公子成英正待骤步上前,黄通理用刀杆荡开成允、养子敬的枪矛刀锋,向梁邱劈去,梁邱侧身一躲,黄通理把马一挟,哗喇喇乘势突围而来,向黑暗处逃去,众人赶去,声影全无。公子成英道:"这一老一少倒是一对儿,以后须好生对付他!"众人莫不惊叹,只得把些贼兵乱杀,尸首堆山,枪刀满地,跪着乞降的一一收了军器,却不见了王翼。陈音道:"且进关去再作计较。"

大家一同进关,孙参谋接着,大喜。陈音忽然失声道:"屈将军然何②不见?"大众一起惊觉,都发起慌来。孙参谋唤过王庆吩咐道:"你熟此地路径,速领众人前去寻觅。"王庆领了众人正走出关,忽见屈采横枪在肩,满面是血,右手提了两个人头,低头走来。众人齐叫道:"屈将军何处去

---

① 攒蜂——如簇拥攒动的蜜蜂一样。
② 然何——为何。

来?"屈采方抬起头,见了众人,立定脚长长地舒了一口气,两只手把人头擎起道:"你们来看,是何人的首级?"陈音用火把一照,见一个是王翼,一个是王子虎。众人问道:"你从哪里取得来?"屈采道:"贼寨乱时,我一时内急,去草地里出恭。正蹲下去,见两个人影匆匆过去,我便悄悄地随后追赶,足赶了三里方才赶上,王子虎在前,王翼在后。只听王翼道:'只得去见大王,请兵来复此仇!'我蹑步凑上前去,用枪向王翼背心一戳,王翼哎哟一声扑地倒了。王子虎回过头用铜来劈我,不到三两个回合,也被我一枪糊里糊涂地戳去,戳翻在地,割下两个首级。此时也不内急了。"众人道:"屈将军报了兄仇,又得大功,明日同你贺喜!"说说笑笑已进关门,见了孙参谋述了一遍。孙参谋道:"令兄九泉之下谅来也是快活,畅畅地出了一口怨气!众位且去安歇,我自申报元帅,速进大兵。"众人谢了,各去饱餐一顿,高枕而眠。

  孙参谋备了申文,派人去报元帅,默默画计①,攻打鸦嘴滩、铁崖两处。左思右想,毫无计策。次日斗元帅已到,众人迎接进关,参见毕,孙参谋将众人的战功叙明呈上。斗元帅见了,唤过屈采、陈音道:"攻取二关,是你二人的首功!"此时申黑镇守头关,屈采拔充先锋,陈音拔充水陆都巡官。二人拜谢。余者各有赏赐。只有却勃忧愤成疾,病卧在床。斗元帅一面告捷,一面命人修整城垛,盘查米粮,编插降贼,磨砺刀枪,忙了数日。与孙参谋商议攻打鸦嘴滩、铁崖之计。孙参谋道:"此二处不取,不能制贼人的死命。数日来,洪龙那厮不见动静,久闻华勋奸诈百出,须防他的暗算。"斗元帅道:"无论他有何暗算,总须取鸦嘴滩、铁崖两处。只是两处地势奇险,守将凶悍,参谋可有妙策?"孙参谋道:"不才②连日思索,实不曾有善法。"陈音近前鞠躬道:"末将承元帅的起拔③,愿宽限三日,去到两处,或者寻个路径,遇个机会,也未可知。"斗元帅大喜,允了。

  陈音退下,只带王孙建、雍洛二人,离了卧云冈,先到鸦嘴滩巡视一回,无路可进。然后转到铁崖,见正面东向崖石如斧劈剑截,高约八九丈,寸草不生。崖之南面有铁栅一道,围着船只。水里通罩铁网,多系铜铃,

---

① 画计——筹划,打算。
② 不才——古代对自己的谦称。
③ 起拔——推荐举拔。

第十五回　破卧云王翼中奇计　探铁崖陈音奋雄心

利刃如笋,万难挨近。岸之北面水流浪涌,一泻如注,奔腾有声。大家呆看了一会,陈音道:"不知崖的西面是何形势？我到夜间泅水过去探个明白。"王孙建道:"这样水势如何泅得过去？大哥不可造次!"陈音道:"事已至此,只得冒险一行。"王孙建、雍洛再三劝止。陈音道:"二位贤弟好意我岂不知？只是我来楚国何事？若不冒险立功,何能遂我来楚之意!"王孙建道:"既是大哥要去,我愿同行。"陈音不允,只令与雍洛在此守候。用了夜膳,陈音带了牛耳尖刀,穿了水靠,往水里一扑,浪花回旋,人影不见。王孙建对雍洛道:"大哥的水性真真令人羡煞!"雍洛点头,四只眼睛望着水急处,只见波翻浪滚,心中甚难放下。却说陈音到了水里,逆流而行,看看快到崖根,一个巨浪拍胸而来,把陈音打退两丈之远。陈音定一定神,又并一口气,排浪而上。那浪势如排山倒海般对面压来,陈音身子挺一挺,只想抵过这个浪头便好拢去。无奈浪势太大,仍被打退。只得冲出水面换一换气。此时六月中旬,月明如昼,见那北来水势堆银滚雪,月光入水如万条金蛇,蜿蜒不绝,浪沫溅胸,涛声震耳。陈音此时甚是为难,忽然想到君房父亡,大仇在身,不觉一股热气从腿跟直透头顶,哼了一声,泅下水去,顶浪前进。却也作怪,一股劲早冲透浪头,直到崖根。看官:看到此处,切莫疑神疑鬼。大凡人生做事,要想博个美誉,建点奇功,总没有便易得来的。到了那艰难险阻的地方,心一灰颓①,越觉得艰难险阻,一步也行不动。只要打定个虽死不辞的主意,任他刀锯在前,鼎镬②在后,毅然直进,艰难处也就容易了,险阻处也就平坦了。精神专注,真个像有神鬼扶持,天地呵护一般。那曹娥投江负尸,周处入水斩蛟,岂不是个榜样吗？陈音到了为难之际,只因想到君父之仇,心中便定了个虽死不辞的主意,便觉全身出神,浪头无力,一直冲到岸根,急急冒出头来向北一望,不禁大喜,叫声:"奇怪!"正是:

　　精神到处鬼神避,
　　意气专时金石开。

　　欲知后事如何,且看下回分解。

---

① 灰颓——心灰意冷。十分颓废。
② 鼎镬——古代两种烹饪器。

第十六回
听高歌陈音遇赵平　行秘计蒙杰劫通理

　　话说陈音到了崖根，冒出头来，向西一望，叫声"奇怪"。原来铁崖之水本不急骤，只因春夏之交，水势一发，北面一股涧水横冲而下，便把铁崖的水势冲动，弄得浪势拍天，涛声震地，涧水之西仍是平荡荡的。陈音大喜，急急泅过对岸，却是绿茸茸一片平地。上了岸，坐在草地上，见铁崖西面一带丛林紧接后关，离水五六丈，仍是崖石如削，只有一株老崖树倒垂向下，离水面约有三丈，记在心里。再向西望去，一带绿杨，月光之下觉得拂露笼烟，葱茏①可爱。陈音立起身，向西行去，到了绿杨深处，忽听啪啪啪乱响，一会有人高歌，歌曰：

　　自平王之东迁兮，叹王纲之解纽；齐桓仗义以勤王兮，实为五霸之魁首。拔管仲于囚房兮，爵宁戚于牛口。豪际具有雄才兮，每遭时之不偶；颜憔悴而气衰颓兮，觉面目之可丑。无人赏于风尘兮，甘与草木而同朽。虽有赫赫之侯门兮，豪际不屑于趋候。世有重贤之齐桓兮，薰沐举火以援手。贤臣得志君享令名兮，列辟奉命以奔走。我生不逢其时兮，急急如丧家之狗。发斑白而齿摇落兮，痛残年之不久！日饱一尺之鱼兮，夜醉一杯之酒。呜呼噫嘻，富贵功名兮，于我何有！

　　陈音听来，音节沉雄，词调悲壮，觉得满怀怅惘②，百感俱生。呆立了一会，叹道："功名两字，成者不必自负，不成者不必自悲。时命所限，虽有奇才异能，从何表现？这副眼泪，古往今来不知多少人洒过！听他歌中之意，必是个年老英雄。我不免③上前去同他谈论，或能把他牵引出来建功立业，岂不是桩美事？"主意定了，趁着歌声寻去，到了岸边，几株垂杨

---

① 葱茏——草木青翠茂盛。
② 怅惘——忧伤、惆怅。
③ 不免——不如。

下系着两只小小渔船,一只船上一个老汉盘脚而坐,左手撑着船板,右手举个大杯,翘起头在望月。轻轻走向前去,叫道:"老英雄何悲愤乃尔?"老汉倒吃一惊,见一人身穿水靠走到船边,连忙将杯放下,一蹶劣挣起身来问道:"什么人?"陈音声喏道:"小人陈音,特来趋候。"老汉听了,觉得十分欢喜,道:"陈巡官缘何到此?请上船来,屈坐一坐。"陈音倒诧异起来,暗道:"他如何会认识我?"心中虽是这般想,却早已一步跨上船去。老汉让了坐,唤人起来烧茶暖酒,陈音拦阻不住,只得由他。须臾茶已备上,老汉叫人将残羹收去,重新添菜换酒。吩咐毕,对陈音道:"老朽久慕巡官大名,今承枉顾,荣幸无比。但不知巡官何事到此?"陈音道:"素昧平生,老英雄从何相识?请问老英雄尊姓大名?"老少道:"英雄二字,承当不起。老朽姓赵名平,齐国济南苦竹桥人氏。"陈音听了"苦竹桥"三字,急问道:"赵允是老英雄什么人?"赵平道:"是嫡堂兄弟。巡官如何认识?"陈音大喜,将夜救孙氏,送至苦竹桥之事大略说了一遍。赵平听了,心中十分钦敬,谢了又谢道:"此事真真好极了!孙氏之夫蒙杰正在此地。"此时船上的人正来上菜,赵平接来摆列好了,即对那人道:"快去叫蒙大哥起来,他的大恩人在此。"

那人跳过那只船去,不到一刻,带了一个大汉跨过船来。赵平面对着大汉,手指着陈音道:"这位陈巡官是你的大恩人,快快上前叩谢!"大汉弄得糊糊涂涂,睁着双眼,望着陈音。陈音一见大汉过来,先立起身,凑近一看,心中大惊,私念道:"这人可不是那醉月楼上,替那屈老儿抱不平的人吗?如何到了此地?"急急问道:"大哥几时到此?我与大哥曾有一面之识,大哥自不觉得。"赵平大惊道:"巡官如何认得蒙大哥嘞?"却又奇了,蒙杰也是大惊,暗想道:"据舅父说来,他是我的大恩人,我实不认得他。据他说来是曾经认识我,我实在记忆不起,真叫人闷煞!"陈音道:"不必拘礼,大家坐定,畅谈畅谈,倒是一桩快事。"彼此坐定,赵平方将陈音救他女子的事,照样说出。蒙杰听了,"哎哟"一声,连连称呼大恩人,立起身来,扑翻虎躯,在船板上拜个不停。陈音也立起身,连忙挽扶,哪里扶得住?蒙杰道:"既承大恩人拔刀救命之德,又累大恩人千里跋涉之劳,叫小子如何承当得起?"说了又叩,叩了又说。赵平起身,帮着拦阻,方才歇了。蒙杰道:"适才恩人道,曾经认识小子,小子却不明白,还望大恩人说明。"陈音道:"快休如此称呼,反为不便。"便将醉月楼之事说了一遍。蒙杰哈哈大笑道:"大恩人那时也在醉月楼吗?"陈音道:"嘻!你又是这样的称呼,该打该打!"蒙杰道:"这个称呼出在我心坎里,叫我如何改得过来!"赵平道:"陈巡官既是这般说,照我称巡官罢了。"陈音道:"也太客气,不如以弟兄相称,方觉亲热。"蒙杰跳起身来道:"好极好极!我有大恩人这般一个哥哥,我真是快活一辈子!"陈音笑道:"却又来,你只说渔湾杀人,可是你不是?"蒙杰伸出右手道:"大哥看我的手指。"陈音一看,大指边一个枝指,点头道:"是、是、是,此事做得爽快明白,是英雄举动,佩服佩服!蒙大哥然何到此?"蒙杰瞪眼道:"如何叫我是大哥?也是该打该打!"陈音笑道:"是我不是,从此大胆叫你贤弟。"蒙杰笑道:"这样我才快活哩!大哥问我然何到此,可问舅父。"赵平接着说道:"这是前月的事。那一天我叫小徒去前村里沽酒,转来道:'酒店里病倒一个大汉,生得如何的魁伟,衣服却是破烂。店主人要扛他在荒效去,许多旁人劝解总是不听。我身上且喜带得有碎银,取出四五钱来递与店主人,叫他行点方便,在近处请个医生诊视,或能救转,也是一件阴功事①。店主人见有银子,方才允了。'我听说,酒也不吃,急急带了小徒,赶到前村,一见面却是他。命小徒将他抬回,请人医治,才脱病不十日哩。"陈音道:"听说蓝滔被杀,失了银子三百两,贤弟拿向哪里去了?"蒙杰道:"小弟岂肯用这样的银两?我通把与屈老儿作盘费,往他亲眷处避祸去了。"陈音听了,称赞不止。又道:"尊嫂交我一信,可惜不在身边,明日取给贤弟。"

三人立着说了一会,烫酒上菜的人穿梭似的来往,听了这些话,一个个都觉得神气飞扬。赵平道:"我们要紧说话,站了半日,大家坐下用酒。"三人坐了,略用了酒菜。赵平道:"来踪去脉都交代清楚了,我们也要像说大书的,把惊木一拍道:'花开两朵,各摘一支。剪断闲言,书归正传。'我认得巡官的话嘞,巡官来此巡哨几次,我都看见,就是假扮周奎那一天也在我眼里。我见巡官水势精练,心中甚是佩服。巡官到此是什么意思?请说明白。"陈音道:"只因洪涛那贼矫悍绝伦,铁崖又十分奇险,想来四围探巡,或者有点路径,碰个机会。幸遇老英雄,可有什么计较?"赵平皱着眉,叹口气道:"老朽正为此事为难。前日屈粮官被围,老朽遇着巡官的部下。"陈音急急接口道:"是了,那日凿船底就是老英雄了!斗

---

① 阴功事——不为人知的善行。

第十六回　听高歌陈音遇赵平　行秘计蒙杰劫通理

元帅十分倾慕,屡屡嘱我留心探访。天赐良缘,幸得相遇！老英雄既有这举动,胸中定有成见,务乞赐教！"赵平道:"巡官言重。老朽到这里的因由未曾奉告。月刚过午,且多饮几杯酒,待老朽一一告诉。"蒙杰连三叠四地催酒,大家又酣饮一会。赵平道:"老朽自幼略通经史,酷爱刀枪,那马上纵横,水中起伏的勾当①颇知一二。本想生当乱世,立点功业,无奈家世寒微,出身不易。做那微员末秩②、媚上求荣的事情,心中想来,非但不屑,抑且不值,不如株守田间,清苦度日,倒可身由自主。近来我们齐国,陈氏专权,一些无知愚民受了陈氏的小恩小惠,都倾心悦服,眼见就有移祚之患③。老朽手无尺寸,徒唤奈何！只好独自一人,着些空急,发点牢骚而已。今春正月,就是这里镇老鸦嘴滩的老将黄通理,是老朽的表兄,寄书与老朽,说这里洪龙如何的英雄,如何的仗义,如何的行仁,劝老朽来这里,一来帮着济困扶危,二来显显自家的本事,将来有机可乘,一般的吐气扬眉。接连数函,意思恳切。老朽因家中困守,甚是无聊,也就应了。带了几个小徒,一直到这里来,沿途探听,倒是劫杀财命的事多,救人危难的事少,江汉淮泗布满党羽,立志原也不小,居心却是不端,往后乘难劫了昭王,今年又夺了二太子的翡翠瓶,这不是明明的有意犯上吗？老朽见他这样行为,哪里肯为他用！屡次劝表兄舍此还乡。表兄近来也略略有些醒悟,所以洪龙那厮屡次要派老朽的职守,老朽总是婉言推宕④。斗元帅领兵到来,洪龙要在飞云渡结个水寨,派老朽镇守。老朽诡辞道:'三关雄壮,又兼鸦嘴滩、铁崖两处拱卫,百万楚兵,谅难深入。何必零结水寨,徒分兵力。容老朽照常来往,探听楚兵动静,遇便策应胜于结寨。'洪龙允了。老朽不时把些不要紧的消息申报几件,敷衍塞责。洪龙甚是欢喜。那日屈将军被围,老朽因屈将军忠勇过人,十分钦敬,见他身受重伤,一时不忍。恰好遇着尊部,略为效力,救屈将军出围,并没有别的意思。如今洪龙因头二关俱失,守将败亡,烂泥沟的旱寨也被蘧将军用埋伏计赚了。洪涛、牛辅不敢出战,心中愤恨,屡欲倾巢相拼,都被华勋劝止。

---

① 勾当——营生,行当。
② 微员末秩——职位卑下的人员和低级官职。
③ 移祚之患——帝位被篡夺以致改朝换代。
④ 推宕(dàng)——推迟,拖延。

现在调取江汉淮泗的羽党,将次调齐,不日定有一场恶战。"蒙杰插口道:"我替大哥出力,去杀他个倒海翻江!"赵平笑道:"楚营中儿多勇将,哪里用得着你!"陈音道:"将来恶战,暂时不必管他。现今只要设法破了他的鸦嘴滩、铁崖两处,贼势自然穷蹙①,便容易扑灭了。"赵平沉吟一会道:"鸦嘴滩一处不必虑他,老朽自与表兄计较。只须设法攻破铁崖,擒了洪涛,便好成功。"陈音道:"总求老英雄帮助一膀之力!此时天已破晓,不才回营禀明元帅,定了主意再来此地请教。"赵平一看,果然天已破晓,命人收了残羹剩酒,立起身来道:"巡官不必久延,老朽送巡官转去。以后不必来此,若要会面,只在绿杨湾靠西一个湖荡,老朽在那里系只渔艇,日里张网船头,夜间笼个渔灯,就是暗号,那里相聚,彼此近便。"陈音应了,辞别要行。赵平吩咐徒弟解缆,鼓棹②向南。陈音道:"如何向南行去?"赵平道:"向南而去,自有小港绕到绿杨湾,可免铁崖之险。这条水路,只有我船上的人晓得,是老朽近日寻出的,略有些水草碍路,已叫小徒们拔去。"说话之间,已到绿杨湾。赵平身靠船篷,用手指着一株大杨树,柔枝拂水,嫩叶舒眉,葱葱郁郁,好像极大的一柄翠盖,道:"相约之地即是此处,巡官切记。"陈音点头。赵平道:"已到绿杨湾,巡官自识归路,老朽不便远送。"蒙杰道:"舅父不送大哥,大哥又无船只,如何转去?"陈音笑道:"不用不用!"一扑入水,声响毫无。蒙杰看着水面,只见波纹荡漾,乐得手舞足蹈,哪晓得双脚一跳,船小力微,船一侧,把蒙杰颠下水去。赵平急忙跳下水,把蒙杰提上船来,弄得一身湿透,吐了两口水。赵平笑道:"你此刻真是淋漓尽致了!"蒙杰也笑个不止。棹船转去不提。

陈音泅到铁崖,上了船,换了水靠,对王孙建二人说了详细,二人称快,随即搬上早膳③,大家用过。陈音略为歇息,即到卧云冈禀见元帅,详细说了昨夜之事。斗元帅大喜道:"何不将赵、蒙二人带到这里来?"孙参谋道:"耳目众多,泄了消息转为不便。既有这个机会,陈巡官且请坐下,大家商量一个计策。"陈音鞠躬道:"末将自应侍候驱遣,何敢僭坐?"斗元帅命人安了座椅,强令坐下,陈音只得告坐。筹商一会,孙参谋道:"如此

① 穷蹙——窘迫;困厄。
② 鼓棹——划桨。
③ 早膳——早饭。

如此,定能成功。"斗元帅与陈音同声称妙。陈音禀辞,到了夜间,取了孙氏家书去会赵、蒙二人。船到绿杨湾靠西,果见大杨树下一只渔艇,笼个渔灯,急急拢去,早已有人望见,招呼过船。王孙建等在船守候。陈音过船去,见了赵、蒙二人,先把书交与蒙杰,蒙杰接了,不暇拆看,塞在怀中。陈音把孙参谋所定之计细细告知。蒙杰跪起身来叫道:"妙极!妙极!就是这样办。"赵平踌躇半晌,方说道:"此计固妙,觉得心上有点过不去。"陈音道:"成大事者不顾小惠。老英雄若如此瞻徇①,平生自命,其谓之何?"赵平毅然道:"谨受教,两日后再会。"陈音与蒙杰见赵平允了,欢喜。陈音又唤过王孙建等过船,大家相见,通了姓名。赵平道:"王孙公子青年贵介②,如此英勇,令人欣羡。"又对雍洛等道:"诸位改邪归正,屡立奇功,不愧豪杰。"众人谦逊几句,各自分手。次日,赵平带了蒙杰去至鸦嘴滩,屏去从人,同黄通理细细说知。黄通理低头不语,好一会方说道:"洪龙虽非成事之人,却待你我不错,如此行去,总觉问心不安。"赵平再三劝说,黄通理只是不肯。蒙杰在一旁,见赵平说了又说,只说得舌燥口干,翻来覆去,几句话已是重三叠四了,黄通理执意不肯行,陡然一双环眼睁得圆溜溜的,油漆面上透出光来,用手在衣底下飕的一声,抽出一柄匕首来,冷气森森,寒锋凛凛,一腾身凑近黄通理面前,左手拧着黄通理的领衣,右手扬起匕首,恨一声道:"事已至此,行也要行,不行也要行!你牙缝里若迸一个不字出来,立时头血相溅,休想活命!"正是:

豪杰只知行大义,
英雄未忍负私恩。

不知黄通理如何对答,下回分解。

---

① 瞻徇(xún)——瞻前顾后。
② 贵介——尊贵的搢绅处士。

第十七回
离泛地洪涛落圈套　解重围蒙杰逞雄威

话说赵平去说黄通理归向楚营,暗图洪贼,黄通理因洪龙待他有恩,执意不从,蒙杰一时愤急,抽出匕首,拧着领衣相逼,黄通理神色不变,冷笑道:"死了倒干净!"赵平忙走拢去,夺了右手的匕首,劈开左手的领衣,大喝道:"休得鲁莽!"将蒙杰推开。蒙杰仍自怒气勃勃,侧着环眼,光灼灼瞪定黄通理,一声不响。赵平赔笑道:"表兄不必固执,大凡英雄做事,大义为重,私恩为轻。洪龙虽有私恩于表兄,他所做所为不是劫财杀人,便是恃强犯上,将来青史上不过是云中一盗,表兄又算作什么人?我同表兄虽非世家巨族,总是清白门庭,一时失足混于贼中,没有机会还要想个全身远祸之计。今日斗元帅奉命来剿,头二关俱已打破,洪龙虽在调取羽党,谅来也不是楚军之敌,所恃者,表兄与洪涛左右犄角耳。洪涛那贼勇而无谋,终究必败。铁崖一破,鸦嘴滩孤立无援,焉能独存?万一失手,表兄以为以死报恩,别人议论起来,黄某是云中贼的死党。某日失守,某日伏诛,岂不污辱了你我的家声!就利害上起见,表兄也不可固执。"黄通理听了这一席话,倒觉得毛骨悚然,额角出汗,苍颜中泛出红色,甚是不安。见蒙杰在旁睁目竖眉,大有不能相容之势,又见赵平在旁,柔声下气,大有凄然欲泣之状,自想一生困顿,此际危难,不觉老眼中滴下泪来,软瘫在椅上,叹了一口气,瞑目①不语。赵平见他醒悟过来,又说道:"表兄是明白人,谅来不以愚弟之言为非,请速定主意,商量正事要紧。"黄通理道:"愿从表弟之言,愚兄不替洪龙出力便了。"赵平道:"我们去取铁崖,表兄原不必出力。除了洪涛之后,表兄须依孙参谋之计而行,方能成功。稍为游移②,便误大事。表兄从速决断为是。"黄通理应了。赵平大喜,急将衣服脱开,露出膀臂,即用匕首一刺出血,对黄通理道:"有渝此盟,神

---

① 瞑目——闭着眼睛。
② 游移——不果断,不坚决,犹豫不定。

天不佑！"黄通理立时变色，也立起身来，露出膀臂，接过匕首，刺出血来道："今日之盟，神实凭之！"蒙杰急趋至黄通理面前，磕头下去道："我的老亲翁早要如此，岂不爽快吗？"黄通理急将蒙杰扶起，一起坐下，搬上酒饭用过。

　　赵平与蒙杰辞回，去至铁崖，见了洪涛道："少将军枯守此地，何济于事？何不去夺还二关？"洪涛道："二关被斗辛那厮布置得十分严整，夺还甚不容易。且此地关系不小，我若轻离，倘有疏失，大局坏矣！"赵平道："少将军虑得甚是。何不申请大王，添派一二员勇将来此镇守？少将军会同别将去夺二关，岂不胜似枯守！"洪涛大喜道："多承指示，即当遵教而行。除了老英雄，谁能当此重任！还望相助。"赵平道："久叨大王恩惠，愧无尺寸之报。如有驱遣①，万死不辞。老朽还有个舍侄婿名叫蒙杰，虽然生性粗鲁，却有千百斤气力，诸般武艺无不通晓。老朽带来，现在帐外伺候。"洪涛大喜，急命从人相请，须臾蒙杰进来，洪涛离座相迎。赵平立起身叫蒙杰叩见。蒙杰叩头下去，洪涛扶起，见蒙杰生得身长气猛，品貌不凡，甚是喜悦，命人设座。蒙杰略为推让，彼此坐定。洪涛问蒙杰的来历，蒙杰说了。洪涛道："我的意思，就烦老英雄替我镇守铁崖，蒙壮士帮我去夺二关，不知二位意下如何？"蒙杰道："倘承不弃，愿随左右。"赵平道："铁崖关系重大，老朽独力难支，少将军还须申请大王另派能将前来坐镇。老朽帮着照料，庶免②误事。"洪涛道："老英雄的本事，久已佩服，何必过谦！我就此申请上去，看大王如何，谅来总是劳烦定了。"款了酒饭，随即备文申请。次日令下，派了王受福来铁崖帮助赵平镇守，另派淮水头领晏勇带领水军来帮助洪涛夺关，蒙杰随营，有功之日从重封赏。王受福已到，大家相见毕，王受福向着赵平道："自头二关失守后，大王焦急万分，昨见少将军的申文，甚是欢喜，说老英雄肯如此出力，何惧楚兵？特恐老英雄过劳，特派不才来供驱遣，老英雄休得见弃③。"赵平暗笑道："何尝是派来帮我，明明派来监视我。谅你这宗蠢才有何用处！"只得随口应道："老朽蒙大王的厚恩，愧无以报。见今大势何危，特来少将军处

---

① 驱遣——差遣，驱使。
② 庶免——难免。
③ 见弃——嫌弃我。

筹划筹划。少将军不弃,以重任相托,力辞不允。今幸将军到此,老朽愿听指挥。"洪涛道:"二位不必谦逊,天气尚早,我就此去夺二关。"立时披挂起来,另取一副黑色盔铠给与蒙杰穿了,问蒙杰喜用什么军器,蒙杰道:"还是大刀爽利。"洪涛拣了一柄六十四斤重的九环大刀,蒙杰接在手中量了一量,道:"将就好用。"洪涛见了,谅来勇力不小,甚是快活。随带蒙杰督领喽兵三千,别了赵平、王受福,下了铁崖,会齐晏勇,去夺二关不提。

且说陈音到了是日夜间,悄行到绿杨湾,会着赵平。赵平把两处的话说了,又道:"王受福那厮没甚用处,洪涛起身后,我让他在前关镇守,我在后关照应,他甚得意。他对我说各路的贼党均已到齐,内有两人甚是了得:一个汉水的头领名叫聂刚,楚国蕲水①人,使两把截头刀,一件惊人的本事惯用飞锤,百发百中。一个江水的头领名叫邓环,秦国咸阳人,使一柄钢叉,一件惊人的本事惯用飞镖,也百发百中。现今洪龙自带悍将唐招、严癸、西门铎、蓝建德,在平山口结了水寨。华勋带了悍将郝天宠、张信、卜崇、颜渥,在三关结了旱寨,十分严密。鸦嘴滩添派了魏子楚协助我表兄;又派泗水头领公孙权督同费恭,会合洪涛,两路去夺二关。聂刚、邓环各领一队悍贼四路游戈。孙参谋之计虽妙,但恐蒙杰一人深入巢穴,万一失手,何堪设想!老朽想来,暗取铁崖、鸦嘴滩之后,用一个献果伏鸩②之计,这般这般,尊意以为何如?"陈音听了,拍手称赞道:"老谋深算,真好真妙!我转去便与孙参谋议定,照此而行。"赵平道:"老朽此刻到这里来,是诳③王受福,到自家船上取几件应用的物件,不可久延。巡官请转。"陈音点头而别。赵平带了徒弟自回铁崖。陈音回头,见卧云冈四面都有贼船,自家的战舰沿岸相拒,悄悄绕过贼寨,上岸进关。见了孙参谋,把赵平的话详细说了。孙参谋道:"我定之计,原为破他的左右犄角。赵老所定献果伏鸩之计,好是好极了,但是机栝④甚紧,稍些露点破绽,为害不浅,接应必须紧凑。临时我自有斟酌。此刻洪涛等已到此地,你速派土孙建等潜往铁崖,准在明夜二更行事。"陈音应了,回到本营,吩咐王孙建

---

① 蕲(qí)水——古县名。
② 伏鸩(zhèn)——隐藏起来,用毒酒害人。
③ 诳——欺骗。
④ 机栝——弩上发矢的机件。

并雍洛十一人,挑选二百名精壮,陆续绕过贼营,到绿杨湾聚齐。王孙建等甚是高兴,结束停当,先后而去。陈音见了,说不尽心中的喜爱。

　　到了次晨,洪涛带了蒙杰、晏勇从西面索战,费恭随了公胜权从东面进攻,战鼓雷轰,势甚猖獗。楚营中西面是斗荡、成允,东面的公子申、梁邱,各遵密计,坚守不动。贼兵几次冲上,两面俱被弩箭射退。洪涛等晓得弩箭的厉害,不敢十分相逼,早被射伤百余人,心中烦躁,只气得暴跳如雷,直到黄昏不得一战。此时王孙建等已在绿杨湾会齐,从小路绕至铁崖西面,到了老树倒垂处,恰好初更,见有巨绳七八条坠下,王孙建大喜,挽着巨绳攀援而上,约离二尺,一个结扣,手挽脚蹬,不费大力,转眼之间已到树根。雍洛等见了,吩咐众人陆续而上,不过两刻光景,二百余人俱上,只留五六人守船。王孙建带了众人去至丛林里,见硝磺柴薪放得不少,刀枪矛戟摆得甚多,各人取了称手的家伙,分带柴薪去寻高处堆积好,派四十人在此守候,只听前关杀声一起,便放火呐喊。随带雍洛等各挟硝磺柴薪,绕到前关,分头堆积,也派四十人照样守候,余人偷进关去,暗处伏着。须臾①之间,斗必胜带了一队战船,一拥而到,火光照耀,旗帜飞扬,在崖下排列,做出攻关之势。王受福早到关上,见了大笑道:"漫道有我在此,我就高枕而卧,谅你也不能上来!这般举动,能够吓唬人吗?"正在狂笑,忽然一片声喊,暗中跳出人来,或左或右,或前或后,都是短装。关外霎时火起,络绎不绝,内外喊声与崖下鼓声相应。方才吃惊,提了蛇矛,一面命人去后面报与赵平,一面带了随身军士寻人厮杀。此时全寨惊动,忽然又听得后关呐喊,火势冲天而起,关内一时鼎沸起来。王孙建手挺画戟,早扑到王受福面前,劈胸便刺。王受福手忙脚乱,横矛接战。贼兵虽有二千人,分散在四面,一见火势烧空,杀声震耳,一个个吓得目瞪口呆,哪里能够向前,不过王受福身旁几十名亲随,还能勉强厮杀。怎当得王孙建少年英勇,一支戟神出鬼没,王受福哪能招架。雍洛等都是身强气锐,奋勇当先,把些贼兵杀得尸横遍地,血流有声。王受福心慌手乱,被王孙建一戟刺中左腿,正想负痛逃走,鲍皋见了,横腰一铁锤,将王受福打倒在地。王孙建正要举戟刺下,却见赵平带了一百余人抢步上前,用枪把戟隔住,顺手一枪,向王孙建面门挑来,王孙建不敢急慢,挺戟相还,一个皓首苍颜,

---

①　须臾——不大一会;倾刻。

枪到处似神龙探爪；一个朱唇玉面，戟来时如猛虎翻身，果然各显神通，切莫视为儿戏。王受福在这个空里，早被亲随拖起，往暗地里观战，见赵平愈战愈健，王孙建招架不来，不到二十合，虚掩一戟，回身便走，楚兵一涌而逃。赵平紧紧追赶，楚兵纷纷跳下关去，跳不及的都被赵平用枪打倒，赵平左右的人上前擒了，用绳绑好。王受福大喜，扶着亲随一步一跛走到明处，接着赵平声谢道："今夜不是老英雄，命早休矣！"赵平道："救应来迟，头领受伤，多多有罪！老朽正在后关巡视，听得前关呐喊，又见火光冲天，急切要来前关，忽然后关火起，喊声大作，因此不敢离开。老朽准备迎敌，想前关自有头领支持，谅无妨碍。哪晓得等了一会，毫无话作①。老朽醒悟过来，后关是敌人的疑兵，吩咐几个小徒在后关紧守，带人来前关策应。且喜头领未遭毒手。"王受福感谢不尽。

　　赵平命人将擒获的贼人好好监禁，一个个问了姓名，方带去了。赵平忽然跌足道："与头领闲话，误事不小！"王受福也惊道："误了什么事？"赵平发急道："铁崖四面壁立如削，贼从何处上来？此刻逃走又向何处下去？"吩咐军士多燃火把，速速开关追赶。众人听了，一起醒悟，点火的点火，开关的开关。敌兵去了，大家声势起来，齐声呐喊拿贼，倒比先时喊杀的声音还大，前后相应，声震山谷，追赶一阵，哪里有个人影？连崖下的船也不知哪里去了。赵平又吩咐多点些火把，丛林里、崖石缝都要寻到，免生后患。众人加起火把，嚷个不住。这个火光直惊了攻夺二关的洪涛。洪涛索战，直到三更，楚兵不出。正在包躁②，忽然军士报道：铁崖火起。洪涛急上船楼，一看果然火势冲天，知是有变，急下船楼，唤蒙杰、晏勇，吩咐："我去铁崖救应，你二人紧守在此，不可妄动。"二人应了。洪涛带了二十只船，一千喽兵，急回铁崖。约行三里许，鼓声大起，一队楚兵拦住去路，船头上是公子成英、屈采，各执军器，大喝道："洪涛小儿！巢穴已失，还向何往？"洪涛大怒，挺起方天戟向二人刺去，二人抖擞精神，奋勇厮杀。公子成英、屈采俱是楚国上将，双战洪涛，拼着性命，一毫不肯放松。洪涛一支戟左拦右隔，好似万朵梨花，纷纷乱落。公子成英、屈采两条枪，如蛟龙掉尾般上下盘旋。洪涛十分用心照应，正酣战间，水中冒出一人，

---

① 毫无话作——没有丝毫动静。
② 包躁——同"暴躁"，发急。

第十七回　离泛地洪涛落圈套　解重围蒙杰逞雄威

双手扯着洪涛的两脚,喝声:"下去!"一个冷不防被那人扯下水去。那人正是陈音,在水中拔出牛耳尖刀,割了洪涛的右膀,提出水面,跳上船头。公子成英二人大喜,见洪涛右膀已去,浑身是血,命人用绳绑好,横搁船头,陈音押着先行,转向卧云冈。将近贼营,一声鼓响,一队贼船横截水面,火光之下,蒙杰手横九环刀,大喝道:"胆大狂徒,敢来冲犯①?"陈音指着洪涛大笑道:"洪涛被擒在此,谅你这无名小卒,焉敢当我!"蒙杰一见,果然是洪涛,浑身血污,捆了绳索,不得不勃然大怒,气冲冲挥起九环刀向陈音砍来。陈音举刀相还,一场厮杀,大有舍死忘生之状。此时贼寨中通晓得洪涛被擒,晏勇提一柄铁斧冲上前来,火光下认得是陈音,暗吃一惊道:"这人如何也在楚营中?倒是提防!"正想取出铁弹暗伤陈音,早被蒙杰刀杆一扫,把陈音扫下水去。蒙杰跳过船去抢了洪涛,跳回自己船上,楚兵近前的都被打倒,纷纷四散。晏勇大喜,跳过蒙杰船上,大家替洪涛解了绳索,才见洪涛右膀已断,晏勇心中甚为酸楚,急将洪涛扶起坐定,取了热汤灌下。洪涛悠悠苏醒,呻吟谢道:"若非二位相救,定然首领②不保!"晏勇道:"都是蒙头领一人之力。"蒙杰正待回言,鼓声破空而来,却是公子成英、屈采督率船只冲杀前来。蒙杰霍地立起身,提刀走到船头,接着屈采交战。洪涛用左手挥晏勇速去助阵。晏勇提了铁斧,跳至船头,接着公子成英大声喊杀。斗荡、成允听了,急急挥军两下夹攻,直杀得贼兵四散奔逃,大半落水而死。蒙杰一杆刀保着洪涛,左冲右突,所到之处,楚兵纷纷倒退,无人敢挡其锋。晏勇也趁势杀出重围。蒙杰对晏勇道:"东面杀声正起,将军保着少将军速回大营,我且去东面策应。"晏勇应了,保着洪涛而去。蒙杰到了东面,两下正在酣战,火光中见公孙权被公子申双枪一搅刺下水来。费恭正想逃命,蒙杰吼声如雷道:"匹夫休得逞强,某来也!"挥起九环刀,冲到阵云深处,公子申举起双枪敌住。费恭见有救兵,重整精神,舞起钢鞭来战梁邱,看来各为其主,大有你死我亡之概③。贼兵中见蒙杰这般奋勇,莫不交口称赞。忽听蒙杰大喝一声"着!"果见一个头影飞落水中。正是:

---

① 冲犯——冒犯。
② 首领——头颅。
③ 概——样子。

绝世才能聊自表,
将军辛苦为谁忙?
欲知公子申死活,试掩卷猜一猜下文。

第 十 八 回
因敌出奇陈音变计　裹创请战屈采争先

　　话说蒙杰大战公子申,忽听大喝一声"着!"果见一个头影飞落水中。看官不必替公子申着急,明明是个头影,不是个头颅。公子申的头颅原是好端端在颈脖上,这个头影又是个什么东西嘞?却是公子申的头盔,被蒙杰一刀横劈落水。不但看官失惊,那时楚军中也有多少人失惊。后见公子申披着散发,虚晃一枪退下阵来,招呼梁邱棹船而走。蒙杰还要追赶,费恭拦住道:"夜深交战,不必穷追,恐中奸计。且将公孙将军尸首捞获,转回大寨再作计较。"蒙杰倒还听劝,就不追去。命人下水将公孙权尸首捞上船来,随同费恭转回大营。晏勇先到,洪龙见了洪涛这般模样,心中十分疼痛,眼中掉下泪来,命人扶到内舱,急召军医前来医治。洪涛把蒙杰拦路夺回,将陈音打下水去,奋勇解围之事告诉一遍。洪龙心中感激蒙杰不尽。此刻蒙杰报到,洪龙抢步出来,见一黑大汉,满脸是血,战袍上也是鲜血渍满,呆呆站在那里。费恭扯着他道:"大王在此,速去参见!"洪龙见了,谅来即是蒙杰,见蒙杰欲叩不叩,像个不知礼数的光景,连忙拦住道:"将军辛苦!不必多礼,且请落座。"随即命人设了椅位,蒙杰乐得不叩头,唱了个肥喏,在旁坐下。此时洪龙坐定,费恭叩头起来,把东面交战,公孙权阵亡,蒙杰退敌之事详细说了一遍。洪龙越发喜爱蒙杰,便问蒙杰家世。蒙杰说了原委。洪龙道:"自从楚兵犯境,大将伤折不少,今得贤舅甥相助,何愁楚兵不破!今晚侄将军得保首领而归,实赖 杰士之力。暂屈杰士为全军都先锋,破楚后重加封赏。"蒙杰此时不得不叩头称谢,立起身,叩过了头。洪龙命摆酒宴,传集满营贼将都与蒙杰相见,把蒙杰的战功对众表扬,众人莫不叹服。一面命人好生服侍洪涛,一面命人将公孙权的尸首掩埋。宴罢各归泛地镇守,蒙杰就在中军安歇。到了次晨,王受福申文已到,详叙昨夜楚人劫关,赵平退敌之事。洪龙哈哈大笑,对蒙杰道:"贤舅甥如此英勇,真某佐命①之臣也! 黄通理也是贤舅甥亲戚,同心同德,区区楚兵,乌足道哉!"

洪龙夸耀不已,贼将中激恼了两人,双双挺身走出道:"某两人不才,愿领本部取还头二关,献与大王。"洪龙一看,一个汉水头领聂刚,一个江水头领邓环,满面愤怒,大有不平之色。大喜道:"二位猛勇名闻天下,前去定卜成功。二位贤弟带领本部先行,我与蒙先锋随后救应。"蒙杰见聂刚生得掀鼻突睛,钢须倒卷,邓环生得面如獬豸②,声似豺狼,气概甚是骁勇,谅来是两个悍贼,恨不得立时与他恶斗一场。二人正待起身,忽然喽兵来报:孙承德派屈采为先锋,陈音接应,带领公子申、斗荡一班将佐③来攻水寨。斗辛派公子成英为先锋,梁邱接应,带领斗必胜、养子敬一班将佐去攻旱寨。成允留守二关。洪龙大怒道:"斗辛匹夫,侥幸一胜,便敢深入重地,欺我太甚! 我当与他决一死战!"晏勇道:"余人不足虑,陈音那厮甚是了得,必要先除此人。"洪龙道:"杀我皇甫葵,伤我侄儿,正是此贼。诸位兄弟若擒得此人,须交与我,亲手脔割④,方泄我填胸之恨! 晏贤弟如何认得那厮?"晏勇把洪泽湖的事说了一遍。洪龙正待说话,隐隐的战鼓声喧,料是孙承德兵到,命人去插天岭报与华勋,保守旱寨,胜败速报。命人去鸦嘴滩、铁崖两处,传示黄通理、赵平,楚兵尽起,二关必虚,可伺隙攻打,夺了二关来水旱两寨助战。鸦嘴滩、铁崖令王受福、魏子楚暂时领守,谅无妨碍。各人领命而去。即派蒙杰为正先锋,聂刚、邓环为左右翼,沿寨列阵,等候厮杀。少时楚营先锋屈采白袍银铠,耀武扬威,冲波破浪而来。聂刚见了,不等屈采阵势列成,手提两把截头刀,领队冲出,大叫道:"来的速速纳下头首!"屈采见贼将来得凶勇,认旗上一个"聂"字,料是聂刚,大喝道:"汉水一带被尔扰害,久稽天诛,敢来此地助恶,擒着尔碎尸万段,以泄汉水人民之愤!"说罢,刷的一枪,劈胸刺去。聂刚用左手的刀一隔,右手的刀早向屈采咽喉递来。屈采收回枪,用枪杆一拦,把刀敲在一边,枪尖一搅,直趋聂刚的下三部。聂刚把双刀往下一架,叉住

---

① 佐命——辅佐帝王创业。
② 獬豸(xiè zhì)——古代传说中的异兽,能辨曲直,见人斗争就用角去顶坏人。
③ 将佐——将才和辅佐之臣。
④ 脔(luán)割——分割;一点点碎割。

第十八回　因敌出奇陈音变计　裹创请战屈采争先

枪尖，屈采用个苍龙搅海式搅开双刀，一股冷焰直透聂刚的右肋。聂刚右肋微微一闪，乘势一挟挟住枪头，正待用左手的刀来剁屈采，屈采用尽全身气力向怀内一掣，刚被掣脱，刀锋已到面门，招架不及，身子一蹲，额角已被划伤，流血不止，屈采忍着疼痛，把枪头在聂刚膝盖一敲，聂刚跳退一步，屈采方得缓过气来，用个雪花盖顶，枪如雨点般刺去。聂刚舞动双刀，如一对车轮，两道圆光敌住一条寒气，一场酣战。此时孙参谋全队已到，洪龙的水寨大开，两边列阵观战，齐声喝彩。邓环忍耐不住，手抡钢叉冲至阵前，来助聂刚，公子申出阵大喝道："匹夫慢来！"舞动双枪敌住邓环。邓环钢叉风驰雨骤刺来，公子申把双枪挑拨勾刺，不敢丝毫放松。枪如两条龙，掉尾摇头赴沧海，又似独角兽，张牙舞爪下山冈。一场恶斗，见者一起吃惊。两面鼓声一阵紧似一阵。公子申左手一支枪忽被邓环一叉压住，一时不能掣回，急用右手一支枪向邓环当胸刺去，邓环将左手接着，用力一扯，公子申死劲一拖，两人力猛，当的一声，枪成两段。邓环连忙举叉劈面递来，公子申手快，趁势一起，用右手的半截枪逼开钢叉，左手的枪旋风般刺去。邓环眼明，叉杆一掉，敲过枪头，两人抛了半段枪，一叉一枪拼命厮杀。陈音看得亲切，见公子申枪不应手，渐渐支持不来，急在身边掏出铁弹，去在旗门影里，对准邓环扬手掷去。邓环"哎呀！"一声，鼻血长流，拖叉便退。公子申已是手软力疲，退回本阵。聂刚听得邓环有失，正待撇了屈采来救，早见蒙杰手挥九环刀冲至阵前。楚阵中斗荡扬起泼风刀接着相斗。蒙杰舞动九环刀裹住自己身体，只见刀光不见人影。斗荡哪里攻得进去？弄得斗荡全无下手之处。洪龙急命唐招、西门铎分两翼去攻楚阵。楚阵中用硬弩射住阵脚，三番五次都被射回。斗荡攻蒙杰不进，手忙脚乱，被蒙杰刀尖挑脱斗荡前心的掩镜，吃一惊逃回本阵。蒙杰正要来帮聂刚，屈采见战聂刚不下，枪锋一吐，霍地掣回，退归阵中。聂刚与屈采战了百十余合，也是力乏，不敢追下。蒙杰还在寻人厮杀，楚阵中已鸣金收兵，冲上去弩箭如雨，只得同聂刚退回。洪龙着实夸奖了三人几句，吩咐三人且自安歇，明日再战。聂刚、邓环自回本阵，蒙杰仍在中军不提。

且说屈采回阵，与公子申称聂刚、邓环之勇。孙参谋道："二贼不除，终是后患，必须设计先除二贼，再擒洪龙。"想定主意，唤过王庆道："此处可有峡谷地方？"王庆回道："东去十二里，向北一转，正有一条峡谷，地名小沟，两面都是峭壁，约有两里之遥。转过西来，便是乱石滩，水面虽阔，却甚平浅,隆冬以后,便成旱地。"孙参谋听了,便吩咐王庆:今夜便去那里,照前芦花港的布置。又向屈采、公子申吩咐如此诱战。又吩咐陈音带了王孙建、雍洛,明日如此如此。众人领计,各自准备。到了次日,屈采、公子申结束停当,各带小船二十只,去到贼营,单搦①聂刚、邓环出战。聂刚早已穿好软甲,正待出战,邓环因鼻子打肿,养息伤痕,听说有人指名讨战,也要出来。聂刚极力劝止,提了截头刀,带了本队,禀过洪龙,冲出水寨,大喝道:"杀不死的匹夫!昨日饶尔不死,今日敢来猖狂,好好地洗颈受戮!"公子申不见邓环,喝骂道:"邓环怕死的贼徒,今日何不出来?"聂刚道:"你二人只管齐来,怯战的不算英雄!"摆开双刀,便向二人奔来。二人急架相还,连环厮杀,约有十余合,聂刚掩一刀便向刺斜里逃去,屈采不舍,抢前追赶。聂刚听屈采追来,心中大喜,暗取飞锤在手,见屈采追近,扭转身躯,手一扬,喝声"着!"一锤飞来,屈采躲闪不及,正中护心镜,打得粉碎,口吐鲜血,棹船便逃。公子申见了,随同逃走。聂刚紧紧追赶,一直向东,约有十余里,忽然不见了楚船,立在船头张望,见朝北转角处,一个人在那里垂钓。头戴箬笠②,身披蓑衣。聂刚大叫道:"钓鱼的,可见楚兵向哪里去了?"钓鱼的抬起头来,用手向北一指,仍自低头下去。聂刚催船向北追去,见一条峡谷,楚国船只抛弃四散,一些楚兵在浅水中乱跑。急急赶到,自己不肯进谷,扼着谷口。一面命喽兵夺取船只,一面命会水的贼兵下水赶杀。正在忙乱,石崖上鼓声突起,滚木檑石纷纷打下。峡谷窄逼,无处藏躲,贼兵下水的大半被楚兵戳翻。聂刚情知中计,急叫速退。无奈大势已乱,哪里招呼得及,只得独自离开谷口。却见一只小小渔船摇荡而来,钓鱼那人仍是披蓑戴笠,立在船上叫道:"四面埋伏的楚兵不少,我来领聂头领转回大寨。"聂刚此时听得四围鼓声大震,不知伏兵多少,所带的人被滚木礌石打死殆尽,一时着慌,应道:"如此甚好,回到大寨从重相谢!"那人不言语,撑着小船在前引路,向西而行。不过一里,迎面来一只渔船,船上一个少年,对着渔人道:"骆哥哪里去?前面被楚国的兵船塞满,去不得了!"渔人道:"王小乙,你过这里来,后面船上是洪大王部下的聂头领,被楚兵引至小沟,险遭毒手。我要将聂头领送回大

---

① 搦(nuò)——挑战。
② 箬(ruò)笠——用箬竹叶及篾编成的宽边帽。

第十八回　因敌出奇陈音变计　裹创请战屈采争先

寨,前面既有楚兵阻拦,可有别路绕回大寨?"王小乙道:"此去乱石滩不远,绕过乱石滩,离大寨便近了。"聂刚听得清楚,急接口道:"就是这样,速去速去!"二人把聂刚领至乱石滩,水便浅了,聂刚的坐船不能行动。二人道:"聂头领可过小船来,坐船弃了,驾船的另坐一只,我二人同聂头领一只,过了乱石滩,便到大寨了。"聂刚哪里识得云中岸的路径,听随二人调派,弃了大船,过了渔舟。舟到乱石滩,骆哥在前,王小乙在后,聂刚倚了双刀,盘膝坐在中间,问二人道:"二位尊姓大名?住居何处?"骆哥道:"我叫落水,他叫亡命。把我两人的名字一捏,刚正是落水亡命。"聂刚一听话里藏有机锋,吃了一惊,急挣起身来,提起双刀,睁圆双眼喝道:"你两个到底是什么人?敢来捋虎须!"骆哥笑道:"不才雍洛。"王小乙笑道:"不才王孙建。"聂刚情知不好,一刀向雍洛劈去,雍洛一个筋斗翻下水去。王孙建早抢在聂刚背后,右手绾定鹅毛刺,左手在背心上尽力一掌,喝声"下去!"聂刚身子一晃,跌下水去。王孙建跟着跳下,且喜水不甚深,聂刚略知水性,三人在水中厮拼。三五个驾船的在一只小舟里,吓得缩住一团,哪里敢动。聂刚凶勇,二人制伏不下。忽见一只小舟放箭般到来,舟上的人发手一铁弹,正中聂刚面门,立时倒在水中。那人跳下水,按着聂刚,拨出牛耳尖刀割了首级。三五个驾船的魂不附体,叩头乞饶。陈音喝道:"饶尔等一死去罢!"带了王孙建、雍洛,跳上小舟,与公子申等会合,说道:"聂刚这厮十分狡猾,不肯进谷,我叫雍洛、王孙建如此这般,方得就擒。"公子申等称妙,约齐王庆收队而回。洪龙因聂刚独自出战,放心不下,见聂刚不回,急命蒙杰带同严癸速去救应。二人向东赶来,到了小沟,见一些贼兵被木石打伤,脑浆迸裂,肢体不全,被戮翻的尸浮水面,血荡波心。聂刚不见下落。急转身时,鼓声大作,公子申领了战船截住归路,命人用枪挑着聂刚的头大喝道:"来者照样纳下头去!"严癸大怒,挥鞭向前,公子申接住厮杀。约十余合,公子申一枪刺透严癸的胸膛,死于非命,楚兵一拥而上。蒙杰叫军士速退,自己断后,楚兵不敢相逼,贼中毫无损失,缓缓地退回大寨不提。陈音同公子申回至大营,诉知聂刚不肯进谷,自己变计擒斩聂刚的事。孙参谋大喜道:"正该如此!行兵之道,必须随机应变,若是拘守成令①,每误大事。"记了陈音大功。

---

① 拘守成令——拘泥和恪守原来已定的命令。

蒙杰回寨,对洪龙说了聂刚被杀、严癸阵亡的话。洪龙感伤不已,叹气道:"似此屡折大将,楚兵日逼,为之奈何!"蒙杰道:"楚兵战胜,其心必骄,不如今夜前去劫寨,一战可以成功。"洪龙道:"此计甚妙,正合我意。"即派蒙杰领第一队,攻楚中路,唐招接应。邓环闻知聂刚战死,心中愤怒,不顾伤重,自请去劫楚寨,洪龙派领第二队,攻楚左路。派蓝建德领第三队,攻楚右路。西门铎、费恭守寨,自带晏勇四面策应。各人领命准备去了。蒙杰暗将消息递过楚营。孙参谋知悉,随即升座,命斗荡领队绕到贼营后面埋伏,如此如此。命王孙建领队去到贼营前埋伏,如此如此。命公子申领队伏在本营左面,如此如此。命雍洛领队伏在本营右面,如此如此。命陈音督率鲍皋等四面策应。屈采带伤向前请命,孙参谋道:"将军伤重,只宜养息,不可轻动。"屈采忿然道:"些微小伤,毫无痛楚。今逢大敌,甘愿舍死向前!"孙参谋听了,十分起敬,踌躇半晌道:"将军愿去,有一紧要地方,贼人败后必逃到旱寨,由平山口西去约五里,地名芳草坪,正是离水登陆的地方。将军领队去那里等候,贼人到了那里,见有埋伏兵,必然舍命冲突,将军不可怠慢。"屈采欣然领命而退,自去裂帛束胸,准备厮杀。孙参谋带了偏裨众将,去营后埋伏,等候动静。大寨空荡荡,只留些老弱传更打点,寨的四围仍是旌旗遍竖,灯火辉煌。二更以后,蒙杰在前,唐招在后,直向楚营而来,一直呐喊,扑进楚营,却是空荡荡的,大喊中计。此时邓环由左扑进,蓝建德从右扑进,一起大惊。急急退时,孙参谋望见,鼓角齐鸣。公子申听了,由左抄来,雍洛听了从右抄来。喊声大震,火势飞腾。贼兵见劫了空营,早已心惊胆落,纷纷乱窜。公子申敌住邓环,雍洛敌住蓝建德,蒙杰见中路无人拦阻,叫唐招去助蓝建德,自己去助邓环。正待分头助战,忽然本寨中火势冲天,贼探报道:"大寨失守了!"洪龙正在督战,听了探报,急回头看时,果然烈焰烧空,喊声远震,知道本寨有失,不禁跌足叹恨。突然一只小船急骤而来,一道白光,冷森森迎面一罩,大吃一惊。正是:

　　九渊兵伏诚难测,
　　　半着棋高未易争。

不知洪龙如何抵敌,且看下回分解。

第十九回

劫楚营洪龙受大挫　攻旱寨斗辛困重围

　　话说洪龙督战之时，听得探报，本寨有失，正在跌足叹恨，突然一道白光迎面罩来，大吃一惊，急将左手的水磨鸳鸯拐一扬，当的一声，碰个正着，挡住白光。原来是陈音在四面策应，见一队贼兵往来催战，为首一人，手绾鸳鸯拐，气象威猛，年约五旬，后面跟着晏勇，谅来必是洪龙。雄心陡发，私念道："擒着洪龙，大事定矣！"鼓棹冲去，劈面一砍刀，怎奈洪龙眼快，瞥见小船来得奇异，早已留心提妨，白光一罩，便把鸳鸯拐一扬，碰开了，右手一拐递去，陈音急忙招架，约有十余合，陈音见洪龙双拐沉重，手段高强，暗暗叹道："果然名不虚传！"且喜劫营的贼兵听说本寨有失，无心力战，被楚兵杀退，排墙般倒下，洪龙不敢恋战，逼开陈音的砍刀，带了晏勇退还本寨。寨前闪出王孙建，抡戟大叫道："洪龙匹夫，速献头来！"晏勇见了，举斧便砍。二人交战正酣，恰好雍洛杀退蓝建德，随后赶来，一见晏勇，大叫道："晏勇，认得我么？"晏勇一看，认得是雍洛，见他身披软甲，是个将官模样，诧异道："他然何在楚营中，公然做了将官？"雍洛一铁棒横扫过来，晏勇正留心招架王孙建，躲闪不及，被雍洛一铁棒打中手腕，十分疼痛，情知不妙，觑个空儿扑下水去。雍洛跟踪下水，晏勇见了叫道："雍洛，我昔日不曾薄待你，为甚苦苦逼我？"雍洛道："昔日你与我不足言恩，今日我与你并非有怨。只是你平日行为不正，久干天怒①，今来这里锄恶，我是堂堂楚国的将官，焉肯放松你！"晏勇大怒道："匹夫焉敢欺吾！"运动大斧，劈头砍下。雍洛抡棒相还，晏勇见雍洛水势熟习，棒法精通，着实吃惊，提心厮拼，怎奈手腕着伤，不能用力，七八个回合招架不来，回身便逃。雍洛趁他转身时，铁棒向他背心一捣，晏勇一扑，便往下沉，雍洛一手扭着他的头发，一手提着他腰带，身子往上一挣，冒出水面，踏着水提到船上，掷在船板上，叫人绑了。雍洛将晏勇撇在伏板下，领了船队追

―――――――――
　①　久干天怒——触犯天怒很长时间了。

杀贼兵。

此时贼兵杀得七零八落,唐招身带重伤逃回本寨,遇着西门铎也是血流满面,诉说:"被斗荡攻破大寨,费恭逃去,我又敌他不过,被他一刀刺着眉心,逃命到此。大王哪里去了?"唐招道:"我也是身受重伤,幸亏蒙杰救护出围。邓环尚被围困,不知生死。"说话间,蒙杰救了邓环,飞奔而来,后面公子申紧紧追来。邓环面上伤痛未愈,又在重围中额角上中了一箭,见楚兵紧追,咬牙发恨,暗地取镖在手,对准一员楚将发去,那员楚将应手而倒。接连四五镖,楚将当头的俱被镖伤,陆续倒下。公子申见了,吩咐众将不必穷追,即时停桡不赶。邓环见了,会合唐招、西门铎等,商量行止。忽然楚兵四合,把众贼围在垓心。众贼虽然勇悍,怎奈都受重伤,只有蒙杰一杆九环刀抵敌一面,危急万分。幸得洪龙因大寨失守,趁晏勇战住王孙建时,便四路去招集残兵,想来夺还大寨。听得喊杀之声不断,舞起双拐,首先冲入,挡者纷纷倒下。邓环等见了洪龙,呐一声喊,随定洪龙透出重围,蒙杰押后,楚兵退去。洪龙对众贼道:"今夜一战,狼狈至此,如何是好!"邓环道:"事已至此,且到插天岭再图恢复。"洪龙听说,只得如此,带领残兵往插天岭而去。约行三里,见一队战船停集在一个沙碛边,火光忽明忽暗。洪龙道:"此处若有伏兵,我等性命休矣!"众贼亦皆失色,急急命人前去探视,却是洪涛、蓝建德、费恭领着败兵在此停歇。招来会合,向旱寨奔回。顷刻到了芳草坪,正待舍船登岸,鼓声大震,破空而来,霎时之间,火光蜿蜒,如飞而至,船头立一大将,头顶银盔,身穿细鳞白甲,素袍长枪,威风凛凛,大喝道:"等候多时了! 快来受缚,免污吾手!"洪龙等一看,认得是屈采,面面相觑,做声不得。蒙杰愤然道:"我自独挡屈采,众位可同大王夺路!"邓环本想助战,怎奈伤势发作,挣扎不起,只得让蒙杰当先。蒙杰手挺九环刀,大喝道:"屈采匹夫,休得猖狂!"骤上前去,抡刀便砍。屈采见是蒙杰,只得展开枪,往来厮杀。洪龙带领众贼夺路而逃,奔上岸去。贼兵落后的,都被楚兵杀得如破瓜切菜一般。洪龙在岸上见了,伤心泪落,又怕蒙杰有失。且喜蒙杰抽个空,跳身上岸赶来,洪龙大喜,一同奔向旱寨。屈采收队而回,天已发晓。孙参谋占了平山口,所得粮米、器械、甲衣、旗帜不计其数,杀死的尸骸掩埋停当,投降的贼众安插整齐。屈采到了,孙参谋笑面相迎,屈采说了备细。孙参谋道:"釜底之鱼,不过苟延残喘。"命人摆宴贺功,众将畅饮,满营腾欢。宴罢安息。孙参谋修了两封密书,命心腹人分头去鸦嘴滩、铁崖两处投递。消停一日,督率全营向插天岭进发。

且说斗元帅兵抵三关,虽有两次小战,胜负相当。斗元帅想大举围攻,怎奈华勋守御得法,无懈可击,只得暂时耐守。这日接得孙参谋的申报,水寨已破,洪龙逃回三关,不日即来会战,心中大喜,唤集众将道:"参谋已破水寨,洪龙逃转三关,我们毫不得手,殊觉可愧。众位可有计较?"公子成英道:"末将昨日探得西面有一条小路,可以上岸。只是近岸水浅,船不能到,须用竹筏渡拢岸边。末将领兵一队,悄悄从小路而进,逼近贼寨立营,贼人必来争夺。俟①贼兵动时,元帅督兵上岸,两面夹攻,可获全胜。"斗元帅道:"倘若华勋那厮任你立营,屹然不动,又将奈何?"公子成英道:"华勋那厮沿岸列寨,我军被拒,无处用力,倘得末将在旱地立营,大军陆续上岸,结成大营,便好设法破他。"斗元帅大喜道:"此论甚是。将军作速动身,不必迟延。"公子成英回了本营,命人砍伐山竹,扎成竹筏。到了次日,载了本队军士,绕到西面上岸,悄悄从小路转到贼寨之西,列成阵势,厉声搦战。探子报进大寨,华勋听了,对洪龙道:"斗辛被我临水拒住,求战不得,便命人别寻路径上岸挑战,明明要我开寨迎战,他却领率大队抢上岸来,两面夹攻,以求一胜。"洪龙点头道:"此虑不差,但是如何对付他嘞?"华勋道:"我趁此将计就计,斗辛可擒。"随派颜渥领兵一千,开寨迎敌,务必死力相拒,自有救应。又派郝天宠领兵一千,伏在本寨东北,卜崇领兵一千,伏在本寨东南,楚兵上岸不必拦截,任他攻进寨来。郝头领横腰冲击,卜头领从后掩杀,可叫楚兵全军覆没。又派张信领兵一千,驾船去攻他的老营,攻破之后,放火呐喊,乱他的军心。又派副领孟陵、周宣各领兵五百,在寨内东北、东南两面多掘陷坑,上用芦席浮土盖好,楚兵跌下陷坑,用箭射去。又派副领柴能、万士雄各领兵五百,悄悄绕到公子成英后面,俟酣战之际擂起鼓来,两路抄杀,楚阵必乱。又对洪龙道:"关内空虚,大王可带蒙先锋进关固守,以防他变,众位也好养息伤口。"洪龙见华勋调度有方,十分喜悦。带了蒙杰、邓环、唐招、西门铎、蓝建德、费恭先进关去。颜渥等领令分头准备去了。公子成英逼寨搦战,见贼寨不开,叫军士高声谩骂。看看日已西斜,贼寨中鼓声大震,开了寨门,

---

① 俟——等待。

颜渥手挺蛇矛,领兵一千冲出,到了阵前,大喝道:"匹夫休得猖獗!认得颜渥么"?公子成英喝道:"堂堂上将,哪认得你这无名小贼!"抡枪便刺,颜渥挺矛相迎,战鼓雷鸣,喊声大举。斗元帅探得贼兵出战,命梁邱守船,统了养子敬、斗必胜等一般战将,大队军士,一拥上岸,扑到贼寨,呐一声喊,奋勇杀入。贼兵纷纷退让,一班楚将正在耀武扬威,忽然天崩地塌,当先的都跌下陷坑,两面一声鼓起,箭似飞蝗般射来,楚兵纷纷倒地,自相践踏,陷坑内射死楚兵无数。养子敬等急急退时,郝天宠从东北横冲杀出,卜崇从东南掩杀而来,人人奋勇,个个当先。养子敬迎着郝天宠,斗必胜敌住卜崇,阵云乱卷,沙土飞扬。斗元帅将后队分作两路助战。公子成英此时听得贼寨中大声喊杀,料是元帅攻入贼寨,正想抖擞神威,杀退颜渥,哪晓得自家后队扰乱起来,被柴能、万士雄两路抄袭,楚兵未曾提防,只杀得抱头鼠窜。公子成英见阵势已乱,只得撇了颜渥,落荒而走。颜渥会了柴能、万士雄,四处赶杀。斗元帅见贼兵重重裹来,大势难支,只想退回本营,霎时之间,本营火势上冲,楚兵络绎不绝奔逃上岸,却被张信劫了大营。梁邱敌不过,也逃上岸来。知道楚兵被围,舍死冲入,见斗元帅已是手挥大戟,亲身冲杀,自家杀上前去,呐喊助战。无奈华勋立在高处指挥,众贼围得水泄不通。斗必胜被卜崇鞭打肩窝,养子敬被郝天宠的三尖刀划伤门面,渐渐要败退下来,全亏斗元帅一杆大戟挡住无数军器,只能勉力支持。忽见东北角贼阵大乱,一员大将骤马冲来,一杆枪忽起忽落,搅开一条血路,直趋近前。斗元帅仔细一认,见是公子成英,头盔不戴,卸了上半截战袍,赤着膀臂,浑身污血。正待招呼,贼将颜渥领了柴能、万士雄横截而来,柴能将公子成英挡住,公子成英吼声如雷,尽力一枪,直透柴能心窝,往上一挑,将柴能尸首挑起二三丈高,落下时,正打着万士雄,一跤跌倒。公子成英顺手一枪,结果了万士雄性命。颜渥大怒,挺起蛇矛,公子成英舍死相拼,直战到日色西沉。张信又到,围得铁桶相似,楚兵杀伤过半,楚将不死即伤,斗元帅几次冲突,都被乱箭射回,不能透出,只听四围叫道:"楚兵俱已杀尽,斗辛还不投降,等待何时?"又见梁邱被张信一刀劈于马下,只气得三尸暴跳,七窍生烟,叹口气道:"不想全军覆没,我斗辛死于此地!"正要拔剑自刎,转眼之间,火球滚滚而来,鼓声不绝,四面都是楚军旗帜,翻江倒海般冲入贼寨。贼兵乱逃乱窜,人头滚滚,血水成河。东面是屈采,南面是陈音,西面是公子申,北面是斗荡,好似四只猛

第十九回　劫楚营洪龙受大挫　攻旱寨斗辛困重围

虎,剪尾摇头,咆哮冲突,贼兵几次围裹上来,都被杀退。斗元帅心中大喜,招呼众将,乘势突围。斗元帅领着带伤众将在前,屈采等在后抵挡贼兵,一拥而出,无人敢当。颜渥见屈采等直进直出,如入无人之境,怒气勃发,将头盔掷于地下,大叫道:"斗辛顷刻就擒,竟被救去,不能擒回斗辛,誓不收队!"骤马追来。屈采见了,瞋目大呼,眦裂血出,勒转马头,照着颜渥一枪刺去,颜渥用矛架住,公子申见颜渥凶悍,取弓在手,搭上箭,对准颜渥咽喉射去,颜渥躲闪不及,一箭直透咽喉而亡。贼兵抢了尸首,飞奔逃回。屈采等缓缓按辔回到大营,孙参谋接了元帅并带伤的众将,计点军士,折了十分之六,余者带伤的多,一一安插。斗必胜右膀伤了筋骨,已成废人,养子敬虽带面伤,尚无妨碍。停息片时,用了酒食,斗元帅叹气道:"不料今日误中华勋之计,遭此大败。若非参谋相救,势必片甲不回,真真令人愧死!"孙参谋道:"胜败兵家常事,何必介意! 略为消停,整顿军威,定要捣入巢穴,生擒渠魁①!"斗元帅无言。次日,鸦嘴滩、铁崖两处去的人都回,呈上密书。斗元帅与孙参谋看了,大喜。到了次日,升座传令,命屈采、公子成英、陈音、斗荡四将去打三关,附耳吩咐,如此这般。四将领命督队而去。命公子申、王孙建二将去贼寨左近埋伏,附耳吩咐如此这般。二将领命督队而去。元帅自和参谋督领偏裨,随后接应。

先说屈采四将领了大队,直到三关,屈采、公子成英打东面,陈音、斗荡打西面,大声发喊,箭似飞蝗。洪龙听报,派邓环、唐招、费恭抵御西面,自带蒙杰、西门铎抵御东面,派蓝建德督率副领,随机策应。命人报知华勋,两面夹攻。此时邓环伤痕已愈,到了西门,叫唐招、费恭紧守关门,自己带了一千喽兵,开关而出,列成阵势,舞叉当先,大喝道:"有本事的速来纳死!"陈音提刀出阵,喝道:"杀不尽的贼徒,还敢恃蛮? 着刀!"一刀砍去,邓环抡叉相迎,约有二十个冲锋,邓环回马便向刺斜里败走。陈音笑道:"别人怕你的暗器,我偏要试试你的手段!"取弹在手,随后追下。邓环果然取镖在手,扭过身喝声"着!"陈音早已妨备,左手一伸,接镖在手,右手的铁弹发去,正中邓环嘴唇,打折门牙二个,满口流血,伏鞍而逃。陈音不舍,拍马紧追。邓环因陈音追得紧急,见路边是水,从马上一跃,跳下水去。陈音笑了一笑,将大刀挂在马鞍,也从马上跳入水中。邓环用叉

---

① 渠魁——头领;首领。

对着陈音肚囊刺来,陈音身子一扭,让过叉尖,趁势将叉拧住,尽力一扯,邓环立不稳脚,向前一扑。陈音丢了叉,用脚踏着邓环背心,把牛耳尖刀在颈脖上一划,一颗头早切下来,提头出水,纵步上岸,跳上马背,跑回本阵。贼兵见陈音提了邓环的头,呐喊一声,回头便跑。唐招见了,急急拍马出关,让过贼兵,敌住陈音。此时洪龙在东关,见屈采与公子成英在关下驰骤①,威风抖擞,西门铎忿然请令,出关会战,洪龙允了。西门铎手握狼牙棒,领喽兵一千,冲出关来。屈采见有贼将出关,将军士约退,叫公子成英押阵,自己横枪勒马,立在阵前。西门铎并不答话,举起狼牙棒劈头便打,屈采将枪一摆抵住,厮杀约有二十个回合。屈采见西门铎狠命相扑,将马一带,向刺斜里跑去。西门铎大吼道:"哪里走?"骤马追下。屈采见西门铎来得较近,把马一夹,让在一边,西门铎马快,收缰不及,突过前去。屈采本想用回马枪挑杀西门铎,到了此时,只得把枪在西门铎坐马的后股上尽力一戳,那马负痛,长嘶一声,后蹄一扬,把西门铎撅下马来,跌倒在地。屈采抽出枪向西门铎颈后刺去,直透咽喉,死于马下。屈采下马割了首级,提在手中,跳上马跑回本阵。贼兵见了,呐喊一声,正待逃回,蒙杰早已冲出关来,公子成英抢出阵去,敌住厮杀。两面正在酣战,华勋派了郝天宠、卜崇各领一支喽兵,分作两路前来策应。屈采抵住郝天宠,斗荡抵住卜崇,关上关下战鼓齐鸣。此时公子申与王孙建在贼寨左近埋伏,见郝天宠、卜崇到了,伏兵齐起,去扑华勋旱寨。华勋督率张信等开寨厮杀,四面杀声惊天动地。孙参谋带兵拥上,围着贼寨,正在死力相拒,忽然黄通理带了鸦嘴滩的全军,赵平带了铁崖的全军,好像约准的一起到来,人如狼虎,鼓似雷霆。华勋大喜道:"两路兵到,楚军休矣!"正是:

　　自古行兵不厌诈,

　　　暂时得意转成忧!

　　欲知两家胜败,且看下回分解。

---

　　① 驰骤——驰骋;疾奔。

第 二 十 回

献鸩果迅机破巢穴　　寻宝物设计赴漩潭

　　话说华勋督率贼将，抵敌楚军，楚兵四面围裹上来，正当十分吃紧①，忽见黄通理、赵平各领全军，嗯哨而来，心中大喜。眨眼之间，两员老将分两路杀进楚阵，楚兵纷纷倒退，如浪翻墙塌一般，不过片时，楚兵逃得干干净净，不知去向。华勋接着，两员老将正待下马，华勋拦阻道："三关正在危急，烦请二位速去解救！"两员老将随即领军直趋三关，顷刻便到。黄通理往西，赵平向东。赵平到了东关，正遇蒙杰与公子成英杀作一团，骤马上前，一声大喝，嗖的一枪，将公子成英挑下马来。蒙杰急跳下马来，提起公子成英挟在胁下，翻身上马，楚兵吓退。洪龙在关上见了，欢喜不尽，吩咐开关迎接。此时黄通理到了西关，见唐招与陈音厮杀，唐招哪里是陈音的对手！理论来唐招早被陈音斩了，不知陈音什么意思，只将唐招裹住，延宕②时辰，舍不得杀他。唐招已是浑身出汗，臂木眼花，战又战不过，走又走不脱，好不危难。黄通理一声大喝，冲到垓心。陈音一见黄通理，心中大喜，两膀用力，一刀劈唐招于马下。黄通理救应不及，恶狠狠一刀向陈音劈去，陈音用刀隔开，回手一刀去劈黄通理，被黄通理用刀逼过，凑上前去，轻舒猿臂，将陈音摘离雕鞍，提来横在马上。斗荡见了，只吓得收兵退走。黄通理也不追赶。费恭在关上望得真切，即命开关，不先不后，与赵平同时进关。先说赵平拍马进关时，蒙杰挟着公子成英刚到关门，被公子成英用力一挣，跳落在地，在贼兵手中抢了一把刀，横砍直劈，霎时人声鼎沸起来。洪龙见了，急待上前，蒙杰一口刀早已对着洪龙迎面劈下。洪龙吃惊非小，将头一偏，劈伤左臂。情知有变，回身便跑。蒙杰腾马追去。赵平同公子成英扼住关门，屈采一枪挑了郝天宠，飞马而来，一冲进关，逢人便砍。西关一面也是一片声嚷，费恭措手不及，被黄通理

---

① 吃紧——紧张；紧急。
② 延宕——拖延。

一刀劈死，拒住关门。陈音脱身，取了砍刀转斗卜崇，卜崇心慌，被陈音一刀斩于马下。陈音抢进关中去寻洪龙。此时斗荡领兵一拥而进，顷刻之间，关内布满楚兵。赵平、黄通理所带贼兵一时错愕，见大势至此，只得附和行事。蒙杰追赶洪龙，看看赶上，蓝建德见了，骤马向前，让过洪龙，横着钢斧，拦住蒙杰。蒙杰大怒，用尽全身气力，挥起砍刀劈头砍去，蓝建德把钢斧一架，当一声折成两截，复一刀从头劈下，将蓝建德劈作两片。洪龙已去远了，心中懊恨不已，转到关口，孙参谋已到，急命赵平、黄通理、蒙杰速领本队去破旱寨，擒拿华勋。三人去了。又命屈采、公子成英、陈音、斗荡四面搜拿洪龙。

　　洪龙一直跑回巢穴，直到后堂，唤齐姬妾，并一个九岁的儿子，挥泪道："大事已去，楚兵纷纷进关，我的左臂受伤，不能对敌，如何保得你们逃生！众美人都在少艾①，楚兵到来，谅来可免。只是这个孽种，斗辛断然不容，何苦落于敌人之手，受他裂尸之惨！"这九岁的小儿正伏在洪龙怀中啼哭，洪龙把牙关挫了一挫，恨声道："罢了！"把鸳鸯拐劈头一击，打得头颅粉碎，死于地下。众姬妾放声大哭，洪龙也是号啕不止。姬妾中有两个是在难中被洪龙救出来的，洪龙平日待这两人甚好，两人痛哭一会，跑回房中，双双自缢。洪龙倒呵呵大笑起来，道："她二人如此，我死得值了！"把其余的姬妾用手一挥道："金银尽有，你们各自带些去逃生罢！"众姬妾还在张张致致②，洪龙不顾，立起身来，趋入后堂，抱了翡翠瓶，开后门走了。斗荡带领楚兵已由前面蜂拥而进，众美人吓得柔软无骨，一起跪伏在地，哀求道："我们都是被洪龙掳来的，乞免一死！"军士回了斗荡。斗荡进内，见花花柳柳铺满一地，按名点查，共计九十八名，免其一死。问道："洪龙哪里去了？"众美人见免了死，心已放下，一起莺声燕语，娇滴滴地应道："向后去了，不见出来。"斗荡即命老成军士，将九十八名妇人带至空屋看管，带了精壮抢入后堂，细细搜寻，哪里有影子？只得转出正厅，去报孙参谋。

　　且说陈音四面搜寻洪龙，逢人便问，都回不见。寻至一处地方，甚是荒僻，树木丛聚，一条土冈，东面望去，都是茂林，看不出路径。西面是个

---

① 少艾——年轻貌美。
② 张张致致——形容因紧张而手足无措的样子。

第二十回　献鸩果迅机破巢穴　寻宝物设计赴漩潭

悬崖,碧沉沉一个寒潭,毫无踪影。正待转身,见一樵夫肩担柴担,从冈上下来,停住脚,等那樵夫到了面前,拱一拱手问道:"樵哥从冈上下来,可见有什么人?"那樵夫把陈音上下望了又望,踌躇半晌,方应道:"尊驾想是楚营的将官,搜寻洪龙的?"陈音见樵夫颇有意思,急答道:"正是。"樵夫道:"且寻个僻处再说。"带了陈音,寻了僻处,席地而坐道:"洪龙正在上面,只是尊驾一人不能上去。"陈音道:"却是为何?"樵夫道:"在下也不是樵子,正是洪龙的心腹。"陈音听了,颇觉吃惊。樵夫道:"尊驾不必失惊,在下虽是洪龙的心腹,却是洪龙的仇人。适才洪龙抱了翡翠瓶跑上冈来,对着我等叹气道:'赵平、黄通理叛了,三关已破,谅来旱寨也是难保。楚兵在各关口盘查甚紧,不能逃出,只得来此暂避,再图脱身之计。'"陈音道:"这样说来,上面不止洪龙一人,难道就在树林里栖身不成?樵哥如何是他心腹,又是他的仇人嘞?"樵夫道:"小子姓屠名辰,监利人氏,家有母妹,贸易为生。洪龙打听小子的妹子有几分姿色,带人来我家中,杀了我的老母,虏了我的妹子。小子那时不在家中,归来听得邻人告知,将我老母埋了,立志报仇。怎奈独立①不能成事,因此改名魏辰,投在洪龙身边,打听得妹子已不从而死,屡想下手,一来洪龙手段高强,二来近身时候最少,三来他的护卫人多。这土冈上有三个土窟,所藏金银不少,派一个心腹党羽名叫黑新,带领小子等共是八人在此守护。这树林里四处安着竹签,埋着毒弩,挨着便死。墨新也是一身好本事。这个地方,漫说外人不得而知,就是贼中心腹也无人晓得。我们在土冈上,平时不准擅离一步。今日是洪龙命小子扮做樵夫,下来探听消息。小子正要到楚营中报信,不想幸遇尊驾。请问尊驾贵姓大名?"陈音通了姓名,屠辰道:"原来是陈都巡,久仰大名!"陈音道:"大哥然何晓得贱名?"屠辰道:"贼中人人传说都巡本领高强。皇甫葵、洪涛通死于都巡之手。洪龙恨都巡入骨。哪人不闻都巡的大名?"陈音道:"闲话不必说了。我们如何打个主意,擒着洪龙,大哥的功劳也是不小。"屠辰道:"小子不想功劳,只想报仇!都巡可有什么妙计?小子无不尽力。"陈音道:"冈上的树枝可是枝枝紧接?"屠辰道:"正是。"陈音道:"如此,就不怕他的竹签毒弩了。大哥转去,可对洪龙说,旱寨已破,华勋被擒,现在四面搜寻,千万不可乱动,定住

---

① 独立——独自单身一个。

洪龙。我转去调人来此,四面埋伏,以防漏网。二更以后,我从树枝上而进。但是大哥须将洪龙住处做个暗号,省得探望。"屠辰道:"小子把这担干柴搁在树枝上作个暗号何如?"陈音点头称好,又问道:"大哥们是搭的帐棚,还是结的草屋哩?"屠辰道:"都不是,是用石块堆起墙壁,上面钉些木板,用些树枝树叶铺在板上,稍不留心就看不出。此时月尽,月色毫无,要加倍留心才是。"二人商议定了,分头走开。

陈音转回大营,已知赵平枪挑了张信,黄通理、蒙杰与斗元帅合兵,把一些副领如孟陵、周宣等辈杀个尽绝,华勋自刎,贼兵死的死,降的降,收拾得干干净净,随斗元帅齐集三关,遍索洪龙不得,翡翠瓶也不见下落,十分烦闷。陈音见了元帅,说明原委。斗元帅即刻要大队前去围拿。陈音禀道:"不必大队,八百人足矣。"斗元帅派了屈采、蒙杰、公子申,各带二百人,四面兜擒。陈音自带王孙建、雍洛,晚餐后络绎到了土冈,各派地段围守。陈音同王孙建、雍洛短装软履,直上土冈,爬上树上,踏枝而行,捷如飞隼①。约有三里之遥,往东看去隐隐露出灯光,陈音悄悄对二人道:"是了!"张望那担干柴,哪里看得出形影,再向前去,灯光愈近。陈音叫二人就在树上等候,自己轻轻落将下去,潜踪蹑步,到了灯光处,果然是从石缝漏出,一排五间,当中一间略为高大,余四间甚是矮小。忽听一人正说道:"除非漩潭水涸……"又一人道:"烂泥沟未必失守,只要偷出三关,绕去那里,再行号召四路的豪杰,何难恢复!"先的一人道:"难、难、难!"陈音听见,知道是了,大喝道:"洪龙老贼,好好出来受缚!"灯光忽灭,人声寂然,左右矮屋里倒有人走出,齐声喝道:"什么人在此大呼小叫?"陈音正待回言,当中屋里黑沉沉飞出一件东西,迎面扑来,陈音不敢招架,蹲身躲过,将立起身来,遂即跳出一人,不知用的什么军器,只听得铁环当当地响,迎面搠来。陈音倒退一步让开,忽听王孙建在树上嚷道:"恶贼逃向哪里去!"就在这嚷声当中,与雍洛一起跳下,就在这当儿,有人从身边扑了过去。料是洪龙逃走,即撇了眼前这人,抽身就赶。这人用家伙拦住去路,陈音情急,不问好歹,用手接着,趁势挂转,喝声"去罢!"这人仰面倒地。陈音不理他,抢行几步,王孙建二人正逼着洪龙相斗。洪龙一支鸳鸯拐舞得呼呼有声,陈音扑近,双手把洪龙拦腰抱住,洪龙用劲一挣,挣脱

---

① 隼(sǔn)——一种飞得很快的猛禽。

第二十回　献鸩果迅机破巢穴　寻宝物设计赴漩潭

身便跑。三人一起追去,绕了几株大树,忽听洪龙哎哟一声倒在地下。陈音抢上去踩着洪龙的胸脯,雍洛抢到,用铁棍向腿骨上一敲,洪龙哼了一声。树后跳出一个人来道:"洪龙老贼,也有此时!"陈音吃了一惊,喝道:"什么人?"那人应道:"小子屠辰。"陈音大喜道:"屠大哥!可寻个火来。"屠辰接应道:"有,有,有!"飞奔去了。陈音撑着洪龙,回头向王孙建道:"另有一贼,须防着他。"王孙建应了,凝神静听,却无一点响声。顷刻屠辰撑着火把飞跑而来道:"墨新那厮不知逃到哪里去了!其余的人也一个不见。"走近前,把火照着洪龙。洪龙闭着双眼,毫不呻唤。屠辰取出一根粗绳,陈音接来把洪龙绑好,雍洛驮了,转到石屋,果然一人不见。

陈音道:"屈将军等不见到此,且堆些柴草,放起火来。"屠辰同王孙建去抱了柴草,堆在空地,放火一烧,霎时烈焰骤空。屈采等见了,各举火把围裹而来。来至石屋,见洪龙已经绑好,众人大喜。屠辰见蒙杰手中提个人头,取火一照,道:"这是墨新,将军从何处取来?"蒙杰道:"上冈时见个人影闪到林里,料定是贼党,跟追进来,毫未费力便结果了他。"陈音道:"墨新既诛,余者不必深究了。王、雍二弟可带人看守洪龙。我们去寻翡翠瓶要紧。"众人称是。屠辰领着众人,在五间屋里细细搜寻,哪里有翡翠瓶的影子?又添些火把,往三个土窟里寻去。金银珠宝盖藏甚多,翡翠瓶仍然不见。大家吃惊,屠辰道:"我是明明白白见洪龙用黄布包好,背到冈上来。此刻如何会不见嘞?"屈采道:"我们去问洪龙。"众人齐声道有理,一起走到洪龙身边,问洪龙将翡翠瓶藏在哪里?再三诘问,洪龙一声不响。众人无可奈何,闷了一会,陈音忽向屠辰问道:"近处可有地方名叫漩潭?"屠辰道:"西面悬崖下即是漩潭。问他做甚?"陈音拍掌道:"瓶在那里了!"洪龙此时倒睁开眼睛,望了陈音一眼,仍自紧闭。屈采问道:"何所见得?"陈音把适才①在石缝里窃听的话说了。众人道:"一定是了。"转问屠辰道:"洪龙把瓶掼下漩潭,大哥何又不晓得嘞?"屠辰道:"小子到了晚间,便寻了一根枣木棒在四下探望,等陈都巡来。直到后来他们追赶洪龙,小子跑转过来便躲在树后,洪龙正从那株树边跑过,被小子一棒打倒。大约他们把瓶掼下漩潭之时,正是小子四下探望的那会工夫。瓶既掼下漩潭,这瓶便永世不能出来了!"陈音惊问道:"却是

---

① 适才——刚才。

为何?"屠辰道:"这漩潭深不见底不必说了,水势漩流,不论轻重之物,一到那水里,一漩便下去,再不浮起。人到那里还能撑持得住吗?"陈音听了,双眉紧蹙。屈采道:"我们且押了洪龙,转到大营,再作计较。"众人称是。留了四百兵,派公子申暂时留守此地。公子申应允。众人押了洪龙,转到大营,天还未晓。斗元帅听说擒了洪龙,满心喜悦,立时升座,慰问了众将,唤屠辰上去,着实嘉奖。带上洪龙,斗元帅看过了,换了镣铐,牵去与所擒的贼将洪涛、晏勇一同监好。陈音方把洪龙将翡翠瓶掼下漩潭,并把屠辰所说漩潭难到之话,述了一遍。斗元帅听了,愁闷起来,道:"若不将翡翠瓶取回,此行不为全功。"又沉吟了一会道:"众位且去安歇。天明后,大家到那里查看,或者有法可想,也未可知。"众人只得谢了,各去安歇。到了次日,斗元帅升座,先派赵平回铁崖,换成允去守二关。派黄通理回鸦嘴滩,换申黑去守头关。原来所定之计,赵平、黄通理离寨之时,就放成允、申黑夺了两寨。成允斩了王受福,申黑斩了魏子楚,就此镇守。所以孙参谋说的机括甚紧,与夺三关时一般无二。派蒙杰去烂泥沟,帮助蓬季高、武城庸攻打,三将领令去了。孙参谋督领公子成英等四面镇守。其余的都随元帅齐到漩潭。公子申迎接。斗元帅派人取了三窟的盖藏①,运回大营,放火烧了石屋,方到漩潭崖上。见那水势漩流甚急,斗元帅命人抛下木板、木棒,果然一漩便下去了。看来屠辰的话不错。对着漩潭,沉闷无计。陈音上前道:"末将愿舍命前去试他一试。"斗元帅摇头道:"性命攸关,岂是容易试得的事吗!"大家呆呆地望着漩潭。陈音思索一会,道:"凡是漩涡,不是漩流到底,不过水面三五尺,以下便缓了。但不知这潭有几何深?且先用绳一量,再来设法。"斗元帅听说有理,即刻命人取了粗绳,接联起来,缚了大石,从崖上放了,等待定了,拽起来细细一量,足足二十四丈有余。陈音道:"这就难了!"斗元帅问道:"这又为何?"陈音道:"水若浅时,末将尚想仗着全身本事下去。潭水既深,漩流又紧,再要抱个瓶在怀,如何好用气力与那漩流相抵? 十丈之水,便非一般劲可能上下。这水二十余丈,下去尚不要紧,上来时有瓶累赘,断断上不来!"大家听了,一个个搓手跌足。王孙建道:"小弟有一计在此。"斗元帅问道:"什么计?"王孙建道:"用巨绳将我系好,放下水去,寻着瓶时,上

---

① 盖藏——储藏的财物。

面一拽,岂不连人带瓶通拽上来了吗?"斗元帅听似有理,目视陈音。陈音含笑道:"真是个孩子主意! 水里的勾当,到那紧急时,一股劲换不过来,便坏性命。人在上面拽,便身不自主起伏,如何得力? 况上来到了漩流的地方,全靠身体灵活,与那漩水相争,岂是儿戏的事吗!"王孙建便不言语。陈音忽然顿脚道:"计却有了,可惜赵平不在此。赵平水性精奇,末将与赵平或能把瓶取出。"斗元帅急急询问道:"都巡且把计划定了,我即刻去调回赵平。"陈音迭着两指,把计说出。正是:

  不施万丈深潭计,
   怎得骊龙①颌下珠?
  不知陈音怎样计划,且看下回自明。

---

 ① 骊(lí)龙——黑色的龙。

第二十一回

习弩弓陈音留楚国　失宝剑卫老毙监牢

　　话说陈音因洪龙把翡翠瓶掼下漩潭,思得一计,须得赵平到来,可以取出。斗元帅急问:"何计?"陈音道:"用巨箩一个,粗索系好,内镇大石。末将与赵平坐在巨箩内,沉下水中约五六丈,不但免了漩涡急流,并可省一上一下洑水之劳。末将与赵平一人坐守箩内,一人泅到水底。大约瓶到水底,不知冲荡在什么地方。寻觅此瓶,也须准备二三时之久。如能一寻便着,甚好;不然,彼此调换,可免吃亏。万一水中有什么危险,也可保无事。不过借个巨箩养一养劲力,下面也无须用人牵拽。"斗元帅听来,颇觉有理,随说道:"此刻且转大营,准备一切,飞调赵平回来,明日到此行事。"仍派公子申留此防守,带了众将,回至大营,即命公子成英速去铁崖,调换赵平,公子成英领命而去。

　　斗元帅命提洪龙、洪涛、晏勇三贼,须臾提到,三贼俱挺立不跪。斗元帅笑道:"堪叹尔等有何伎俩,胆敢纠众负隅,欲图不轨?萤火也想敌月,螳臂何能挡车!今日被擒,还不跪求贷命①,尚敢恃蛮倔犟,真真是个顽梗②之徒!"洪龙冷笑道:"英雄做事,论什么成败?今日不是赵平、黄通理两个老匹夫丧心负义,尚不知胜负所在。既被擒拿,要杀便杀,此刻要屈膝乞命,当时也不独立称雄了!况且,这凭众据地的事,若非迫不得已,谁肯把性命身家自濒危险?朝廷上任一囊瓦,草泽中不知几何洪龙?除一洪龙,洪龙正多,岂能除尽!就算恃着兵力,一一除尽,谁不是朝廷的子民?多杀一份子民,实伤一分元气,究竟于朝廷何益?譬如元帅督兵到此,并无片纸只字,布诚开导,安抚招降,直把这云中岸当作异域之地,把这云中岸的大众视为化外之人,任意屠戮,以博封赏,略无恻隐之心。方

---

① 跪求贷命——跪求免于死罪。
② 顽梗——愚妄不顺服;非常固执。

第二十一回　习弩弓陈音留楚国　失宝剑卫老毙监牢

今列辟竞雄,须知优在草野目为悍贼者,用作干城①,即是劲旅。"正待往下说,洪涛厉声道:"我只晓得成则为王,败则为虏。死便死,何必与这贪残匹夫多讲!"斗元帅听了,暗暗点头,忖度道:不料这贼倒懂得这些道理。开口向洪龙问道:"你说这番话,不为无理。但是,那乘难行劫,以戈刺王,今又拦劫宝物,是何道理?说!"洪龙又冷笑道:"囊瓦害国,任囊瓦者,昭王也。昭王不任囊瓦,我何至逼而为盗?一腔冤愤,有触必发。劫王劫瓶,不过聊以泄恨耳。"斗元帅又问道:"你广布党羽,杀人劫财,又是何说?"洪龙道:"既然做盗,这是强盗应分之事。难道做强盗的不吃饭穿衣吗?"倒说得斗元帅哑口无言,只得传令将洪龙仍然监守,解回郢都,洪涛、晏勇立时枭首。

左右将洪龙牵去。洪涛、晏勇面不改色,立候行刑。走过王孙建,屈膝请令斩此二贼,斗元帅允了。王孙建带了二贼出外,先将洪涛斩首,对着晏勇道:"你那洪泽湖的威风哪里去了?昔日你想杀我全家,今日受我刀刃。天网恢恢,疏而不漏。你到此时若不知悔,真是狗狼!若是知悔,可惜迟了,做强盗有何好处?"晏勇只把眼瞪着王孙建,一言不答。王孙建手起一刀,断了首级,提转缴令。斗元帅叫人把贼尸拖去埋了,又将洪龙的姬妾、贼众的家眷,遣归的遣归,分配的分配。又传令往燕子矶、卧云冈、鸦嘴滩、铁崖等处将关寨拆毁,所得贼人的船只,清查记数,派人管理,金银粮米,一一封识。发落毕,退帐。

次日赵平已到,斗元帅把取翡翠瓶之话告知。随即传集众人,扛了准备之物,去到漩潭。赵平相了水势,把陈音的计划参详一会,想来只好如此,当下与陈音换了水靠。陈音腰间插了牛耳尖刀,赵平腰间插了匕首。巨箩绳索已经系好,二人跨进箩内坐定,慢慢地挨着崖石放下。一到漩涡,水势如箭一般漩了下去。果然,不到一丈,水势平缓如常。巨箩落定,赵平坐守。

陈音出了巨箩,往下一钻,一会到底。四围一看,哪有翡翠瓶的影儿?再向四面寻去,只见些大小石头,便向石前石后细细搜寻,毫无形迹。心中着急,想道:莫非洪龙不曾将瓶掼下此地?一面想,一面寻,周围二三里,实系不见。沉闷一会,便往上泳。好一会,到了巨箩,用手势关照了赵

---

①　干城——捍卫国家城池。

平。赵平见了,也是着慌,叫陈音坐在箩里,自己扑了下去。好一会,方才上来,仍然不见。二人呆了半晌,陈音挽着赵平再行下去。二人到了底,分头去寻,泥沙里都细细摸掏过,寻瓶不着。二人想来,只好罢了。

正想泑上去,忽然赵平用手向岸脚一指,陈音顺着手看去,却是一个石穴,一个极大的癞头鼋伏在那里。陈音一想:寻瓶不着,且把这癞头鼋杀了,带上去,也不至空来这一趟。照会了赵平,去寻了一块大石,抱起来,对准癞头鼋击去,恰恰击个正着。癞头鼋被这一击打破了头,负着痛向外一钻,扒动沙泥,水便浑了,二人向上一冒,癞头鼋对着赵平张着口扑来,赵平一闪身离开。陈音却在癞头鼋后面,腰间抽出牛耳尖刀,向着尾闾①刺去,直到刀柄,用手一搅,癞头鼋痛极,身躯一扳,激动水势,乱翻乱涌。陈音不及抽刀,与赵平闪得远远的,见那癞头鼋一翻一覆,沉下水底。二人赶着到底,癞头鼋已不动了。略停一会,水清如前。赵平近前把匕首在鼋颈上戳了几下,用手捏着鼋颈,想将它提起,哪里提得动?陈音正想相帮,怕的是石穴里还有,往穴里一望,不禁狂喜起来,见翡翠瓶正在那里。奔进石穴,抱了出来。赵平也是大喜。陈音抽出刀,抱着瓶,满想泑上去,却不能行。瓶有二尺余高,抱着瓶如何泑水?倒弄得呆了。赵平想出一个主意:将两件水靠脱下,用一件包好,用一件系在背上,端整好了,方才泑上去。在巨箩里略歇一歇,一起向上泑去。泑到漩涡紧处,双双逼退。如是三四次,齐退至巨箩中休息。赵平想了个主意,关照陈音缘绳而上,到了漩涡,二人挽着巨绳,足蹬崖石,用全劲一节一节地挣出水面。岸上的人见了,一起用力收绳,将二人拽上,已是面黄气喘。消停片刻,立起身来,解下水靠,取出翡翠瓶,双手呈上。

斗元帅大喜,细看此瓶,浓翠欲流,血斑含润,高约二尺四五寸,大可一尺穿心,式样玲珑,雕刻精细,上下四围无半点瑕疵,果然是稀世之宝。众人传观一会,方才收好。二人把水中情形述了一遍,斗元帅着实地慰劳嘉奖,命人收了绳箩,捧了翡翠瓶,领了众将并公子申转回大营。孙参谋等大家又围观赞赏不止,专候烂泥沟的消息。

又过一日,蒙杰同蓬季高转回三关,参见元帅。蓬季高道:"牛辅那贼探知贼巢已失,坚守不出。末将与武城庸并力攻打,彼此都有折伤。幸

---

① 尾闾(lú)——尾部。

第二十一回　习弩弓陈音留楚国　失宝剑卫老毙监牢

得蒙将军到来，亲冒矢石，一跃上关，刀劈牛辅，杀散贼兵，方得成功。现留武城庸在那里镇守。"斗元帅一一记了功，即命蘧季高先转烂泥沟，把关寨拆毁，大兵随后就到，蘧季高去了。

斗元帅正要退帐，此时黄通理已回，与赵平、蒙杰一起鞠躬道："小人们辱蒙元帅提拔，执鞭左右，今幸贼首已擒，小人们就此告辞，转回齐国。"斗元帅愕然道："三位何出此言？此行若非三位弃绝私恩，深明大义，赤心相助，何能斩渠犁穴①？仰仗鼎力，克奏肤功②，正当同至郢都，奏请封赏，忽然说出要回贵国的话来，本帅断难从命。只得屈驾郢都，见了寡居，再定行止。"黄通理道："过承元帅厚爱，自当依附麾下，趋叩关廷③。奈敝国内难方兴，恨不得插翅飞回，看一看动静。或能效得一手一足之力，也不枉食毛践土，世受国恩。"斗元帅再三挽留，奈他三人执意要去，又因他三人说出国难一层，碍难强留，只得备了极丰盛的筵席，与他们饯行。众将都是依依不舍，执酒相劝。唯有陈音心如芒刺，泪似珠抛，与三人深谈密叙，私向三人道："我在此多则三年，少则两载，学得弩弓，即回越国。回越之时，定从济南绕道，以图欢聚，将来尚多借力之处。"三人应了。陈音略觉开怀，畅饮一会，大醉而散。

次日三人向斗元帅辞行。斗元帅除厚备赆礼之外，又赠许多珍宝玉玩。三人推辞不得，只得收了。复与众将告别，一个个都有馈赠。陈音分毫无赠，只禀过元帅，带了王孙建、雍洛等，黯然相送，一直到了燕子矶。赵平拦住道："送君千里，终有一别，请此止步。"陈音洒泪道："相见太迟，相别太急，云山莽莽，江水悠悠，未免有情，谁能遣此？"大众听了，都挥泪呜咽，不能出声。只有蒙杰放声大哭道："回是一定要回的，大哥是一定舍不得的。我这心里只憋得痛，恨不得把身子劈作两半，一半随舅父回国，一半随大哥往楚，转到济南再合拢来，那就快活了。"大家听了，倒破涕为笑起来。大家又叮咛了后会，方才分手。陈音停桡目送，见蒙杰屡次回转头来，十分凄楚，心中甚是难过。直望到水天接处，帆影迷茫，方长叹一声，带了王孙建等就此等候元帅。

---

① 斩渠犁穴——斩获贼人头领，攻占其巢穴。
② 克奏肤功——事情已经办成，功劳十分显赫。
③ 趋叩关廷——任驱使去攻打城池。

第三日，元帅到来，蘧季高、武城庸等，陆续俱到，会合已齐。到了云梦城，自有孟经迎接。斗元帅吩咐了话，都率水陆大军，高唱凯歌，转回新郢。陈音与雍洛等同至王孙建府中，叩见王孙无极。王孙无极满心欢喜，一家大小莫不眉开眼笑。摆了酒宴，陈音、王孙建同王孙无极妻妾一席，雍洛等十一人另坐两席。席间，王孙建把云中岸的战事，详细说了一遍。王孙无极这个老头儿一段一段地听去，直乐得把贵人的身份都忘了，一时搔搔头，一时拈拈须，对着妻妾两个手舞足蹈，狂笑道："我在洪泽湖船中就认定了陈贤侄是个英雄，是个豪杰。我的眼眼看定的人，断然不会差的。"陈音无言。雍洛等想起那时的情形，都低头笑了。众人见王孙无极已吃得酩酊大醉，都告辞散席。王孙无极笑嘻嘻地对王孙建道："明日我请你伯伯来，再乐一天。你伯伯的伤，现已好了，听了一定大乐，也泄一泄心中之气。"老夫人见他说个不停，目视侍婢，扶去睡了，众人始散。

　　次日斗元帅上朝，献上洪龙，敷奏①战功，呈了翡翠瓶。楚王大悦，命将洪龙斩于市曹，翡翠瓶赐于二太子。过了九日，随征将士各有封赏。陈音、王孙建为二太子所喜爱，召去相见，十分嘉奖。陈音乘机请道："小臣不愿做官，愿侍太子左右，以效犬马之劳。"二太子大喜道："孤左右正苦无人，如此甚好。孤明日奏过父王，就留在孤的宫中，代孤管领弩队。"陈音喜得心花都开，连忙叩头谢恩，同王孙建辞了出来。回去对王孙无极说了，大家代为快活。王孙建道："朝夕与大哥在一处，如今大哥进宫去了，撇得小弟孤零，怎生过得？"陈音道："雍洛等留扰尊府，朝夕讲习武艺，何至寂寞？愚兄随时可以出来，又不远离，愁什么孤零？"王孙无极是日果然请了王孙籇于来，大家畅饮，夜深方散。

　　次日，陈音进宫。二太子因喜爱陈音，朝夕在侧，陈音就此留楚学习弩弓，心中陡然想起盘螭剑一事，不知卫老祖孙可到山阴？甚是放心不下。

　　可怜陈音到楚之时，正卫老毙命、卫茜流离之日。当时卫老在乔村见陈音去了，一则眷恋难舍，一则感激甚深，十分难过，只想挨至天明，有了车便好动身。谁知卫老因受了许多惊恐，又夹些忧郁愤恨，忽然心气疼痛起来，双手按着胸腹，呻唤不止。卫茜急问道："阿公怎么样？"卫老呻吟

---

① 敷奏——陈奏，向君上报告。

着应道:"肚中疼痛得紧,怎得一口热汤吃下方好。"卫茜听了,好生着急,四面张望,见前面隐隐有一间草屋漏出灯光,急取了钱走去。听得转磨之声,却是个豆腐店。用手叩门,即有一个老头儿开了门,问道:"是谁?"卫茜道:"我来买一碗热浆。"老头儿应道:"有。"卫茜不曾带碗,借了一个碗,将豆浆捧至卫老面前,低声叫道:"阿公,有滚热的豆浆在此。阿公用些。"卫老听说,一面呻唤,一面用口接着碗,在卫茜手中咕噜咕噜地喝了下去。喝完了,卫茜道:"阿公可要再喝一碗?"卫老点了点头。卫茜又去买了一碗来,卫老喝了一半,不要了。卫茜喝完问道:"阿公肚痛可好些?"卫老道:"略为缓点,只是不能行动。"卫茜道:"阿公既是行动不得,孙女且去寻个住处住下,阿公病好再行。"卫老点头。卫茜拿着碗,去至豆腐店付了钱,道:"请问老爹,此处可有客店?"老头儿道:"这乔村地方,不过二十余家户面,哪里来的客店?且问姑娘,为甚这样早天来买豆浆?"卫茜道:"奴随阿公从西鄙动身,去山阴投亲。因起得太早,到了此地,奴的阿公一时肚痛起来。此时吃了两碗浆,虽然好点,仍是行动不得,想寻个客店住下,阿公病好了再走。"老爹说:"来此处没有客店,这便怎么处置?"老头儿听卫茜说得委委婉婉,又见卫茜虽只十五六岁,那种愁苦惶急①的情景令人可怜,随说道:"姑娘不必焦急,老汉屋里虽不宽敞,却只有老汉一人。不如就在我屋里权且歇下,把病养好再行。"卫茜道:"怎好搅扰老爹?"老头儿道:"这点些小事,说什么搅扰?快去把你阿公扶到这里来。"卫茜见那老头儿满面的慈善,甚是感激,道:"还有些须行李,敢烦老爹帮奴搬取。"老头儿急急地拭净了手,跟随卫茜来至卫老坐处。卫茜把话对阿公说了,卫老也甚感激。见那老头儿把行李一手夹着,一手提着,立在那里,等卫茜把卫老搀扶起来,方跟着慢慢地踱到店中。就在空处支起板床,铺好被褥,卫茜扶了卫老躺下。祖孙二人说不尽的感激。老头儿去将那未磨完的豆子磨完,漉了浆,再来招呼道:"此时天已大明,你二人想来饿了。我去收拾饭来,与你二人吃。"卫老摆着手,呻吟道:"不饿,不必弄饭。"卫茜也说道:"奴也不饿,老爹不必劳神,饿了再烧。"老头儿也就罢了,自去招呼生意。

卫老躺下沉沉睡去,卫茜一夜辛苦,就在阿公脚下侧身睡下。正在睡

---

① 愁苦惶急——忧愁苦闷,恐惧慌张。

梦中,忽然拥进二十余人,声势汹汹把卫老抓了起来,大喝道:"你这杀人放火的老贼,却逃在这里躲着!"卫老吓得浑身发抖,喘呼呼问道:"你们是什么人?说什么杀人放火?想是错寻了人。"卫茜料是诸伦之事,心中好不发急。来的人中一个说道:"不必同他多讲,且带了转去,听官处置。"老头儿见了,摸不着头脑,惊得身似筛糠,立得远远的。来的人中一个走拢去喝道:"快把他们带的东西通拿出来,少了一件,提防你这颗老狗头!"老头儿战兢兢地一一搬出。一个人见了盘螭剑,急取在手,喝问道:"就是这点东西吗?"老头儿战兢兢地应道:"实系通在。"这里一个人插嘴道:"只要宝剑到手,人未逃脱,余者问他作什么?"卫老见盘螭剑被人取去,病也忘了,喘呼呼要去争夺。卫茜连忙拦住。众人唤了几辆车来,把卫老二人推进车中,余人一起上车去了。此时围看的人却也不少,见众人去了,都赶着问老头儿。老头儿把早间的话说了,众人也猜不出是为的什么事,胡乱一会,各自散去。

卫老被众人截回西鄙。少时,新任关尹姓杨名禄第升座。差役呈上宝剑,带上卫老二人,跪下回了拿获二人的话。杨禄第把卫老端详了又端详,方说道:"看你这个样儿,如何上得了那样高的房屋,杀了许多的人?依情理想来,定然不是你做的事。却是你乘夜逃走,现被拿回,宝剑又明明在你身旁,依情理想来,又定然是你做的事。我想来是不错,你且从实供来,免动刑杖!"卫老此时气得身颤音嘶,应道:"剑是老汉世传的,自然该在老汉身旁。什么杀人放火的话,老汉全然不知!"杨禄第冷笑道:"你这老贱骨头,不用大刑,谅你不招。"吩咐左右取大刑来。一声吆喝,夹棍、梭木取齐,将卫老夹起来。卫茜匍匐上前泣求道:"阿公年老,小女子愿替阿公。"杨禄第喝人将卫茜拖过一旁,吩咐动刑。可怜卫老年纪老迈,又抱病在身,如何受得起这样大刑?左右一收,卫老头上汗出如珠,一声大叫:"痛死我也!"立时面如黄纸,紧咬牙关。正是:

  三木无情休滥用,

   一丝悬命且哀矜。

未知卫老性命如何,且看下回分解。

第二十二回

卫茜儿忍死事仇家　杨绮华固宠施毒计

　　话说诸伦庄上,被陈音焚屋数间,杀人数命,椒衍又伤了眼目。查看绾凤楼的形迹,晓得是为的盘螭剑,即将剑取下收藏,仔细一看,却非原物,大吃一惊,急急连夜报知关尹,派差役去卫老家中搜寻,人已逃去。回禀关尹,立时多派差役,协同诸伦的恶仆,四路追赶,在乔村将卫老追回。新任关尹杨禄第用大刑拷问,可怜卫老年老病衰,哪里受得住？大叫一声,昏死过去。卫茜见了,肝肠寸断,嚎啕痛哭,倒在地上乱滚,头发散乱,气促声嘶。杨禄第大喝道:"把这泼辣女子拉远些去！这个地方,岂是由你胡闹的吗？"差役数人把卫茜横拖直拽,拉开一边。杨禄第吩咐暂时松刑,取过一碗水向卫老脸上噀去。卫老悠悠苏醒,气如游丝,已是不能言语。杨禄第吩咐带去牢中,好生看管,明日再讯。差役应了一声,两人搀着卫老进监去了。唤过诸伦家人将宝剑带回,家人领了宝剑禀道:"务求大尹费心,在卫老身上追出那杀人放火的凶犯。"杨禄第点头道:"我自有道理。你回去叫你家公子放心。"家人拿着宝剑,气昂昂地去了。杨禄第又吩咐差役把卫茜交官媒看守,方才退堂。差役要带卫茜到官媒处去,卫茜哭叫道:"生死要和阿公一处,就是死也不肯别处去。"差役善骗一会,分毫不理,再用些话恐吓,哪里恐吓得她？倒只是顿足哭叫。差役弄得无法,只得将卫茜抬起,送到官媒家中交代①。官媒领了,见卫茜不要命地大哭大叫,慢慢地劝解道:"姑娘哭也无益,阿公暂时受苦,明日自然申诉得清。我也替你去分辩,包你阿公无事。我不欺你,快休啼哭,想来肚中也饿了,我弄饭与你吃。"到底女孩儿家最肯听妇人说话,听说阿公明日无事,便止了哭,还哽哽咽咽地道:"多谢妈妈！我阿公不在这里,我如何吃得下饭？妈妈说我阿公明日无事,可是真的？"官媒道:"千真万真,我不骗你。诸伦不过想得宝剑,如今宝剑到手,心满意足了。难道想要你阿

---

① 交代——交付,交递。

公的性命不成？大尹今日不过吓吓你阿公,明日就没事了。"卫茜听了甚似有理,又说道:"我要去望望阿公可使得？"官媒道:"姑娘不必性急,且到晚上我悄悄领你去。"卫茜只得等候,眼巴巴望着日头急切不肯西落,好生焦躁。想起阿公受刑的光景,扑簌簌泪似穿珠。暗想道:陈伯伯如今又不在这里,无人替我们出力,干妈不见到这里来,想是不晓得,有话又没个商量处,竟怎他的苦！又恨道:诸伦那厮,与我家想是前世的冤孽,为一口宝剑,害杀我家！怎地出得这口怨气？

  正在四处思想,忽进来一人,把官媒叫了出去,在外间唧唧咕咕的,不知说些什么。卫茜疑心,敛神静气地倾耳细听。只听官媒叹口气道:"老的死了,小的也不能活命。"又听一人道:"低声些!"卫茜听了这几句话,好似巨雷轰顶,快刀戳心,几步抢出外间,颤巍巍地问官媒道:"我阿公死了吗？我也不要命了!"那人见了走开。官媒道:"姑娘不必伤心。你阿公死了的话是听来的,不知真假。"卫茜一听,一头向壁上撞去,嘣的一声,便倒在地。官媒急忙拉起看时,顶上碰了一个窟窿,血流如注,瞪目咬牙,口鼻无气。官媒慌了,把卫茜停放在床上,寻一条布包裹了头,一面叫人去报大尹,一面冲了姜汤,撬开牙关灌了下去。半晌,卫茜哇的一声,吐出一口鲜血,喉间抽气隐约是阿公二字,眼角痛泪汪汪。官媒心中大是不忍,叹道:"可怜这样花枝般的好女子,恁地孝顺,如此受苦！阿公死了,无人依靠,将来如何过日？"也零落落滴下泪来。一刻,大尹命人来看,见卫茜未死,吩咐官媒好生医治,等伤好了再行定夺①。官媒应了,来人自去,天色已晚,点了一盏油灯,静悄悄坐在卫茜身边。又半晌,卫茜醒转,睁眼一看,一盏油灯半明半暗,四壁堆些破坏东西,满目凄凉,大有鬼趣。见官媒呆呆地坐在身边,愁眉泪眼的光景,呜咽道:"妈妈怎不放我死去？我阿公已死,我还能活在世上吗？"官媒道:"姑娘的苦情我尽知道,姑娘此时死了,也是白死了的。还须自宽自解,想个后路才是。"卫茜听官媒说出"白死了"三字,又说出想个后路的话,不觉心中一动,好像有许多念头兜地上心,郁勃勃的,热腾腾的,急愤愤的,冷清清的。乱了一会,一言不发,闭着眼睛想去,却毫无一丝头绪。有人送了菜饭来,官媒劝卫茜用些,卫茜哪里吃得下？对官媒道:"妈妈自己用罢。我想妈妈用过饭,引

---

  ① 定夺——决定事情的可否或取舍。

第二十二回　卫茜儿忍死事仇家　杨绮华固宠施毒计

我去见我那死了的阿公。"说到这里,又痛哭起来。官媒道:"姑娘你听我的话,阿公死了,不能复生。且自将养身体,好歹我明日包你见着阿公就是。"卫茜料难相强,便不言语,躺在床上千回百转地胡思乱想。到了夜深,官媒就在脚下歪着身子睡下。心里乱了一夜,只恨自家是个女子,任是哪样想去,总难做到,愤恨一阵,哭泣一阵,直到天明,何曾合眼?只打定个拼死的念头,便缠住官媒,要去看阿公。官媒道:"此刻关尹已照会县尹前来相验,验过了再去。"卫茜无法,只得忍耐。

挨到黄昏,忽然差役来提卫茜。官媒对卫茜道:"过了堂便好去见阿公。"卫茜随官媒到了二堂。杨禄第吩咐道:"你的祖父昨日带病入牢,一时病发,医治不及,已是死了。倒便宜了他!本应在你身上追究那杀人放火的下落,姑念你年纪尚幼,不必追问了。你要懂得恩典!"卫茜只是低头掉泪,一言不出。杨禄第又道:"但是诸公子过于吃亏,我如今断你给与诸府为奴,你也有了依靠,岂不是两全其美?我这般周全你,你可晓得?"卫茜听说断给诸伦为奴,直气得面白手冷,浑身乱颤起来。杨禄第冷笑道:"这样的蠢女子!我这样周全她,她倒做出这等样子来,真正不知好歹!"叫差役带去,交与诸府。卫茜哭道:"为奴不为奴不必说起,我要去望望阿公。"杨禄第拍案道:"你阿公早拖去埋了,休在这里胡缠!"喝令差役速速带去。卫茜此时觉九幽地狱无此阴霾①,寸磔②极刑无此痛苦,目黑心迷,身不自主,恍恍惚惚被差役交与诸仆,带到庄去。诸伦见卫茜这般光景,对家仆道:"想她不曾见过大世面,吓昏了,带去交与管家婆看管,明日再去里面叩见大小夫人。"家仆应了,带去交与管家婆收了。管家婆见卫茜痴痴呆呆的,把来放在一间床上躺下,吩咐丫头好生看守,自己去了。

卫茜到了二更后,回过气来,睁眼四望,惊讶道:"这是什么地方?我因何到了这里?"细细一想,谅来是诸伦府中,满心苦恼,灼肺燎肝。见一年约四十岁的妇人走进屋来,到了面前,叫小丫头点火递在手中,在卫茜面孔上照了一照,含笑道:"好了,醒过来了。像这样面孔,什么八姨娘、九姨娘哪里赶得上?看来稳稳的又是一个姨娘定了!"把火递与小丫头

---

① 霾(mái)——大气混浊呈浅蓝色或微黄色的天气现象。
② 磔(zhé)——古代的一种酷刑,即分尸。

去,便坐在床边笑吟吟问道:"卫姑娘今年几岁?此时心中可清醒些?肚中想来饿了,可起来吃点饭。"卫茜不理,仍将双眼紧闭,沉沉而睡。那妇人唠叨了一会,见卫茜不理,着实厌烦起来,笑道:"我来关心你,你倒装模做样。既到了这个地方,总在老娘手里过日子。你莫乔做作,须晓得老娘的厉害!"说罢,站起身,叫两个小丫头就同卫茜一床睡。两个小丫头应了,那妇人悻悻①而去。两个小丫头也就睡了。

  卫茜虽是闭了眼,不理那妇人,妇人所说的话一一听得明白,心中自忖道:我就死在眼前,谁要在你手里过日子?你厉害不厉害,于我何干?一心只等两个小丫头睡熟了,便寻个自尽去见阿公。静静地躺着,三更已交,两个小丫头都有了鼻息,一起睡熟,挣起身坐了,理了一理头发,碰破处也不觉得疼痛,肚子里也不觉得饥饿。灯光如豆,风动有声,暗暗啼泣道:我父母早亡,只靠阿公抚养,哥哥失了,至今不知下落,今年虽然十五岁,一个女孩儿有什么用处?如今遭此惨祸,家破人亡,孤苦一身,死在仇人家中。死如有灵,做鬼也要索了诸伦的命,方出得这口怨气!不知阿公此刻在什么地方,我死去可能寻得着?左思右想不觉已打四更,恨声道:"时候不早了。"翻身坐在床沿,又想道:我是怎样个死法嘞?张望一会,不见个伤命的东西。沉闷之晌,不觉双眼一合,忽见阿公走来,满面含悲。卫茜跳下床叫道:"阿公却在这里!"阿公垂泪道:"不可轻生,报仇要紧!"说罢,转身便走。卫茜上前拉着不放,阿公一挣身,卫茜一跤跌倒,遽然②惊觉,似梦非梦,心中凄惨,又呜呜地哭了一会。想起阿公的话,明明是叫我留着性命,再图报仇。可惜我是个柔弱女子,如何做得到?翻来覆去,已是五更天气,鸡声高唱,天将发明,仍然躺在床上,闭眼沉思,心中发恨道:"天下有什么难事?我只立定这报仇的主意。譬如此时死了的,横着心肠,舍着性命,时时刻刻以报仇为事。或者天可怜我,得报大仇,也不枉我阿公抚养我一场,落得个万古流芳。就是到了那时被仇家治死,我先后总是一死,有什么值不得?况且,男女都是个人,怎见得男子能做事,女子就是无用的?可见这轻生的念头是把自己看得无用了!我到了这里,必然要受他的折磨,我总一一忍受。留得一口气,便有报仇的一天。想罢,

---

  ① 悻悻——生气、不高兴。
  ② 遽然——骤然,突然。

第二十二回　卫茜儿忍死事仇家　杨绮华固宠施毒计

也不啼哭,也不悲惨,觉得精神陡长,十分清醒。略为安息,天已大晓。

　　管家婆走进屋来,唤醒两个小丫头起来,卫茜也跟着坐起。管家婆见了卫茜,面孔还是冷森森的,发话道:"既然到了这里,替人为奴,就要晓得作奴婢的规矩。还要大剌剌地装模做样吗?趁早梳洗好,等夫人们起来好去叩头!"卫茜双眼光溜溜地望着管家婆,一声不响。管家婆鼻子里哼了两声,屁股一扭出去了。两个小丫头倒招呼卫茜梳洗吃饭。卫茜此时心中已是酸苦毫无,视身如寄。随着梳洗吃饭,问了两个小丫头的姓名。一个十三岁的应道:"我名阿翠。"指着一个十一岁的道,"她名如意,都是被人拐卖到这里,不过三四个月,还不能当正经差使。另外的丫头有二十余个,都各有执事①。一半住在上房,一半住在隔壁三间屋里。"又问:"适才说话的是什么人?"阿翠悄声道:"这人是管家婆,姓马,最是凶狠不过。稍些触犯了她,非打即骂,若有点错处,便去上房回八姨娘同九姨娘。这两个姨娘比虎狼还毒,处治起奴婢来真弄得九死一生,一月里总得处死一个两个。"卫茜也悄声问道:"难道公子同夫人通不管吗?"阿翠悄声道:"夫人姓王,甚是善良。晓得时何尝不说两句,无奈公子宠爱的是她两人,还夸奖她两人治家有法。此时府中的事都是这两个人做主,谁敢正眼觑她们一觑?我两个狠狠吃了几回毒打。"说着,眼圈儿一红,掉下泪来,如意也是鼻酸泪落。

　　正待往下说,马婆进来,板起脸向着阿翠道:"快同如意去后院汲水!难道就死守在这屋里吗?"两人不敢做声,皱着眉头去了。又问卫茜道:"你头上包着布做什么?"卫茜道:"是碰伤了的。"马婆道:"这般模样怎好到上房去?"说着,走近身用手将布扯下一看,果然血迹模糊。叫卫茜用水洗净,寻了一张膏药出来贴好,就把卫茜带至上房。先到八姨娘房中,八姨娘正在梳头。马婆回了,叫卫茜磕头,卫茜只得磕头。下去磕了两个头起来,站在一旁。八姨娘斜睃②了一眼,叫声"带去!"马婆又带到九姨娘房中,九姨娘还是云鬟③不整,呆呆地坐在床沿。马婆回了,叫卫茜磕头,卫茜走近前磕头下去。九姨娘把卫茜一相,颇觉吃惊,暗想道:这模样

① 执事——差使,工作。
② 斜睃——斜着眼睛去瞪。
③ 鬟(huán)——妇女梳的环形的发髻。

儿生得如此美丽,公子见了必然中意,岂不是我的对头?我须得早早防备她才是。卫茜叩了几个头,她也不曾看见,卫茜站起身,只问一声:"几岁了?"卫茜应道:"十五岁。"九姨娘听了略略地点一点头,叫马婆带去。马婆带卫茜去各姨娘房中叩过了头,然后带去见王氏。诸伦正在房中,马婆回了。诸伦把卫茜上下打量,不觉心痒起来,暗道:宝剑是个死宝,这才是个活宝哩!王氏等卫茜叩头起来,见卫茜生得端丽娇妙,甚是爱怜。问了姓名年纪,知是卫老孙女,回头见诸伦呆呆地望着卫茜,叹口气道:"你也少作些孽,为什么饶她不得?"诸伦看得呆了,不曾听见。王氏见卫茜低着头立在一旁,眉头剔了又剔,面色微微泛红,大有难过的光景,就叫马婆暂且带了去好生照管,不得刻苦①她。马婆应一声是,带了卫茜出房,转到原屋去。诸伦见卫茜走去,不觉失口道了一声"好"。王氏正要相劝,诸伦早立起身,扬扬地走开,王氏只有叹息而已。

且说九姨娘,是女闾中出身,姓杨名绮华,年十九岁,生得有六七分姿色,是诸伦新买进府的,十分宠爱。绮华整日价抹粉涂脂,迷惑诸伦,诸伦一刻也离她不得。夜里除八姨娘房中还不时去歇宿,其余的绝不过问,其中就有许多一言难尽的事。八姨娘姓殷名媚春,年二十岁,倒有八九分姿色,是诸伦抢得来的,心性狠毒,与绮华正是一对儿。绮华专宠,心中十分嫉妒,面上却不露一些,朝夕一堆,说说笑笑。绮华见媚春同她好,也把媚春姊妹般看待。诸伦三人有时同桌而食,有时共枕而眠,倒觉十分相得。这日绮华见了卫茜,心中着实惊疑,深知诸伦是个好色之徒,见了必然喜爱。将来有了她,就没了我,越想越怕。忽见诸伦跨进房来,笑嘻嘻道:"你看今天来的这个卫茜儿可好?"绮华冷笑道:"模样是绝好的,要想她被你弄得家破人亡,留在身边,我倒替你寒心。"诸伦哈哈大笑道:"这样一个粉团儿会做哪样?你倒替我担起心来。"绮华随即转口道:"谅来不甚要紧。只是她初到府里,先尽她同着丫头们吃吃辛苦,学学规矩便好。若是提拔早了,将来反不好制伏。"诸伦笑道:"我不过说她模样儿生得好,哪得就说到这里来?"丫头搬上饭来,把话歇了,一同吃饭毕,诸伦出房去了。

绮华思量一会,未得个计较,便叫她一个心腹丫头,名叫粉蝶儿的,到

---

① 刻苦——故意刁难使受苦。

第二十二回 卫茝儿忍死事仇家 杨绮华固宠施毒计

房里来。这粉蝶儿,年纪十七岁,生得千伶百俐,专会在诸伦面上献乖讨好。诸伦甚是喜欢她,偷偷摸摸很有几次。因见绮华专宠,在绮华身上十分巴结。不说二姨生得丑,就说三姨生得蠢;不道四姨的长,就讲五姨的短;六姨如何的小气,七姨如何的无能,八姨虽好还不算全才,夫人已老只好享庸福,把个绮华捧上天。因此绮华很喜欢她,把她当做心腹,无事不同她商量。绮华叫她进房,细细地把心事对她说了,要她打个主意。粉蝶儿道:"这个女子真长得俊,府中除了九姨娘她比不上,其余的谁比得上?若是公子把她收了,虽然碍不着九姨娘,总有点刺眼。趁她此时还是丫头,正好想法摆布①了她,免得后患。"绮华道:"我正是这样想。故尔叫你来打个主意。"粉蝶儿沉吟了一会,摆头含笑道:"婢子有一个绝妙的主意,包管她不出一月两月就莫活命。"绮华急问道:"什么妙计?快说给我听!"正是:

　　本比蜂蛇多恶毒,
　　哪堪狼狈设阴谋。
不知粉蝶儿定何毒计,下回便见分晓。

---

① 摆布——操纵,支配。

第二十三回

碎宝器妖狐陷孝女　跃寒溪义犬救娇娃

话说杨绮华怕诸伦收了卫茜夺她的宠爱,唤了粉蝶儿替她打个主意,摆布卫茜死了,以绝后患。粉蝶儿想了一会道:"计已有了。"绮华问她,她附着绮华的耳道:"如此这般,摆布她死,九姨娘一点不露形色①,让别个做恶人,她那小性命哪里还有?"绮华听了大喜道:"真是好计!事情过了,我自另眼照看你。公子时常说要选个人,做个十全其美,包在我身上,保你稳稳地做十姨娘。"粉蝶儿抿着嘴笑道:"婢子哪有这样福气,不要折死了!"绮华道:"你的模样儿哪点不娇好?你的心眼儿哪样不聪明?只怕公子收了你,就把我撇到九霄云外去了,那时我才懊恼哩!"粉蝶儿道:"婢子不是那种阴心险毒的人,九姨娘是知道的,从不晓得害人。倘有那一天,九姨娘就是要婢子去死,婢子也是情愿的。"绮华道:"我不过说说笑笑,有什么不相信你?你就照你定的计去办罢,千万不可露了形迹,反为不便。"粉蝶儿道:"九姨娘放心,我自办得机密。"说罢去了。绮华甚是得意,只等事情破露出来。

原来诸伦在这十日里得了两对羊脂白玉杯、两支金凤衔珠钗,十分珍爱,就分与殷媚春、杨绮华二人。二人得了,喜爱不尽,凤钗日日插在头上,玉杯日日摆在面前。一来喜得东西,一来显得宠爱。粉蝶儿定计之后,不时到媚春房中,无奈总有人在屋里。媚春也爱粉蝶儿能言会语,待得颇好,因此进出毫不碍眼,只等乘空下手。

且说卫茜自从叩见诸伦之后,马婆派她喂猫饲狗,卫茜低头做事,全不露一些神色。暇时同着阿翠一般小丫头不是劈薪,就是汲水,只寻些费力的事来做,心中想的多练点气力,到要紧时好用。在马婆面前总是和颜悦色,怎奈马婆因卫茜进府那一天冷落了她,牢记在心,只想磨擦②卫茜。

---

① 不露形色——不让思想活动从行动和表情上流露出来。
② 磨擦——折磨。

第二十三回　碎宝器妖狐陷孝女　跃寒溪义犬救娇娃

卫茜虽是百般勤苦,马婆还说她偷懒,不是说这样弄坏了,就说那样做迟了,横顺都有不是。卫茜全不放在心里,总寻些粗重事来做。一日失手碰碎了两个饭碗,马婆不在面前,悄悄地把碎碗撂在自己床下,却落在粉蝶儿眼中。粉蝶儿心中好生欢喜,却一声不响,倒叫卫茜不用声张,这是不要紧的事。卫茜甚是感激粉蝶儿。粉蝶儿随时带了卫茜到八姨、九姨房中走动,不时也到各姨处进出,随便做些零碎事体。卫茜不晓得的,粉蝶儿都细细教她。卫茜同粉蝶儿十分亲热。

过了月余,忽然八姨房中一对羊脂白玉杯不见了,闹得合府皆知。粉蝶儿加倍着急,逢人便问,各处搜寻。殷媚春气得要死,告知诸伦。诸伦把内宅的管婆仆妇、大小丫头一起唤去,挨次盘问,却无一人晓得。媚春道:"若不寻出玉杯来,你们一个个休想活命! 好好地问这班奴才,谅来不肯供认,须用那极重的刑法,打她熬不过,自然供出。"诸伦点头道:"如此最好。"命人端整烙铁、竹签、藤条、木棒、粗练、碎瓷等件伺候。奴仆们见了都吃过这些苦来的,吓得心惊胆战啼哭起来。粉蝶儿上前回道:"此刻尚不知何人偷去,一概拷问,岂不冤屈好人? 不如在各人房中去先搜一搜,有了形迹这就好了。若无形迹,再行拷问他们也可无怨。"诸伦依了,媚春即刻立起身来,斥叫马婆带了众人从上房使女们的房中搜起,一个不准离开。先到粉蝶儿房中细细搜寻,翻箱倒箧①,破壁移床,搜了一遍,毫无影响。挨次搜去,甚至掘土搬砖,只搜出几件不要紧的东西,玉杯不见影子。上房搜过,再搜仆妇们的住处,仍然不见。媚春发急道:"不用再搜了! 谅她那些小丫头也不能到上房来,搜也无益。我只把这班奴才活活打死,出口气罢了!"说罢,转身要回房去。粉蝶儿暗暗着急,上前回道:"或者上房的人偷了交给那小丫头收藏,也未可知。总得也去搜一搜,方使众人心服。"诸伦道:"说得有理。"携了媚春的手往小丫头房里去,见媚春的手急得冰冷,又看脸上颜色也气得白了,连忙安慰道:"就是搜不出,我另寻两对好的赔你。你何苦急得这个样儿,反伤了自家身体?"媚春也不言语,一同到了小丫头房里。马婆先动手,把阿翠、如意等床上床下、箱里包中逐一搜检,并无一犯眼②之物。然后在卫茜床上翻来

---

① 箧(qiè)——小箱子。
② 犯眼——让人觉得怀疑。

翻去,翻出一把极锋快的剪子。料是剪裁所用,毫不在意,掼在一边,余无别物。卫茜在旁边立着见剪子掼在一边,并不问及,便放了心安安稳稳看马婆搜去。忽见马婆把床移开,在床下丁丁当当拾起几片东西,口中狂叫道:"有,在这里了!"卫茜只道是前日碰碎的饭碗,谅来不甚要紧。媚春早走拢去,从马婆手中接过来一看,恰恰是那羊脂白玉杯,却成了四片,气得双手发颤问道:"这是哪个睡的床?"马婆用手指着卫茜道:"是她。"卫茜此时吓得目瞪口呆,心中好似七八个吊桶,一上一下,说不出苦来。媚春斥马婆带到上房慢慢地拷问,马婆应了,又道:"还有些瓷片,也带了去。"又将碗片拾起,拖了卫茜直到上房。

到了媚春的外房,媚春在一把椅上坐下。诸伦也随便坐了,心中十分惊讶,又十分难过,本想劝解,见媚春睁目竖眉,满脸怒气,不敢造次。马婆喝令卫茜跪下,媚春连声叫取家法,一时各样取齐,摆满一地。媚春又喝令马婆把卫茜的上下衣服全行剥下,马婆剥了下来,只剩一条单裤。诸伦一见卫茜浑身雪白,又爱又苦。媚春指着卫茜厉声斥道:"你这贱奴才!是几时偷去?怎样碰碎的?好好从实说来!"卫茜心中已横着一死的念头,倒毫不惊慌,应道:"婢子不曾偷取,并未碰碎,不知被何人陷害,婢子此冤莫白,但求速死!"媚春冷笑道:"你看,你看,这贱奴才还了得吗?明明白白在她床下搜出真赃,反说被人陷害,不打谅不肯招。"又对着卫茜道:"你想速死,我倒不肯叫你死得太快。且叫你吃点零星苦,替我玉杯偿命。"即叫马婆把藤条先抽这贱奴才三五百下再说。马婆拽起袖子,取了藤条在手道:"我早看出她是个贼头贼脑,倒不料这样的大胆!"一面说,一面呼呼地上下乱抽。可怜卫茜虽是清寒人家的子女,卫老视如珍宝,哪里吃过这般苦楚?浑身打得肉裂血流。藤条一阵紧似一阵骤雨般打下,卫茜倒卧在地,紧咬牙关,瞑目待死,一声儿也不哼。不但诸伦心里难过,一些仆妇丫头,除了粉蝶儿,莫不心酸。大约抽了三四百下,媚春见卫茜一声不响,叫马婆住手:"休要叫她死快了,便宜了她。"马婆歇了手,弯着腰仔细看时,见卫茜还有气息,笑道:"这样贱骨头,哪里就会死?"粉蝶儿皱眉蹙额地走近卫茜身边,带着悲声道:"妹妹你好好招了罢!免得皮肤吃苦,为姐又不能代你,真真痛煞我也!"卫茜只作听不见,一语不发。媚春道:"这贱骨头装作死人模样来吓人,府中不知死过多少,只算扑了一苍蝇。谅她是不肯招的,把竹签来,十个指头通与她戳

第二十三回　碎宝器妖狐陷孝女　跃寒溪义犬救娇娃

进去!"马婆便取了竹签,每根约长一寸,一根一根从卫茜指甲缝里戳进。可怜十指连心,哪里经受得起? 痛叫一声,昏死过去。

仆妇丫头不忍注目,都把头掉过一边,诸伦平日虽然见惯,只因心爱卫茜,也觉不忍,挣起身来向外面走。到了绮华房中,见绮华躺在床上一手支着腮,面有喜色。诸伦叹口气道:"不想卫茜小小年纪做出这样事来。"绮华忽然皱着眉头道:"你也该替她解劝解劝,不然活活治死了,岂不可惜?"诸伦只当绮华是好心,便道:"你何不去替她解劝一声? 也是一桩好事。"绮华摇头道:"八姨的脾气,我是不敢犯她。你倒会使乖,叫别人去吃碰①!"诸伦也就不言语。少时,粉蝶儿笑嘻嘻抢步进房,一见诸伦,脚便慢了,说道:"八姨把卫茜抬至露天空地,要把卫茜冻死。八姨说过,有人去看卫茜的,一同治死。可怜雪天长夜,小小年纪,如何熬得过去? 谅来是没命了,真令人难过!"说罢,用手揉一揉眼睛,声带凄楚,立在那里。诸伦看了,想道:这娘子总算是有良心的。绮华此时,也是叹声不止。诸伦到了此时,只得割断柔肠,闷沉沉在绮华房中睡下。粉蝶儿服侍妥当,退出房门,自去睡了。

可怜卫茜遍体鳞伤,一丝悬命,侧卧在露天里。此时十二月下旬天气,朔风刺骨,大雪漫空,就是精壮汉子也早绝命,何况一个孱弱②女郎,焉能生活? 约摸两个更次,卫茜倒微微地苏醒过来,觉得胸前毛茸茸一团,紧贴胸脯,慢慢把手移去一摸,却是一只大狗。指上竹签触在狗的身上,一时痛彻心肝。想起自家的孤苦,眼泪如抛珠撒豆一般。眼见得性命不过苟延,大仇怎个报复? 早知今日仍是一死,何不进来之时就寻自尽? 阿公害了我也! 又想起玉杯之事,不知被谁陷害。我在这屋里又不曾与人结怨,无端丧命,好令人难猜。想了又哭,哭了又想。四面黑沉沉,静悄悄,只有一只狗靠脸睡熟,也不去惊动它。且喜周身的疼痛略略止些,十指尖虽觉肿胀,不挨着它尚觉可忍。挨到天明,横着心等死,仍然闭目不动。马婆早已走来,此时那只狗先去了。马婆用手在卫茜身上一摸,见卫茜不死,说道:"这贼骨头这样经得冻,倒也奇怪。"说着去了。到了巳牌时候,媚春起来,马婆回了卫茜不死的话。媚春也自诧异,就对马婆道:

---

① 吃碰——犹言碰钉子。
② 孱弱——瘦小虚弱。

"你去唤两个有气力的妇人,把她扛在后面去,掼在溪里淹死罢了。"马婆应了,唤了两个粗蠢仆妇,取了一床芦席、一根草绳,把卫茜裹好,用草绳扎起,寻了竹杠穿心抬起,从后门出去。约有半里,到了溪边,马婆相着溪水深处叫仆妇放下,连芦席掼下溪去。马婆站在溪边看着沉了下去,方才带了两个仆妇回去消差。

看官想想,寒天深水,浑身重伤,又被绳席扎紧,就有陈音泗水的本领也难活命,何况卫茜?眼见得性命是绝定了,大仇是罢论了,我的书也要中止了,岂不是极天极地一桩恨事?这书不好叫做热血痕,好叫做冷心案,何必挖心呕血去著它?哪知马婆等转身去了,突然一只大黄狗扑通一声,跳下水去。芦席虽沉水底,草绳却在水面,那黄狗咬着草绳用力拖起,顺流浮去,一直拖了三五里。到了一个僻静所在,靠岸几株杨树,一间茅屋,黄狗浮至岸边,咬紧草绳,跃上岸来,慢慢地芦席拖至岸上,吐了草绳,跑到茅屋,当门汪汪狂叫。茅屋里走出一个中年妇人,见一只大黄狗扬起头,张开嘴,对着屋里叫个不止,声音带着悲苦。那妇人斥道:"哪里来的瘟狗?清晨早来这里嚎丧?想是我的什么晦气!"在门背后取了一根竹竿去打黄狗,黄狗掉过身,仍扭头朝着妇人一面叫,一面走。妇人赶着要打,一步步赶到芦席处。黄狗用口去咬草绳结头,妇人见芦席处一面露出头发,一面露出双脚,芦席湿透,像水中捞起的光景,大吃一惊。又见黄狗口咬绳结,叫个不住,妇人会意,料是要她救那芦席中的人。急走向前去,用手去解绳结。黄狗便不叫了,站在身旁,摇头摆尾,抖抖身上的水。妇人解了绳结,抽了草绳,打开芦席,见是个十四五岁的女子,只穿一条单裤,浑身是血,脸上青肿,血渍模糊。用手摸那胸前微有温气,知尚可救,连芦席抱在怀里,转回屋去。黄狗衔着草绳跟着进来。妇人将芦席放在当地,黄狗走拢去,用鼻在女子指尖上嗅了又嗅。妇人赶开狗,看那十指通有竹签戳进,心中骇异,急急地替她一一抽出,指甲里冒出血。抽至五七根,女子忽然呻唤起来。抽毕,妇人去至灶间烧了一碗姜汤,锅里另添了水。把姜汤拿来,将女子扶起坐了,缓缓灌了下去。约有半碗,女子肚中咕噜咕噜响了一阵,嘴里吐出水来。妇人让她消停半晌,又灌了几口姜汤,女子长长地抽了一口气。妇人道好了,急急放下碗,去至灶间,舀了锅中热汤,取了一条手巾来,替女子轻轻拭了脸上血渍。把血拭净,吃了一惊,颤巍巍的声音叫道:"你不是我干女茜儿吗?"卫茜此时心中已有几分

第二十三回　碎宝器妖狐陷孝女　跃寒溪义犬救娇娃

清醒,听得有人叫她乳名,睁开眼一看,不觉失声哭道:"郑干妈因何在此?莫不是冥中相会?"郑氏听得果然是茜儿,便放声大哭起来,搂在怀中一阵儿一阵肉叫个不止。卫茜见了干妈,想起阿公,只哭得气断声嘶。黄狗也伏在旁边,两泪汪汪呜呜不已。哭了好一会,郑氏放下卫茜,把卫茜扶起踱到房中坐在床上,用水拭了周身,取出几件棉衣替卫茜穿上。卫茜待要诉说苦楚,郑氏道:"干女且暂将息,我去熬点薄粥来与你充饥,静睡半日再讲。"卫茜点了点头。郑氏去到灶间熬了稀粥,拿来房里与卫茜吃了,叫卫茜睡下,又把粥自己吃些,余者喂了黄狗。

　　卫茜直睡到日色沉西方才醒转,房中点了灯。郑氏坐在床沿,卫茜把苦情从头至尾细说一遍。郑氏一面听,一面挥泪。卫茜也哽咽一会,问道:"干妈为何住在这里?"郑氏住了哭,答道:"自从你同你阿公连夜去了,次日早晨我晓得是为诸伦的事。我怕牵连自己,便把衣物收拾好,唤了一辆车儿一早就搬在一个表姐家中。后来听说把你们拿回,你阿公受了苦刑,收在监里,你交官媒,我想第二天来看你。又听说你阿公死了,我想你晓得了不知怎样的苦。我急急到衙门里寻你,总问不出你在哪里。一些差役听我说是寻你,把些言语吓我,说诸伦晓得了一并要交官司,我又吓又急。过了两日,忽听得把你发在诸伦家中为奴,我直是哭了一个通夜。生怕你寻死,又打听不到一个实信。我因此搬到这里来,不时也在诸伦屋前屋后走动,总不见你一面。今早起来,见这只黄狗在门口汪汪地叫。我赶着要打,不想救了你。只是这只黄狗哪里来的?在水中救起你来,恰恰拖到我门口,真真是件奇事!想是天可怜你,叫鬼神驱着它救你的。昨夜在你胸前,温着你的胸口,不至冻死,大约就是这只狗。你可仔细看看。"卫茜挣起身,用灯照着一看,惊讶道:"这是诸伦家中的大黄狗。我喂了它月余,见了我总是摇头摆尾,同我亲热。不想救了我的性命,我倒要把它当作恩人才是。"郑氏叹道:"诸伦府中的人,哪个赶得上这只狗?我怕世上的人,要像这只狗的也少得很!"两人叹息一会,郑氏道:"干女再好好地睡一夜,暂时放宽心,养好身上再打主意。"卫茜应了,大家睡下,黄狗自去门外守看,略有响动,便汪汪地叫。

　　郑氏日夜替卫茜洗拭伤口,不几日过了年节,卫茜的伤痕渐渐好了。一夜,二人坐在床上谈心,忽听门外有人大喊道:"你这狗东西却跑在此地来了?捉你回府去活活打死你!"又听黄狗狂叫不止。二人一听,料是

诸府着人寻到此地,只吓得三魂失主,七魄无依。正是:
   一波未平一波起,
   大难甫脱①大惊来。
欲知后事如何,且看下回分解。

---

① 甫脱——刚刚才摆脱。

第二十四回

雪天樽酒郑妈倾生　日夜笙歌杜鹃设计

　　话说卫茜在干妈家中住了半月有余,伤痕养好。一夜同干妈谈心,忽听门外有人喊叫,疑是诸伦命人寻到此地,一起大惊失色。卫茜扑的一声吹灭灯光,只听黄狗破声狂叫,夹着人声哄成一片,好一会方止。一个人喘着气道:"明日再来剥你的狗皮!"说罢,唱着歌去了。听了半晌,已无声息,郑氏取了火,把灯点燃携在手中。卫茜轻轻走到大门,又站着听了一听,方慢慢移过门杠开了门。郑氏先探出头来,左右望了一望,静悄悄没得响动,走了出来。卫茜携着灯跟在后面,一步步照去,不见黄狗。郑氏低声道:"黄狗哪里去了?"寻至杨树下,卫茜失声道:"黄狗却睡在这里!为何动也不动?"郑氏听了急急走去。卫茜把灯一照,哎呀了一声,说道:"为何被人打死了?"郑氏一看,见黄狗脑浆迸流,眼睛突出,倒在地上已经丧命,不禁淌下泪来。卫茜此时放灯在地,用手摸着黄狗,放声痛哭,十分伤惨,如丧亲人一般。郑氏止了哭,来劝卫茜,一时哪里劝得住?卫茜只待气闭声哑,方收了泪,说道:"干妈,我们今夜就把它埋好,略报它救命之恩。"郑氏称是,转身进屋,取了一把锹锄,一柄劈柴刀。二人去至屋后掘了一个深坑,把狗拖去安放坑里,把土掩埋好。卫茜又哭了一阵。郑氏携了刀锄,卫茜拿了灯,转回屋里,拴好门,放下刀锄,进房里坐下。喘息定了,卫茜道:"适才听那人喊叫的声口,定是诸伦那里的人。倘如明日再来,被他看出形迹如何是好?"郑氏听说,想了一想,道:"果然不错,须得好生防备才免无事。"卫茜道:"哪里防备得许多?我想住在此地终不稳便,且不是个了局①,总得另作计较才是。"郑氏道:"且喜我们并没十分要紧的东西,不如连夜搬往别处,就没事了。"卫茜道:"搬到哪里去,也须想定方好。"郑氏低头想了一会儿,拍着床沿道:"有了!我有个内侄女,住在山阴的南林。离此不过三里之遥便是湖水,到那里雇个船

---

①　了局——结束,了结。

只,不过七八日便到山阴。你的太姑爹也在那里,岂不是两便?"卫茜听了大喜。二人随即收拾衣物,粗重器具一概不要。五更天气,收拾好了,大家略歇一歇。远远听见鸡声,起来烧了汤,梳洗过,吃了茶饭。趁天未明,一人提了一个包袱出了门,将门虚掩好,急急向湖边走去。且喜一路无人,天将明时,到了湖边。

此时天色尚早,湖边虽有十余只船,却不见一个人。二人在石上坐了歇息,忽见一只小船上推开了篷,钻出一个人来用手揉着眼睛,在舱口边撒溺。二人掉开头,听得那人叫道:"二位可是趁船①的?要到哪里去?"二人回过头来,见那人已经跳上岸来走到身边。二人站起身,郑氏应道:"要趁船到山阴南林的,只是不能另搭别客,只单载我二人。"那人把二人相了个仔细,连声应道:"使得,使得,请二人作速上船,早点开船。"郑氏道:"船价要多少也须说个明白。"那人道:"容易,容易,且到船上再说。"郑氏道:"先讲定了的好。"那人道:"五两银子,饭食酒钱通在其内,可好?"郑氏一想,甚是便宜,点头应了。那人就提了两个包袱,一同上了船。那人叫道:"癞痢头,为甚睡着不起来?有了生意了,快起来收拾开船!"听得后梢上有人呵呵地应了几声,霎时后梢的篷也推开了,走出一个人来,巾帻②未戴,头上光塌塌没一根毛,生得吊眉凹眼,耸肩挺胸,不像个善良之辈。卫茜见了,心中疑虑,再细看先前那人生得满脸横肉,鹘③眼狼须,腰粗膀阔,年纪都在四十内外,便悄悄对干妈道:"我看这两人都是凶相,我们另外寻船罢。"郑氏道:"此去一路都是热闹的地方,谅不妨事。已经上了船,怎好下去?我们遇事警觉些便了。"卫茜只是闷闷不乐。癞痢头早钻进中舱来,替二人打开包袱,取被盖铺好,向二人道:"天气尚早,再睡睡罢。我们就此开船,等饭熟了来叫你们。"郑氏问道:"船主贵姓?"癞痢头道:"我叫仇三,是雇工,那位才是船主,他叫贾兴。"贾兴在船头上叫道:"不要耽搁了,快快收拾开船!"仇三应了一声,钻出舱去,从后梢跳上岸去,解了缆索,跳上船来,挂了双桨。贾兴在船头一篙点开,咿咿唔唔船便开了。郑氏因一夜未曾睡好,便伏着枕睡了。卫茜甚

---

① 趁船——搭船过河。
② 帻(zé)——包头发的巾。
③ 鹘(hú)——鸟类。

第二十四回　雪天樽酒郑妈倾生　日夜笙歌杜鹃设计

觉放心不下,靠在铺上,呆呆地不言不语。一路上,船上两人备茶备饭,甚是殷勤。走了两日,从未进过中舱,卫茜方略略放了心。

忽然一日,天降大雪,又夹着风狂雨骤,十分寒冷。行了十余里,实在行走不得,只得寻个避风的所在靠了船。贾兴两人呵着手,摇着头,齐声道:"好冷!好冷!"盖好了篷,蹲在船头,贾兴道:"怎得一壶酒来暖暖身上便好?"仇三道:"这个荒僻地方人烟俱无,哪里去买酒?"卫茜听了偏着头从篷缝里望去,果然没个人家,只见雨雪交飞,冻云欲堕,暗沉沉十分幽僻,心中焦急,扭转头对郑氏道:"干妈,难道船就停在此处吗?"郑氏道:"雨雪大得紧,实实船行不动,等着雨雪小了,自然要走的。你身上冷,可多穿一件衣服。"卫茜道:"尽可过得,干妈可要添衣。"郑氏道:"衣不要添,倒想口热酒吃,暖和暖和。"这话却被贾兴听得,便接口道:"我且上岸去寻一寻,若有买处,岂不是好?"郑氏道:"我不过说说,船主不必寻去,怕耽搁走路的工夫。"贾兴道:"看来今天的风雪一刻不会小的,且去寻些酒菜吃了,手脚灵活些,把船撑在前面热闹地方歇宿。天暗了,多走几程,不会耽搁。"贾兴一面说话,一面取钱,提了一个瓦罐,推开篷,戴顶箬笠,跳上岸去了。郑氏道:"这船主人恁样①和气,到了南林另外把几钱银子给他买酒吃。"卫茜点一点头,总觉心里不快。仇三自在后梢烧火烤足。

有一个时辰,贾兴转来,提着一只肥鸡,一块猪肉,兼有些葱姜食料,揭了箬笠,跳上船来,把篷盖好,连酒罐一起放下道:"离此三里才有个小集镇,好在酒菜都有,火速弄来吃了好趱程②。"仇三接去,灶里添了些火。半个时辰,煮熟了,分作两盘,酒也烫暖了,用了一把小壶盛了半壶,连菜递进中舱。郑氏接来安放好,便斟了一杯酒,先吃起来,又叫卫茜吃两杯。郑氏平日是喜吃两杯的,遇着这样雪天扁舟闷守,正是用得着酒的时候,便尽量地吃。不过五七杯,酒便没了,叫道:"船家,酒还有么?"贾兴道:"有,有,还多哩!"递壶出去,却满满盛了一壶递进来。郑氏接了,眉欢眼笑,满满斟了,到口就干,又逼卫茜再吃两杯。卫茜酒量最浅,吃了一杯,第二杯实难吃完。正待叫船家盛饭,忽见干妈眼斜口张流出涎来,倒卧铺上,急问干妈怎么样,想用手去扶她,不料自己也是头晕手软,坐不稳倒了

---

① 恁样——这样。
② 趱(zǎn)程——赶路。

下去,只听得船上两人在后梢拍手笑道:"着了!着了!"此后便人事不知。

原来先半壶酒是好的,后来满壶放了麻药,因此郑氏与卫茜着了道儿。贾兴便对仇三道:"还是依我的主意,老的一个结果了她,只留下小的稳妥。"仇三道:"老的也好值十来贯钱,丢了可惜,还是依我的主意,分作两起安置。"贾兴道:"老三,倘若到了那时声张起来,误事不少。你总依我的好。"仇三应了,便一起钻进中舱,先把郑氏的穿戴剥取下来,然后扛着掀开篷,掼下水去。可怜郑氏一片好心,竟自糊糊涂涂淹死湖中。二人理好篷又进舱来,打开那个包袱,却也有百十两白银、七八两黄金,钗环簪珥①略有几件,好不欢喜。贾兴道:"此去肖塘不过十三四里,我们此刻就开船,到了那里就是我前日对你说的那主儿。这个女子的模样儿至少也得取他三五百金,你我都有得日子过了。"仇三听了,喜之不尽,把被盖替卫茜盖好,一起出舱,急急吃饱了,便解缆推篷,打桨开船,望肖塘而来。

此时风雪仍大似上半日,那船行得极快,想是酒暖手活之故。申牌时分,到了肖塘。贾兴叫仇三在船看守,他去叫那主儿把车子来接,仇三答应。贾兴戴上箬笠,匆匆上岸而去。不到半个时辰,贾兴跟着一辆车子,到了船边。车里走下一个三十余岁的妇人,上了船。贾兴引进中舱,把卫茜指与妇人看了。妇人笑嘻嘻对贾兴道:"你在哪里弄来这样的宝货?真亏了你!只是八百金之数太多,三百两罢。"贾兴道:"嘻!你那霍娇奴、曹凤姐,可赶得上吗?你也是四百两一个弄来的,这样好一朵未破蕊的牡丹花,一年半载怕不替你挣上一万八千?听说吴王在各处选取美女,你只把她教会歌舞献上去,除赏你十万八万不算外,怕还封你个国丈娘娘,子子孙孙都是王亲哩!"妇人笑道:"休要油嘴!就是四百两。"仇三蹲在一旁,望着妇人,一言不出。贾兴道:"六百两再不能少了。"妇人沉吟了一会,又把卫茜端详了一会,说道:"五百金,此是头等身价,再多是多不去的。"贾兴故意望着仇三,为难片响。仇三会意,道:"大哥看破些,就是这样罢。"妇人望着仇三笑道:"还是这位大哥爽快。"贾兴也就允了。妇人怀中取出三百两纹银,递与贾兴道:"再有二百两,同我取去。"贾兴收了银两,交与仇三收好,将卫茜抱起下了船,安放在车里,妇人跟着上了

---

① 珥(ěr)——女子的珠玉耳饰。

第二十四回　雪天樽酒郑妈倾生　日夜笙歌杜鸨设计

车。贾兴对妇人道："我刚才对你说的她的情由,你莫忘了。"妇人道："我自理会得,任她是剑仙侠女,到我手中总要降伏的。"贾兴笑了,随着车儿一路行去。仇三在船上等到天将傍晚,贾兴闪回船,怀中取出二百两银子,放在舱板上,去了箬笠,雨雪仍然不住,盖好篷,点起灯,洗了手脚,重新烫酒烧菜,二人开怀畅饮谈笑一会,打好主意,乘夜开船去了。后文自有交代。

且说肖塘地方,是个水路交通之区,商物聚会之所。闾阎①整齐,车马辐辏②,十分繁盛。自从管子在临淄创设女闾以安商贾之后,各国互相效尤③。凡热闹城市,都有女闾。那买卫茜的人名叫宝娘,姓却不止一个,只认她最后的一个姓杜。杜宝娘闾中霍娇奴、曹凤姐,是顶出色的尖儿货。还有什么鹰儿、燕儿、红儿、翠儿,都是些应时货色,不过帮衬场面而已。今日买得卫茜儿,觉得娇奴、凤姐,一起减色,又是个年纪正好含苞未吐的鲜花,心中好不快活。卫茜的来历贾兴已对她说明,只说郑氏安放在别处,不曾说出谋毙的话。

杜宝娘把卫茜安在一个小院里,放在床上躺下。到了二更后,人都睡静,带了一个名叫阿春的使婢,掌了灯,自己取一碗冷水,含了一口向卫茜脸上喷去。卫茜吃酒不多,悠悠苏醒,睁眼一看,见满屋里陈设鲜华,光彩夺目,不是船上的光景,大吃一惊,叫声："干妈,这是什么地方?"杜宝娘挨近身去叫道："茜姑娘,这是你干妈表姐家中。你干妈同她表姐到亲戚家去了,不便带你去,把你留在这里托我照应。我同你干妈的表姐是妯娌,算是你的表姨妈。你肚中饿了么?饭是端整好的,可起来吃点。"卫茜听了,心中模模糊糊,摸不着头脑。只得挣起身坐了,周身软弱,十分吃力,只得叫声："姨妈,我干妈要去,为何不关照我一声?今夜几时回来?"杜宝娘道："亲戚家总得十日半月的留住,哪得今夜便回?说不定明日后日叫人来接你去哩!你只宽心在这里,急些什么?你干妈去的时候见你睡熟了,不肯惊醒你,再三嘱咐我好生照应。"此时饭已搬来,摆了一桌。卫茜只得下床与杜宝娘行了个常礼,杜宝娘携了卫茜的手,到了席上坐

---

① 闾(lú)阎——里巷的门。这里指街道。
② 辐辏(fú còu)——车轮凑集于毂上,比喻车马集聚一处。
③ 效尤——模仿,效仿。

下,陪着吃饭。卫茜见满桌的珍馐,只得随便吃点就放了碗。杜宝娘也不深劝。阿春递了漱盂手巾,搬开碗筷。杜宝娘道:"茜姑娘路上辛苦,好好睡罢,明日晏些①起来不要紧,叫阿春在房陪睡。"出房去了。卫茜只得立起身送出了房,回身坐在床沿,呆呆地想道:从不听见干妈说此地有个表姐。前在西鄙曾到过表姐屋里,难道此处又是个表姐吗?为何从不提起?我明明白白同干妈坐在船上避风吃酒,为何不知不觉到了这里,干妈又不在身边?就要到亲戚处,为什么忙在今一夜?好令人难猜!就是这个什么姨妈,举止言谈虽说十分亲热,我看她的情形,总觉大家人不像,小家人不像,看人走路,另外有一种说不出的模样。到底不晓得是什么人家。看这房里光景,像是个豪富门户。且喜得不见一个男子,我只是格外留心,总要见了我干妈才得放心。正在胡猜乱想,阿春道:"姑娘睡罢,天不早了。"卫茜见这丫头虽然生得粗钝,头上香油却擦得光光的,脸上脂粉却抹得浓浓的,衣服也还扎得整齐,只得应了一声,放下帐幔,倒在床上,翻来覆去,左思右想,不觉沉沉睡去。

到了次晨醒来,阿春舀了面汤,梳洗毕,杜宝娘笑嘻嘻地领了一个十七八岁的女子,颇有几分姿色,打扮得十分艳丽,后面跟一个仆妇,挟个衣包走进房来。杜宝娘指着那女子道:"这是我的大女儿,名叫娇奴,与姑娘是姨姊妹。我怕你一人寂寞,叫她来陪陪你。"说罢,在仆妇手中接过衣包,在桌上打开,尽是些鲜艳衣服,又有些簪珥钗环,玉色金辉,耀人眼目,指着道:"我把来与你换的,就叫阿春领到小房里去更换。"卫茜立起身来道:"姨妈何必如此!我不过在此打搅一两日就要去的,我还是穿着自己的便当。就是换洗的也有,在我干妈手里。况且我阿公死了不久,也不便穿鲜色衣服。姨妈不必费心,只求姨妈引我去见我干妈。"杜宝娘沉吟半晌道:"呵,我倒糊涂了!你干妈曾经说过,我另外替你做两件素衣服罢。我叫娇奴来陪伴你,你只放心住下。亲戚家不比外处,不过两三日,你干妈就回来了。"对着娇奴道:"姨妹幼小,你要好好待她!"娇奴含笑应了。杜宝娘带着仆妇挟了衣包走去。娇奴问道:"妹妹,点心可曾吃过?"阿春接口道:"不曾。"娇奴道:"快去搬点心来!"阿春去了,一刻搬上点心,卫茜同娇奴略吃了些。吃毕收过,大家谈论起来,倒还合意。卫茜

---

① 晏些——迟些,晚些。

第二十四回　雪天樽酒郑妈倾生　日夜笙歌杜鹄设计

道:"姐姐,我干妈到底几时回来?"娇奴道:"昨晚妹妹来的时候,我不在家,我又不曾见着干妈。我妈说十余日就回来,大约不会错的。妹妹尽管安心。"卫茜也不便再问,只与娇奴说些闲话。

午饭后,娇奴对卫茜道:"我看妹妹有些烦闷,我弹着琵琶,唱支小曲,替妹妹解闷可好?"一面说,一面叫阿春取琵琶来,把弦索调准,抱在胸前,侧着面,一路弹,一路唱。手滑声柔,十分动听。所唱曲子却淫荡不过,无非要想挑动卫茜。怎奈卫茜心中有十分的忧疑,百分的悲怨,哪里听得入耳?不但词曲听不出,就是琵琶的声音也像不曾听见一般,痴痴地坐在那里发呆。娇奴只当卫茜听得入神,越发地轻捻慢拢,低唱高歌。正在十分有兴,忽听门外有人大声喝彩,倒把卫茜大吃一惊,探头向外一看,只见姨妈同着一个少年,立在门边。那少年拍手蹬脚地道:"妙儿!妙儿!可要了我的命了!"见那姨妈扯着少年急急地走出去,那少年还一步一回顾,不住地摇头晃脑。卫茜心中诧异。正是:

　　方从骇浪惊涛过,
　　又引狂蜂浪蝶来。

欲知后事如何,且看下回分解。

第二十五回
拒奸淫独奋霹雳手 惧强暴同作鹧鸪啼

　　话说娇奴正在弹唱,卫茜听得有人在外面喝彩,探头一看,见那鬼鬼祟祟的情形,心中十分诧异。恰好娇奴也停了弹唱,笑眯眯望着卫茜道:"妹妹你听这支曲可是有趣?"卫茜微微地点了点头。娇奴道:"妹妹若是喜爱,我慢慢地来教你。像妹妹这样的聪明,不过一两月就全会了。"卫茜此时哪里有心同娇奴讲话,只说道:"姐姐不要弹唱了,我此时很觉困倦,我要躺一会。"娇奴道:"妹妹只管躺一会,我去去就来。"说罢,放下琵琶去了。卫茜躺在床上细细想:适才的光景,说那人为的是娇奴姐姐,为什么姨妈引着一道来? 明明为的是我。姨妈这样的举动,显见得不怀好意。无奈干妈又不在身边,我倒要步步的留神才是。心中越想越惨,越想越怕,闷闷沉沉过日,指望见了干妈的面,再作计较。无奈再三探问,终不得一个确信。且喜宝娘等不常来聒噪①,只得耐着性儿挨过日子。

　　一日黄昏后,忽见宝娘笑嘻嘻地走来道:"茜姑娘,你干妈叫人来接你,车子在门口,快快收拾好。"卫茜听说干妈来接,好似囚犯得了赦诏一般,心中好不欢喜,随答道:"我用不着收拾,就烦姨妈领我去便了。"宝娘引了卫茜,弯弯曲曲到了一个小门,果然门外停了一辆小车。卫茜不分好歹,急急地上了车,只说了句搅扰姨妈,再来酬谢的话。杜宝娘含笑点头。车轮一动,也不知向何方行走。约一小时,车轮已停,御人先跳下车去了。少时便走来一个中年妇人,后面跟一小丫鬟,执了笼烛,来扶卫茜下车。车子随即咕噜咕噜地去了。卫茜下了车,见到的地方是个大庄院,粉壁朱门,气象宏阔。一步步跟着那妇人走进,所走之处虽看不得十分清晰,却都是垂帘荡雾,曲槛约花。走了好一会,到了一个小院,四围竹木黑鸦鸦的不知多少。门是开着的,一直走了进去,满眼的金碧交辉,直晃得人的眼花,卫茜也无心细看。转过围屏,是个池塘,靠池塘是一排三间的小屋,

---

① 聒(guō)噪——声音杂乱,吵闹。

第二十五回　拒奸淫独奋霹雳手　惧强暴同作鹧鸪啼

帘幕卷红，氍毹①贴翠，麝香四溢，蜡炬双辉。进了东首一间屋里，床帐台椅，色色精良。书楼上摆设些物件，大约都是古董。叫卫茜去细看，她实在无心；叫作者去铺叙，他未免无趣。那妇人便开口道："姑娘请在此少坐，我去请你干妈来。"卫茜声谢道："有劳妈妈。"那妇人转身出去，叫小丫鬟备了茶水送到房里，匆匆而去。小丫鬟送了茶水，仍然退出房外。卫茜一人冷冷清清坐在房里，呆呆等候。无奈自从那妇人去后，约有一个更次，静悄悄毫无声息，心中便觉难过起来。

　　约摸三更天气，忽听外面足声橐橐②，渐走渐近，心中一喜，忙立起身来，走近门口。门帘开处，一个人跨进房来，晃眼一看，哪里见干妈？却是一个男子，心中老大吃惊，不觉张皇失措。只听那男子笑说道："姑娘等久了。"一面说话，一面向卫茜一揖。卫茜只得勉强敛衽③还礼，偷眼细看，颇觉面熟，沉心一想，忽然记起那日偷看喝彩的人，心中明白。这一惊非同小可，急急定一定神，退一步坐在几上，低头瞪目，一声不响。那男子回身向门外吩咐："你们快将酒饭搬进来！男的散去，只留女的在此伺候。"门外哄应一声，一时壶酒碗菜，陆续搬进，摆列一席。那男子走近卫茜身边，满面笑容，曲躬④柔气道："姑娘想已饿了，可随便用些酒菜。"卫茜不答话，也不动身。那男子又道："自从那日得睹仙颜，我的灵魂儿通被姑娘收去，终日颠颠倒倒，寝食不安。且喜今日仙子下临，小生就有命了。这也是前生注定的姻缘，小生修下的艳福。姑娘既到此间，且同饮三杯取乐，休误了千金一刻的良宵。"卫茜坐在那里，仍然一言不发。那男子反哈哈大笑起来，又说道："新人害羞，这是古今的通例，须得新郎的脸放厚点，方能济事。"说罢，即用手来牵卫茜的衣袖。卫茜见他逼近身来动手动脚，心中一急，陡地立起身来，剑眉倒竖，星眼圆睁，指着那男子说道："你这不顾羞耻的猪狗，不存天理的强盗！胆敢作此犯法蔑良之事，串通奸人，欺辱良女！我的性命早已拼着不要了！我是大仇在身，视死如

---

① 氍毹（qú shū）——毛织的地毯，演戏多用来铺在地上，因此用"氍毛毹"或"红氍毛毹"借指舞台。
② 橐橐（tuó）——象声词，比喻脚步声响。
③ 敛衽（liǎn rèn）——整整衣襟，表示恭敬。
④ 曲躬——折腰，形容恭顺。

归的人,你若知我的详细苦情,能够使我见干妈,你也是积阴德,我虽是个女流,或者有个报恩的日子。你若是恃势逞奸,想我从你,我头可断,身不可辱,只有一死对付你!冥冥中有鬼神,恐怕终有失势破奸的一天,那时悔之晚矣!"可惜卫茜这般言语,那男子哪里听得进一字?只涎着脸凑近身来,笑央道:"姑娘的话,我一些也不懂。我是费了若干心机,才得姑娘到此。别的话暂且搁起,今夜成了好事,明日再作商量。"说罢,又用手来扯卫茜。卫茜把手一摔,两个鼻翅一扇,哼了一声。正待发作,那男子却拍手跌脚起来,狂笑道:"我呆了!我呆了!"两步抢到门口,对着外面道:"你们女的通去睡罢,用不着你们伺候。"外面同声嗷应,一起去了。那男子即将房门拴好,向卫茜一揖道:"好了,男的女的通去了,我晓得姑娘是因有人在此,不好意思。此刻只有你我夫妻两人,不须作态,来,来,畅饮几杯,再休张张致致,酒菜通冷了。"便用双手来抱。卫茜一急,一掌向那人胸前推去。那男子不防,一个跄踉颠去五六尺远,几乎跌倒,不觉暴跳起来,指着卫茜吼道:"你这不识抬举的小贱人,你倒敢出手打我!你既到了这个喊天不应叫地不灵的地方,任你哪样倔强,要想逃脱,万万不能!你既不识抬举,我也不耐烦与你讲礼义,看你怎样!"说罢,张牙舞爪,奔上前来。卫茜心中一急,生出计较,忙将桌上的酒壶抢在手中。那男子恰好奔近身来,卫茜举起酒壶,劈头击下,不偏不斜,端端正正击在那男子的头上。只听哎呀一声,跌倒在地。卫茜放下酒壶,坐下略为歇息,然后立起身来,举起蜡烛一照,见那男子已是脑花迸裂,浑身是酒,死于地下。

　　卫茜放下烛台,重又坐下,沉思道:此贼已死,我又不知此地的路径,无处逃走。不如趁此时无人去赴池水而死,落得干净。想罢,心中毫不痛苦,轻轻地抽了门拴,悄步走出。到了池塘边,正待赴水,忽然隐隐约约走来一个人影,叫道:"干女儿苦了,休寻短见,快随我来!"卫茜一听,是干妈的声音,心中好不惊喜,急应道:"干妈快领我去!我打死了人了!"干妈一声不答,只向西走去。卫茜只得紧紧跟随,只觉隐隐地干妈在前行走,自己总赶不上。林黑风凄,四围寂寂,也不管路径高低,也不知时候早晏①,迷迷忽忽走了一会,忽听干妈在前凄惨惨地说了一句:"我去了!"卫茜心神一振,只叫得一声干妈,前面的人影已不见了,心中又惊又苦。听

---

① 晏(yàn)——晚。

第二十五回　拒奸淫独奋霹雳手　惧强暴同作鹧鸪啼

得鸡声啼唱,忽觉两脚酸痛,跌坐在地。略为宁静一时,悲恨惊惧,涌上心来,不知不觉倒在草地里。

此正二月初旬天气,十分寒冷。卫茜惊醒转来,天已大亮,一蹶劣坐起,身在凉窟,心如丝棼①,想来行止无路,终是一死,又想起昨夜的情形,谅来干妈已是凶多吉少,只剩伶仃一身,大仇难报,不禁号啕痛哭。哭了一会,正想寻个自尽,立起身来,忽听水声淙淙,似有人浣濯②衣物的光景。四面张望,果然相离不远有五六个年轻女子在溪边浣纱,便懒懒地走至溪边,悄悄立在众女子身后。见水光之中有两个女子,生得眼澄秋水,眉画春山,粉鼻朱唇,琼牙玉颊,那一种娇媚,真有比花解语,比玉生香之妙。两个之中,一个尤为出色,风情态度,描写难尽。其余的都是清华秀丽,袅袅动人。正在看得出神,哪晓得自己的尊容已落在那水光中,被那个绝色的女子先看见,吃了一惊,回过头来,见卫茜呆呆地站在身后,衣服虽是纯素,那一种端庄杂流利③、刚健含婀娜的天姿,却不能掩。心中十分诧异,却一声不响,只暗暗扯她近身那个美女的裙角,用嘴向后一努。那个美女回头一望,见了卫茜的形景④,便停了手,立起身来,开口道:"你这位姑娘,从哪里来的?为何呆呆地站在此处?"卫茜听了,定一定神,忙应道:"我是行路之人,昨在前途失了同伴,不知路径,想向姐姐们问个路径。因见姐姐们手忙,不敢惊动,在此立候。"那美女道:"姐姐从哪里来?要往哪里去?"卫茜道:"我从西鄩来,要到山阴寻亲去。本来有个干妈同伴,不料干妈在前途死了,只剩得孤单一身。"说着眼圈儿一红,那眼泪便如那断线的珍珠一般,咽喉堵塞,不能成声。此时众女子都停了手,听了这样的言语,见了这样的情形,一个个都有些伤感的样儿。还是那美女道:"我们都是一步不曾出门的人,哪里晓得路径?我看姐姐的模样,大约是昨夜失了睡的光景,不如到我家中,略为安息,再作行路的计较。"卫茜道:"多承姐姐美意,只是萍水相逢,何敢搅扰?"那美女道:"姐姐休要这般说,大家都是女孩儿,要什么紧?"说罢,将未曾浣过的纱收好,一统

---

① 丝棼(fén)——纷乱。
② 浣濯(huàn zhuó)——洗。
③ 流利——灵活,不凝滞。
④ 形景——形象,样子。

放在一个藤筐里，挽了卫茜，正要动身。那个绝色的美女也收拾好了，对那美女道："修姐莫忙，妹妹想来，姐姐家的人多，许多不便。妹妹家中只有母亲一人，不如叫这位姐姐到我家里，修姐也同去，岂不更好么？"那美女叫修明，听了沉吟片刻道："夷妹的话不错。我们就到夷妹家里去罢。"

二人别了同伴，便挽了卫茜，一路同行。卫茜见那二人情真话挚，也不谦让。约行半里，已经到了一个村庄。进了村口，不过三五家人家。见一带竹篱，围着一座直两进横三间的草屋，十分清洁。一同进内，忽听左屋里隐隐有哭泣之声。那绝色女子大为吃惊，也不暇招呼卫茜，急急地走进左屋去了。修明也觉惊异，悄悄叫卫茜坐了。听得左屋里哝哝唧唧说了半晌，那绝色美女也痛哭起来。修明此时忍耐不住，对卫茜道："姐姐暂且安坐，等我进去问个明白，到底为着何事？"卫茜只得皱眉点头。修明出去，又咕噜咕噜说了半晌，连那修明都哭起来了。卫茜摸不着头脑，一人坐在那里，想起自己的苦楚，始而叹声，继而洒泪，不知不觉也大哭不止。这一哭，才把屋里的三人惊觉了，一起止了哭，大约问了个明白，一同走出屋来。两个上前叫道："姐姐为什么事哭得这样伤心？"卫茜听了，止了哭声，拭了眼泪，立起身来，见后面立一年约四十岁的妇人，忙问那绝色美女道："可是伯母？"绝色美女道："正是家母。"卫茜连忙向前磕了两个头。那妇人连忙还礼，两个女子连忙搀扶起来。妇人招呼一起进房里去，坐下，问了卫茜的姓名来历，卫茜说了，转问："伯母尊姓？"妇人道："我们这里叫苎萝山，通是施姓。"指着绝色的美女："这是我的女儿，叫做夷光，今年十四岁。"指着修明："这是我干女儿修明，今年十五岁。夷光的父亲，五年前死了，是我苦守苦作，只想苦出了头，后半世有靠。不想今天凭空的弄出祸事来。"说着，母女两人又哭起来。修明道："茜姐此时想已饿了，我且去弄点吃食来。大家哭也无益，总得打个主意才是。"说着去了，母女方止了哭。施氏道："我真是气昏了，卫姑娘来的是客，竟自招呼都忘了。"立起身也要出去。卫茜急忙站起，拦住道："伯母休得劳动，我并不觉得饿，但不晓得伯母说的祸事到底为着什么？"施氏仍然坐下，先叹了一口气，一手指着夷光道："这祸却是由她而起。"夷光低下了头，暗暗涕泪。"离这苎萝山西去四十里，肖塘地方有个土豪，姓熊，叫做什么熊孔坚,年纪不过二十余岁,广有家赀①。仗着父亲从前做过武职,认得些官府,如今父亲过世了,只有一个母亲,纵容他无恶不作。见了中意的妇女,不是明抢,便是暗骗,平日间不知作了多少孽!他有一个堂弟,名叫熊叔坚,就住在这离村不远处。因见我女儿有几分颜色,便在熊孔坚面前去献美。刚才女儿浣纱去了,熊叔坚闯到我屋里来,说是来替女儿做媒,把与熊孔坚作妾。我就一力推辞,说已经有了人家。他哪里肯听?后来发话道:'你若好好依允,聘财礼物,件件都有。若是推三阻四,管叫你家破人亡!三日为限,准来取人。'丢下两匹彩缎,悻悻地去了。他们弟兄平时的凶恶都是人人惧怕的。转眼就是三日,我们孤儿寡妇如何对付他?"说罢,又哭。卫茜听了也挥泪不止。修明已将菜饭搬来,摆列好了,叫施氏道:"伯母且慢伤心,我们吃了饭,再慢慢地打主意。"施氏只得收泪,立起身来,招呼卫茜坐下。大家坐好。施氏母女哪里吃得下?卫茜与修明略略用些,也就罢了。

修明搬去,收拾好,转身到房里坐下,施氏才细细问卫茜的底里②。卫茜也不隐瞒,从头至尾详细说了一遍。二人听了,又惊又苦,又恨又怜,倒把熊家的事忘了。施氏道:"这样说来,南林如何能去?一则姑娘的亲眷不晓得个实在住处;二则一路之上,孤单弱女行动不便;加以近年来闹捐闹荒,弄得遍地是贼,地方官装聋卖哑,不管百姓的死活,禁城地方还要劫财害命,通衢大道都是盗贼的世界。姑娘如何去得?我劝姑娘且在我家宽住几时,或托人到南林探听的确③,那里派人来接;或有别的妥人要往南林去,同伴而行,方觉稳便。"卫茜道:"多承伯母的厚爱,只是我大仇未报,心急如火,度日如年,万难延阻;加以伯母此时家中亦遭横事,住在这里,大家不安。"施氏道:"快不要这样说,姑娘在这里,祸事是有的;姑娘不在这里,祸事也是有的。况且我们总是要打主意,大家都是同病相怜,姑娘还是住下为是。"夷光、修明也从旁挽留,卫茜只得应了。修明道:"我且回家看视,再来陪伴茜姐。我也把这里的事告诉阿爷,或者打得个什么主意,也未可知。"卫茜道:"修姐家离此多远?"修明道:"我家在

---

① 家赀(zī)——家产。
② 底里——来历。
③ 的确——清楚,详细。

这村的东首,相隔不远,一刻就来。"说罢辞去。施氏母女又提起熊家的事来,说来说去,总想不着一个对付他的法子。不是说死,就是说逃,无奈死又无甚益处,逃又没得去处。越说越伤惨,越伤惨越没主意,足足闹到傍晚,施氏方到厨房端整①夜膳。卫茜也随夷光去相帮,收拾好了,搬进房来,大家坐下。怎奈大家都是愁锁眉梢,恨填胸臆,哪里食得下咽?正在那里茹苦含辛,忽听修明笑声嘻嘻地走了进来道:"好了!好了!要恭恭敬敬向大恩人叩头了!"众人齐吃一惊,正是:

　　愁云堆里驰红日,
　　急浪滩头遇好风。

不知如何好了,且看下回分解。

---

① 端整——备办,收拾。

第二十六回

闻喜信合家敬烈女　艳娇姿大盗劫饥民

　　话说施氏母女正同卫茜愁苦在一堆,忽听修明笑声嘻嘻,叫好不绝,走将进来,三人一齐诧异,睁着眼呆呆地望着她进来。修明满脸笑容,走拢来扯着夷光道:"你好好同伯母向茜姐姐多磕几个头,她就是你们的大恩人。"夷光弄得糊糊涂涂,望着母亲。施氏光着两眼,望着卫茜。卫茜也不晓得是从哪里说起,望着修明出神。修明只逼着夷光磕头。夷光发了急,挣脱衣袖道:"修姐姐到底是何缘故?你也说个明白!你只提葫芦捉弄人,叫人摸头不知脑。"修明笑道:"我此刻欢喜得了不得,爱我的茜姐爱得了不得,你们不磕头,让我先磕了,再对你们说。"一面说,一面跪了下去。卫茜真弄得云里雾里只得也跪下去还礼。修明一口气磕了七八个头,方才站起来叫道:"我嫡嫡亲亲的茜姐姐,我从此要供你的长生禄位牌了!"施氏不等说完,急插口道:"到底是个什么因由?你也好直说了。这样张张致致的,真令人可恨①!"修明道:"干妈不要恨我,说出来干妈怕比我还喜哩!早起不是茜姐说过,有人把她骗到家里,强逼她成亲,茜姐一时情急,用酒壶击破他的脑袋,死在地下,她逃走出来吗?干妈你猜茜姐打死的是哪一个?"施氏道:"我晓得是哪一个?"修明道:"巧呀,巧呀!恰恰就是今天要占娶夷妹的熊孔坚那个杀才。你说快活不快活?"施氏道:"你又如何晓得哩?"修明道:"我适才回家,到了午后,我阿叔从肖塘转来,说起今天肖塘地方,闹得烟雾迷天。众人传说,熊孔坚串通杜老鸨骗一个异乡女子到家里去,逼奸不从,被那女子用酒壶打死。女子乘夜逃走,不知去向。效尹②已去验尸,派人四面追捕这个女子。杜老鸨的门户已经封了,妓女一同交官媒关押,要在杜老鸨身上追这女子的踪迹。这个女子不是茜姐姐是哪一个?"说着,忽然顿足道:"我真乐昏了!我阿

---

① 可恨——因着急而恼恨。
② 效尹——官府中一种官名。

叔还在外面,我去招呼进来。"施氏母女听了,这一喜真出意外,双双跪在地下,与卫茜磕头。磕一头不了,卫茜慌得跪下搀扶,哪里搀得住!三人搅在一团。却好修明同了阿叔走进来,大家乱了一阵,方才起来。

施氏招呼修明的阿叔坐下,大家坐定,施氏对卫茜道:"他是我干女的阿叔,我们都叫他良二叔。"卫茜听了,起身与施良见礼。施良见卫茜年纪幼小,举止端庄,因在家中已经听得修明说了她的来历,十分敬爱。卫茜见施良年纪四十以外,面容慈善,知道是个长厚①人。施氏合掌道:"天网恢恢,疏而不漏。孔坚已死,想那叔坚小鬼也不敢再作怪了。此时菜饭已冷,夷儿可去添点酒菜来,一来与你恩姐洗尘,二来与你恩姐酬劳。从今后她便是你亲姐姐,你要好好孝敬她才是。"夷光笑盈盈地应道:"这还要母亲吩咐吗?"说罢去了。真是一天惨雾愁云,化为光风霁月,大家好不欢喜。须臾,夷光已将酒菜添上,一同上坐。施良道:"熊孔坚平日固然害得人不少,那杜宝娘也不知坑陷了许多人!今日天假手于茜姑娘,除了这两个大害,真真是替一方造福。"卫茜问道:"良叔,那杜宝娘到底是做什么事的人?"施良道:"茜姑娘还不晓得吗?她家是个女间②,她就是个掌管。"卫茜又问道:"什么叫做女间?"夷光修明也不晓得,痴痴地听。施良哈哈大笑道:"难道女间你都不晓得吗?"施氏接口道:"良叔休怪茜姑娘不晓得,就是她姊妹两个也从不曾听说过。"修明听了便急急问道:"阿叔,到底是个什么生意?可详细告说,我们也长长见识。"施良瞪着眼,哼了一声道:"不晓得便罢,谁要你问?"修明反嗤嗤地笑道:"既是生意,又怕人晓得,却又作怪!"向着卫茜道:"茜姐姐在她家中住了些时,总会晓得,可告诉我。"卫茜摇头道:"我不晓得。"施良喝道:"你怕疯了,不准再说!"修明不敢做声,只闷闷在心。施良又道:"据我想来,茜姑娘也不好在此久住。此地离肖塘不过四十里,万一有人走漏风声,如何得了?"夷光道:"良叔休要这般说,难道就叫我恩姐去吗?我是不肯放的。"施良道:"夷姑娘留她固是情意,怕的弄出事来反为不美。"施氏听了,只是皱着眉梢,点了点头。卫茜道:"我也是心急如火,今日我就要去。一者伯母的情不可却,二者我也要看看夷姐的事如何结果,如今夷姐也没事

---

① 长厚——厚道。
② 女间——淫乐场所,即妓院。

了,我准定明日动身。"施良道:"茜姑娘孤单一人,万难行走,此去南林将近二百里,一路艰险,甚不容易。且喜这条路我走过三五转,南林地方我也有两个熟人,我没有甚要紧事,我送茜姑娘去。"施氏道:"这样我们方放得心下。"卫茜道:"如何敢劳良叔?还是我一个人去罢。"修明夷光同声道:"良叔肯同去,我们不好强留,若是恩姐一个人去,我们死也不放你。"卫茜道:"只是劳动良叔,心实不安。"修明含笑道:"我倒有个主意,只是委屈恩姐。"卫茜道:"修姐有何主意?说什么委屈我的话来?"修明笑道:"我阿叔今年四十五岁,膝下无儿无女,阿婶又过世了。恩姐不如寄拜我阿叔,一路之上又亲热,又便当,岂不是好?"施良听了张着口嘻嘻地笑,两眼注定卫茜。卫茜随即立起身来,向着施良磕下头去,口称干爷。施良此时真十二万年无此乐,忙立起来道:"请起,请起。"施氏同修明姊妹大家都喜之不尽,一同坐下,吃菜饮酒。

卫茜想起干妈死得不明不白触动伤心,不好哭出,只得暗暗饮泣吞声,众人也不觉。施良道:"事不宜迟,我此刻回去收拾点行李路费,明日一准动身。"说罢,起身要走。夷光凄然道:"我早说过,恐有变动,如何是好?以后日子长,等事情冷了,欢聚的日子正多哩。"大家无言。施良对修明道:"你今夜就在此伴茜姑娘,明日一早,我就过来。"修明道:"阿叔就要我回去,我也不肯去。阿叔回去就对阿爷阿娘说一声。"施良点头去了。三人重新泡了一壶茶,又畅谈起来。提起陈音的侠义,大家赞叹一番;提起诸伦的强横,大家咒骂一番;提起阿公的冤惨,大家又痛哭一番;提起干妈的恩苦,大家又悲感一番。谈谈讲讲,不觉天已发白。夷光去烧水煎茶,大家梳洗毕,又烧了茶饭。此时大家心定,都吃了一个饱。施氏取了十余两散碎银子,夷光寻了两套自己心爱的衣裙,打成包裹,卫茜推辞不得,从直①收了。修明道:"我没有别的,我头上这支碧玉簪儿,是我祖母给我的,我就送与茜姐,茜姐休得嫌弃。"卫茜明知不可却,也就收了,一一称谢,包裹停妥。

一刻,施良来了,肩上背个包袱,带了些零星什物,问道:"可吃过饭?"众人应道:"吃过了。"施良道:"不要延迟,就此动身,我已将车雇好了,停在村东口。"施氏把包裹交与施良道:"包裹内有几两路费,良叔检

---

① 从直——从实。

好,路上良叔留心些。"施良笑道:"我自家的干女儿,还要你嘱咐吗?"众人也都笑了。卫茜叩辞了施氏,又与夷光姊妹拜别,那一种凄凉宛转的情形,是人生最难堪①的。洒泪牵衣,不过形迹,唯有那心酸肠断,话不出来的苦楚,才叫难过哩。三人一直送到村东口,到了一家门首,有年近五旬的夫妻两个,携一十二岁孩童,立在那里。修明对卫茜道:"这是我阿爷、阿娘,这是我阿弟辅平。"卫茜急忙向前见礼,叫一声伯父伯母,又叫一声阿弟。夫妻两个已知卫茜来历,甚是欢喜。此刻行色匆匆,心中着实不舍。施老在怀中取出一个小包,递与修明道:"交与茜姑娘,在路上买点茶水。"修明接来,递与卫茜,并不推辞,叩谢起来。施老又吩咐施良,路上早宿晏起,遇事小心。施良应了。施老对卫茜道:"这是东村,夷姑娘那面是西村,下次来时,便不会错。"卫茜诺诺②谨记。施良将包袱等物安放在车上,便扶卫茜上车。卫茜双泪齐抛对着众人称谢,众人也是寸心如割对着卫茜说声珍重。施良随即跳上车沿,坐好了。车夫鞭声一响,马行轮转,向东而去。众人含泪而转,修明、夷光大哭出声,直待山林遮掩,尘影迷茫,方才懒懒地回家。后文自有交代。

且说卫茜同了施良上路,一路上,遇店便歇,择地休停,不肯过于辛苦。当日无事,走了三十余里便歇。第二日辰时动身,沿路观山玩水,一一指点与卫茜赏玩,以破烦闷,不时谈些乡村琐事,倒也不知不觉走了四五十里。日方坐西,到了一个村集,名叫赤岑,也就歇了。进了店中,一切都是施良料理,卫茜甚觉安适,清清稳稳住了一夜。第三日仍是辰牌动身,照着前日,指指点点,笑笑谈谈,行到午牌后,到了一个地方,叫做羊头堡,树林掩映,山石嵯峨③。施良在车上正在眺望,忽然树林中拥出三四十人。一个个身穿破衣,赤脚蓬头,面黄肌瘦,手中拿的都是木棍、锄把、劈柴斧、切菜刀之类,齐声乱嚷道:"抢呀!抢呀!"车夫早已跳下车去躲了。卫茜吓得浑身发抖。施良见了,只得向前对众人道:"我们是短路过客,并没得多的油水。"众人哪里听他,一拥上前,把牲口拉向树林中去。树林中还有些妇女、小男,都是穷苦光景。众人在车上把卫茜扯下来,卫

---

① 难堪——难以忍受。
② 诺诺——答应,表示同意。
③ 嵯峨(cuó é)——高峻貌。

第二十六回　闻喜信合家敬烈女　艳娇姿大盗劫饥民

茜立不稳脚,便坐在草地里洒泪。施良一面遮拦,一面分诉,众人不理,只向车中攫取①包裹等物,抢一个罄尽②。一个人道:"他们身上的衣服,还可值钱。"说着,手执劈柴斧,向着施良喝道:"快快脱下,免得我们动手!"施良到了此时,只得战战兢兢地哀告道:"包裹行囊众位都拿去了,只剩这两件衣服,留与我们前途作路费罢。"那人大喝道:"放屁!我们不要你两个的狗命,就是仁慈了。这两件狗皮还舍不得吗?"施良还在央求,一个人抢步上前,手中木棍向施良横腰一扫,施良哎哟一声,倒在地下。两人按住,把衣服剥了,同喝声道:"饶你的狗命,你要晓得感恩图报!"又回过头来,见卫茜坐在那里啼哭。一个道:"这个雌儿倒生得标致,我们带到前途,还可变卖几十两银子。"一个道:"甚好,但是如何带得走?"一个道:"这有何难?现在有马在这里,只要一个人把她抱在怀里,骑在马上,就可带去了。"一个跌脚道:"还是阿哥有大才,我去牵马来。"急急去牵马,早被一个人骑在马上在那里扬鞭驰骤,哈哈大笑。这个人大喊道:"二顺子,快把马骑到这里来!"二顺子听说,把马带到这边,跳下来大笑道:"我今天很乐,可见这个路道是顶快活的事。从今以后,我只跟着阿哥们干这件事,就是一辈子的福气。"那阿哥笑道:"我昨日劝你,你还有推推诿诿,说什么犯王法,伤阴德。如今世道,王法治的是良民,阴德骗的是愚民。像我们这样,哪些不快活?"一面说,一面抱卫茜。卫茜见两人按住施良剥取衣服,早已哭得泪人儿一般,又见有人来抱她,便不顾性命地呼天抢地,放声大哭,手撑足蹬,口口声声地寻死。那阿哥道:"到了这个地方,喊叫也无益,就让你去死,谁还与你立座贞节牌吗?"

正在危急之间,忽听鸾铃声响,急骤而来,一路进了树林,有人大吼道:"什么人在此,干得好事?"施良此时躺在地下,好不悲苦,听得有人呐喊,料道有救,急睁眼看时,见是四个大汉,各骑骏马。头一个面如渗金,浓眉巨眼;第二个面如噀血,五绺长须;第三个黑面红须,双眼突出;第四个面如蓝靛,发似朱砂。手中各有军器,身上都穿战袍,气象威猛,吼声如雷。头一个手横大砍刀,骤马近前,喝道:"干些什么事?"施良爬起,跪在地下,叩头道:"他们都是强人,把我们的衣服行囊抢尽了,还要抢我的女

---

① 攫(jué)取——夺取。
② 罄(qìng)尽——空。

儿去卖。"马上人听了,向着卫茜看了一看,也不言语,只对着那班人喝道:"抢的东西在哪里?快快拿出来!"那个大才阿哥与二顺子等,见他来的只得四个人,哪里惧他?便唤齐众人,一个个扬起劈柴斧,挥动切菜刀,直的是木棍,弯的是扁挑,锄头柄横在肩上。大才阿哥,当先大喝道:"尔等是什么人?敢来断我们的路道!不要走,试试我的家伙!"把劈柴斧对着马头砍来。马上的人哈哈大笑道:"这等小鬼模样,也要耀武扬威!"把大砍刀一拨,敲在一边,顺手一刀,劈头砍下,哗的一声,劈成两片,一副阳卦①,摆在地上。众人见了,一起大喊,围裹上来,乱嚷乱劈,好似群鸦噪树,乱柴翻空。马上四人一起动手,不消一个时辰,比割鸡宰狗还要容易,杀得干干净净,不曾跑脱一个,连那妇女小孩通作了刀头之鬼。四人跳下马来,将马拴在树上,去搜寻他们的东西,除了施良他们的包裹行囊外,其余的都是败絮破衣,饭团荞饼之类。头一个笑道:"大约这般人都是些逃荒的饥民,出于无奈,干此勾当,也是可怜。"三人点了点头。

　　施良爬近前来,叩头哀告道:"多蒙众位英雄救了性命,生生世世,不忘大恩。恳求将包裹行囊掷还,也好趱程。"那头一个大汉道:"此刻辰光也不早了,前面没得宿处,不如到我们那里暂过一夜,明日早行。但是你们的车夫到哪里去了?"施良道:"贼人出来的时候,车夫就不见了。"那大汉扬起头来,四面一望,只见一个草堆里,一个人在那里探头缩脑的。大汉大喝道:"你那鬼头鬼脑的可是车夫?快到这里来!"果然是车夫,一伸一缩地走进树林来,痴痴呆呆立在那里。那大汉道:"你快将马驾好,随我们去。"车夫诺诺连声,牵马过来,将车驾好。那大汉叫施良扶了卫茜上车,大家坐好。那四个人两个在前,两个在后,向南而行。曲曲弯弯地走了四五里,日已沉西。到了一座猛恶林子,前走的嘡哨了一声,林子中跳出七八个人来。前走的把嘴向车子一努,七八个人把车子一拥上山。卫茜在车子里见一路上都插得有刀枪旗帜,料道不是个好去处,悄悄对施良说了。施良只是攒眉蹙额,不发一言。须臾到了山顶,走出四个大汉来,与这四个大汉相见,一同上正厅一并排坐下。叫施良扶卫茜下车,两人战战兢兢站在当地,忽听上面大喝道:"把那老头儿和那车夫开发了!"就拥上七八人,把两人鹰拿燕捉,扯了下去,须臾提了两个人头上来。卫

---

① 阳卦——指尸身。

第二十六回　闻喜信合家敬烈女　艳娇姿大盗劫饥民

茜此时心如刀割,大哭大喊道:"你这班强盗!为什么把我干爷杀了?我要性命何用?"一头向石柱上撞去,左右的人不防,撞个正着,满头是血,倒在地下。一个大汉急急跳下座来,近前一看,见卫茜发散血淋,牙关紧咬,连叫道:"可惜!可惜!"正是:

　　落月衔山光欲灭,
　　游丝系鼎势难延。

未知卫茜性命如何,且看下回分解。

第二十七回

崆峒山卫茜习剑术　蓼叶荡陈音试弩弓

话说卫茜见强盗杀了施良,心中惨痛,一头向石柱上碰去,头破血淋,倒在地下。一个强盗跳下座,走近前来,见了这个样子,连叫可惜,又用手在卫茜鼻尖上试了一试,且喜还有丝气息。强盗道:"人还未死,我且抱在后寨去,慢慢医治。"众盗同声称好。这个大盗撩衣卷袖,来抱卫茜,陡然空中起了个大霹雳,震得屋瓦都飞,庭柱岌岌摇动。就这雷声中,一团雷火飞来,把要抱卫茜那个大盗须发全行烧尽,哎呀一声,也倒在地下。一霎时,风号天晦①,伸手不见五指。座上的众盗,一个个都吓得心惊胆战。大家跳下座来,跪在当地,呼天悔罪。半晌工夫,雷霆风火,全无声息。众盗方才心定,起来搀扶那个大盗。见那大盗被雷火烧得焦头烂额,须发不留,只得命人扶后寨去医治。却不见了卫茜的尸首,大众惊疑不止,命人去前后寻觅,哪里有个影子? 只有罢了。这班强盗以后都有交代。

且说这雷火,却是崆峒山的广成子在空中游行,忽然一股怨气冲动云头,拨云一看,见了卫茜撞柱寻死,随即号召风雷,惊慑群盗。一阵神风,将卫茜摄往崆峒山去,安放在云床上,命紫霞童儿取了一粒还魂丹,用仙露研化,灌入口中,又取了一粒化血丹,也用仙露研化,敷在伤处。果然仙家的妙用,片刻之间,卫茜便悠悠苏醒,哎哟了一声,睁开双眼,见一个道家装束的人,立在身旁,面如红枣,眼似流星,海口剑眉,须长过腹,心中大吃一惊。细细想起在山上寻死的根由,不觉放声痛哭。广成子在旁点了一点头,就吩咐紫霞、赤电两童儿道:"她方回过气来,由她静养一会,再引来见我。"两个童儿应了,就坐在卫茜身旁等候。卫茜又沉迷了一会,醒转来时,红面道人已不见了,只有两个童儿坐在身边,急坐起来,问两个童儿道:"适才那个红脸道人是什么人? 你二位坐在这里作甚?"赤电童

---

① 风号天晦——风吹天暗。

儿把师傅如何救她的话,说了一遍。卫茜滚下云床道:"烦劳二位引我去叩谢师傅。"二人将卫茜引至静室,广成子正在静坐。卫茜上前跪下,磕了三个头起来,站在一旁。正待申诉苦情,广成子道:"我通知道了,只是你一个孱弱①女子空有刺虎之心,苦无缚鸡之力,怎能履险蹈危,做那惊天动地之事? 而今在我洞中,用心习练,数年之后,包管你大仇立报,还要轰轰烈烈做些百世流芳的事业。"卫茜听了,又磕了几个头,垂泪道:"望师傅慈悲。"广成子对紫霞、赤电两童子道:"你两个每日晨起,就引她出洞去山前山后,登高蹑险。到了履险如夷,不变色、不喘气的时候,大约半年光景,可以做到;再教她折取竹梢,或逐猿猴,或刺虎豹,须到那发手必中,无物能逃的时候,大约也得一年光景,方可做到;然后习练内功,操习剑术,为师自会教导她。"两个童儿应了,见师傅无话,就引了卫茜出来。从此卫茜就在崆峒山学习剑术,后来报仇灭敌,做出许多惊人骇世的事来,与陈音争雄媲美②。

再说陈音在楚国学习弩弓,无奈这弩弓是楚国不传之秘,虽是二太子喜爱陈音,哪里肯轻易地倾心教授? 不过在练习时,暗中留心审察它机彀③所在,试验它用法如何。将及三年,始略略晓得个梗概。传闻吴王夫差已将越王释放回国,屡想还越,只奈弩弓不曾学会,只得耐心苦守。光阴荏苒④,瞬息九年,吃了几多辛苦,费了若干心机,然后把这弩弓的制造、用法,一一精通,心中好不畅快。一日,到王孙无极府中与王孙建、雍洛等闲谈。王孙建道:"大哥前日所造的弩弓,我拿在郊外射猎,果然箭无虚发,兽不及走,鸟不及飞。看来大哥的弩弓,就在楚国也要算头等了。"雍洛道:"我将弩箭用极长的丝线系牢,在水中去射鱼,也是百不失一。弓力又大,中必洞穿。大哥暇时须得教导我们,也好替大哥出力。"陈音道:"这个自然,只是我已经打定主意,就在这几日里,告辞太子,回转越国。今日特地来通知一声。"王孙建与雍洛齐声道:"大哥要去,我们是要一路的。"陈音道:"王孙兄弟是不能离家的,雍贤弟等此刻也不能同

---

① 孱(chán)弱——身体瘦弱。
② 媲(pì)美——美(好)的程度差不多;比美。
③ 机彀(gòu)——弩弓的发动机关。
④ 荏苒(rǎn rǎn)——(时间)渐渐过去。

行。"雍洛道:"王孙贤弟二老在堂,无兄无弟,自然是走不开。我们毫无沾挂,如何不能同行?"陈音道:"我此时不能径直回越,须到齐国去寻赵平诸人,再到西鄙。加以我还有一桩心事,我是对你们说过的,那盗剑留柬的人有牤山后会的话,我要沿路打听牤山这个所在。耽搁时日,不必说了,同行人多,有许多不便。等我回了越国之后,再行修书前来相约。那时王孙贤弟再禀明老伯,到越国一行,或者老伯准允,也未可知。若是你们有一个不到,我倒不依。"众人听了,俱是皱眉点头。王孙建道:"大哥所说固是,难道不能在此再住三五月吗?"陈音叹口气道:"贤弟,愚兄的心事,国耻父仇,刻不去怀,恨不得插翅飞回,安能久住?老伯回府,烦贤弟代为禀明。大约不过两三日,愚兄就要动身。"众人都觉凄然,又闲谈一会,陈音辞别回宫。

果然第三日,陈音辞了二太子,来至府中,当面与王孙无极告辞。王孙无极哪里舍得?苦留了半月光景。陈音执意要行,只得备了极丰厚的筵席,与陈音饯行。饮酒之间,说不尽离情别绪。王孙建洒泪道:"我与大哥萍水相逢,一者保全我一家的性命,二者教授我一身的本领,只想白头相聚,哪晓得忽然就要远离!这一别,不知何年何日方得再会?叫我心里哪得不痛!"一席话,说得大家都流泪不止。王孙建又道:"我想父亲、母亲,虽然年老,都甚康健,不如随大哥一路,大哥也有一个伴。把大哥送到越国,我就回来,谅来不过一年半载,我的心就安了。"说罢,两眼望着王孙无极。王孙无极正待开言,雍洛笑道:"贤弟正当新婚之际,如何忍得心远出?依我的主见,同行的人多,大哥说是不便。我是孤零一身,不如鲍贤弟等留在此地,我随侍大哥去,一路替大哥招呼,大哥也少费若干心。"王孙无极急急接口道:"真真好极了!陈贤侄一路有伴,我们都好放心,就是这样定议,不必疑难。"陈音一想,如此也好,当即应了。雍洛甚是欢喜。忽见家人同王孙繇于走了进来,众人一起起身招呼。王孙繇于道:"听说陈贤侄要回越国,特来送行。"陈音道:"小侄正拟明日趋府禀辞,何敢劳大伯父枉驾?"王孙无极道:"大家不要客套,且坐下畅饮几杯,情礼都尽了。"家人添了杯筷,大家归坐,又畅谈一会方散。次日王孙繇于差人送了路仪①二百金,陈音推辞不得,只得收了,过府叩谢而回。王

---

① 路仪——盘缠,路费。

孙无极备了一千金。陈音道:"老伯惠赐许多,小侄如何携带?小侄近来也略略有些积蓄,又承大伯父那边的厚贶①,路上已经累赘。老伯的惠赐,断不敢领。"王孙无极道:"贤侄若不收下,老夫心中万万不安。若嫌路上累赘,我把来换成黄金,便好携带了。"陈音再三不领,无奈实难推却,也只得叩谢,裹束停妥。到了次日,陈音带了弩弓并牛耳尖刀,雍洛用一根熟铜棍做了挑担,向众人辞行。众人自有一番留恋,不必细表。王孙建直送到三十里外,方才洒泪而回。

陈音二人由旱路往齐国而行。此时七月天气,甚是炎热。一路上晓行晚宿,按程前进。约走了五六日,一日到了一个地方,名叫枫桥,人烟凑集,颇觉热闹。日当正午,难以趱行,二人走进一家酒店坐下。雍洛放下肩担,揭了斗笠,坐在横头,取出一柄纸扇扑扑扑地扇个不住。陈音也揭了凉笠,坐在上首。酒保捧了面汤来,陈音正在净面。忽见雍洛一蹶劣挣起身来,抓了斗笠,抢步出门。陈音大吃一惊,急起身往外一看,见雍洛跟着一个头戴箬笠、短装赤脚的人,向南去了,心中甚不明白,只得坐下守着包裹。酒保已将酒菜端来,顺手把面汤取去,问道:"客人,你那同伴哪里去了?"陈音道:"就要来的。你只把那上好的酒暖来就是了。"酒保应声而去。陈音坐在店里一杯一杯地饮起来,直饮到日色偏西,还不见雍洛转来。眼巴巴望着店外,又是好一会,始见雍洛跟着前去的一个人,又是一个黑壮大汉向北转来,到了门首,却不进店,只用手式向陈音一招,叫陈音等候的意思。陈音不知就里②,好不纳闷,三人一直向北去了。陈音仍浅斟慢饮一会,见雍洛同那个大汉转来,大汉向南去了。雍洛急急走进店来,满头是汗,大叫酒保快舀盆面汤来。酒保应了一声,端上面汤。雍洛一面拭汗,一面吩咐酒保道:"酒不要了,快端饭来,我们吃了有事。"酒保应了,须臾捧上饭来,又添了一碗热汤,取了面盆走开,雍洛方才坐下。陈音问道:"到底是什么事?这样的鬼鬼祟祟、急急慌慌?"雍洛笑道:"今日要替大哥泄一泄怨气。大哥还记得洪泽湖的事么?"陈音道:"如何记不得?"雍洛道:"先在门口过去的瘦小汉子,名叫胡锦③,排行老三。后首

---

① 厚贶(kuàng)——丰厚的惠赐。
② 就里——内情,原因。
③ 锦(xiàn)。

转来一路的那个黑壮汉子,叫刘良,排行老大。二人专在洪泽湖一带劫杀单身客商。那时他二人因见大哥不好对付,送到我们船上。后来我们动手时,他二人驾小船逃去,不知他们如何到这里来了。我见胡老三由此过去,我便跟着他走。朝南不过三里,向一间矮屋里进去,好一会方同刘老大出来,一同转北到了市集尽处。一只大船靠在那里,船上扯起旗号,大约坐的官宦。可惜不认得字,不晓得旗上写的是什么字。他二人跳上船去;又好一会,刘老大下船,胡老三在后面叫道:'老大快来!今日要趁夜凉开头,不要误了事。'刘老大应道:'就来的。'因此仍向南去。我想他们的言语,大约今晚又要干那杀人劫财的勾当。我们快吃饱了饭,去河下觅一只小船,尾着他们的船走,一来救了那船上的客官,二来除了水面上的后患,三来泄一泄大哥的怨气,岂不好吗?"陈音听了道:"好极了!只是你跟着他们走的时候,他们就不认识你吗?"雍洛道:"我将斗笠戴在额上,遮了半截脸,又离得他们远远的,他们哪里留心?况且心有急事的人,一心只在筹划事体①,以外便都忽略了。"陈音点了点头道:"你可吃点酒?"雍洛道:"吃酒恐怕误事,我们快些吃饭罢。"

　　大家急急地吃饱了,会了钞,取了包裹等物,出门向北而行。到市尽处,果然见一条水道,大小船只密麻也似。雍洛指着一只大船道:"就是这只船。"陈音见船上的旗号写的"宋大乐署工正桓"七个大字,料道是宋国的乐官。雍洛走到河干,雇定了一只小船。二人上船,船上也只两人,却不瘦不黑,大约是规规矩矩靠船业为生活的样子。陈音二人进了中舱,放下包裹等物,就叫船家把船移在那只大船的后梢紧靠。二人坐在舱中探望,到了日已西沉,方见刘良又带了两个粗蛮汉子,由后梢上船。胡锦接着,蹲在一堆儿咕咕噜噜一会,各自散开。零时,便听得镗镗的锣声响亮,水手各执篙橹,开船而行,向南进发。陈音也叫船家跟着开行。且喜来往船只甚多,尚不碍眼。约走了十里水面,已是二更时候,下旬天处,月色毫无,四望迷茫,寂无声息。那大船便在河中抛锚停住。陈音在后面也将小船停泊在岸边。雍洛道:"他们大约就在此地动手,我们的船相离略远,怕的一时救应不及,岂不误了人家的性命?"陈音道:"他们动手,不见得就杀人。只要一有声息,我们就赶紧前去,断无来不及之理。只是我们

---

① 事体——事情;情况。

第二十七回　崆峒山卫茵习剑术　蓼叶荡陈音试弩弓

船上有这许多要紧东西，万一有失，如何是好？"雍洛道："据我想来，胡老三这班人有甚伎俩？只消我一人向前，尽够开发他。大哥只在这小船上留心照应，若是我支持不住，大哥再向前去，我就退回来，就放心了。"

正说着，忽听大船上大喊救命。一霎时，人声鼎沸，火光乱闪，雍洛急唤船家解缆。两个船家正从睡梦中惊转，听得有人大喊救命，只吓得浑身乱抖，见雍洛要他解缆，把船开拢去，口里格格①地应道："那，那，那是杀，杀人的贼，贼船，我，我们是不，不敢拢，拢去。"雍洛发了急，一步跳上岸，扯断缆索，翻身跳上船来，用篙一点，那小船便如放箭一般，直向大船溜去。一眨眼，早经挨拢，已听得扑通扑通似有人掼下水去的声息。火光中见胡老三拿一把板刀，站在船头，三五个水手都拿着铁器，乱哄哄嚷闹不休。后梢站着两大汉，各执刀斧，在那里瞭哨，见雍洛船到，大喊道："那是什么人划船？快休来寻死！"雍洛就在这喊声中，一跃上船。众水手见了，齐举兵器来拦，被雍洛把熟铜棍一搅，一个个东倒西歪。雍洛大叫道："胡老三！认得我雍洛么？"胡老三一见，大吃一惊，正待与雍洛答话，早被雍洛劈头一棍，打得脑浆喷出，倒在船头，眼见不得活了。水手大叫道："船上有了强人，刘大哥快快出来！"刘良正在中舱行凶逞狠，听得水手喊叫，急急钻出舱来。见雍洛打死胡老三，大吼道："雍洛，你怎敢来搅扰我们的道路，伤自家的兄弟？"说罢，就是一钢板斧，朝雍洛砍来。雍洛把熟铜棍一架，当的一声，挡了转去，震得刘良两膀麻木，大叫道："众弟兄快来帮我一帮，擒此匹夫！"顷刻之间，后梢的两个大汉带了众水手，围裹上前，把雍洛围在当中，斧棍叉刀，乱砍乱劈。雍洛舞动熟铜棍，风车般抵住四面。约有半个时辰，雍洛虽然猛勇，怎奈寡不敌众，渐渐有些支持不来。陈音在小船上看得真切，不便跳上大船，恐自己船上有疏失，又怕雍洛有伤，心中一急，想起弩弓来了，暗想道：我且试它一试。急向舱里取出弩弓，觑个准着，嗖的一声，喝道："着！"刘良哎呀一声倒了。众贼见刘良被射死，一个个心惊胆战，有的被雍洛打死，有的扑水逃命，只有两个大汉还在狠命相持。雍洛此时知道陈音相助，胆力已壮，不过片时，一个大汉被铜棍扫下水去，一个大汉被熟铜棍扫着膝盖，立时跌倒，呻唤不止。雍洛见他无用，提了熟铜棍跨进中舱。忽见一人散披着头发，满面流血，扑近

---

① 格格——吞吞吐吐，十分紧张。

身来,把雍洛吃一大惊。正是:
　　眼前凶暴无遗类,
　　意外惊疑猝不防。
不知后事如何,且听下回解说。

第二十八回

诘囚徒无心了旧案　　射猛兽轻敌受重伤

　　话说雍洛把刘良、胡锦等诛除尽绝，跨进中舱，忽见一人披发浴血，扑近身来，大吃一惊。那人伏在舱板，扯着雍洛衣服，哭喊道："好汉救命！"雍洛听那人出了声气，仔细一看，知是被贼伤害的人，忙用手挽起道："贼人已经杀尽，起来慢慢地说。"那人爬起来。此时陈音手提包裹，也进中舱。雍洛正要盘问那人，陈音道："且把外面打伤的贼人绑缚好了，再问别的。"雍洛醒悟，寻了一根麻绳，跳到船头，把那大汉捆了，提进中舱，撇在船板上，与陈音坐下，问那人道："尊兄哪里人氏？要向何往？"那人拭泪道："不才姓桓名魁，忝①为宋国乐正。吾兄名魋②，官授大司马之职。此行要往吴国去见伯太宰，有密事相商。在濉阳③动身就雇了胡锦的船，自己带了十二个从人。一路上那胡锦甚是殷勤小意。今日到了枫桥，我要趁风直行，他说他有要事，须在枫桥耽搁半日。我哪里拗得过他，只得由他。哪晓得他贼心贼胆，勾引强徒，到这荒僻地方，把我的从人一个个抛下水去。我吓得魂飞魄散，只喊救命，被一贼人一斧砍伤额角。幸蒙好汉相救，感恩非浅。从人死了不关紧要，我随身的宝重此时不及清检，不晓得有无损失。"说罢，也不问二人的姓名，只两只眼睛向四面闪灼。

　　陈音见了，只鼻子里哼了一声，向雍洛道："你只问问这贼汉，那胡锦、刘良为何到了这里就罢了。"雍洛心中也是十分不快，便向贼汉喝道："你叫什么名字？把你与刘良这班贼人同谋的来由，从实说来！饶你不死。"那汉子呻吟着，答道："我叫曹阿狗。那刘老大同胡老三，本不是此地人，五六年前到的此地。原只驾一只小船，常靠在枫桥地方。我有至好

---

① 忝（tiǎn）——谦词，表示辱没他人，自己有愧。
② 魋（tuí）。
③ 濉（suī）阳——地名。

弟兄,叫陆阿牛,就是刚才被好汉打下水去那个,要算枫桥的头等好汉。刘老大二人同我们混熟了,便商量做那杀些不关要紧的人,劫些不伤天理的财。不过五七转,便换了一只大船,就把我们平日手下的弟兄做了水手,便阔壮①起来,胆也粗了,手也滑了。且喜两三年来,上天保佑,事事顺遂。今天午后,刘老大来寻我们,说胡老三装了个大生意来了,只因有十几个从人,怕一时做他不下,约我们一同上船相帮,不想遇着好汉。这宗事我们只做过三五十转,今晚实系初犯。我还有一百三十几岁的母亲,求好汉饶命,再不同胡老三刘老大们一道了。"雍洛笑道:"三五十转,还是初犯?你的年纪大约不过三十岁,哪里有一百三十几岁的老母?真正胡咬②!只是刘老大、胡老三同那阿牛都是你的好弟兄,你说再不同他们一道,我要你同他们一道去,才算得交情。"阿狗急急分辩道:"我平日是极不肯讲交情的,好汉不要错认了!"陈音与雍洛不禁哈哈大笑。雍洛道:"此处叫什么地名?"阿狗道:"此地叫蓼③叶荡,我们在这里做这宗事,才得十六转,实系不曾多做一转,求好汉原谅。"陈音又大笑不止。雍洛道:"这宗蠢东西,留在世间做甚?"举起熟铜棍劈头打去,只听叫了一声,同着老大老三阿牛们仍是一道儿去了。桓魁见了,吓得簌簌地抖。雍洛还待要替桓魁处分,陈音立起身道:"我们去罢。"雍洛心中明白,随同起身。桓魁口里格格格地说道:"承你二位救命大恩,等我取几两银子送与二位喝杯酒也好。"二人不理,跨出中舱,陈音在刘良左肋拔了弩箭,一起跳过小船。两个船家吓得哆嗦在一堆。陈音叫船家仍然开回枫桥,船家诺诺连声,将船撑转。雍洛道:"桓魁今夜在那船上一人没有,不晓得他怎样摆布④?"陈音冷笑道:"我们今晚倒错救他了,这样的腌臜东西,管他做甚?"雍洛点头。陈音既不管他,做书的也只好不管他了。

不过一个更次,已到枫桥。二人在船上消停一会,又叫船家弄饭吃了。天将发晓,雍洛取出二两银子,给与船家,船家称谢不止。陈音二人跳上岸,趁早凉行走。不止一日,就到济南地界,地名石牛铺。见许多人

---

① 阔壮——壮大。

② 胡咬——胡编乱造。

③ 蓼(liǎo)。

④ 摆布——支配;操控。

第二十八回　诘囚徒无心了旧案　射猛兽轻敌受重伤

围在那里，雍洛挤入人丛中，见是两辆囚车，两个囚犯，一个老的，年约六十余岁；一个少的，年约三十余岁，都是垂头丧气。雍洛挤出来，对陈音说了，陈音道："不关我们的事，管他做甚？不如在这酒店里买碗酒吃。"二人走进酒店，酒保递上酒菜，雍洛忍耐不住，向酒保问道："门外这两个囚犯是什么人？"酒保因店中无人，尽有闲工夫白话，便站在那里应道："说起这话，是九年前的事了。那个年轻的名叫魏蒲，平日与一个名叫韩直的，专做些劫财拐人的事。九年前正月，他二人不知做了些什么事情，韩直在家中被人一刀戳破小腹死了。韩直的娘，也在房中自勒而亡。过了两天，邻家才晓得。大家猜疑一阵，因为魏蒲平日是天天要到韩直家中的，近来不见踪迹，一定是他二人不是因分赃不匀，定是挟嫌伤命，便报到官府，派差去拿魏蒲，果然逃得无影无踪。这情形越是真了，便四处搜缉。直到今年四月，始在那个年老的囚犯家中拿获。年老的姓江，名叫江诚，平时专做些窝盗分赃的事，无恶不作。上年三月里，他窝藏的人拐了田家的女儿到家，逼作媳妇。田家失了女儿，告到官府。后来漏了声息，打探的确，官府派了兵役，围家搜拿。不但把田家的女儿搜出，领了回去，连魏蒲也一起拿获。如今是解①到府里去，大约一讯之后，就要斩头。倒是一个绝好的果报②录。"雍洛道："你说韩直是魏蒲杀的，既无人眼见，又没得个确据，安知不是比他们更狠的强盗杀的吗？"酒保道："若不是他杀的，到了官府他如何肯认？"雍洛还要辩论，陈音蹑了雍洛的脚道："天不早了，快吃了酒上路，又不关我们的事，管他做甚？"雍洛方不言语，酒保走开。二人吃了酒，会钞出门，囚车已先去了。二人慢慢行走，陈音见前后无人，方把那年送孙氏到济南的事，细细告知雍洛。雍洛听了，只笑得拍掌跌脚道："这果报录还要加上三个字，叫作'巧中巧'。大哥总说不关我们的事，哪晓得正是我们的事！巧极了！巧极了！"说着，天已傍晚，投了宿处。

一路上耽搁延缓，直到八月中旬，方至济南苦竹桥。到了赵允门首，问了庄客，晓得赵平、蒙杰都在庄上，心中甚喜，通了姓名。庄客进去，一刻之间，蒙杰早已一路喊叫出来道："我的阿哥，想煞我也！"抢步进前，手

---

① 解——押解。
② 果报——由过去的业因造成现在的结果。

挽着陈音,面对着雍洛,大笑道:"快请进去!"庄客上来,接了挑担,一同进庄。赵平、赵允弟兄二人,都已出来,笑脸相迎。到了正厅,陈音雍洛与众人见了礼坐下。赵允正要开口,蒙杰抢着说道:"我们屡次接了大哥的信,我总想到楚国。可恨许多牵牵扯扯的事体,舅父也是随时生病,真弄得我像热锅里的蚂蚁一般。"说着,又叫庄客:"快去把那极肥壮的鹅鸭多宰几只,把那极香辣的陈酒多烫几壶,我今天要痛饮痛饮。"众人都笑了,庄客自去安排。赵平问了陈音在楚的光景,赵允问了雍洛的姓名,一一说了。陈音道:"黄丈①住在哪里?略为消停,烦引我去拜会才是。"赵平叹一口气道:"我那表兄已经上月死了。"蒙杰愤然道:"我们这几日,正想去牤山替我黄亲翁报仇。且喜大哥来得凑巧,我们明日一准动身。"陈音听了牤山二字,心中愕然道:"牤山离此多远?与黄丈有什么仇?"蒙杰正待要说,庄客已将酒果搬上来,调开桌儿,摆列好了。赵允让陈音首座,雍洛对面,蒙杰与赵平坐在横头,自己主位相陪。陈音还要推让,蒙杰发躁道:"不要客套了!大哥是直性人,也学这些忸忸怩怩的样子,想是楚国的官做坏了!爽爽直直地坐下,我们好说正经话!"大家方才依次坐下。蒙杰抢过酒壶,斟了一巡,便大喝起来,一连喝了几杯。

陈音道:"你莫忙吃酒,且先把牤山报仇的话,说与我听。"蒙杰道:"我要把几杯酒,浇浇我填胸的块垒,才能说得出来。"又喝了几杯,方道:"牤山离此不过三十余里,生得山势高耸,树林荫郁,山中野兽甚多。上月里,黄亲翁无事,一个人带了弓箭,骑了一匹马,去到牤山地界打猎消遣。树林中跳出一只金钱豹子来,被黄亲翁一箭射中后胯。那豹子带箭逃走,黄亲翁追了下去。突然,山上冲下一个小杂种来,手中拿两条画杆戟,一马拦着豹子的去路,迎头一戟,就把豹子刺杀了。黄亲翁见了,还在极口称赞他是少年英雄。谁晓得那个小杂种,狂妄无知,跳下马来,提了豹子,便掼上半山去了。黄亲翁上前道:'少英雄,豹子后胯上有一支箭,是老汉的,烦取来还我。'那个小杂种,反嘻皮笑脸地把黄亲翁上下一望,说道:'偌大的高年,逞什么豪气?小小的一个豹子,射它不死,还有脸向我讨箭呢?'说了这几句奚落话,便不睬不采,纵马上山。直把黄亲翁气个半死,大叫道:'你那孺子,休得狂妄!可有胆量在老汉手中试一试厉

---

① 丈——古代对老人的尊称。

害?'那个小杂种真个勒马下山,仍是嘻皮笑脸的,举戟便刺。黄亲翁只带得随身宝剑,连忙拔出,与那小杂种厮杀。哪晓得小杂种甚是厉害,杀了三十余回,黄亲翁右腕上被他敲了一戟,立时抬不起来,只得拨马逃回。那个小杂种也不赶下,只立马狂笑道:'这样的脓包,饶你去罢!'大哥想想,黄亲翁一世的英名坏在这小小孺子之手,安得不气?回转家中,叫人来请我们过去,把这事告知我们。我们再三宽解他,说道:'且把伤痕养好了,一同前去报仇。'谁想有了年纪的人,经不起气,加以右腕青肿得厉害,老年人气血不足,只挨得三日便死了。"说罢,便哽哽噎噎号啕起来。众人俱是伤心掉泪。庄客舀了面汤,递了手中,大家拭了泪。随将鹅鸭鱼肉,络绎不绝地捧上来,摆满了一桌。赵允敬了一回菜,蒙杰凄然道:"提起黄亲翁来,我哪里还吃得下去?我只多喝几杯酒罢。"便痛饮起来。陈音道:"黄丈可有儿子?"赵平道:"儿子是有一个,往秦国去了。我们专人送了哀音去,大约这几日也可到了。不多几日,才把我表兄的祭葬办好。只因天气炎热,不便久停在家等候我那表侄。"陈音道:"理应如此,但是报仇二字,看来颇不容易。"蒙杰正在喝酒,听了这话,停杯在手,愤然作色道:"大哥为甚凭空地长他人的志气,灭自己的威风?他就是活虎生龙,我也要去撩他一撩!"陈音道:"贤弟休得动气。愚兄的话,不是凭空说起。"便把那年在缩凤楼盗剑的事,详细说了一遍。"看他留下柬帖的话:'牤山不远,与子为期',这人住在牤山无疑。莫非黄老丈遇的,就是此人?贤弟想他是何本领?岂是轻易胜得过的?"赵平听了,连连点头。蒙杰虽不言语,却将酒杯放下,低头纳闷。雍洛道:"大哥在楚国动身之时,就说要探访牤山。大哥同那人既有前缘,且到见面时再看罢。"众人称是。大家又吃了几杯酒,方才吃饭散座。赵允道:"陈大哥与雍大哥行路辛苦了,且安静几日,再作计较。"赵平道:"这话甚是。"仍把二人引至东偏房,床帐被褥,铺设一新。略坐一会,天色已晚,众人道了安寝,各自去了。

　　陈音二人自家也觉得辛苦,便沉沉酣睡,直睡到次晨辰刻方醒。梳洗未毕,蒙杰已来,等候完了,齐到正厅。孙氏娘子牵着阿桂,来至厅上,与陈音磕头。陈音还礼不迭。阿桂已经十岁,出落得眉清目秀,不像阿爷的神气。磕头起来,阿桂叫了一声伯伯,孙氏也问了好,方退进房去。陈音道:"这又何必呢?"蒙杰笑道:"我还嫌她的头磕少了。"雍洛笑道:"你嫌少了,可代娘子多磕几个。"蒙杰道:"正该,正该。"说着就要跪下。陈音拦住道:"休得取笑,我只问老伯母可迁葬了么?"蒙杰道:"我从楚国转来,先办此事,就迁葬在这屋后,墓木已拱了。"陈音道:"甚好,甚好。"随叹一口气道:"我的事不知何日方得办到?"说着泪流。众人都知道陈音的父亲埋在吴国,代为惨切,只得曲为宽解。大家用过饭,谈些别后光景。

住了五六日,蒙杰催促要往牞山报仇,陈音也急于要会那人。大家结束停当,各带随身军器。赵允叫庄客牵出四匹马来,大家骑上,先到黄通理家中,在供灵前祭奠一番,也不耽搁,一起催马向牞山进发。日刚正午,到了牞山,大家下马,在树荫浓处拴好,解襟纳凉一会。蒙杰跳起身来道:"我们不是来避暑的,让我先去会会那小杂种。"将鞍搭上马背,拴好肚带,提了大砍刀,翻身上马。众人见了,都各提了军器上马同行。蒙杰已前去半里之遥,一路吆吆喝喝,吼骂道:"小杂种不要躲在山坳里,快来蒙爷手中纳命!"叫骂得满头流汗,哪里有个人影?众人赶上,齐劝道:"不必这样费气力,总要遇着他的。"蒙杰道:"那小杂种不晓得藏在哪里,怕不把人肚子气破?恨不得立时拿着那杂种,剥了他的皮,抽了他的筋,再挖了他的心,祭奠黄亲翁,方泄我一月来肚子里闷气。大约他是晓得我来寻他,在那草窝缩了。"忽听飕的一声,一支雕翎从山上飞下。赵平手快,一伸手接着雕翎道:"那贼来了。"将箭插在腰间,早听鸾铃乱响,哗喇喇冲下山来。众人勒住马,一字儿排开观望。马上的却不是使画杆戟的少年,却是满口钢须,面如油漆,手舞双鞭,声如雷吼。众人不觉惊异起来。正是:

  天下英雄无限数,
   眼前恶战定惊人。

  不知来者是谁,且看下回分解。

第二十九回
激义愤群英挑恶战　读遗书豪杰复本宗

　　话说陈音等正在牤山脚下,列马候战。忽听山上有人,一马冲下山来,生得气如猛虎,声似巨雷,手舞双鞭,大喝道:"哪里来的野徒,在此大呼小叫?"话声未了,蒙杰拍马向前,喝道:"看你这个样儿,大约是在这山里做强盗。我今天来此,却是寻一个小杂种的。你只去把那小杂种唤下山来,饶你不死!"那个黑汉并不回言,唬的一鞭,当头盖下。蒙杰急把九环大刀一架,觉得沉重,不敢疏忽,随把刀杆虚挑一挑。黑汉用左手的鞭护着前胸,右手的鞭刚好收回,蒙杰大刀早已趁势劈下。黑汉即将鞭一横,挡个正着,一个刀光闪灼,一个鞭影纵横,八个马蹄恰如撒钹,四只膀臂好似穿梭。正当着烈日悬空,只杀得征尘乱滚。龙争虎斗,大战六十余合,黑汉鞭沉手捷,蒙杰一时战他不下。赵平见了,急急把马一夹,挺着手中的浑铁枪,冲到垓心①,嗖的一声,旋风也似向黑汉左肋刺去。黑汉眼明手快,左手的鞭往下一压,赵平早已抽回,这叫做败枪势。若非赵平手快,被他压住,定然晃下马来。蒙杰见有帮手,重振精神,与赵平二人一把刀、一条枪,裹住黑汉,不放一丝松缓。哪晓得黑汉却不慌不忙将双鞭舞得呼呼风响,越斗越健。陈音见了,心中诧异,对雍洛道:"不料荒山僻地,竟有这样的英雄?据我看来,要想取胜,倒是难事。"雍洛点头。果然战到一百余合,赵平二人毫不得一些便宜。雍洛此时忍耐不住,扬起熟铜棍,奋勇向前,大吼道:"黑贼休得逞强!某来擒你!"直挺着棍向鞭影里点去。谁知刚到面前,当的一声,弹迸得火星乱溅,大叫道:"好家伙!"不敢怠慢,只风车般横敲侧击,寻他的破绽。又战了二三十合,黑汉的鞭法渐渐乱了起来。陈音见了大喜,暗想道:我不如暗助一弹,便成功了。正想向皮囊里取弹,忽然半山里树林中,飞出一匹雪练般的马来。马上坐一个少年英雄,面如粉腻,唇似朱涂,眼细眉长,口方鼻直。年纪不满三十。

---

① 垓(gāi)心——古时战场的中心。

身穿绣英白绫箭衣,腰系錾金①碧玉鸾带,头戴束发紫金冠,高插雉尾,额上一朵红绒,颤巍巍迎风乱动。手提两支画杆戟,相貌堂堂,威风凛凛,纵马下山,厉声叫道:"彪哥休慌,某来也。"陈音急急拍马向前,赵平先已抽出浑铁枪,丢了黑汉,来战少年。少年大笑道:"休仗人多为强,若是饶放尔等一个,不算好汉。"左手的戟一旋,右手的一戟直向赵平胸口飞来。赵平把枪往刺斜里②一逼,把戟逼开,顺手一枪,比风还快劈胸挑去,少年急把左手的戟抬开枪锋。却好陈音赶到,挥起大砍刀,向少年的头脖抹去。少年并不招架,只凤点头儿,从刀口闪过,陡的两支戟,如双龙掉尾,直扑二人的咽喉。且喜二人都是会家,一起躲过,刀枪并举,风驰雨骤般裹上前去。少年见二人武艺高强,便不敢希图取胜,把双戟舞动,两道圆光,忽起忽落。丁字儿厮杀,荡起一团阵云,真有摇山倒海之势,比那蒙杰三人,分外战得凶恶。一直战到一百余合,只交个平手。陈音见少年的戟法精熟,料道难以力取,忽地把刀扬起,用个泰山压顶势劈去。少年抽出一戟来架,陈音收回刀,将马一兜,跳出圈子外。赵平见陈音跳出圈外,一人抵敌,分外留神,一杆枪奔云掣电,丝毫不肯放松。少年见赵平枪法一步紧一步,便变了戟法,一支护身,一支取敌,成了铜墙铁壁,半分儿攻取不透。陈音离开约三十步远近,取出铁弹,向少年的面上掷去,大喝一声:"着!"只听当的一响,一弹打中戟枝,激得火星乱溅。少年笑道:"暗器伤人,不算好汉。"话犹未了,陈音已是两个铁弹,流星赶月般蝉联③而出。少年见有人暗算,早已收回取敌那一支戟,舞得花飞雪滚,上护其身,下护其马,两弹通被磕开,滚到草地里去了。陈音不禁骇然,看看天将傍晚,蒙杰三人都是杀得呼呼喘气,见赵平已是勉强支持,便骤马向前,用力把少年的双戟架住道:"且住。"少年听了,霍地跳开一丈余远,道:"怯战的匹夫,有话快说。"陈音道:"谁来怯你?只是天已不早,人就不乏,马也疲了,明日再决胜负。"少年道:"明朝日上三竿,勒马相候。不来的不算男儿!"赵平声带喘息道:"战你不下,誓不甘休! 饶你多活一夜。"少年正要回言,陈音道:"你且留下姓名,好来寻你。"少年笑道:"我行不改姓,坐不

---

① 錾(zàn)金——在金上刻字。
② 刺斜里——旁边。
③ 蝉联——绵延不断;连续。

第二十九回　激义愤群英挑恶战　读遗书豪杰复本宗

更名,不才晏英便是。你两个也通个姓名。"陈音道:"他叫赵平,我叫陈音。那面使刀的叫蒙杰,使棍的叫雍洛。且问你那大汉叫什么?"少年道:"他是我义兄司马彪。话已说定,去罢。"晏英即骤马到那边去,双戟从中一隔,几般兵器,齐被隔开,三人跳出圈子。晏英道:"天已晚了,明日再战,去罢。"说罢,便与司马彪掉转马头,哗喇喇纵马上山。一眨眼,已转入树林深处。

蒙杰、雍洛都是浑身汗透,喘气吁吁,齐声道:"好斗呀,好斗!"大家跳下马,卸了鞍鞯①,放马吃青,坐在那里消停。陈音道:"休怪黄老丈失手,果然骁勇,就是云中岸的洪涛,也及不得此子。"赵平道:"此子本力敌不过洪涛,战法却比洪涛来得神妙,不晓得是什么人传授他的。"陈音跌脚道:"我竟把绾凤楼盗剑的话忘了! 若是问他一问,或者不至有这场恶战。"蒙杰道:"天将晚了,我们回去罢。"众人称是,各备好了马,一起转回苦竹桥。已近二更天气,赵允问了牝山的情形,蒙杰说了一遍。酒饭早已准备,大家用过,方作商量。陈音道:"像这样恶战,就战十天也无益处。我们须得想个法子,方能制胜。我看他二人都不像强盗行径,为什么守在牝山? 令人不解。从前替我留的柬帖,明明在牝山后会,如今到了,却是一场恶战,还不知战到哪天呢?"赵平道:"今天原是我们切于报仇,鲁莽一点,本该大家问过明白才是。"蒙杰道:"有什么问的? 我们只想法子擒着他,便都明白了。"陈音道:"擒他的话,谈何容易? 我想明天见了面,先提问盗剑的事。若有关系便罢,不然,我们用过车轮战法,把他溜乏,胜他自然容易。我将弩弓带在身边,离那里不远,择一树林深茂的地方藏着。若车轮战还不能取胜,便诈败逃走。我用弩箭射他,断无不胜之理。"众人同声称妙。陈音道:"夜已深了,不必多议,准定照此而行。大家早些睡,养好精神要紧。"众人应了,各自安寝。

次晨起来,吃了饭,大家收拾停妥,骑了马向牝山而去。到了牝山,恰才巳牌时候,晏英、司马彪早已在那里并马等候。蒙杰大吼一声,把马一拍,扬起九环大刀,冲上前去。谁知晏英二人并不接战,一起滚鞍下马。陈音等甚是诧异。听得晏英大叫道:"那位陈音,可是二十六年十月在西鄙盗剑的陈壮士?"陈音知道是了,骤马向前,应声道:"不才正是。前在

---

①　鞍鞯(jiān)——马鞍子和垫在马鞍子下面的东西。

西鄙,多承搭救,特来拜谢。"晏英道:"不是小子之事,此话甚长,且屈众位大驾上山一叙。"陈音道:"甚好。"便约众人同行。蒙杰道:"大哥休要信他,明明是骗我们上山,摆布我们。我今天只与这小杂种拼一个死活!"陈音道:"贤弟不必多疑,愚兄自有主意。"晏英二人都上了马,在前引路,一直上山,穿过几处茂林,到了一个庄院,垒石为垣①,依树结屋。到了门首,一起下马,拴在树上。晏英拱手道:"众位少待,小子先去禀明师傅,再来迎请。"众人点头。晏英同司马彪进屋去了,好一晌不见出来。蒙杰发躁道:"为甚钻了进去就不钻出来了? 莫非真有什么圈套吗? 我们去罢,休上他的当。"陈音道:"圈套断然没有,贤弟不必疑心。"正说着,晏英二人出来,对着众人道:"众位等久,只因我们下山之时,师傅还在家中。此时回来,师傅不知到哪里去了。到处寻过,毫无踪迹,且请众位进去稍坐,我师傅昨夜有许多话,要奉告陈壮士呢。"众人应允,进得门去。见里面甚是宽敞,架上的刀枪,壁上的弓箭,满眼都是。到了一个厅里,晏英招呼众人坐下。里面走出一个小厮,晏英叫他接过众人的军器,陈音、赵平、雍洛都将器械交付小厮。蒙杰道:"我这把刀吃饭睡觉都不离开,放在身边最好。"晏英笑了一笑,随叫小厮去烹茶暖酒。陈音道:"有话请说,不敢奉扰。"晏英道:"日长天热,何妨煮茗一谈,以消永昼②?"小厮去了,晏英与司马彪方才坐下。晏英道:"我们昨日回来,对我师傅说了交战之事。师傅道:'可曾问来人的姓名?'我把众位的大名一一告知。师傅道:'陈壮士可是生得膀厚腰圆,浓眉大眼的?'我道:'正是。'师傅道:'且喜各无损伤。这陈壮士与你家有莫大的关系,你要重重地拜谢才是。明日来了,务必请上山来,我有要事交代他。'我们今日下山之时,师傅好端端地坐在家中,为甚回来师傅就不见了? 真令人猜测不出。"陈音道:"令帅尊姓大名?"晏英道:"姓晏,名是一个冲字。往常也是下山的日子多,或一月、两月,或一年半载。来去的时候,总对我们明说。为什么今日去得这样闪烁?"陈音道:"或者就要回来,也未可知。"司马彪道:"昨夜我师傅还说那年在诸伦庄上,我被诸伦所擒,多亏陈壮士放火烧屋,调开众人,师傅才得将我救到这里。今天应得叩谢。"说罢,扑翻虎躯,便叩头下

---

① 垣(yuán)——矮墙。
② 永昼——漫长的白天。

第二十九回　激义愤群英挑恶战　读遗书豪杰复本宗

去。陈音道："哎哟哟！那夜行刺诸伦的，就是兄台吗？幸会！幸会！"也跪下去，将司马彪扶起。司马彪道："我屡次要下山去刺诸伦，师傅总不肯放，只说俟有机会，再去不迟，却不晓得什么是机会？真正闷煞人！"陈音道："不才在西鄙盗剑，若非令师从中搭救，暗里帮扶，险些丢了性命。可惜不在家中，不得当面叩谢。"小厮捧上茶来，晏英挨次奉了，随问小厮道："师傅去的时候，你可晓得？"小厮应道："我不晓得？"晏英皱了皱眉，叫小厮去门外牵马进来，解鞍喂料。陈音道："令师既不在家，我们就去了，不必如此。"说着，都立起身来。司马彪道："好容易相逢，敝师虽不在家，也得杯酒相敬，略表寸心。"陈音三人都止了步。蒙杰道："谁耐烦吃他的酒！我们的人救了他们的人，他们的人倒伤了我们的人！你们吃得下，我实吃不下，糊糊涂涂把我们弄上山来，毫无一点头绪，可要气闷人。"说着，在身旁取了九环大刀，大踏步便向外走去。陈音三人只得跟着走出。晏英二人哪里阻拦得住？只得叫小厮将军器取出，小厮飞跑进去，捐了出来，六人已经走出厅屋。

  陈音忽然抬头见墙壁上挂了一块粉板，写的胡桃大小的字，墨痕兀自未干，上面横写的"陈义士鉴"，即停住脚看去。众人见陈音停步不行，望着墙壁，也随着陈音眼光望去。内中晏英、司马彪见有他二人名姓在上，急抢步近前，取了下来。大家围着观看，上写：

    晏英即是卫英，司马曾刺诸伦。
    国耻父仇家恨，都是有志未伸。
    从今化仇为爱，结作一团精神。
    男儿当存忠孝，方算世间伟人。
    （末后注一"冲"字）

晏英嚷道："这字是我师傅写的，看来师傅还在屋里，快去寻师傅！"赵平道："令师这样举动，谅来是不肯见面了，寻也无益。我们且再坐坐，把这粉板上的话解释解释。"陈音此时，一双眼睛只注定晏英，听了赵平的话，道："是的，是的。"大家转步，哪晓得蒙杰已经走了出去。雍洛抢步出门，将他拖转来，仍在厅屋坐下。蒙杰一言不发，小厮仍将军器放好，自去暖酒备菜。陈音问晏英道："兄台是哪里人氏？家中有些什么人？"晏英道："且慢。九年前，我师傅在西鄙转来之时，曾交我一封纸裹，叫我紧紧收藏，且待有姓陈的到了这里，再行拆看。适才我却忘了，今见粉板上的话，

陡然记上心来。我且去取来,拆看便知。"随即到右间屋里取了一个纸包出来,对着众人拆开。大家看时,写的是:

  汝本姓卫名英,越国西鄢人氏。父母早亡,家唯祖父,名曰安素。姊亡妹存,妹名卫茜。汝九岁时,被匪人拐至白水沟,经我夺得,带至此山,教汝读书。十三岁后,教汝武艺。二十六年我路过西鄢,适遇诸伦夺汝祖父家藏宝剑。一时路见不平,夜往诸伦庄盗剑。却有陈音义士,为汝祖父出力。三次冒险,是我暗中帮助,将剑盗出,由陈义士交还汝祖。汝祖挈汝妹到山阴伊家避祸,我将彪契救回,与你一同习艺。当时应告汝知晓,一来汝方十六岁,年纪尚幼,二来武艺未精,恐汝任性误事。我曾留柬与陈义士,大约陈义士必来此相访。我知陈义士到吴国省亲,必有几年方能到此,那时汝的武艺已成,心性已定,方能干事。我无论在山不在山,可随陈义士返越。家仇国耻,须刻刻在心,方不负我教训汝一片苦心。切记,切记。假汝晏姓,认作叔侄,原以安汝之心也。某年月日付。

  众人看罢,卫英号啕痛哭,跪在陈音面前,口称恩公。陈音将他扶起,也是凄然泣下道:"休得这样称呼。"众人莫不叹息。蒙杰见此情形,问了赵平,知道备细,想道:黄亲翁的仇报不成了。小厮捧上酒菜,大家坐下。陈音问卫英道:"令师行为,真真令人佩服!不知令师到底是何等人?"卫英道:"我平日只道是叔侄,哪里留心别的?今年不过四十岁,生得十分文秀,从不见他疾言厉色。那力气却不知有多大,任你千万斤重的东西,举起毫不费力。平时只许我们二人在本山前后走走,从不许远走一步。衣食器用,也不知从哪里来的。据我师傅之言,是要随恩公回越了,不知此后还能够见我师傅么?"说着放声大哭,司马彪也是挥泪不已。赵平便将黄通理受伤身故,昨日来此的话说了,卫英甚是不安,对了众人再三认了不是。蒙杰还是气愤愤地不理。大家吃了一会酒,陈音道:"大约令师是不能见面,贤弟既愿回越,可否此刻收拾,与司马兄一同下山?到苦竹桥略住几日,也好动身。"卫英道:"我此刻恨不得飞到山阴,还有什么俄延①?"司马彪也急欲下山,二人便进去收拾随身衣物,打了包裹,提了出来,叫小厮来收拾杯箸,随写了两个辞禀,交与小厮道:"师傅回来,呈与

---

  ① 俄延——延缓,耽搁。

第二十九回　激义愤群英挑恶战　读遗书豪杰复本宗

师傅,切莫忘了。你好好看守门户,我们此刻就要下山。"两人将些零星物件,都赏了小厮。小厮取出军器,各人带上,又将马牵出,搭了鞍鞯,同走出门。正要翻身上马,卫英叫道:"我忘了一件要紧东西。"转身进去,顷刻出来,手中却拿的是一支雕翎。赵平认得是黄通理的,心中一酸,洒了几点老泪。卫英三人将包裹搭在马鞍后,提了军器,一起上马,走下山来。天已过午,走不到十里,忽见对面一匹马追风般急骤而来。马上一人浑身重孝,手横一杆干缨烂银枪。大家吃了一惊。正是:

　　英雄结伴扬镖出,
　　孝子衔仇劈面来。

不知来者何人,且听下回分解。

第三十回
忧国难赵平抒伟论　归神物卫茜报大仇

　　话说陈音等带了卫英司马彪二人，下了牤山，一直转回苦竹桥。约有十里，忽见一人身穿重孝，手横银枪，骤马而来。蒙杰眼快，认得是黄通理之子黄奇，急把马加上一鞭，突过前头，如飞地迎上去，叫道："表弟想是今天回家的？来的那提双戟的，便是仇人，休放松他！"黄奇本是今天回家，在父亲灵前痛哭了一场，闻知赵平等四人去牤山报仇，昨日战了一天，未曾取胜，今日又去了，便穿了重孝，提枪上马，向牤山走来。见赵平、蒙杰之外，另有四人同行，通不认得，心中想道：为何多了两人？正在疑惑，忽听蒙杰对他说提双戟的便是仇人，心中越是犯疑。本待细问，赵平在前、四人在后，已走近来。赵平正要问话，黄奇已怒哄哄骤马挺枪，向卫英戳去。卫英一个冷不防，挥戟不及，忙把左膀一隔，将枪挡开，黄奇正要二枪戳去，赵平急急抢上，扳着黄奇的右臂，叫道："表侄休得鲁莽，而今算是自己人了。"黄奇怪叫道："他是我杀父仇人，我只与他拼个死活，表叔休要阻我！"挣脱赵平的手，又是要的一枪。卫英料道是黄通理的儿子，知是急于父仇，不敢还手，一手将黄奇的枪头握着。陈音怕卫英动手，黄奇吃了亏，不好收拾，便叫道："卫贤弟休得计较。"卫英应道："小侄不敢。"黄奇被卫英握住枪头，收不转来，只急得暴跳。赵平拢来，双手抱着黄奇，喝道："快撒了手！回家再说。"卫英见赵平抱住黄奇，把手放开。陈音使个眼色，叫雍洛引了卫英、司马彪二人先回。雍洛带了二人，将马加上几鞭，腾云一般先回苦竹桥去了。黄奇摆挣不脱，见卫英去了，更急得放声大哭。赵平见卫英去远，方才松手。黄奇要放马追赶，赵平、陈音苦苦拦住，劝道："回家去说明原委，再行计较不迟。"赵平指着陈音道："这是你父亲时常提念的陈巡官，陈伯父。若不是急于替你父报仇，昨天我们也不恶战一日了。今天才晓得你陈伯父是他的恩人，他的师父又是你陈伯父的恩人，此仇万不能报。大家且回家去再说。"黄奇无奈，只得含泪下马，与陈音见礼。陈音也下马相还，再行上马而回。

第三十回　忧国难赵平抒伟论　归神物卫英报大仇

将到苦竹桥，陈音对赵平道："烦赵丈与蒙杰弟同黄公子回家，明日再见。"赵平应了，与蒙杰把黄奇送至家中。陈音到了赵允家里，卫英二人的来历雍洛已详详细细对赵允说了。赵允见卫英人才出众，又知他武艺超群，见司马彪也是凛凛威风，堂堂相貌，十分起敬，安置在大厅上献茶。陈音进来，大家立起身招呼，一同坐下。陈音道："黄公子父仇在心，卫贤弟休得介怀。"卫英道："这是小侄自家理亏，何敢怪黄公子？只是其中还望陈伯父好言化解，方好见面。"赵允在旁，听了卫英这几句话，心中越发敬爱。陈音道："我们须得想个法子，平一平他的气方好。"卫英道："但凭陈伯父的主意。"正说着，庄客搬上酒饭，大家坐好，一面吃酒，一面商量此事。说来说去，苦无善法，倒是雍洛想出一个主意来，说道："卫贤弟明日不如身穿孝服，捧了黄丈那支箭，到黄家去匍匐灵前，哭奠一场。我同大哥随去，以防意外。更烦赵丈同行，在旁劝解。那边还有赵丈蒙哥帮衬，谅无不了之事。"陈音道："此计甚好。但是要想你蒙哥在旁帮衬，那是最靠不住的。不信你看他今日在山上的情形，在路上的光景，他还要暗中挑拨，哪里肯在其中化解？不过有我们许多人在场，也不怕他弄出别样事体来。"又对司马彪道："明日仁兄在此宽耐一日，俟他二人的气化开了，一同都要过来的。"司马彪道："我也要同去才放心，何必守在这里？"陈音道："话是不错，怕的是你二人同去，越是犯了他的心，不甚妥便。"司马彪道："如此说来，我不进门便了，立在远远地瞭望。卫贤弟无事，我就悄悄地随大家转来。倘若决裂了，我也好出出力救护。还有一层，你们去时须暗暗带着防身的家伙，不可大意，上他的当。"陈音道："家伙不必带，他若是真要决裂，谅他也无便宜。不过碍着情理二字，不好与他硬作对。"众人称是。大家吃了饭，赵允将司马彪、卫英安顿在西偏房歇了。

到了次日起来，赵允早代卫英备了一副极厚的祭礼，制了一身的孝衣。卫英见了，连声称谢。梳洗毕，用了早膳，卫英穿了孝衣，捧着那支翎箭，庄客拿了祭礼，一路向黄府而去。到了门首，陈音叫卫英、雍洛暂在门外稍待，约了赵允先走进去，寻着赵平，把卫英来祭奠的话说了一遍。赵平道："如此甚好。"便同赵允去寻黄奇，却见黄奇与蒙杰在那里咕咕唧唧地交头接耳，大约是打报仇的主意，佯为不知，叫道："表侄这里来，我有话告诉你。"黄奇随了赵平、赵允，到个空屋里坐下，说道："表叔有何吩咐？"赵平道："你父亲死了，休怪你不肯同卫英甘休。但是，这其中还有个解说。常言说得好:'将军上场,不死带伤。'难道卫英与你父亲有什么仇吗?不过性命相搏的时候,一个不饶一个,致有损伤,与那谋杀故杀的仇不同。如今人死不能复生,你一定要与卫英过不去,原是你的孝心,只是其中又碍着你陈伯父。适才你陈伯父来说,卫英今日身穿重孝,来灵前跪奠,总算尽情尽理了。我劝表侄千万不可执拗,弄得几面下不来。你我至亲,难道我还帮着外人不成吗?"赵允也在旁边,牵三扯四地劝了一会。黄奇一想:我若不依此事,如何收场?难道把卫英杀了来偿我父亲的命不成?昨日在路上相遇,他不动手。今日又身着重孝,灵前跪奠,叫我如何别这口气?思索一会,只得点头。蒙杰立在一旁,见英奇点头应允,知道这件事只得作罢,便讪讪地走开。赵平弟兄便挽了黄奇出来,对陈音道:"天大的事,只看陈伯父面上,一概冰消瓦解了。"陈音称了谢,走出门外,招呼卫英进来。卫英手捧翎箭,眼含痛泪进了门。陈音引至灵前,将箭接过,放在案上。庄客摆列奠仪,焚香点烛,卫英伏在地下,放声大哭。赵平把黄奇拖来跪在旁边谢奠,黄奇见卫英哭得伤心,自己也痛哭起来。众人见了莫不心酸泪落。哭了好一会,赵允拭了眼泪,先来劝卫英。赵平、陈音止了哭,来劝黄奇,再三劝住起来。卫英又向黄奇叩下头去,道:"不才一时鲁莽误犯老伯,今日特来请罪,还望公子宽恕。"黄奇也跪了下去道:"杀父之仇,不能报复,何堪为人?只因屈着陈伯父、赵表叔的情面,含血罢休。"便向灵哭叫道:"父亲阴灵不远,儿总算是世间的罪人了。"众人急上前将他二人扶起,又宽慰了一阵,赵平便挽卫英到客屋里坐了。黄家自有人点茶相奉。卫英拜烦赵平,到里面黄老夫人处请安谢罪。内外通安服了,然后一路转回苦竹桥。司马彪在路上问了备细,方放了心。

　　夜间赵平、蒙杰也转来了,大家饮酒闲谈。陈音向赵平道:"我看令表侄将来决非凡品,一时屈着他把事了结,我心中总觉不安。"赵平道:"世间这宗事,最是难处的。你们去后,他在灵前呼天抢地的,大有痛不欲生之状。我直劝到这时候方得安静。须得多过几天,才能渐渐地丢得开。"众人又谈了一会,各去安寝。一连住了十余日,卫英天天催着动身,无奈赵平弟兄决意不肯。直捱到十月初旬,赵平弟兄见众人去心已决,万难强留,只得备酒饯行。席间议定司马彪同卫英往山阴,陈音、雍洛往西鄙。蒙杰执意要随陈音一路,陈音允了。赵平举杯向陈音道:"本当执鞭相随,怎奈衰年朽质,了无用处。但愿此去,重整宗国,尽雪旧仇。老朽风

第三十回　忧国难赵平抒伟论　归神物卫茜报大仇　193

烛瓦霜,如得及身闻见,固属快事;倘天不假年①,九泉有知,亦甚含笑。"随叹一口气,接着道:"我国之事,已成累卵②。在廷诸臣,一班谗谄匹夫,把祖功宗德一概忘了,只去趋附权奸,妄希非分,还对着人夸口说是识时务者为俊杰。可惜好好一句话,被这班卖国求荣的贼窃去做门面语③,真真可笑! 不晓得这班人的肺腑是哪样生的? 又有一班庸奴,时势到了这等危急,一个个如燕雀处堂,只图过一日是一日,还要争位谋利,朝夕为私人攘位置,为身家计久长。公家之事,照例敷衍,成败不管,利害不争。这班人的想头说是国存一日,他自富贵一日;一旦国亡,他们的富贵自在,何必忧他? 全不想敌国谋覆人国,不惜千万金钱,买活他这班人替他做内奸,温语厚施,有加无已,只要把你的领土夺到手里,便把你当奴隶牛马看待,先把那卖国内奸借事全诛,不留遗类。说道:'这班人既肯卖他的祖国,良心是丧尽了。我若用他,倘有别的人用钱买他,他又照样把我的领土卖与别人,如何留得?'据这样说来,道理是丝毫不错的。性命且不保,说什么富贵? 到底卖国有什么好处? 如何披肝沥胆,替祖国勤修内政,抵御外侮,以报世受之恩,邀天之福,得以转危为安,反弱为强,不但祖国誉之为志士,就是敌国也要称之为伟人,何患富贵? 万一不幸,心竭身死,为竹帛增光,为河山壮气,众口的赞颂,万世的馨香,那富贵何等的长久? 这是明明显显的通理。无奈这班人利欲薰心,全不在此等处思索,真堪浩叹。"众人听了,同声赞叹。蒙杰道:"我近来为黄亲翁的事,沉闷得了不得。今天听了舅父这一段话,我这肚子里的闷气通化到爪洼国去了,好不快活!"便把酒斟一大碗,一口气喝干。陈音道:"据赵丈说来,贵国之事,竟不能挽救了。"赵平摇首道:"难、难、难,不出十年,就见分晓。到了那时,老朽若还未死,也无颜为异姓奴隶,就是老朽与世长辞之期。"说着,点点滴滴滚下泪来。赵允道:"今天是特意与他们众位饯行,大家须得畅谈畅谈,这些话不必再提了。"赵平方拭了泪道:"谁非国民,何堪设想?"陈音此时想起本国的仇辱,好似油煎肺腑,刀扎心肝,酒杯在手,一滴不能下咽,便辞席散座。到了次日,各人收拾停妥,告辞起身。自有一番牵衣

---

① 天不假年——天公不借以寿命。
② 累卵——把蛋重叠起来。形容极为危险。
③ 门面语——门面话。

洒泪,不必细表。黄奇也来送别,众人谢了,上马而行。到了路上,陈音对卫英道:"你到山阴访着令祖,即在山阴等我。我在西鄌,至多不过一月就到山阴。"又对司马彪道:"卫贤弟年幼,尚望沿路照应。"司马彪道:"何待吩咐?"同行几日,过了徐国的界址,地名樊屯,已近吴界,大家分路。卫英向陈音洒泪,同司马彪往山阴而去。

陈音带了蒙杰、雍洛在路上不多几日,已到西鄌,寻了个僻静的寓所住下。到了次日,便嘱蒙雍二人留守寓中,自己换了衣服出门,想到诸伦庄上探看动静。走到热闹地方,忽见许多人围在那里,一个个抬起头向墙壁上望去。陈音也挤了进去,随众视看,却是吴国监事出的榜文。上写:

案照诸复禀报:九月十三日夜间,吴绅诸伦被仇家卫茜越墙而进,杀死男女四十七丁口。诸伦及伊第八妾殷氏、第九妾杨氏、第十妾粉蝶儿、管家婆马氏、教师椒衍,尤遭商割,血肉狼藉,惨不忍睹。盗去盘螭宝剑一口,蘸血书壁,"卫茜报仇"四字。越国关尹杨禄第亦于是夜,全家男妇亲丁口十二名被杀。墙壁上亦是血书"卫茜报仇"四字。两家财物,无从清查,次晨据报,勘验无讹①。当即多派巡役捕差,挨门搜捕未获。似此交汇重地,卫茜胆敢杀死人命至五十九名之多,尤敢书名直认,实系凶恶已极。除勒捕严拿外,为此仰诸邑②人等知悉,有人拿获卫茜到官者,审得属实,赏银一万两;或知风密报,因而拿获者,赏银五千两。储银待赏,决无短少。本监事为保全治安起见,不吝重赏。诸邑人等,亦当同懔③危险,协力缉捕。切切此示。计开凶犯卫茜女,身年约二十余岁。二十六年,曾因犯案随伊祖卫安素,经杨禄第拘案审讯。卫安素监毙,从宽发给诸伦为奴,逃匿未获。大周时王纪元三十五年某月日示。

陈音看完,只惊得头发一根根地竖起,周身毛眼都开,呆立半晌,闷闷地转回寓所。进房去坐在床沿,如痴如醉,不发一言。蒙杰、雍洛问道:"大哥为何怎地快就回来了?"陈音好像不曾听见。二人见他这样光景,心中诧异,又同声问道:"大哥为什么事这般样儿?"陈音痴呆了一会,口

---

① 无讹(é)——没有错误。
② 诸邑(yì)——各个县(城市)。
③ 懔(lǐn)——警惕。

第三十回　忧国难赵平抒伟论　归神物卫茜报大仇

中只说了四个字道:"奇怪得很。"二人摸不着头脑,又停一会,再问道:"大哥为着什么事?"陈音此刻似觉醒悟,两只眼望着二人,长长地出了一口气道:"真正奇怪!"便叫二人近身,悄悄地把赏文上的话详告一遍。蒙杰听完,禁不住双脚一跳,狂叫道:"天地间有这样的事?我真要快活死了!"陈音吃惊,急用手去掩他的口。早把寓主惊动,急急跑来问道:"什么事大惊小怪?"陈音忙着笑应道:"刚才我这同行的午睡,梦见挖了金窖,醒来还在快活,因此发狂。"寓主笑着去了。陈音悄悄对蒙杰道:"嚷出事来,非同儿戏!"蒙杰住了声,坐在那里搔头挠耳。雍洛低声问道:"卫茜是个柔弱女子,如何能够一夜之间杀得许多人?"陈音低声应道:"我也是这般想。杨禄第的官署不必说它,那诸伦的庄上,我也险遭不测。她如何恁地容易?真令人不解。"雍洛道:"这事莫非又是卫英的师父做的?"陈音沉吟片响道:"不是,不是。我们在牤山,正是九月中旬,卫英师父恰在牤山。若有此事,焉有不对卫英说?据我看来,不但此事不是他做的,就是卫老监毙,卫茜为奴的一段事情,他还未曾晓得嘞。我想能做到这宗事的人,必定是一个大有本领的英雄。既是大英雄,断不肯嫁祸于人。这事必卫茜自己所作。但是她如何有此本领?我原想到诸伦庄上探看动静,夜间去看看我父亲的坟,哪晓得走到市中见了这张榜文,把我吓得耳鸣心跳,就此回来。不知卫茜人在哪里,天遥海阔,叫我从何处去寻?"雍洛道:"据我想来,山阴地方她总得要到。我们何不往山阴一行?大约可以寻着她。"陈音道:"此话颇是。我想既然杀了关尹,越国也要通缉的,就到了山阴,也不容易打听得出。卫英二人此去,我倒担起心事来了。"雍洛道:"为甚担心?"陈音道:"卫英年幼,司马彪鲁莽。到了山阴,若是逢人便问,倘被办公的人听得,必定弄出事来。"雍洛道:"大哥尽可放心,既有榜文到山阴,大约各处都有了。他们在路上总会看见。"陈音点头,小二搬了夜饭来,大家喝酒。蒙杰喝着酒,只叫快活,狠命地痛饮。陈音道:"俟夜深人静,我去父亲坟上走走。你们只管安睡,切不可惊张①。我们明日就动身往山阴去,会得着他们便好了。且喜人众,分四面去明探暗访,断无访不着之理。"雍洛称是。忽然蒙杰用手在桌上一拍,狂叫道:"不好了!"不但陈音、雍洛吃惊,小二也惊得跑拢来,问道:"客

---

① 惊张——震惊张皇。

官,甚事不好?"陈音明知蒙杰为的卫茜之事,深恐露了破绽,急应道:"不关你事。他吃鱼被刺戳了喉咙,没什么要紧,你去罢。"小二笑着去了。陈音悄悄问道:"什么事不好了?"正是:

  大恨雪时齐忭舞①,

  快心深处转惊疑。

不知蒙杰如何回答,且听下回解说。

---

① 忭(biàn)舞——快乐的跳舞。

第三十一回
敌猿精山前施妙技　诛鼠贼庙里救表亲

话说陈音正与雍洛谈论卫茜之事，忽听蒙杰狂叫不好了，大吃一惊，小二去了，便悄悄问道："什么事不好了？"蒙杰道："我想卫茜报仇，杀得爽快，我心中快活得了不得。我又细细地想，四处张起榜文捕她，万一被做公的捕着了，那还了得！我替她一急，不知不觉便叫了出来。"陈音道："原来如此。你就不想既有这样的本领，如今的公人只有讹诈乡愚、串害①良善的本事，或者捉些蟊贼，铺张大案，希图领赏，如遇着犯事人略有点本领，他反藏躲起来。这些事虑它作甚？"蒙杰想了一想，笑道："大哥的话真正不错。想起渔湾的事，我倒有点懊悔起来。"大家吃了饭，闲坐一会，天已不早，蒙杰、雍洛睡了。陈音又挨了片时，轻轻开门蹿上房屋去了，约有两个更次，方才转来，唤醒雍洛。雍洛起来，见陈音脸上泪痕犹自未干，细声问道："怎么样？"陈音道："没什么事。明日早起，收拾动身。"大家睡下。次晨起来，大家收拾停当，还了房赀，向山阴而去，寻访卫茜。

原来卫茜整在崆峒山住了九年，不但剑术精通，连蹿高纵远的本事，都异常短捷，竟成了个女侠。广成子见她剑术已成，便叫到面前吩咐道："你此时尽可下山去了你从前的心事。你既有了这一身本领，切不可恃强生事，逆天而行，致干天忌。你家那盘螭剑，是黄帝时的神物，本名曳影剑，腾空而舒，若四方有兵，此剑则飞起指其方向，无不克伐②。未用之时，常在匣裹作龙虎之吟。黄帝死后，此剑不知下落。到了唐尧之世，大禹治河，得之于衡麓，用以斩妖诛怪。因剑柄上有盘螭一条，便取名盘螭，不晓得如何落得你家。取到手时须仔细珍用，千万不可污亵。西鄙报仇后，还须做些扶危济困的事。现在你国与吴结了世仇，你既是越国子民，国家的仇辱就是国民的仇辱，若不能替国家尽力，国家要你子民何用？平

---

① 串害——合谋祸害、坑害。
② 克伐——征服；克服。

日恤刑薄税,无非是想培养民气,有事时民气可用,上下一心,敌国便不可欺侮了。务必苦心孤诣,效力国家,报仇雪辱,也不枉我教你一场。切记,切记。"卫茜叩头受教。广成子又道:"此去西鄙数千余里,跋涉不易。我有道友寄养一匹黑驴在此,我借来赐你坐骑,日行八百里,夜不迷路,入火不烧,逢水不溺。每日只给与青草一束,净水两次,不必用别样去喂它。"即叫赤电去后洞牵出,须臾牵到。见那驴儿高有六尺,长有七尺,浑身墨黑,只有四个蹄子雪一般白,十分神骏。广成子道:"这叫乌云盖雪。"又叫紫霞取了鞍辔,卫茜接了,搭配整齐,重行叩谢。广成子道:"去罢。"叫紫霞、赤电同送下山,广成子退入静室。卫茜牵了驴儿,带了常用的宝剑,名青棱,随着赤电、紫霞,走下山来,又与二人拜别,谢了九年照顾之情。二人也是依依不舍,俄延半日,只得分手。

　　二人回山,卫茜才跨上驴儿,不知路径,只向东行走。不到三里,忽见一个年约七八十岁的妇人,对着驴儿撞来,一跤跌倒在地,立时面如白纸,口吐涎沫。卫茜吃了一惊,急从驴背跳下。那驴儿竖起两耳,大叫不止,用前蹄去踢那老妇。卫茜用鞭子在驴蹄上打了几下,急急地去扶老妇。老妇躺在地下,已是气息毫无。及至卫茜近前去扶,她突然把口一张,吐出一口白气,光闪闪向卫茜面上冲来。卫茜知是有异,把头一低,刚正躲过,急拔出宝剑出鞘,老妇早已一跃而起。那股白气,盘旋不定,卫茜急用宝剑敌住。且喜这口青棱剑也是仙物,吐出青光,与白气绞作一团。约有一个时辰,老妇见不能取胜,只得将白气收回,跃开三五丈远,用手指着卫茜道:"杀吾子孙之仇,终当报复!"说罢,跳进一个深林里去了。卫茜将剑入鞘,翻身上驴而行,心中想到:"我与她一面不识,何得有杀他子孙之仇?好令人难解。"思索一会,也就丢开。

　　不过五六日,到了西鄙。正是九月十三日,杀了诸伦、杨禄第的全家,取还盘螭剑,略拿些金银。要想寻找阿公的坟地,哪里寻得着?只好罢了。趁天未明动身,向山阴行去。路过乔村,腰间取了一锭十两重的银子,到卖豆浆的老头儿店门,转到后面,从驴背上一跃,进到屋里。听老头儿正在推磨,便将银子放在灶头上,一跃出来,上了驴背趱行。到了天明,那老头儿见灶上一锭大银,心中疑异,端在手中,看了又看,一时欢喜,一时恐怕,只得藏在柴灰里。过了些时,没有什么动静,方慢慢地置衣买米。一个残冬,十分快活。闲话不赘。

第三十一回　敌猿精山前施妙技　诛鼠贼庙里救表亲

卫茜一路毫无耽搁，到了山阴，在城外寻了个荒僻古庙住下，把驴儿寄下，自己穿了贫家的衣服，四处寻访。夜间便回古庙，吃些干粮，喂了驴儿，就在正殿神龛①侧面打盹。原来这古庙地方，正是郑干妈说的南林，地方荒僻，香火全无，庙祝跑得干干净净，弄得人迹俱无，离庙三五里方有人家。卫茜住了一夜，次日便去买了些烧饭的器具，又买些棉衣被垫。见后殿左面一个小房，还可以遮蔽风雨，便将来打扫洁净，铺了被垫；寻些石头，支起灶来，寻些枯枝败叶烧饭，倒觉清静适意。日日打听她太姑爹的消息，约过半月，才得打听清楚。太姑爹已于四年前病故，一个表叔名叫伊衡，娶妻章氏。伊衡往楚国去了，两个表兄，一个叫伊同志，年二十五岁，已经有了妻室；一个叫伊同德，年十七岁，尚未婚配，耕田度日。从前住在城里，三年前搬在乡间，不知是什么地方，光景甚是清苦。卫茜打听明白，甚费踌躇②，弄得去住两难。

又挨了几天，到了十月中旬，天气渐渐寒冷。一天夜里，从睡梦中惊醒，忽听有妇女哭喊救命之声，急挣起来。且喜月光皎洁，轻轻开了房门，侧耳一听，声音甚是切近。忙转身取剑在手，藏在背后，悄悄走至前殿。隔窗一看，此时月光正射进殿来，看得十分清楚。见两个男子逼着一个年约二十岁的妇人，在那里啰唕③。妇人颇有五七分姿色，身上衣服甚是寒俭，用手撑拒，哭喊救命。一个男子道："这个地方，你就喊破喉咙，也无用处。我们见你生得有这个模样儿，过那样的苦日子，老大替你过不去。不如随我们到个热闹地方，包你吃用不尽，任意快活。你还要感激我们哩！"一个男子道："今夜且同我们乐一乐，明日我去寻个便船就走。"妇人只是喊哭。卫茜起先听了两个人说话的声音，甚觉耳熟，及后细细看他两个的面貌，陡然想起就是那贾兴、仇三两个。便两步抢出殿上，喝道："你这两个蠹贼，认得我么？"一声喝断，三人齐吃一惊。贾兴一看，见是一个女子，却不认识，便定了神，向前喝道："你是什么人？从哪里来的？"卫茜尚未开口，仇三也跑拢来，月光之下，却认出是卫茜，比从前越是俏丽，便拦住道："大哥这是萧塘变钱那雌儿，如何到此来了？想是我们兄弟的福

---

① 神龛——供奉神像或神主的小阁子。
② 踌躇——犹豫不决拿不定主意。
③ 啰唕——调戏；开玩笑。

气,她自己送将来。我们一人消受一个,再作别的计较。"贾兴一认不错,见仇三用手去搂卫茜。卫茜冷笑一笑,伸起右掌,劈面打去,打个满天星,跌去两丈,倒在地下,鼻口流血,哼声不止。贾兴见势头不好,回身便跑。卫茜伸手爬着他的衣领,喝道:"哪里去?"提起来一掼,也掼了两丈多远,正掼在一座石香炉上,碰破顶门,脑浆乱溅,狂叫一声,直挺挺躺在地下。

　　仇三见了,心惊胆战,狠命挣起,要想逃走。卫茜抢上去,把左手的剑从背后抽出来,指着仇三道:"你若动一步,便把你的狗头剁下来,再同你说话!"仇三见了明晃晃的宝剑,哪还敢动弹?便直挺挺地跪在当地,哀求道:"都是那贾兴的主意,全不干我的事。"卫茜道:"你到了此时还想推干净吗?你仔细看看,可认得我吗?"仇三此时,身似筛糠头如捣蒜道:"如何不认得姑娘?只求姑娘开恩。"卫茜道:"你且把那年谋害我干妈的事,从实直说,我便饶你的狗命。"仇三只得把那年的事细细说了一遍。只说是贾兴起意①,贾兴下手,自己再三劝阻,贾兴不听。卫茜听了,想起干妈死得惨苦,泪如涌泉,又问道:"你二人如何到此地来了?"仇三道:"我们得了杜家的银子,便把船卖了,总共七百余两银子,贾兴得了五百余两,讨了一个老婆。我们两人不是吃喝,就是嫖赌,不到三年,都弄得赤手空拳,无法度日,便商量去做那一个字的行道。"卫茜道:"什么叫一个字的行道?"仇三道:"偷。"卫茜笑了。"又混了一年,后来贼星不照,被人捕获,追赃究党,吃了多少刑法。禁押起来,直得去年夏间,方得释放。贾兴的老婆也跟人跑了,大家都是赤条条一身。不但身上没得一件衣服,连家伙通没有了。吃了官司,当地又不能住,只得各处飘荡。度日的苦楚,真是一言难尽。我们又商量,另换了一个字的行道。"卫茜道:"又是一个什么字?"仇三道:"抢。"卫茜皱了一皱眉头。"我们日里打闷棒,夜里安绊绳,多少不饶,仅仅度日。上月混到这里来,总想一件大点的事儿。"用手指着那妇人,"因见她每日出来拾柴种菜,模样儿长得好,贾兴便起心把她骗到热闹处去卖。我劝他这是伤天害理的事,做不得,他不肯听,硬逼我同他做伴。今天黄昏时候,恰好在前面松林里等个正着,便弄到这里来,不想遇着姑娘。姑娘看我可是做这没天理事的人吗?通是贾兴把我

---

① 起意——萌发意念;动念头。

牵连了,望姑娘饶命!"卫茜两个鼻翅,扇了一扇,哼了一哼,道:"世间哪里可以留得你这样的人?"正想把剑劈下,又恐污了宝刀,当胸一脚,把仇三踢离一丈余远,立时口中鲜血直喷,张口躺在地下。走近前去,用脚在咽喉处一蹬,唧的一声,眼突舌伸,同着贾兴仍是一个字死。

卫茜透了一口气:"这才把我干妈的仇报了!"回头问那妇人道:"你姓什么?为何被这二贼所劫?"妇人见两个人一刻弄死,只吓得面黄身抖,战战兢兢答道:"我娘家姓吕,住在此处的东面。婆家姓伊,住在此处的西面。今天在娘家住着,婆家叫小厮来接我,说是婆婆有病,接我回去。已是黄昏时候,便急急同着小厮走回。不料遇着这两个贼人,把小厮推下崖去,把我推到这庙里来。我一路喊哭,无奈这是荒僻去处,无人搭救。幸喜遇着姑娘,总望姑娘救我。"说罢,便伏在地下磕头。卫茜道:"你公公叫甚名字?"伊氏道:"叫伊衡,出门去了。"卫茜道:"你丈夫哩?"伊氏道:"叫同志。"卫茜不禁满心欢喜,用手扶起伊氏道:"这样说来,你正是我的表嫂了。不想在此地遇着,快快起来!"伊氏立起身,两只眼睛滴溜溜地望着卫茜,一句话也答不出。卫茜道:"表嫂且在月台上坐一坐,我把这两个贼人的尸身安顿了,再来细谈。"伊氏便坐在月台上,卫茜想了一想,道:"有了。"便提着仇三的一只脚,用自己的脚踏着那仇三的那一支,把手一起,嘶的一声,撕成两片,提在庙后去丢下枯井。又把贾兴的尸身照样办理。地上的血迹,在香炉中撮些灰来掩了。便问伊氏道:"回家的路径,你可认识?"伊氏道:"认识得。"卫茜道:"我就此刻送你回去,免得表婶悬望①。"同到后殿,把房门锁好。

出了庙门,恰好一轮耀彩,万寓舒晴,小路分明,四围寂静,二人慢慢行走。约摸三更天气,伊氏指着一带茅屋道:"那就是了。"顷刻已到。伊氏前去叩门,呀的一声,门开处却是接他的小厮出来。伊氏反吃一惊,问道:"你是如何回来的?"小厮道:"我跌下崖去,却被些葛藤绊住身子,未曾跌伤,不过昏晕一阵。醒了转来,慢慢地扳藤附葛,爬上来时,已不见人,我就急急回来,告诉主母。主母急得什么样,叫我同大官人四处寻觅,不得影响,刚正回来。主母哭得如醉如痴,快快进去。"伊氏便挽着卫茜,一同走进。小厮在前,大叫道:"少主母回来了,还有客一路呢!"忽见东

---

① 悬望——盼望,挂念。

首房里走出两个男子来,一个年长的,急忙忙地问道:"怎么回来的?"伊氏指着卫茜道:"这就是救命的大恩人。"又听里面一个妇人声音,呻吟着叫道:"快到这里来,说给我听。"于是一同进房。床上睡的妇人,也挣着下床来,招呼坐下。小厮一面烧茶,伊氏一面把庙中的情形细说一遍。男妇三人时而愁苦,时而惊骇,时而狂喜。听罢,一起跪下磕头,口称恩人,卫茜急忙跪下扶起。伊氏又将认作表亲的话说了。章氏听得揉揉眼睛,对着卫茜道:"你就是茜姑娘吗?"卫茜道:"正是茜儿。"章氏喜得眉开眼笑,近前握住卫茜的手道:"你如何会有这样的本领?怎么独自一人到这里来?六年前,我叫你表兄到西鄙去看看你家,回来说起,你阿公被诸伦那天杀的害死了,把你发给诸伦为奴。你又逃走了,探不着你的下落,我同你表叔不知流了多少眼泪。万不想你今夜会到此地。你把你的事,细细说给我听。"卫茜放下宝剑,伏在地下叩头。章氏连忙扶起道:"姑娘辛苦,不要行礼。"原来卫茜是四五岁时见过章氏,去今约有二十多年,实实记忆不清。伊衡倒是见过几次,凑巧不在家中。适才听了章氏一席话,知是不错,立起身来,大家坐下。卫茜道:"表婶有病,还是躺着的好。"章氏笑道:"我的病此刻不知跑到哪里去了。你快快说你的事罢!"随叫伊氏带着小厮去端菜饭。卫茜直从夺剑起,今夜止,详详细细说了一遍。众人听了,又是惨伤①,又是快活。章氏道:"亏你过出性命来,如今好了,既有这样本领,没人敢欺了。可惜你表叔不在家中,要听了你这番话,不知道如何欢喜呢!"说着伊氏把酒饭搬在正屋,铺设好了。章氏也同着出房吃了饭,仍到房中坐谈。章氏道:"茜姑娘怎么不将行李带来?"卫茜道:"那庙里清静,我还是住在庙里的好。"章氏急躁道:"岂有此理?!我这里房屋虽窄,你一个人总住得下。家里虽穷,添你一个人也不会累到哪里。"使向大儿子同志道:"那个庙你可晓得?"同志道:"离此不过六七里,我怎么不晓得?不过地方冷静些,平时不到那里去。"章氏道:"你快去把你表妹的行李取来。"同志应了一声,欢欢喜喜,立起身就要去。卫茜起身拦住到:"表兄莫忙,表婶听侄女说,侄女住在庙里好,断然不必搬到这里来。"章氏道:"这是什么道理?"卫茜叫同志坐下。正是:

----

① 惨伤——悲伤;惨痛忧伤。

娴娅①相亲当聚处，

雄心未了怎羁留。

不知卫茜何说，且向下回听去。

---

① 娴娅(xián yà)——文静大方。

第三十二回

寻旧仇兄妹欣聚首　入险地盗寇共惊心

　　话说章氏命同志去庙里搬行李,卫茜拦住不肯。章氏道:"这是何说?"卫茜道:"侄女来此,专意看望表叔表婶。且喜天缘相凑,今夜见着,此心已安。侄女身上还有许多未了之事,怎敢安居?明日陪表婶一天,后日即要动身,何必搬移?"章氏道:"你的事任是那样多,也不能去得恁地快,若是不搬到这里来,我就恼了。"卫茜道:"侄女随身不过一驴双剑,几件衣被而已,随便都可安置,不必表婶操心。"正说话间,天已大明,小厮烧了汤,大家梳洗了。章氏逼着叫同志到庙里去,卫茜解说不听,只得取了钥匙,交与同志,同志去了。大家歇息一会,同志已将驴儿衣剑取来,把驴儿拴在空屋里,另外打扫个干净小房,与卫茜安歇,无事闲谈。

　　卫茜道:"我干妈有个内侄女,住在这南林地方,可惜不曾问得姓名,无从探访。"章氏道:"我们留心,遇着人便问可有西鄙郑家的亲戚,或者问出,也未可知。"住了几日,十月将近,屡次告辞,章氏只是不放。直挨到十一月初间,卫茜有师傅的话在心,实系不能耽搁,苦苦要去。章氏知难再留,做了两件棉衣,取出二两银子,给与卫茜。卫茜道:"表婶的厚情,侄女心领,侄女身上的衣服,尽够御冬,即或要添,到处可买。银子更可不必。表婶这般寒苦,留着自家缴用①。"说着,打开包裹,取出两封银锭道:"这是我在诸贼家中取的,大约有一百两。我送了豆浆店老头一锭,尚有零星之数,不少在此,路上尽可够用。这两封银锭,就奉与表婶添些柴米。"双手递过,章氏哪里肯收?说道:"侄女在路上哪里不要钱用?如何少得?我们是过穷日子惯了的,你快快收好!"卫茜道:"表婶何必见外?侄女路上要用,随便可以筹措。"章氏笑道:"怎样筹措?大约就是仇三说的一个字的行道。"卫茜也笑道:"侄女怎么敢?天下不义之财取不

----

①　缴用——收留用度。

伤廉①的,多得很哩!"章氏便接了过去,棉衣定要卫茜带上。卫茜道:"路上累赘,表婶留着自穿。"再三再四,只得领了一件,打在包裹,搭在驴背上,告辞出门。同志弟兄送了一程方回。

卫茜跨上黑驴,直向苎萝山行去。行至羊头堡,见山石依然,树林如故。想起施良死得伤惨,双眼流泪,停住驴儿,向南呜咽道:"干爷阴灵不昧,女儿在此,可随儿转回苎萝山。"伤心一会,蓦然想起那些大强盗来,暗忖道:"我何不向南寻去,或者遇着,得报前仇,也未可知。便把驴儿一带,向南行去。也是弯弯曲曲,走了五六里,却不见那猛恶林子。四无人家,无从问讯,路径越走越荒僻。前面一个土岗,便把缰绳一带,走上土岗去。四面眺望,见东南角位一座大山,黑压压树木翁郁,想来是了,只因一直向南,反走过了。下得岗来,向着东南方走去。一路都是苦藤碍路,落叶满林,且喜驴儿健壮,尚能行走。约行二三里,隐隐听得杀喊之声,心中惊异,骤着驴儿,趁着声音走去。一个山岭,横阻去路,便纵上岭去。喊杀之声,惊天动地,向前一看,却是极大的一片草地。见三五百人,层层围裹,刀枪旗帜,麻林一般,大声喊杀。重围中,见六个强人,围着两个客商,一个黑面大汉,手舞双鞭;一个白面少年,手挺双戟。三人战一个,只杀得烟云乱卷,尘土飞扬。战黑汉的强人,一个面如噀血,使的月牙铲;一个面如油漆,使的丈八蛇矛;一个脸分鸳鸯,使的溜金瓜锤。战白面的强人,一个面如渗金,使的大砍刀;一个面如蓝靛,使的狼牙棒;一个面如削瓜,使的紫铜锤。马蹄忙乱,人臂纵横,黑汉渐渐招架不住。卫茜急把黑驴一碰,追风般纵下岭去,手中盘螭剑迎风一晃,一团白光,滚进垓心,两旁的人头乱落。到了跟前,那使蛇矛的先看见,便呼的一矛,照卫茜的面门刺来。卫茜把剑削去,蛇矛便成两段。使矛的大惊,正想跑出垓心,瞥见白光在项下一旋,叫声不好,身首异处,倒于马下,霎时踏成肉泥。使锤的见了,气愤愤来战卫茜。黑汉见去了两个,心中大喜,精神陡健,双鞭如雨点般打下。使铲的强人,哪里招架得住?被黑汉左手的鞭敲开月牙铲,右手的鞭劈头盖下,脑门打破,跌下马去。黑汉也不来照管卫茜,只大叫道:"贤弟我来帮你!"便挥起鞭打进那边圈子去。这边使锤的与卫茜交手,卫茜见强人锤重,不肯削它,恐伤宝剑,只把剑舞得雪片相似。使锤的强

---

① 伤廉——损害廉洁。

人,初时尚能挡拨,四五个回合,便眼花手乱起来,被卫茜觑个破绽,一剑戳去,直透重甲,尖出背心,使锤强人双锤坠地,倒于马下。众小贼见了,吓得魂飞魄散,哪里还敢喊杀?哄了一声,散如鸟兽。那边使刀的、使铜的,双战少年,使棒的独战黑汉,正在苦斗。使刀的见这边三人顷刻丧命,知道不妙,趁卫茜未到,把马一兜,跳出圈外,没命地逃走。卫茜杀了个使锤的强人,想去拦戴,已被他跑上山去,勒住驴儿,看他四人交战。少年一戟把使铜的强人挑下马来,加一戟结果了性命,即来帮助黑汉。使棒的强人,先已骨软筋酥,哪里还经得起双战?正想逃命,少年一戟,直透心窝,趁势一搅,成了个血窟窿,眼见得没命了。黑汉还要追杀小贼,少年拦住道:"已经跑远,追之无益。看是什么人替我们解围。"卫茜早已迎上来,问道:"二位所为何事同这班强人厮杀?"少年见是个美貌女子,颇觉诧异,应道:"我们且下马歇息再谈。"一起下马拴好。

少年二人拜谢解围之恩,卫茜连称不敢,礼毕坐下。少年问道:"请问姑娘尊姓大名?"卫茜道:"我姓卫名茜。"少年听了,霍的跳起来道:"可是西鄙的卫茜?"卫茜见这少年这样举动,也觉惊疑,忙应道:"正是。"少年近前握着卫茜的手,双眼流泪,哽噎道:"我的妹妹,想煞我了!我就是你的哥哥卫英。"卫茜听了,也牵着哥哥的手,放声大哭,二人哭作一团。黑汉正是司马彪,见他兄妹相逢,伤心痛哭,想着自己妹妹为诸伦逼死,只落得孤独一身,也号啕起来。大家哭了一阵,将泪拭干,卫英把司马彪的来历,约略说了,卫茜见了礼,方才坐下。

正要细谈,卫英道:"此处不是说话之所。我们趁天色未晚,寻个栖身之处,慢慢说话。"司马彪便跳起身来道:"我去我去。"便四面跑了一会,转身来。卫英问道:"可有人家?"司马彪道:"想是被这些强盗扰害光了,烟火俱无。"卫英道:"可曾留心有庙宇吗?"司马彪道:"通没有。我想寻个大树下歇歇便了。"卫茜道:"此去偏西,我来时见有一个倾塌的茅棚,不晓得有人没人。我们去那里再说。"三人一起牵着马,缓缓走去。不过二里,到了那里。一座茅棚倾倒了一半,司马彪抢上前去,喊叫道:"有人么?"叫了几声,无人答应,便把缰绳递与卫英,跑了进去,回身来道:"没人在里面,进去罢。"大家把马牵进去,四面一看,且喜还有遮蔽风霜的地方,将马拴好。司马彪扯一大堆茅草下来,一半铺在地下,一半堆在那里。便敲石取火烧起来,一者当灯,一者御寒,说道:"就此坐卧罢,

第三十二回　寻旧仇兄妹欣聚首　入险地盗寇共惊心　207

我再去寻点水来。"周围望去，并无一个杯碗。寻到墙角，见一个破土盆，便拿起来，走到山溪边，扯些乱草，洗拭干净，舀了清水，拿到茅棚。大家取些干粮吃了，喝了几口凉水，又喂了牲口，方才坐定。

卫英先把他的事一一说了，卫茜才把自己的事从头至尾详说一遍。司马彪听说杀了诸伦，直乐得拍掌跌脚道："我要在场，定把这贼剁成肉酱，方遂我心。"卫英听得妹子得仙传，心中十分快活。卫茜道："陈伯父他们到了西鄙，若知妹子的事，定要寻到山阴，大约就在这几日，可惜不能会着。"卫英道："我们在樊屯分手，他们不过多绕两日的路，若是不耽搁，算来总在这几日。若会不着，如何是好？"大家闷了一会，卫茜道："哥哥们如何同这班强盗厮杀起来？"司马彪接着道："妹妹听我说，我们因为不认识路径，走到小路去了。我们在马上闲谈，英弟说此处山路崎岖，恐有强盗。我道就有三五百蟊贼，也不算什么。不防后面一骑马冲上来，挨身过去。马上一个人，鹰鼻兔腮，面黄肌瘦，回头望着我一笑，加上一鞭，哗喇喇的去了。我们也不在心上。英弟道：'路上休要惹祸，快些走罢！'我们便加鞭趱程。不想走到山脚下，树林中便拥出那使蛇矛的人来，带了二三百蟊贼拦住去路，叫我们将行囊马匹献上。我也不问他青红皂白，便与他战起来。使矛的战不过我，才添一个使月牙铲的，英弟便上前抵敌。他们战我们不过，便一个一个地添上来。足足战了两个多时辰。不是贤妹相助，我实在有点支撑不住了。"卫茜道："为何不见那鹰鼻兔腮的人？我那年被这班强盗掳上山去，那大厅上一字儿排座，约有八九人。今日逃走了那个渗金脸强盗我从前是见过的，不知他们山上有多少头目。难道就罢了不成？我们须得想个主意，把这伙强盗诛尽。一来报了仇，二来替行路的人除了大害，替附近的人断了祸根，也是一件好事。"卫英、司马彪都点头称是。司马彪道："我们明日再去撩他，他若下来，一个个地砍了他的头，就完结了。"卫茜道："倘若他们惧怯，不肯下山，如何办法？"司马彪答道："我们就赶上山去。"卫英道："我们不知山上的虚实，身入重地，恐遭不测。"卫茜道："待我今夜独自上山去，探看他的虚实，回来再作计较。"司马彪道："我随贤妹去。"卫茜道："你去不得，我一人去的好。"卫英见妹子孤身深夜要入险地，颇有难色。卫茜知道他哥哥的心意，随便道："哥哥放心，妹子此去，决然无妨。"立起身来，头上扎好渔婆巾，身上穿一件元色细绫窄袖排扣的紧身小棉袄，系一根洒花垂须的黑腰带，下系一条青绉百褶裙,拽在两肋,脚穿一双乌油挖心小皮靴,腰挂一柄盘螭宝剑。结束停当,又在包裹取出一把剑来,还与卫英道:"这口剑是师父给我的,也是神物,名叫青梭。不但削铁如泥,还能震慑邪魅。妹子下山时,若非此剑,险遭那妖妇的毒手。哥哥用罢,只是不可污亵。"卫英见这青梭剑,宝光灼灼,寒气腾腾,心中大喜,接在手中,向崆峒山叩头谢了。卫英道:"我送妹妹到山脚,彪哥在此守着。"司马彪应了。兄妹二人也不骑马,便慢慢地走到山脚。卫茜道:"哥哥转去罢,妹子去也。"话声刚了,腾身一纵,便如苍鹰掠树、紫燕穿帘般飘忽而上,转眼不见形影。卫英心中又惊又喜,不肯便回,坐在树下,静听消息。

且说卫茜纵上山去,沿山之上虽是刀枪密布,寨栅谨严,卫茜却从树枝上腾踔①而上,全无一人知觉。到了山顶,见一丛三人合抱不着的大树,围着一座三进的大庙宇。从树枝上纵过屋瓦上,到了二进,见灯火照耀,香气氤氲②。伏在檐口一看,见三个强人,一个渗金脸,便是那使刀逃走的;一个黄瘦面,大约就是司马彪所说那人;一个紫膛面皮,满口虬髯,伏在地下,挥泪不止。当面设有五个牌位,想来是祭奠日里死的那五人。黄瘦面居中,含泪道:"我们不将那三个狗男女杀尽,替兄弟们报仇,誓不为人!"说罢,一起立起,当中设了一席,三人坐了,一些人上酒上菜。渗金脸的道:"先来那两个,已是劲敌了。不料后添一个女子,武艺越是高强。所以弟兄们失了手。只是那个女子,当时我就觉得面熟得很,此刻仔细想来,甚像九年前,我在山头堡带回、碰柱寻死那个女子。却料不着她有偌大的本领。"黄瘦脸的道:"我们弟兄占据这虎牙山,将近十年,不知经过多少厮杀。不但弟兄们毫无损伤,就是小卒也不曾折失一个。不想今日我弟兄丧了大半,这口怨气如何能消?"紫膛面的道:"大哥不必悲伤,人死不能复生,悲伤也无益。那几个狗男女,明日必然再来,我们须得想个主意擒他才是。"渗金脸的道:"要想一枪一刀,阵上擒他,看来是不能的,要好好设计方妥。"黄瘦脸的道:"我想今夜叫小卒们先在皂角林掘下陷坑,上面用乱草浮土盖好。明日战得他过最好,战不过时,假意败走,引至深坑处擒他。二位贤弟以为何如?"紫膛脸的道:"大哥休得自己灭

---

① 腾踔(téng chuō)——跳跃。
② 氤氲(yīn yūn)——形容烟或气很盛。

第三十二回　寻旧仇兄妹欣聚首　入险地盗寇共惊心

了威风,任他三头六臂,小弟明天定要与他见过高下。"渗金脸的道:"依小弟看来,怕难胜他。"紫膛脸的大怒道:"明天战他不过,我自己把头刎了,无颜与二位兄长相见。"黄瘦脸的道:"五弟不必急躁。常言说得好:'未曾行兵,先防败着。'但愿五弟得胜最好,恐有意外,我们有了准备,总无妨碍。"紫膛脸的不发一言,犹自怒气不息。

卫茜听得明明白白,暗忖道:"我既到此,且惊他一惊。四面张望,见后面黑沉沉不知堆些什么,便蹿到三进,在房上仔细一看,却是一堆稻草,紧接着厨房。便跳将下来,向厨房一看,见许多人在那里烧菜烫酒。忽听更柝①之声,远远而来,已是三更二点,便离了厨房,到一棵大树后,隐着身子。一会,更夫已至跟前。前面一人,提个灯笼,手敲木梆;后面一人,手敲铜锣,各个腰下都插得有短刀。四围更柝之声,络绎相应。悄悄走到后面,拔出宝剑,向后面的颈上一抹,头已落地,身子兀的未倒。前面听后面有了声息,回头看时,一剑杀去,劈成两片。可怜两个人声也不曾出,便呜呼哀哉。提了灯笼,依着更次,敲了两下。听得一起住了,在那人身上割下一片衣服来,遮了灯光,去到草堆处,四面点起火来。夜风一刮,烘然而起。一步纵上房去,早惊动了三个强人,督着众贼,前去救火,趁着正厅无人,跳下去把五个牌位,抢在手里,仍飞上屋。也不停留,从屋上纵过树枝去。四围探望一遭,仍从原路下山。到了山脚,见山顶上火光兀自正盛。卫英接着妹子,转回茅棚。司马彪见了,问道:"山上怎么样?"卫茜把五个牌位掼在地下。司马彪道:"这是什么东西?"便在地下拾起来,在火光处一看,一个写的二弟曾刚之位,一个写的四弟范皋之位,一个写的六弟唐艺之位,一个写的七弟焦云之位,一个写的八弟章鸿飞之位,笑道:"贤妹把这样东西拿回做甚?"卫茜把在山上的话说了。卫英叹道:"看来强盗倒有点义气。他既掘下陷坑,我们明日不追他,便不中他的计。"三人摊开被盖,略为歇息。到了天明,司马彪又去取了水来,大家胡乱梳洗过,喂了牲口,各人吃些干粮,翻身上马,直到虎牙山勒马叫战。正是:

　　既有群雄探虎穴。
　　岂容小丑再鸱张②。
不知可能诛灭三盗,下回自有交代。

---

① 更柝(tuò)——旧时巡夜打更用的梆子。
② 鸱(chī)张——嚣张、凶暴,像鸱鸟展开翅膀一样。

第三十三回

诛余党陈音逢故人　论世事宁毅抉时弊

话说卫英、卫茜、司马彪三人,来至虎牙山索战,叫了半日,山上并无响动,心中大疑,司马彪道:"莫非这班强盗逃跑了?待我上山去探看探看。"卫英道:"彪哥休得鲁莽,强人今日不下山,莫非有什么诡计?"卫茜道:"彪哥之言,亦似有理,且待我上去看看。"卫英还想阻拦,早见卫茜把缰绳一抖,驴儿昂着头,一步步蹿到山上去了。约有半个时辰,忽见卫茜在半山上,用手相招,二人连忙骤马上山。卫茜迎着道:"山上跑得人影都没有了。"三人一直走到山顶,果然一人不见。四处丢些破旗断枪,粗重物件,倒剩得不少。司马彪跑到后面,见那悬崖瘦削,衰草纵横,忽然荆棘丛中一阵乱动,想道:"莫非有人藏在里面?便走拢去,大喝道:"还不快与我滚出来!"喝声未断,果然一个人钻将出来,浑身发抖,跪在地下。卫英兄妹二人听得司马彪的喝声一起走来,见司马彪喝问道:"你是什么人?为甚众人都跑了,你却躲在这里?"那人战战兢兢道:"小人名叫魏阳儿,在山管草料。昨夜草堆失火,头领说我疏虞,把我打了六十大棍,因此走动不得。"卫英道:"山上的人为什么跑得一个没有?"魏阳儿道:"昨夜失火之后,三个头领转至正厅,见五个头领的牌位不见了,甚是惊骇。查了一会,没得影响。接着巡山的来报道,北山口的更夫二名,不知被何人杀了。三个头领吓得面面相觑,商量一会,便传齐①各处头目,就说散伙的话。把些金银衣服,分散众人,趁天未明,便四散逃走。"卫英道:"这三个头领,叫什么名字?如今到什么地方去了?"魏阳儿道:"黄瘦脸是大头领,名叫牟惠;渗金脸是三头领,兔叫戴成;紫膛脸是五头领,名叫辛皇。如今逃到哪里去,小人实不晓得。小人一向在山管草料,从不曾下山杀人放火,望好汉饶命。"卫英听了,知是真话,正要叫他滚开,突被司马彪唬的一鞭,打死在地。卫英道:"彪哥何必打死他?"司马彪道:"这样人留在

---

① 传齐——所有传到。

世上,终是害人的,不如打死了干净。"卫英不语,大家下山。

卫茜约往苎萝山萧塘一行,三人走了一程。天将近午,司马彪在前,忽见一骑马对面冲来。马上一人,倒拖叉杆,甚是张皇①。司马彪仔细一看,认得是那黄瘦脸牟惠。急在马鞍上,抽出鞭来,拦住去路,大喝道:"牟惠往哪里走?"那人抬头见是司马彪,吓得手足无措,想要落荒。无奈两面逼住,只得强打精神,掉转叉杆,来战司马彪。卫英兄妹勒马观阵,不到三五个回合,司马彪一鞭,把牟惠连马打落崖下。司马彪回过头来,笑道:"这是他该死在我手里,可惜跑脱了两个。"正说话间,忽听前面大喊道:"拦路贼,往哪里跑?"三人齐吃一惊,各取军器在手。喊叫的人正到面前。卫英眼快,急叫道:"蒙大哥为何到此"? 司马彪听了,也叫道:"蒙大哥你一个人吗?"蒙杰见是卫英、司马彪大喜,又见另外有个女子,问司马彪道:"那女子是什么人?"司马彪对他说明。蒙杰滚鞍下马,来到卫茜面前,喝个肥喏,卫茜慌忙跳下驴儿,见了礼。卫英正要细谈,蒙杰道:"陈大哥同雍大哥还在同两个贼人厮杀哩,我们快些去罢!"司马彪早已拍马前去。蒙杰上了马,卫茜上了驴,直往前进。不到半里,陈音、雍洛已经同司马彪迎面来了,身上血迹未干。众人见了面,一起下马。卫茜抢上前去,口称陈伯伯,拂了一拂。陈音还礼不迭。雍洛也上前与卫茜见了礼。一个个色动眉飞,手舞足蹈。卫英道:"那两个强盗可曾诛灭?"陈音道:"一个渗金脸,被雍贤弟一棍打死;一个紫膛脸十分了得,与我战了四五十合,雍贤弟得手后来帮助我,才把他劈了。还有十余人,一哄而散。因蒙贤弟追一强人下来,我们恐有差池,急急赶来,却遇司马贤弟。幸得强人已诛。"卫英道:"陈伯伯如何遇着这三个强人?"陈音道:"我们一路行来,这三个强人带了十余人,慌慌张张一路上横冲直撞。蒙贤弟的马跑得快些,对面一碰,把为首的马惊了。为首的强人,便肆口大骂。我怕蒙贤弟闯祸,上前去陪话。哪晓得这班强人,趁势要劫夺我们的行囊,因此厮杀起来。"司马彪哈哈笑道:"这班强盗,可见是天下不容他。恰恰遇着我们。"卫英便把虎牙山的话说了,大家拍手称快。

陈音道:"你们欲向何往?"卫英说了。陈音道:"令妹之事,前面各处

---

① 张皇——惊慌失措。

都张着榜文,去不得了。我们此刻且寻个僻静处,商量妥当,再定行止①。"众人上了马,四面张望。卫英用鞭梢向西北角一指道:"那山坳里树林深密,且到那里停顿。"众人依着鞭梢望去,果然不错,一行人放马走去。既到跟前,现出一座小小草亭。众人大喜,下了马拴好,进亭子里去,十分洁净。大家坐定,陈音问卫英道:"难道你们在山阴道上一路上不见榜文吗?"卫英道:"不曾看见,大约还未曾张挂。"蒙杰道:"大哥何必这样胆小?我们只管行走。若遇着做公的动手动脚,我们便杀他娘个干干净净。"陈音道:"不是这样说,王法要紧。"蒙杰道:"王法,王法,把人气煞!"司马彪道:"这班强盗杀人放火,我们两天之内,杀死若干人,难道不犯王法吗?"陈音道:"我们杀强盗,是王法所许。我们若杀公人,王法便不容了。依我的主意,茜姑娘暂回转南林,隐藏一时,我们到了都城,此刻国家用人之际,我们若得进身,大家合词奏闻,聘请姑娘,同立功业。岂不是好?"卫茜道:"我有两个姐姐,一叫夷光,一叫修明,住在苎萝村,我须得去看一看。且我施干爷为我丧身,若不到他家中叩谢,此心何安?"陈音道:"若是为此,姑娘更不必去了。"卫茜道:"这是什么缘故?"陈音道:"我们从苎萝村来时,听得多人传说,这苎萝村通是施姓。西村一个姑娘,名叫夷光;东村一个姑娘,名叫修明,二人都是天姿国色。去年被我国范大夫用重金聘去,转献吴王。吴王见了二人十分大喜,异常宠爱,朝夕不离。就命人来苎萝村,把两家亲属,都接到吴国,尊宠荣华,一时无比。这两个姑娘如今在吴宫里,夷光叫西施,修明叫东施。西施尤为专宠。这是千真万确的话,姑娘去也无益。"卫茜道:"陈伯伯可曾由萧塘过路?"陈音道:"怎的不走萧塘?姑娘问它怎的?"卫茜道:"可听说熊孔坚被杀之事么?"陈音道:"却不曾听得。"卫茜便把那年击杀熊孔坚之事说了一遍,众人同声称快。又说到熊叔坚硬行替夷光作媒,去奏承熊孔坚,就是打坐了第二日的事,众人不觉哄然大笑道:"天地间竟有这样的巧事?令人畅快!"陈音道:"这样说来,杜宝娘既尔提押,间女都交官媒,谅来是不能逃出法网的。熊孔坚既死,熊叔坚失了依靠,谅来也不敢作怪了。姑娘何必挂在心上?"卫茜听了,心才释然道:"如此说来,我心中的事,件件都结了。只是下山之时,师傅再三敦嘱,亲仇报了,当竭力为国报仇。陈伯伯到了都城,

---

① 行止——行动的踪迹。

第三十三回　诛余党陈音逢故人　论世事宁毅抉时弊

须得寻个进身之阶,早日寄信与我才好。"陈音道:"这是自然,但你住的地方,要详细说明,方好寻请。"卫茜道:"南林在山阴之南,约十二三里,有一荒僻古庙。庙前有两株大枫树,庙后有一枯井,便是。"陈音记在心里,便道:"天已不早,我们各自启程罢。"众人纷纷上马。卫英意欲同妹子到南林,陈音道:"贤弟主意就不是了。令妹是因避祸而往南林,不过暂时之计。我们当得早图进身,我们有了效力之路,令妹才有出头之路哩。"卫英听了,心中豁然,反催促动身。卫茜辞了众人,自转南林,也不通知伊家。

陈音等一路上毫无耽延,到了会稽。陈音且不回家,一起进了都城,寻个客寓住下。次日,陈音换了衣服,去到军政司访问宁毅。有人告知宁毅的住处,陈音到了那里,却见门户辉煌,墙垣高耸,十分气概。寻着守门的,通了姓名,烦为禀报。守门的进去片刻,走出来叫声请,陈音随着进去。宁毅仍是驼背跛脚,抢出来笑叫道:"陈大哥回来了,好极!好极!"便携手进一个书房里,分宾主坐下。宁毅叫人泡茶,开口问道:"陈大哥几时回来?我的眼都望穿了!大哥的心愿可了?"陈音道:"侥幸如愿。"宁毅拍手笑道:"是豪杰,是丈夫!"陈音道:"昨日进城,天已不早,今日特地趋候①。利大哥可在这里?"宁毅道:"他有事出去了,大约三两日就回。我们喝两杯酒,把你在楚国的事情,细细告我。"陈音也不推辞,宁毅命摆酒席,就摆在书房里。少时搬来,二人对坐,饮了两巡。宁毅催着快说,陈音便从黄泥冈起,一直说到此时。宁毅侧耳细听,嬉笑怒骂,狂喜激愤,一时都有。听罢,把大指头竖起,对着陈音道:"好的!大哥此去,算来是九个年头了,大哥辛苦了,亏大哥坚忍,看来天下事,有志者事竟成。现今我们越国的人,到外国去学本领的,不知多少。有的一年就回来了,有的两年就回来了,能够到三年这便是表表出众的大才,甚至有半年或三五月就回来了,他还逢人便自夸,说他是曾经到外国去习过艺的,真真要羞死人!大哥想想,我们要到外国,原是要学那强似我国、高过我国的本领。一年、二年就可以学得成,那就不是什么惊人的事业,何况半年三月!就把我国最浅近的事做比方,学个铁匠木工,凭他如何聪明,如何勤备,也得三五年方能精熟。岂有治国经邦、自强外御的本事,去跑了一趟,便能成功吗?

---

①　趋候——去等候、等待,接洽。

况且,我国人到外国去,言语不通,嗜欲①不同,更有那制度、文化不得一样,我怕去的人,半年三月还弄不清楚,如何就会学成?可笑我国竟要靠这些人做事体,焉能有效?虽是国家此时需才亟切②,这人才二字,哪里能够逼得出来的?难道从外国回来的,内中岂即无人才?倒是真正人才,反难见用,真要气煞几回人!等到这些胡闹的误了事,就说凡是去过外国的,都不可用。痛脚连累好脚,更要屈煞几回人?何不于遣送之时,留心选择;归来之时,认真考验,破除情面,因才授职?何患人才不出,国家不兴?我把那些只顾私情、不顾公室的匹夫,真真恨死!大哥你看我这话是不是?"陈音道:"上官之言,固有至理,未免过激。难道那些大位,真不望国家强盛吗?不过一时差错,一事因循③,便误了国家,到了悔不可追的时候,就遭了万人的唾骂,连外人亏他得了便宜,还要从旁窃笑他哩。办事谈何容易?请问上官,我国的事,现今的光景,可望振作么?"宁毅道:"从古及今,哪有不能振作之国?只看治国之人如何耳!我国自从为吴所败,每年勒取献纳,依期奉缴,数目甚巨。我国理财诸公总在百姓身上想法,这样勒捐,那样苛派。若是通通作了国家之用,百姓们世受国恩,这也是应尽的天职。无奈官府从中饱其私囊,胥吏乘间④任其加索,弄得民困日深,怨声载道,处处地方伏莽堪虞⑤,万一酿成内乱还了得么?"陈音道:"既要交纳小款,国家哪里有这许多钱?不取于民,从何措办嘞?"宁毅道:"依我之见,国家撙节⑥些虚糜之财,官府改除些奢华之习,再开通天地自然之利,抽提民间无益之费,何患不足?"陈音点首道:"果能照此实力奉行,尽心筹划,不但交付外款绰绰有余,就是自己要兴办什么事,也不愁不给。那理财诸公全不想把百姓剥穷,元气斫丧⑦,实是国家吃亏。"又问道:"我国的兵现在可用么?"宁毅喟然道:"甚难,甚难!当此列强竞争之日,哪国不厚集兵力,讲究武备,以图特立于竞争之场?我国从来兵

---

① 嗜欲——生活习俗和爱好习惯。
② 亟(jí)切——急迫。
③ 因循——延袭。
④ 乘间——乘机。
⑤ 伏莽堪虞——深藏忧患。
⑥ 撙(zǔn)节——节约,节省。
⑦ 斫(zhuó)丧——摧残,伤害。

人的名誉，颇不甚劣。自从为吴所败，遂觉名誉扫地。据那訾议①的说起来，甚至比土块木偶还不如些。其实持论的也太过当了。难道从前檇李之战，我国不是大胜么？屡与邻国相争，我国通是大败吗？不过看这将兵的人如何耳！现今全国的兵，都改仿外国的兵式，军械衣号，通行改造。据式样看，似乎顿改旧观。殊不知外国成一兵制，不知几许世，几何人参酌方能尽善。岂有练兵的都是旧将，督操的纯是旧人，不过东去模仿些式样，西去摭拾②些章程，杂凑拢来，便夸新兵，如何会好？须知兵事全在精神上讲究，要人人有国耻在心，刻刻以国耻为恨，一遇敌人便咬牙切齿，恨不得食敌之肉，寝敌之皮。到了这步地位，便可用了。你看野人衔恩以救秦穆，唐狡奋勇以报楚庄，难道那野人也曾习过步伐来吗？唐狡岂是依着纪律来吗？而况事事袭人的皮毛，步步落人的后尘，全不能想个制服别人的法子，还要求才于敌国。若真是敌国良才，焉肯乐为我用，替我尽心？且喜大哥回来，这弩弓是楚国的绝技，既能得其精奥，不难训练成军，威服敌国。"陈音道："草茅下士，何能上达？只怕辜负上官的厚望。"宁毅慨然道："这句话，古今埋没的英雄，同是这副眼泪。且喜我国的范大夫与文大夫，都是朝臣的尖儿，同心为国，屈己求贤。我与范大夫不时聚首，我自把大哥力荐，不愁不用。"陈音起来称谢。宁毅道："谢我的话，真是不通。大家为朝廷出力，大哥见用有效，我也十分光彩。只怕眼里不曾见过有用的人，肚里不曾有这有志之士，妄自尊大，无贤可荐，实系斗筲之器③。管仲用齐而齐霸，人人都说鲍叔荐的；却缺用晋而晋强，人人都说毛偃荐的。至今鲍叔、毛偃的声名，何曾弱似管仲、却缺？为什么那些力能荐人的人，总不肯为国求贤？只把些故交世谊、外戚内亲，不管他才不才，将些要紧地方、重大职守，交把他，自己以为我能照顾亲友，岂不是油蒙了心？国家大事岂有把你去做私情的吗？还有一起贪贱鄙夫，收门人，拜义子，贽见④馈送，动逾千金，并且以职位之肥瘠定价，价之低昂，不顾公家，徒遂私欲。若是认真纠察起来，实在诛不胜诛。独不想国破家亡，你就有敌国

---

① 訾(zī)议——毁谤，非议。
② 摭(zhí)拾——多指袭用现成的事例或词句。
③ 斗筲之器——比喻气量狭窄的人。
④ 贽(zhì)见——拿着礼物求见。

之富,不但有掳夺之患,就是新主也要想方定计,攫取你个罄尽,还恐性命都不能保。大哥你只看近来灭亡之国,哪一个富室贪人不吃这个亏?明明历有榜样,非不警心,只要一个大大的钱字搁在眼面前,便糊涂了。你说可叹不可叹?"陈音也叹息了,随道:"小子回来,还有几个朋友,都有一片的热心,寸长的末技。上官若不厌烦,明日引来叩见,一总望上官栽培。"宁毅欣然道:"甚好,甚好!大哥称引的,断然不是庸才,越多越好。明日我专候惠临,面请大教。"陈音见宁毅欢喜,又道:"还有一个超群绝伦的异人,若得此人效力,真不愁强敌不灭,国耻不洗。只是身上犯了那含悲茹痛的罪案,不能出面,真正可惜!"宁毅听陈音说得如此郑重,不禁矍然①立起身来,急问道:"是哪个?快说出来,大家商量。"正是:

老臣忧国心如毁,
孝女含冤志莫伸。

欲知后事如何,且看下回分解。

---

① 矍(jué)然——惊惶四顾貌。

第三十四回

昆吾山越王铸八剑　演武场卫英服三军

话说陈音要替卫茜进言，宁毅便矍然起立，问是哪一个。陈音便把卫茜的事，从头至尾详说一遍。宁毅听得眉飞色舞，赞叹不绝。听毕，皱皱眉头，沉吟半晌道："杀诸伦一家不要紧，杀杨禄第一家，这罪可犯得不轻。现在四处访拿，看来一时不能替她解释，且慢慢看机会。只要可以用力，老拙①自然尽心。"陈音又起身谢了，重复坐下。畅饮一会，陈音便问宁毅的近况。宁毅道："老拙那年回越，一路甚是平安。寻了住处，便在兵政司报到，把利颖的功劳也报了。大王回国，念我二人都是临阵受伤，不忘本国，便赏了我个半俸②，坐享天年，无非为后来临阵者劝。利颖忠义可嘉，授了戎右之职，半月前同泄大夫聘楚去了。上年遇着年荒，我把贼巢所得的财物，一概报效赈济。范大夫替我奏闻，赏授下大夫之职。每有朝政，倘得与闻。只恨自己才疏学浅，身废年衰，不能替国家效丝毫之力，实在惭愧。"陈音道了贺，吃过饭告辞。宁毅直送出大门，再三叮嘱明日等候的话。陈音领诺，回至寓所，对众人说了，众人甚喜。听了那番议论，没一个不赞服。

次日，陈音引了众人去见宁毅。宁毅见他四人，都是英风飒爽，豪气飞腾，留酒畅谈。宁毅见卫英英俊，司马彪猛勇，蒙杰刚直，雍洛朴质，十分叹赏，便将众人留住府中。众人再三推辞，怎当宁毅坚意苦劝，只得称谢。宁毅叫人去寓所搬取行李来，在西首一个小院住下。早晚畅谈，好不高兴。陈音过了两日，告辞回家，众人都要同去，陈音不肯，只得罢了。

陈音到了家中，韩氏娘子接着，十年离别，一旦相逢，好不欢喜，略慰问了几句路上的辛苦。陈音问道："继志哪里去了？"韩氏笑道："他在后面，也像你小时，专喜舞枪弄棍。"陈音笑着，连声道好。韩氏要去呼唤，

---

① 老拙（zhuō）——谦词，笨（称自己）。
② 半俸——半年的薪金和俸禄。

陈音摇手,携了韩氏,悄悄同到后面隔着窗偷看。见继志正在舞动花枪,使得挑拨有势,拦隔得法,翻身如蛟龙搅海,腾步似虎豹下山,舞得紧时,呼呼风响,枪影翻飞,不见人影。陈音不觉失口夸道:"好枪法!比我强。"这一声把继志吓了一跳,急收住枪,问道:"什么人?"韩氏急急走出,叫道:"儿呀,你父亲回来了!"继志听得父亲回来,慌忙撤了枪,连跑带跳,见了父亲,叩头下去。陈音见他长得仪表非凡,只乐得哈哈大笑,牵着手,到了厅堂,问他近年读的什么书,这枪法是何人教的。继志此时已经十六岁了,立起身来,垂着两手,对道:"坟典以外,读些兵书。这枪法是儿去年在后面舞弄,忽然来了个丐儿模样的人在旁笑儿胡弄,儿自家晓得未经传授,不过看别人使运,想看样儿使得断然不好,便苦苦求他使与儿看。他把枪舞了一回,真正矫捷非常。儿便不放他去,要他传授。那人道:'我不传你,也就不来了。'教儿舞了几路,舞到吃紧处,他就去了。儿遍寻不着,心中好恨。不料,到了次日,依旧来了,儿好不欢喜,告诉母亲,备些好酒好菜,请到堂前。他不肯进来,叫把酒菜搬到后面,坐在地下胡乱吃完,又教儿一遍。从此日日必来,教了枪,又教刀棍鞭斧,件件武艺,完全指点。刚整半年,他忽然不来了,累得儿城厢内外,寻得好苦。"陈音道:"你何不先问他的住处?"继志道:"儿何曾不问? 他总不肯说。只说远得很,远得很。儿恐生疏了,日日在后操演,不知爹爹回来,恕儿失迎之罪。"陈音知道是异人传授,满心畅快。韩氏道:"那个人本来稀奇,满脸的尘垢,一件衣服大约打了百十个结,远远的都闻那臭秽难当。严冬霜雪,也是那一件,从不见他畏寒。我替他备了一件新厚棉袄送他,当天拿去,次日不见他穿。问他时,他说换酒吃了。最可怪是那身臭气,继志说闻着是香的,你说可怪不可怪?"陈音不住地点首,勉励了儿子几句话,又把自己的事,详说一遍。韩氏道:"虽然常接着你的书信,哪里放心得下? 且喜今日回来。只是公公的尸骨,总得早早搬回安葬,才是人子之心。"说罢,流下泪来。陈音也挥泪道:"眼前不能说起,且待破了吴国,自然风风光光地载回。"继志见父母伤心,也暗暗地饮泣。韩氏进内,端整①酒饭,继志帮着搬出来,大家吃过。陈音道:"我不能在家久住,所有行囊被盖,都在宁大夫府中,稍住几日,即进宁府。我想孩儿已经成立,娘子抚养

---

① 端整——准备、筹办。

不易,又要诸事操劳,愚夫心甚不安,可寻个婢妇,执爨①浣补,替娘子分劳。"韩氏道:"为妻的做惯了的事,也不觉劳苦,何必寻什么婢妇?"继志道:"儿曾向娘说过几次,娘总不肯。总得依爹爹之言,寻个婢妇。"韩氏见丈夫儿子一般体贴,不忍强执②,点头应了。继志大喜,便飞跑出去托人寻觅。夜间至亲三口,又细谈卫茜诸人之事。继志听了,好不惊喜,恨不得立时见面。又听得卫英本事如何高强,心中也是羡慕。谈至夜深,方各就寝。久别的夫妻,虽是中年,这恩情二字总不能忘,不必细说。次晨,婢妇已来,韩氏一一交代过,陪着丈夫,带着儿子,围聚闲谈,何等适意。不觉过了五日,陈音自到宁府,不时回家看望。

话休烦琐,到了周敬王三十七年,越王卧薪尝胆,朝夕谋伐吴国。只因吴国将勇兵强,伍子胥智勇盖世,无人可敌;又有莫邪宝剑、吴鸿扈稽神钩,不能抵敌。连年费尽心力,用白马白牛祭了昆吾之神,命工人采取昆吾山之金,铸成宝剑八口。一名掩日,把剑指着日,日光就掩蔽了。这剑是金的纯阴炼成,阴盛则阳灭也。二名断水,把剑划水,水即分开,半日不能复合。三名转魄,把剑指月,月中蟾兔颠倒。四名悬翦,把剑悬在半空中,鸟雀飞过,触在刃上,便成两段。五名惊鲵③,带着此剑泛海,鲸鲵望影而逃。六名灭魂,挟着此剑夜行,魑魅④远避。七名却邪,无论是何妖邪,此剑到处,便潜伏不动。八名真刚,将此剑切玉斫金,迎刃立断。铸此八剑,以应八方之气。虽说多着奇异,苦于无人教练,又不知能否敌得莫邪。又因吴国兵阵坚整,非强弓巨镞不能推陷,加以吴越滨水之区,水战不习,万难制胜。时时忧虑在心。也曾出榜招募些人,也曾因荐录用些人,无奈真才绝少,徒费时日,不见实效。这时宁毅已将陈音、卫茜诸人对范大夫详细说过,范大夫曾请陈音诸人相见,试验多次,十分信心。

一日,越王与范大夫商议报仇之事,因国无能人,愀然⑤不乐。范大夫乘势把陈音诸人极力荐举,且道:"经臣屡次试验,这五人实系真才实

---

① 执爨(cuàn)——烧火煮饭。
② 强执——固执己见。
③ 惊鲵(ní)——即鲸,比喻凶恶的人。
④ 魑魅(chī mèi)——传说中指山林里能害人的妖怪。
⑤ 愀(qiǎo)然——形容神色变得严肃或不愉快。

学,必能为国宣力①。如有错误,臣甘同罪。"越王听了大喜,便立时宣请。内侍至宁毅府传宣诏命,陈音五人整理衣冠,拜舞毕,由宁毅带领上殿,俯伏阶下。越王传诏起立,五人一字儿排立在殿左。越王见五人一个个精神壮健,气象威严,暗暗心喜。传诏道:"臣妾之耻,寡人刻不去心,隐忍十年,每一念及,肺腑寸裂。越之家国,寡人与尔等实共之。尔等忠义性成,当以寡人之心为心。兹范大夫竭力荐举,极称尔等之能,寡人需才正亟,特赐尔等列将之职。着陈音督练弩弓队,兼练水军,雍洛为佐;着司马彪、蒙杰训练骑兵,归畴无余管辖;着卫英训练军阵,归诸稽郢管辖。尚其勉旃②,毋负委任!"五人俯伏谢恩,齐奏道:"敢不竭犬马之力,以报殊恩?"陈音复奏道:"臣驽骀③劣质,难胜兼任。臣有一老友,齐国人氏,姓赵名平,即蒙杰舅父。此人水势精通,在臣之上。更有鲍皋、鲁直等十人,熟习水性。臣在楚随征云中岸,甚得臂助。伏乞准臣致函来越,趋朝候试,自能不负委任。"越王满脸欢容,对范蠡④道:"陈音初入朝班,便能荐贤让位,甚是可嘉,当准所奏,赵平未到,仍着兼摄。"范蠡顿首道:"多士奋兴,并得借材异地,国家之福也。臣为大王贺。"宁毅也同声称贺。

越王退朝,范大夫带领众人出殿。宁毅同陈音五人,自回宁府,置酒庆贺,互相勉励。陈音道:"我们当到范大夫府中叩谢才是。"宁毅道:"这话错了。官爵是朝廷的,悬以待天下士,人臣荐贤,份内之事,何谢之有?若是受爵公廷,拜恩私室,直以禄位为市恩⑤之地,这还成话吗?范大夫公忠为国,诸位若去叩谢,范大夫反而不乐,不去为是。就是同朝同事的人,依礼往拜可也,不必虚文酬应。"陈音五人诺诺连声。酒后,陈音便修书一封,差人送往齐国与赵平,书中谆谆劝驾;修书一封,差人送楚国与鲍皋诸人;并修一书与王孙建,大旨是如能离楚,务望早降。如老伯执意不允,不敢强邀等语,兼问候王孙无极夫妇的安,又修禀与二太子请安。把信发了,回家对娘子说知,继志也知道了,欢喜无限。陈音把继志交付卫

---

① 宣力——效力;尽力。
② 旃(zhān)——助词。犹"之"。
③ 驽骀(nú tái)——谦词。比喻庸才。
④ 范蠡(lǐ)——人名,春秋时人。
⑤ 市恩——以私惠取悦于人。

英,令他在戎行学习。卫英甚是喜爱,呼兄叫弟,一如同胞。

陈音五人各有职守,尽心报效。却有一班浅见小量之人,见陈音五人骤得重用,心中不服。初而目笑腹诽,后来便任情毁谤。范蠡听了,与宁毅商议道:"大王听我们的举荐,陈音五人不次擢用①。近来一班小人,甚是不服,啧有烦言,恐互相猜忌,一旦有事,贻害不小。如之奈何?"宁毅沉吟了一回道:"大夫不如启奏大王,以考拔骁将为名,定期在演武场调齐各将,当场比武,不愁人心不服。"范蠡点头称是。次日奏过越王,果然传下诏命:五月初三日,在演武场挑选骁将。无论军民人等,有膂力②出众,技艺超群者,准当场演武,一体录用。这道诏命一下,一个个磨拳擦掌,准备当场角胜。那一班讥刺陈音五人的,聚在一处商议道:"我们自家人,不必争强夺胜,只与他们比较。务要使他们一个一个当场出丑,才不失我们的锐气。"众人称是。陈音五人见了这道诏命,聚齐众人道:"范大夫因众人不服,替我们打的主意。我们当得步步留心,占着上风,方不辜负范大夫的用心。"众人称是。却好利颖已回来对众人道:"宁大夫着我来关照众位,比武之际,只可取胜,不可恃勇杀伤,恐致激怒,反而不便。"陈音五人齐应道:"我们体会得。"利颖道:"到了初三日,我也要去观场,寻个弱的来腺皮③腺皮,也是快活。"只有蒙杰心中烦躁道:"他们既不相容,我自回齐国去,要这官来何用?"陈音道:"贤弟千万生心不得,我们骤然超拔,怪不得众人。"大家劝说了一会,蒙杰才罢了。利颖别去。

到了初二日,已将演武场打扫得干干净净,座帐、将台、战场、箭道,一一收抬齐整。初三日,天尚未晓,执事的人便去悬锣,架鼓,设垛,扯旗。正厅上,设了公案,插上令箭,旗牌,摆列朱墨笔砚,当中竖起一杆红旗。将台上,竖起一杆白旗,临风招展,呼呼有声。刀枪架上,安放着十八般军器。座帐后面,一片空地,钉了无数的系马桩。果然布置得十分严肃。应试的人陆续到来,不但越国的武将,人人想来角胜,就是江湖上的散人,草野间的豪士,并有外国的游客,都想到此当场出色④。至于看热闹的,挨

---

① 擢(zhuó)用——提升任用。
② 膂(lǚ)力——体力。
③ 腺皮——戏弄。
④ 出色——露两手以展示才华。

挨挤挤,真个人山人海,黑鸦鸦圈着围场,异常嘈杂。

陈音五人都披挂整齐,带了军器,走到帐后,系好了马。那班忌刻①的人,见了指指点点,交头接耳,大有鼻嗤目笑之状。陈音恐蒙杰、司马彪发作,暗暗禁止,只当不见。到了卯牌时候,远远的声音嘹亮。众人哄道:"大王来矣。"少时旌旗仪仗,挨次而来,场中奏起军乐,四匹骏马,金鞍玉勒,拖着宝辇,越王端坐在内。武夫前导,内侍后随,大夫范蠡、文种,元帅诸稽郢,大将畴无余、泄庸等,随驾而至。直到帐里,换了戎衣,鼓乐齐鸣。越王升座,文武大臣两旁侍坐,以下雁翅般两列排齐。畴无余立在将台,场里场外,肃静无哗。鼓乐声止,越王昭告大众道:

"寡人不德,辱吴两年。上承天宠,得归故土。仇深耻重,夙②在心。窃念及此群雄竞争之秋,非战无以立国,深恐奇技异能,屈在草野,无由自效,特从左右诸臣之请,开场演武。无论军民人等,有能当场胜众者,寡人不惜高爵厚禄,破格超升。其各勉旃③,无负孤望。至于刀枪来往,不死即伤,生死听之,寡人不罪。"

告毕,帐右隆咚咚击起鼓来,三通鼓罢,将台上吹起军号,麾动白旗。一个武官手擎着令箭,立在正厅,高叫道:"开演。"此时来演武的人,都上了马。陈音等五人齐在左队,勒马观看。传令方毕,忽见左队中一骑马跑到垓心,那人生得白面微须,全身披挂,手执大刀,勒马大叫道:"俺单辅在此,谁来比试?"右队中跑出一骑,那人生得豹头燕颔,手执水磨竹节鞭,大喝道:"某来也!"单辅认得是夏奎,见他一鞭盖下,即横刀招架,还刀挑进。夏奎急掣转鞭梢一挡,将刀碰开。战到五六个回合,夏奎一鞭将单辅打落马下。单辅满脸羞惭,爬起来,牵马退下。右队中一人大叫道:"夏奎休得逞强!认得俺薛耀德么?"话声未了,已到垓心。夏奎并不答话,挥鞭接战,薛耀德举枪相迎,翻翻滚滚,战了十余合。忽听一声大喝:"去罢!"众人看时,夏奎滚下马来。两边喝了一声彩。众人见薛耀德生得面阔额宽,腰圆膀细,煞是威风。右队中冲出一骑,并不答话,挺戈便斗。陈音一看,见是利颖,皱着眉对卫英道:"利大哥不是敌手。"卫英点

---

① 忌刻——为人刻薄善妒。
② 夙(sù)夜——早晚。
③ 勉旃(zhān)——努力。

第三十四回　昆吾山越王铸八剑　演武场卫英服三军

头。果然不到十合,被薛耀德一枪挑入肋下,将战袍挑去一大块。利颖大惊,拨马而回。左队中冲出一骑,与薛耀德交手,不到三合,也败下阵来。薛耀德连败七将,勒马垓心,好不高兴。雍洛实在忍耐不住,挥起熟铜棍,骤马而出,厉声喝道:"某来擒你!"一棍扫去,薛耀德举枪相还。二人大战三十余合,原来薛耀德武艺不在雍洛之下,只因战了多人,气力乏了,手略一松,被雍洛一棍,点到心窝。薛耀德哎哟一声,拨马而逃。右队中一人咆哮而出,大叫道:"匹夫休狂,着家伙!"哗的一矛,抛梭般递到。雍洛把棍撇开,用个猛火烧天势,滚将进去。那人将矛一卷,将棍弹开,唬唬唬一连几矛,杀得雍洛手忙脚乱。司马彪见了,把马一拍,骤上前去叫道:"雍大哥且退,小弟来也!"雍洛掉转马头,退入左队。喘息着,见司马彪把双鞭一起一落,舞得呼呼风响,那人一支矛也是左飞右舞,狠命相斗。陈音见那人武艺不弱,悄悄问挨身的人,知是司晨皋如之弟,名叫皋锷。两人龙争虎斗,大战七十余合,两面喝彩声不断。忽见司马彪鞭影一闪,喝声着,皋锷丢了矛,拍马逃去。司马彪大叫道:"不怕死的快来!"左队中恼了一人,摆动八棱金锤,跃马而出,大喝道:"侥幸一胜,何足道哉?"一锤打来,司马彪举鞭相还。一个两锤打来如流星赶月,一个双鞭到处如落叶飘风,酣杀约一百个回合,不分胜败。蒙杰恐司马彪力乏,舞动九环刀,撞上前去,大叫道:"彪哥稍歇。"便把刀从中划入。那人大叫道:"你两个一起来,我里璜惧你的,不算好汉!"司马彪哪里肯退,无奈蒙杰已经同里璜交手,只得怏怏退下,对陈音道:"再得二三十合那厮就要败了。"陈音点首,两只眼睛望着二人厮杀。见蒙杰展开刀,好似瑞雪飘飘,梨花点点,滚作一团。约略五六十合,二人中一人落马。正是:

　　英雄且慢夸无敌,
　　胜负相当猝不分。

不知是谁落马,且看下回分解。

第三十五回

试弩弓陈音显绝艺　叩剑术卫茜阐微机

　　话说陈音见蒙杰大战里璜，正在出神。忽见两人中一人落马，吃了一惊。定睛看时，却是里璜被蒙杰的刀尖划开臂上的层甲，吃了一惊，手便慢了，蒙杰一刀杆，将他敲下马去。里璜爬起，拾起金锤，含羞牵马而退。蒙杰勒马退归本队。本队中突出一骑，拦住道："我与你见个高低。"蒙杰见那人生得黑面有光，黄须倒卷，身上无甲，只穿一件短衣，十分破烂，头上无盔，只扎一块青布，跨下一匹黄色劣马，手中一杆虎头錾金枪，腰悬一条紫铜锏。蒙杰哪里把他看在眼里？便转到当场，横刀以待。那人把虎头枪一摆，劈面刺来。蒙杰把刀隔开，乘势滚进，横砍直劈。那人一支枪，左盘右旋，也是神出鬼没，直战到一百余合，两旁的人都看呆了。那人忽然把枪一掩，把马一夹，败下阵去。蒙杰杀得高兴，哪里肯舍？骤马追下，恰恰马头连着马尾，蒙杰扬起九环刀，照脑后砍去。那人霍地掉转身，左手持枪，隔开刀锋，右手耍的一锏，打中蒙杰左肩。蒙杰负痛而退。
　　卫英见了，只气得眉竖眼睁，刚跑出队，见右队中一人，声如巨雷，大吼道："胥弥在此，快来领死！"众人认得是胥犴之子，齐声喝彩。胥弥手握蘸金斧，飞奔而来。那人不慌不忙把虎头枪一弹，枪尖起花，直扑胥弥的咽喉。胥弥并不招架，头一偏恰恰躲过，蘸金斧已横腰扫来，喝声"着！"那人并不收回枪头，只把枪的尾梢一拨，拨开一边。胥弥性起，挥斧恶战。那人舞枪相迎，斧头到处，山岳立倾，枪影飞来，蛟龙远避。二人命拼性赌，百合以外，毫无上下。不但两边的人喝彩不绝，就是越王，也是连连地点头。那人战胥弥不下，心生一计，把马一兜，跳出圈外，向空地跑去。胥弥扬起金蘸斧，拍马追下，看看追近，双手举斧，劈头盖下。那人陡地把马一勒，闪身躲过，胥弥连人带斧，扑到那人怀中。那人轻舒猿臂，把胥弥摘离雕鞍，向地下一掷，只跌得面肿血流。四围齐声喝彩，胥弥挣起，拾斧归队，那马自有人带住。卫英方欲出马，右队又跑出一人，挥戈便战，被那人一连几枪，杀得盔歪甲散，败回本队。那人一口气直杀败左右两队一十八人,喝彩之声,上下哄成一片。

陈音叹道:"好勇将!"卫英按捺不住,手挟双戟,拍马向前。那人见了,劈面就是一枪。卫英把戟一架,道:"且慢。"那人道:"有何话说?"卫英道:"你连战十八人,想来气力乏了,赢了你,也不算本事。"那人笑道:"我与你战三百合,怯战的非丈夫。"说着,一枪刺来。卫英大怒,把戟往下一叉。那人不肯着手,把枪收回,一个乌龙探爪势,向卫英左肋下飞来。卫英左手的戟,向那枪杆一揽,碰开尺余;右手的戟早已风车般快,直扑那人的肩窝。那人肩窝一闪,恰从戟尖闪过,把枪舞得腾云掣电相似,一手紧一手。卫英急把双戟展开,恰如两条蛟龙,摇头摆尾,搅成一片。二人战四十余合,忽见司令官手掌令箭,跑到垓心,大叫道:"大王有令,二位且慢。"二人听了,霍地把马纵开,停住手,跳下马来,把枪戟插在地下,系好了马,随着司令官走到厅前叩头。越王问那人道:"尔姓甚名谁?哪国人氏?"那人道:"小人曹渊,本籍秦邦,寄居吴国,颇有家私。不料近年来,家中人口相继死亡,家财耗尽,在外飘零。"说着眼中滴下泪来。越王道:"你既有这般本事,何愁不能显达?为甚弄得这样难堪?"曹渊道:"要显达,非钱不行,本事全无用处。"越王点头叹息,命人取了一副细鳞熟铜铠,一顶撒缨烂银盔,一根镀金勒甲带,一双黄皮衬底靴,吩咐二人起来,着曹渊到帐后结束。少时好了,出来叩谢,司令官手擎令箭,传令复战。二人得令转身就走。越王又叫道:"且慢。"二人转身,重行跪下。越王道:"你二人的马,想也乏了。可一并换过。"二人谢过,便有人从帐后牵出两匹战马,鞍镫俱全。二人正要上马,越王道:"且慢。孤看你二人气概,都是虎将。孤王正需人之际,唯恐二虎相争,必有一伤。若就此不战,又不足以服众人之心。你二人只可争强斗胜,不可有伤性命。违孤旨意,虽胜不录。"二人领诺。越王便命就此上马,二人扳鞍而上。曹渊装束一番,方显出英雄气象,合场的人无不称赞。

到了原处,曹渊抽起枪,卫英抽起戟,那两匹马自有人牵过。卫英因蒙杰为曹渊所伤,含着愤恨。曹渊因越王加恩赏赐,整起精神。二人枪戟并举,重战起来。真是两条龙激水,一对虎争餐。越王又命人击鼓助战,只杀得阵云乱卷,杀气腾空。直战到二百余合,难定输赢。四围喝彩之声,轰雷一般。越王也立起身来,看得呆了。将台上也大叫:"好斗!"到底卫英本事,另有秘传。两支戟出神入化,愈战愈紧。曹渊觉得有些招架不来,深恐败于卫英之手,失了光彩,又战了二十余合,把虎头枪向外一吐,荡出空隙,勒马便走。卫英知道他必有计,笑道:"怕你不算好汉。"骤马追去。八个马蹄,翻盏撒钹①般在草地里紧凑相逐。曹渊见卫英赶近,暗取铜锏在手,把缰绳一抖,忽的闪在旁边,卫英的马,一直突过前头。曹渊满心欢喜,挥起铜锏,觑得亲切,向卫英背心打去,喝声"着!"卫英却早防备,趁鞭未下,忽的弃了右手的戟,扭转身躯,伸手正接个正着。冷不防夺锏在手,呼的一声,向曹渊打去。说时迟,那时快,曹渊只得把头一偏,将台上却铿铿地鸣起金来,挥动白旗。卫英只得收手,吓得曹渊一身冷汗。此时人山人海,喝彩之声,直是惊天动地。越王立在那里,也是摇头叫险。二人见鸣金止战,一起跳下马。卫英拾了戟,牵着马,上厅跪下。越王见卫英英勇绝伦,再三称赞,赏了一副黄金盔甲,立时升为大将,为诸稽郢之佐,曹渊也封为列将,两匹马就赏了二人,二人叩头谢恩退下。曹渊心服卫英,便随卫英来与陈音等相见。赵王又传胥弥、蒙杰、里璜、司马彪、薛耀德、雍洛、皋锷等上厅,各有赏赐。众人叩谢下来。越王暂时退帐,用些茶点。

　　驾到箭棚,演试弓箭。二百四十步设一箭垛,涂了三个红心。众人报名,挨次而射。有中一箭的,有中两箭的,甚至有一箭不中的,只有胥弥、薛耀德、蒙杰、司马彪连中三箭。卫英来射时,请将箭垛移至三百二十步,一连三箭,俱透红心。鼓声不绝,众人喝彩。曹渊挟弓而上,正要放箭,忽见空中一群飞鸟,联翩斜掠而过,一声高喝:"我射活的!"嗖的一箭,当头一鸟,应弦而落。看的人齐声叫好。越王方悦,卫英上前道:"臣能一箭双贯。"随即搭上箭,拽满了,左手上扬,右手撒直,喝声"着!"弦声响过,果然双鸟贯胸,带箭落下。喝彩之声,如雷贯耳。越王对着文武道:"楚之养由基,不过如是。"群臣称贺,二人退下。陈音带了臂弓,叩请道:"臣闻楚之潘党②,力穿七扎。臣之弓力,可穿十扎。"越王即命人取了十副铠甲,架在三百二十步。此时看的人都纷纷私议道:"铠甲十扎,要想一箭穿透,只怕未必。"话声未了,呼的弩声一响,一支箭直透出十扎之外。惊得众人目瞪口呆,连彩也喝不出。共是三支箭,支支透过。越王大喜道:

---

① 翻盏撒钹——形容马蹄腾疾的样子。
② 潘党——春秋时楚大夫。

"任是铜墙铁壁,何愁不摧?"陈音复奏道:"弩箭所至,兽不及走,鸟不及飞。请大王面试。"越王道:"演武场中,何来鸟兽?"恰巧,一双皂雕横空而起,陈音当的一箭,喝道:"穿它左翼!"皂雕带箭坠于场外里许。有人飞奔去拾来呈上,越王一看,果然左翼洞穿,大加赞赏。左右两队的人,莫不惊服,哪一个还敢上箭比射?越王颁了赏赐,大奏军乐,上了宝辇,文武拥护回宫。

陈音约了曹渊,到了家中。此时陈音另有住宅,甚是宽敞,服役的人也很多。置酒款待,利颖在座,便把那年盗马的事说了。大家狂笑,曹渊也笑了一笑。陈音道:"曹大哥的尊眷可在此地?"曹渊道:"流落此地,于今三年矣。"陈音道:"敝处房屋尚多,不多移来暂住,再图奠居①。"曹渊生性直爽,起身称谢。陈音命人同着曹渊去接。曹渊一妻二子,还有一个女儿,名叫素蕙,现年二十三岁,十分娇艳。韩氏娘子甚是喜爱。

陈音数人日日各勤职守,尽心教练。忽听吴王杀了伍子胥,越王大喜,便与范蠡、文种,谋伐吴国。文种道:"子胥虽死,吴兵尚强。我国受吴大败,军心久怯,士气不扬,须杀三牲②以告天地,杀龙蛇以祀川岳。一则天地呵护,川岳效灵;二则宣示杀气,振作兵心。"越王道:"三牲自是易事,要杀龙蛇,却是万难。"文种道:"落雁山中,有一毒蛇,屡害行人。赤沙湖里,有一孽龙,叠着妖异。大王诏示群臣,自有能人应命。"越王准奏,颁发一道诏命:有能斩除毒蛇孽龙者,不次升用。诏命一下,就有许多人分头任事,或是明攻,或是暗取。无奈那龙蛇,都是千百年的妖物,不但于它毫无损伤,反丢了多人性命。转把龙蛇触恼了,落雁山一带,被那毒蛇噬③人畜,践禾苗,蹂躏殆遍;赤沙湖一带,被那孽龙掀波涌浪,周围四五十里,通成泽国,一片汪洋,水势有增无减。

越王心中十分着急。陈音此时,同了宁毅,向范蠡称扬卫茜的本事,若蒙大王赦其小罪,责以大任,必能尽除孽怪。如不见效,甘与同罚。范蠡允了,对越王奏道:"大王平日忧虑吴国莫邪之剑、吴鸿扈稽之钩,不能抵御。今又龙蛇为害,百计难除。臣近闻南林有一处女,姓卫名茜,就是

---

① 奠居——安居;定局。
② 三牲——大三牲是猪头、牛头和羊头;小三牲是鸡头、鸭头和兔头。
③ 噬(shì)——咬。

大将卫英之妹。此人精通剑术,随身有一盘螭剑,即黄帝时的曳影,剑锋指处,无物可当。伏乞大王宣请前来,教练剑术,何患钩剑不敌,龙蛇不除耶?"越王道:"卫英之妹既有如此异能,何不早奏?"范蠡奏到:"只因曾在西鄙,挟祖父之仇,激杀杨禄第一家。大王曾有榜文,四处缉拿,因此不敢冒昧呈请。现今龙蛇为患,势甚披猖①。卫英、陈音等向臣恳请,如卫茜到来,不能收服,甘与同罪。臣念杀死杨禄第是激于亲仇,事虽不合,情尚可原。当此用人之际,伏恳施恩,赦其小罪,俾得效力,责以大功,社稷之福。不然,卫茜既抱奇异之才,若是逼仰太甚,恐一旦为敌国所用,复患何堪设想!"越王沉吟一会,道:"才固难求,法亦当立。若招来之后,仍是无效,将如之何?"范蠡奏道:"任而不效,按律治罪,彼亦无怨。"越王允奏,先传了一道赦书,后备了一道宣诏,命牙将武伦捧诏,往南林宣请。陈音、卫英同写了一封书,派一妥人,开了居址②,同武伦前往。不一日,到了南林,寻着卫茜,把诏旨书信呈递。卫茜见了,心中感悦,即随武伦动身。

　　武伦二人坐车,卫茜骑驴,行经山阴道上,两旁竹影横斜,浓翠欲滴,薰风习习,爽气扑人。突见一个白发老翁,趋至驴前,拱手道:"来者可是南林卫茜?"卫茜见了老翁生得清奇,问得突兀,应道:"正是。"随即跳下驴来道:"老翁有何见教?"老翁含笑道:"有何奇技异能,敢应越王之聘?特来请试。"卫茜道:"小小技能,何敢自夸奇异?老翁既欲赐教,但凭尊便。"老翁随手向竹林中挽取竹枝,如摘腐草一般,意欲来刺卫茜。所折竹枝还未坠地,卫茜早将竹梢折在手中,向老翁咽喉刺去。老翁大吃一惊,措手不及,丢了竹枝,将身一纵,飞在一株大树上,指着卫茜道:"你在崆峒山时,日日逐杀我的子孙。下山之日,满拟报仇,恨未得手。今日又几为你所伤,眼见此仇难报,容再后会。"说罢,化为白猿,长啸一声而去,转眼已不见了。后来蜀汉周群游岷山采药,见白猿从绝峰而下,对面挺立。周群抽身上佩刀,向白猿砍去,白猿化为老翁,手中执一玉版③,长有八寸,递与周群。上皆图纬历数④之术,自云生时不知年月,轩辕时始学

---

① 披猖——猖獗;猖狂。
② 居址——住址。
③ 玉版——亦作"玉板",古代用以刻字的玉片。
④ 历数——日月运行经历周天的度数。

第三十五回　试弩弓陈音显绝艺　叩剑术卫茜阐微机

历数。黄帝之史容成风后,皆其学徒。周群后来历术日精,皆出自白猿所授。当时卫茜听了白猿之言,知是初到崆峒山学习剑术之时,紫霞、赤电日日引去逐刺猿猴,将及一年,算来所伤不少,心中才明白下山时所遇的老妇,是白猿所化。此时武伦见了,好不惊异。卫茜上了驴儿,一同起行。武伦于一路之上,奉为神明,丝毫不敢怠慢。进了都城。武伦自去复诏,卫茜径到卫英府中候宜。兄妹相见,喜庆自不必说。陈音等都来聚叙,十分高兴。

次晨,越王传宣卫茜上殿,两旁文武侍立。卫茜拜舞毕,谢了赦罪之恩,俯伏在地。越王命卫茜起立,见卫茜生得蛾眉犀齿,琼鼻脂肤,袅袅婷婷,异常娇艳,却不信有偌大的本领,赐了座位,问道:"剑术之道若何?"卫茜道:"其道甚微而易,其意甚幽而深。道有门户,亦有阴阳,开门闭户,阴衰阳兴。凡手战之道,内实精神,外示安佚①,见之如好女,夺之如翾虎②。布形候气,与神俱往。杳之若日,偏如腾兔。追形逐影,光若仿佛。呼吸往来,不及法楚③。纵横顺逆,目不及瞬。闻斯道者,一人当百,百人当万。王若不信,愿请试之。"越王听了,半信半疑,随即传集勇士百人,就在丹阶之下,各持长枪大戟,当殿演试。卫茜立起身,缓步下阶。众勇士一声口号,腾步向前,四围枪戟,麻木般向卫茜攒来。不但两旁文武替卫茜担惊,就是陈音等深知卫茜的本领,此时却是一双空手,心中也替卫茜捏一把汗。却见卫茜不慌不忙,伸手如神龙探爪,腾步似猛虎翻身,顷刻之间,连夺三五十支枪戟,纷纷掷于地下。越王狂喜,急命勇士各退。两旁文武,惊得瞠目结舌。陈音等也是心悦诚服。卫茜却面不改色,气不略喘,从从容容,升阶而上。复命坐下,越王即加卫茜之号,名曰越女。意是此女唯越独有,以夸显异也。即时传诏,委卫茜斩除孽龙毒蛇,军士听便调用。卫茜领命,起身叩谢,越王退朝。

卫茜同卫英约齐陈音、曹渊、司马彪、蒙杰、雍洛,齐到府中,探问孽龙毒蛇之事。雍洛道:"我曾随着那班人去过的。毒蛇是亲眼见过,粗有十围,其长难以尺计。头生一个红肉角,浑身黑白两色,错杂成斑。刀箭着

---

①　安佚——安乐舒适,悠闲。
②　翾(xiāo)虎——怒吼的虎。
③　法楚——没法弄清,不知从何而来。

身,毫不知痛。吐信之时,毒气直射,人若触之,立时昏倒。穴在落雁峰下,两头皆通。那孽龙却不曾见得清晰,前次那班人去撩拨它时,只见波涛矗立,水头隐隐有一黑凛凛的物件,摇头摆尾,涛吼如雷,浪翻似墨,眨眼之间,周围十余里,通被水淹。近来直淹了四五十里。"众人听了,莫不以为怪异。"陈音道:"姑娘想来,可能制服得住它?"卫茜道:"这两样东西不过是两间乖戾①之气所生,却不是什么灵物,曾经修炼得道,沉郁多年,一朝发泄,便要蹂躏土地,陷害人民。文大夫说要杀来祀②川岳,以宣杀气而振军心,不为无理。谅这两个蠢恶之物,不难除它。"正是:

　　禹王昔日曾驱放,
　　越女今朝尽斩除。

不知卫茜如何除以二毒,且看下回分解。

---

① 乖戾(lì)——乖张。
② 祀(sì)——祭祀。

第三十六回
泄龙精村妇贪重赏　治蛇毒唐懿传妙方

　　话说卫茜领了越王之命,斩除龙蛇,问了备细,便邀陈音、蒙杰、司马彪、雍洛,同哥哥卫英,带了五百名军士,先到赤沙湖,离湖五里择地扎住。当下众人沿湖巡查一周,果然一片汪洋,水势有涨无退。转回住所,卫茜道:"看此情形,人多无用。只须陈伯伯同雍叔,连我三人,足矣。哥哥带着众人,只要鸣金擂鼓,摇旗呐喊,略助声威便了。"陈音道:"一任姑娘调度。"卫茜道:"哥哥有青梭剑一口,是我下山师傅所赐之物,曾敌白猿。陈伯伯仗此宝剑,泅下湖去,寻着孽龙,与它争斗,引至近岸,我自诛它。雍叔架一只小船,四围照应,以防不虞①。"二人依了。

　　到了次日,陈音穿了水靠,仗了卫英的青梭剑,坐在船中。雍洛撑到湖心,陈音跳下湖去,四下张望,果然一个深潭里,盘着一条乌龙,昂着头,摆摇不定。陈音抢上前去,举起青梭剑,劈头便砍。那条孽龙霍地把头一伸,尾梢一摆,立时浪涌如山,直向陈音掀来。陈音一剑砍了个空,见浪头来得厉害,不敢抵抗,只得回身便跑。哪知孽龙见陈音跑去,并不追赶,仍旧盘着不动。陈音回头不见孽龙追来,暗想道:"我不如从它的后面近身。想定主意,便一个大转弯,绕到孽龙身后,悄悄走近前去。见那孽龙的尾梢,不住地摇动,便举起青梭剑,横向尾梢刹去。果然仙家的宝物,一股青气直将尾梢截断二尺余长,血流不止。孽龙负疼,一掉身对着陈音扑来。陈音见来势凶猛,不敢迎敌,拔步便跑。孽龙紧紧追赶,势如放箭。若不是陈音水性精通,万难逃脱。陈音用全力向上一钻,透出水面。说也奇巧,恰恰在雍洛的船头,一跃上船。雍洛极力向卫茜立处撑去。孽龙离船不过一丈之远,张牙舞爪,飞奔赶来。波涛随着孽龙涌起,声如雷霆。

　　卫茜骑着黑驴,立在那里,看着陈音上了船,孽龙随后,势甚危急,正在着忙,那波涛滚滚而来,一瞥眼已到面前。卫茜却待退让,哪晓得波涛

---

　　① 不虞——出差错。

到了面前,便嘣的一响,退了转去。卫茜蓦然记起师傅说过,此驴入火不烧,逢水不溺,我何不凑上前去?急把驴儿一催,果然水向两边分开,恰恰让过小船,孽龙扑到面前,卫茜举起盘螭剑迎面挥去。孽龙探出一只前爪,来抢宝剑。哪晓得盘螭剑的厉害,白光一旋,把龙爪剁下。孽龙痛得厉害,身子一掉,波涛排山般涌起,把一只小船荡翻,陈音二人齐坠湖中。孽龙钻入湖中,霎时波平浪静。卫茜握着剑,呆呆望着湖里。陈音二人一起泅上岸来摇头道:"好厉害!"卫茜道:"孽龙被我剁了一爪,大约就在近处,陈伯伯可去寻了上来。"陈音听了,与雍洛泅入水中,须臾寻了上来,鲜血淋漓,足有水桶粗细。卫茜道:"这孽障若是不出水面,就难制了。"陈音道:"我再下去,撩它上来。"此时金鼓齐鸣,与呐喊之声,仍然未绝。陈音探手向着众人摆了几摆,住了声息。雍洛已将小船拖起,把龙爪放在船上。陈音坐了船,仍到湖心,跳下水去,走到原处。哪有那孽龙的影子?四下里往来寻找,毫无踪迹。约摸一个时辰,泅到岸边,对卫茜说了,好生诧异。卫茜道:"既无形影,留此无益,且回住所,再作商量。"雍洛已跳上岸,系好了船,抱了龙爪,大家转回住所。卫英等已回,看了龙爪,人人吐舌。陈音说了寻无形影的话,一起纳闷起来,七嘴八舌,打了若干主意,毫不得用。

过了两天,且喜湖水定了,不往前涨,却不肯退。卫茜道:"湖水不退,孽障还在湖中无疑。如何想个好法,引它出来才好。"忽见曹渊拍掌道:"我有一计了。"众人忙问:"何计?"曹渊道:"龙性极淫,须得三五个壮大的村妇,赤身裸体,各坐一小船,不论昼夜,在湖心来往游荡。溲溺姘水①,流在湖中,孽龙定然上来,与妇人交媾②。元精一泄,制之不难。"众人齐声称妙。陈音道:"哪里去寻这些妇人?"卫茜道:"他们周围一带的居民,被这孽障扰害得人畜房地糟踏不少,岂有不寒心的吗?我们悬下重赏,寻着本地的乡老,叫他们自去预备。他们一则要除本地的巨害,二则要贪我们的重赏,想来断无做不到的事。"众人一想不错,便悬了二百金的重赏。不过三日,就有乡老寻了四个极壮极肥的村妇来。一个个蓬头粗服,见了人,全然不晓得羞耻。用了四条小船,把四个妇人分装在船上。

---

① 溲溺姘水——小便。
② 交媾(gòu)——交配。

第三十六回　泄龙精村妇贪重赏　治蛇毒唐懿传妙方

且喜是七月天气,十分炎热,妇人赤身裸体,卧在当中。每人一面红旗,一个旗花,只待孽龙精泄,日举红旗,夜放旗花为号。交待清楚,日夜在湖心游荡。卫茜、陈音、雍洛各人另坐一船,紧紧不离。

且说孽龙被陈音断了尾梢,被卫茜剁了前爪,负了重伤,不敢出头,把身子缩来,同小蛇一般伏在崖穴里养伤,所以陈音寻抓不见。过了几天,伤痕略愈,便时时有这些污秽气味冲到鼻里,动了淫兴。不时潜到水面游弋,嗅那股腥臊之气。一日傍晚,孽龙一听水面上清清静静,毫无声响。看官,龙既无耳,所以聋字,从龙从耳,如何能听?原来龙听以角,与马听以目一样,读者须知。孽龙便冒出水面,恰好一只小船,凑在面前。孽龙便腾身上船,伏在妇人身上,淫荡起来。约有一个时辰,卧着的妇人,放起旗花。卫茜在前,陈音在后,鼓棹①近前。孽龙正要腾身下水,被卫茜一剑劈去,砍下头来。陈音在后面,拦腰一剑,劈成两段。霎时之间,身体粗大如前,不似在妇人身上的小蛇样子,真也奇异。见那妇人已是面黄身瘫,四肢不动。急叫人把被盖好,余者都穿上衣服,一并送上岸去。几段龙身,拖在岸上。那湖水便挨次退落。陈音另外取了五十两银子,赏与受伤的妇人,遣发去了。卫茜带领众人,回朝缴旨,越王大悦,赏赐有差。

略歇数日,卫茜领了众人,到了落雁峰,四围巡查过,定了一个主意,同陈音商议道:"地方辽阔,去寻毒蛇,岂不费事?我的主意,四围放火,把山一烧,那蛇便藏身不住,出来时除它,何等省力?"陈音称妙,吩咐五百名军士,四面堆积枯柴,洒满硫磺焰硝,加些鱼油,约定时辰,四面一起放火。卫英、曹渊在西,陈音、雍洛在南,蒙杰、司马彪在北,卫茜一人在东。顷刻之间,火热飞腾,毕毕剥剥,黑烟腾空,火星乱落,十分猛烈。蒙杰、司马彪正在瞭望,忽然火光对面飞来,箭射一般,躲避不及。蒙杰脚步快,一口气跑开五六里,虽然头面受伤,却无大碍,已是捧着脸,蹲在地上,哼声不止。司马彪逃跑不及,烧得焦头烂额,倒在地下。众军士跑脱者,不过十之二三,余者概被烧伤。卫茜听得人声嘈杂,急急把驴儿一碰,跑到北面来。火势正往前进,卫茜迎将上去,见火光中隐隐一条大蟒,对火吐信,急骤而来。且喜火到了驴儿面前,便都退转。卫茜见师傅之言都验,乘势迎着火光,一冲向前。驴儿昂起头,长叫一声,展开四蹄,比箭还

---

①　鼓棹——开船。

快。火势倒退,一条黑白斑纹的大蟒,头生红肉角,身体与毒龙不差粗细,对面扑来。卫茜一剑刺去,毒蛇吐出信来,与剑锋相敌,宛转相交,不能伤它。原来蛇信上有一股毒气,经数百年凝练而成,无论金铁,迎着便化。且喜盘螭剑是个神物,不能伤损分毫,只刚刚敌个住。相斗许久,卫英、陈音两处得了消息,一起奔来。卫英仗剑相助,二件神器,蛇信招架不来,一掉身向南纵去。卫茜兄妹随后追去,驴快脚慢。卫茜追了二三里,忽见毒蛇向丛树钻了进去,四面寻了一会,不见下落。卫英赶到,又四下仔细寻觅,哪里有点踪迹?只得转回。

　　遇着陈音说了,约齐众人,转到住所。见蒙杰、司马彪呻唤不止,司马彪伤痕尤重,命在垂危。许多军士,轻重不等,众人心中十分难过。陈音道:"不如写了招贴,命人四处发贴。如有人能医此病,从重相谢。或有人来此医治,亦未可知。"卫茜一想,不能坐视其死,只得知此,或有一线之望。便叫人多写招贴,四处去贴了。不到半日,果然有一个老翁,葛巾野服,拄杖而来。卫茜迎接坐下,正要问他姓名,老翁道:"此时不暇闲谈,且去看病要紧。"卫茜便同老翁去至蒙杰二人床前。老翁详细看了伤痕,指着蒙杰道:"此人伤轻,容易医治。"指着司马彪道:"此人伤势极重,再迟两日性命休矣。"又看了军士,随即取了笔墨开方。蒙杰的先用真桐油敷之,敷后加食盐少许,再用生大黄研末掺上,外用新汲水调香白芷①末一片灌之。司马彪的是用蚯蚓数十条,加白糖拌入,用碗盖之,少时即化为水,搽之,再用两刀在水内相磨取水饮之。军士通用此水。开毕,一面命人去置办,一面留老翁点茶相待。叩其名姓,老翁道:"老汉姓唐名懿。"陈音失惊道:"老先生可是昔年做过西鄙关尹的唐长官吗?"唐懿也失惊道:"尊官如何认得老汉?"陈音大喜,即对卫英、卫茜道:"这就是当日因诸伦那厮夺剑,替你令祖不平,与吴人力争不遂,挂冠②而走的唐长官。"兄妹二人听了,急急离席叩头称谢,慌得唐懿手足无措,立起身道:"二位是谁?老汉断不敢当。"二人叩头起来,陈音方把二人的姓名说出,又把以前一切事说个详细。卫茜取出宝剑,递给唐懿看道:"我阿公丢命,就是为的此剑。"说着,与卫英都流泪不止。唐懿甚是感叹,把剑看了

---

① 白芷(zhǐ)——多年生草本植物,可入药。
② 挂冠——辞官。

第三十六回　泄龙精村妇贪重赏　治蛇毒唐懿传妙方

一回,给还卫茜。大家坐下,唐懿道:"且喜大仇已报,神器已归。今又为国宣力,将来为国雪耻,竹帛记勋①,名垂万世,令祖九泉也自含笑。"卫英兄妹逊谢几句。陈音道:"长官为何在此?"唐懿叹口气道:"老汉挂冠之后,见时事如此,宦情已淡,自知庸碌无能,不能替国家争得分毫之气,徒虚縻朝廷厚禄。每一念及,浃背汗流,因此挈家到此,守着几亩薄田,督耕自给,不时为儿辈课读。虽有时想着国事,寝食不安,到了此时,只好付之无可如何而已。"卫英道:"长官几位公子?"唐懿道:"一个犬子,今年二十五岁,虽略略懂些,却不是个有用之材。有一弱女,今年十六岁,名叫翠娟。"卫茜道:"这是长官自谦,公子谅来必是不凡。贵宅离此多远?何不请来相见?"唐懿道:"归时再叫他来与诸君候教。"军士搬酒上食,大家入座畅谈。卫茜提及毒蛇一事,唐懿道:"此地被这孽畜扰害得人民逃散,土地荒芜。若蒙诸位除得此害,造福不浅。"卫茜把今日的事说了,唐懿道:"不必寻它。这孽畜每日巳时两刻,必然出来,垂头在山南溪涧里吸水。只见半截身子,半截盘在树林里。只要想个好法子制它,何愁它不出来?"众人听了大喜。又饮了几杯,曹渊走来道:"老先生真神医也。"众人问道:"如何?"曹渊道:"照着老先生的方子,先敷了复灌药,不过片刻,都止了呻唤,朦胧睡着。不是老先生妙手回春,焉能有此神效?"众人称谢,心都稳了。唐懿起身称谢道:"老汉厚扰了,暂时归去,明日再携小儿同来。一则诊视病症,二则着小儿领候众位的大教。"众人起身相送去了。

转身来,卫茜对陈音道:"既是这孽畜天天要赴溪吸水,我心中想了一个主意,与陈伯伯商量。"陈音道:"有何妙计?"卫茜道:"陈伯伯将弩弓端整好,箭头上多涂毒药,埋伏在两旁。俟孽畜出来,一起施放。我立在它进去的要路上,迎击它的头。我哥哥去暗击它的尾,再叫曹叔击它的腰。它首尾不能相应,且受了弩伤,断然无力相斗,谅来可以得手。"陈音道:"大妙,大妙!就照此而行。"大家先去看了,蒙杰二人果然睡得沉静,伤痕也轻缓许多,把心放下。陈音自去安排弩弓,煎了浓浓的毒药,涂抹得厚厚的。到了次日卯时,大家便悄悄至山南左近瞭望。到了辰正,果然那条毒蛇伸出林来,垂头在溪涧里吸水,吸得渍渍有声。直到巳正,方昂

---

① 竹帛记勋——意思就是把功劳写在竹简和锦帛上,代表这个人做出的贡献不可磨灭。

起头来,望空南向,吐了一回信,方慢慢地缩了进去。众人看得真切,心中大喜,转来大家准备。却好唐懿带了公子到来,众人迎接。唐懿指着公子道:"小犬必振特来与诸位大人请安",众人齐称不敢,见唐必振生得温厚儒雅,举止大方,十分敬爱,招呼坐下。唐必振侍立在父亲身旁,不肯就座,众人极力相强,方从权侧坐了。唐懿去看二人的伤痕,都能起身称谢,蒙杰脸上已经结疤。唐懿嘱咐不可轻动,又与司马彪开了一方,用嫩叶黄荆捣法敷之。又看了军士,转到客座,见儿子与众人谈得高兴,不觉喜形于色。众人让座,陈音道:"适才卫氏兄妹之意,要约公子一同至都,稍酬长官从前顾恤①之恩,万祈勿却。"唐懿掀髯笑道:"犬子得随诸位左右,老汉求之不得,焉有推却之理?至于西鄙之事,老汉不但与令兄妹无些须关涉,就是令祖也与我无一面之识,顾恤不敢言,何敢言恩?身受国家职任,自应替国家尽心。老汉当时只行我心之所安,于民无柱,斯于君无愧己志。不行,不去,何待?这就是老汉的本心。不想倒结识了诸位,也是老汉意外之幸。"众人听唐懿说得光明正大,甚是钦敬。大家开怀畅饮,饮毕约定日期,唐懿带了唐必振回家。

陈音去看蒙杰二人,把安排的计说了。蒙杰道:"我要去亲手把这孽畜剁成肉泥,方泄我胸中之气。"陈音止住道:"千万不可,唐长官言过,十日之内不可受风,千万保重身体,不可轻动。"蒙杰只得罢了。又与司马彪说了几句,方出来挑选健汉,乘着夜黑,把弩弓安顿好了。到了次日,仍是卯时就去。卫茜兄妹与曹渊三人,各寻了地段,隐身等候。一到辰正,毒蛇蜿蜒而出。由卫茜三人面前,一节一节地过去,好一会方不见动。陈音见毒蛇垂下头去,一声梆子响,弩弓齐发,攒在毒蛇身上如刺猬一般。毒蛇初时扬起头来,两面吐信,似瞭望的光景。霎时毒发,突地把身子一起向溪水里钻去。卫英正待下手,忽见蛇尾刷的一声,就不见了,吃了一惊。正是:

　　击首不妨翻击尾,
　　毒物还须以毒攻。

欲知毒蛇如何斩除,且看下回分解。

---

① 顾恤——照顾体贴。

第三十七回
战西鄙越王初试兵　　截江口陈音大破敌

　　话说卫英正待用剑去击蛇尾,忽然刷的一声,蛇尾不见,直向前追。连曹渊也措手不及,幸得卫茜手快,嗖的一剑,斩断后梢,前段已入溪里。三人赶至溪边,见毒蛇在溪水中翻腾掷跃,是毒药性发的光景。沿溪的树木通被扫断,满溪的泥水都被搅浑,渐渐力尽,软瘫在溪里。卫茜骤着驴儿,跑下溪去。溪水分开,直是一条坦路,直到蛇颈处,一剑挥为两段。上得岸来。叫军士们下去,一节一节地砍断,拖上岸来,与后身堆在一处,直堆一座蛇山。只取蛇头复命,余者将干柴四围堆满,纵火焚之,腥闻数十里,军士多有晕倒的。恰好唐必振到了,他也懂得些医方,叫人买了一担甘草,煎水来洗,方得大家无事。卫茜领了众人,把蒙杰、司马彪用安车载好,军士一并装载,回朝复命。越王嘉劳甚渥①。到了次日,杀了三牲并龙头蛇首率领文武,祭了天地,祀了川岳。祝告一番,然后将龙头蛇首埋了。越国百姓闻知此事,没一个不说:"我国出了如此异人,孽龙毒蛇通屠戮,何患吴仇不报?"从此,人人怀敌忾之心,时时以国耻为念。

　　一日,越王探得吴王亲率国中精兵,由邗沟北上,大会诸侯于黄池,只留太子友、王子地、王孙弥庸守国,心中大喜,急聚文武,商议伐吴之策。范蠡曰:"吴国空虚,趁此时伐之,虽不能灭吴,一战而胜,亦可以作越国之锐气,而抑吴国之骄心。"越王称善。时周敬王三十八年,越王命畴无余为前部先锋,蒙杰、司马彪为左右翼;陈音督率水军,雍洛副之;卫英同诸稽郢督率陆军,曹渊副之;卫茜带剑士三千人随征。卫茜荐唐必振为军中参议。越王亲率范蠡、泄庸等一班文武战将,随后进发,留文种守国。

　　且说先锋畴无余浩浩荡荡,直到西鄙,扎下营寨。消息早已传至吴国,太子友专人飞报吴王,带了王子地、王孙弥庸,统领一万精兵,在西鄙顿扎。畴无余不待左右翼兵到,即时提刀上车,直抵吴营讨战。王子地与

---

①　嘉劳甚渥——奖赏很是丰厚。

王孙弥庸商议道："我先去与那厮会阵，将军领兵埋伏在南关近处。我将他引下，将军夹兵攻之，定能取胜。"王孙弥庸应了，领了三千兵，先去埋伏。王子地束扎停当，提枪上车，带了三千军士，击鼓开营，到了阵前，横枪大骂道："尔等乃是笼鸟釜鱼，吾王施恩，放尔等活命，尚敢前来犯境，擒着尔等，再休想活命！"畴无余认得是王子地，并不答话，挥鞭上前，抡刀便砍。王子地挺枪接战，战到二十余合，王子地虚掩一枪，败下阵去。畴无余大喝道："匹夫逃到哪里去？"驾车追赶。王子地往南面逃走，追不上三里，忽然鼓声大震，王孙弥庸红袍金甲驾车而出，从后面拦截。畴无余大惊，急待退回，王子地挥兵转身，两面夹攻，杀得畴无余盔歪甲散。正在危急，驾车之马中了一箭，蹶下前蹄，将畴无余掀在地下，走过吴兵，将他绑了。越兵杀得七零八落，逃脱的不得一半。王子地二人押了畴无余回营，太子友大喜。军士推上畴无余，太子友骂道："此等忘恩负义之贼，留在世上，必生后患，推去斩了！"须臾，献上首级。

次日，蒙杰、司马彪兵到，一个直性男儿，一个鲁莽汉子，哪里忍耐得住？立时带了人马，抵营讨战。太子友闻知，对王子地二人道："我国强将精兵，都随父王在外，越兵势大，难以抵敌，依孤主见，不如坚守为上。"王孙弥庸道："越人屡为我败，畏吴之心尚在，只看昨日之战，便是榜样。加以远来疲敝，胜之必走。万一不胜，再守不迟。"太子友只是不肯出战，王孙弥庸哪里肯依？披挂齐整，提了大刀，腾车而出，太子友只得命王子地带兵接应。王孙弥庸令人挑了畴无余首级，来至阵前，用刀指着笑道："畴贼之头，已挂高竿，尔等何苦又来寻死？"蒙杰大怒，冲上前去，抡起九环刀便劈，王孙弥庸挥刀相敌。正在酣战，王子地已到，挺枪助战。司马彪见了，舞动双鞭，接住厮杀。混战一场，天色将晚，各自收兵。

第三日，诸稽郢大队已到，越王随后亦至，听得畴无余被擒丧命，甚是感伤。卫英献策道："大王不必伤感，臣已定下一计，管替畴将军报仇。"越王问道："计将安在？"卫英说了如此如此，越王大喜，着依计而行。次日，范蠡领一支兵在左埋伏，泄庸领一支在右埋伏，蒙杰、司马彪诱战，许败不许胜。曹渊带领里璜、薛耀德绕至吴营左面，自己带领胥弥、皋锷绕至吴营右面。只等吴军空营而出，夺他巢穴。布置已定，蒙杰、司马彪领兵前去讨战。太子友道："探得越王大队已到，共有四万大兵，三倍于我，何能相抗？依孤之见，总以坚守为上，以待父王大兵到来，破贼易矣。王孙弥庸道:"昨日未见输赢,何能自隳①志气?今日定要决个胜负。越兵若败,从此不敢相犯,数十年之安也。"太子友拗他不过,又见他锐气甚盛,便道:"孤今日亲身接应,以成将军大功。"王孙弥庸大喜。探子报道:"越将讨战。"立时开营,跃踊而出,两家都不发话,厮杀起来。不上十合,蒙杰拖刀败走,王孙弥庸乘胜追下,太子友也挥兵前进。不过三五里,范蠡从左杀出,泄庸从右杀出。一班宿将含恨已久,全军士卒养锐已成,一个个舍生忘死,有进无退,将吴兵冲出两段,不能相应。王孙弥庸见越兵势大,心中着慌。蒙杰、司马彪翻身转来,裹住厮拼,一丝儿不放松。泄庸抢到,一戈刺中王孙弥庸咽喉,死于阵中。太子友被围,左右冲突不能脱身,恐被擒见辱②,拔剑自刎而死。王子地得报太子被围,吃了一惊,统率全军,倾巢而出。行不到一里,曹渊带领众将,夺了大营。卫英手挥双戟,带领胥弥、皋锷,拦住厮杀。王子地哪能抵敌?只得弃了盔铠,跳下车,杂于乱军之中逃去。一路招集残兵,知道太子自刎,王孙弥庸阵亡,心中十分伤惨,退至阳城,闭关紧守,申报吴王告急不提。

且说诸稽郢收兵,所得粮饷器械,不计其数。记了众将功劳,大排贺宴。越王执杯而言曰:"寡人忍耻衔仇十三年于兹矣!今日略得一泄。愿与诸君痛饮此盏。"众将齐声称贺。忽见唐必振起身言道:"一战之胜,愿大王勿以为喜。吴王全军在外,均系精锐,闻报归来,必有一场血战。愿大王稍留意。"越王听了,便有戚容③。唐必振道:"吴王归来,由淮入江。大王可饬陈音在江口要处,准备齐整,出其不意,苟得一胜,吴兵锐气隳矣。"越王大喜道:"卿真智士也!"即时传命,着陈音好作准备。诸稽郢统带大军,攻打阳城。王子地调了几路兵将,协力提防,坚守不出,一时攻打不破。

且说吴王在黄池与晋争盟,得了急报,心内大惊,苟且敷衍了事,整军而归,由淮水至邗沟④,转入大江。陈音探听明白,密嘱雍洛如此如此,雍洛领计而去。吴王前部是王孙骆,带了一万军士,大小船约二百只,是夜

---

① 自隳(huī)——自毁。
② 见辱——被羞辱。
③ 戚容——难过的样子和表情。
④ 邗(hán)沟——地名,在江苏。

泊在江口。二更以后,大众安歇,忽王孙骆座船漏水,前后冒涌,一时大哗。列将济于急将王孙骆扶过别船。一时之间,十余船齐行破漏,鼎沸起来,人人惊慌。忽然汉港里鼓声大作,火势高涨,雍洛领了一队战船,唿哨而出。吴兵骇得心惊胆战,慌慌张张,装束不及,被雍洛横冲而来,将吴船冲成两段。越国水军都是曾经训练好的,又兼积忿已久,一个个舍命冲突,杀得吴兵四下乱窜。又见后队船只霎时着火,王孙骆招呼不及,只得随同济于乘乱逃走。约走十五里,见敌兵已远,方才停止。招集败兵,已损伤一半。喘息未定,又听金鼓齐鸣,人声呐喊,火光照耀,如同白昼,一队战船,横截而出。船头一员大将,浓眉大眼,凛凛威风,手横大刀,大喝道:"吴贼还不束手受缚,等待何时?"济于只得挺枪而出,与陈音厮杀,王孙骆乘乱逃走。济于战不到十余合,被陈音一刀劈于水中,王孙骆已经去远。杀死吴兵无数,夺获船只不少。

　　有脱逃的报与吴王,吴王大惊,催船前进。及到江口,人影俱无。四路哨探,了无踪迹。再往前进,王孙骆接着,叩请失机之罪。吴王道:"一时不防,中贼诡计,恕卿无罪。"王孙骆谢了吴王,又道:"为甚敌人船只,一路不见形影?"王孙骆道:"臣失败之后,屯扎在此,不曾见有敌船经过。"大家猜疑。相国伯嚭道:"事已至此,阳城围困甚急,速去接应要紧。"原来陈音杀败王孙骆之后,将船散入汉港芦苇深处隐伏,探得吴王大队已过,方行驶出,缀尾①而行。吴王催军前进,到了淞江登岸,只得一半离船,突然之间,两边鼓声如雷,冲出两队人马。一面卫英、胥弥,一面曹渊、利颖,鼓噪而来,大声喊杀。越兵两次获胜,锐气十分。吴兵晓得国家被袭,心胆俱碎,加以急急奔回,疲惫已甚;又被陈音杀败,前锋斗志全无,已上岸的四散奔逃,未上岸的心慌意乱。恰遇陈音赶到,督同雍洛呐喊冲杀,只杀得头如瓜滚,血溅波心,岸上的杀得七零八落。吴王已先上岸,亏得骁将王子姑曹、西门巢等保着,杀条血路而逃。登岸的陆续招集,未登岸的也渐次逃来,会合齐时,折伤大半。逃至西鄙,又遇诸稽郢、范蠡、泄庸冲杀一阵,到得阳城,只剩三分之一。王子地迎接入城,喘息方定,越兵已跟踪追来,把阳城围得水泄不通,只得派人四面防御。

　　过了数日,诸无忌、季崇见围攻甚急,力请出战,吴王应允。诸无忌带

────────

①　缀尾——尾随。

第三十七回　战西鄙越王初试兵　截江口陈音大破敌

了莫邪宝剑，季崇带了吴鸿扈稽二钩出战，连伤越将薛耀德、皋锷、蒙杰三将，皋锷伤重丧命。幸得卫茜出阵，同诸无忌、季崇连环接战，莫邪一剑、吴鸿扈稽二钩，不能取胜，季崇受了重伤。三千剑士，杀得吴兵纷纷逃窜。

吴王胆落，不敢出关，面责伯嚭道："昔日勾践求成，是你一力承诺，而今勾践不怀旧恩，恃强反叛。若听子胥之言，不放勾践归国，焉有此事？今日命子往越营求成，但得越兵退回便罢。倘有不然，属镂之剑尚在，子自裁之！"伯嚭听了，吓得面赤汗流，唯唯而退，也像文种当日。到了越营，通报进去，范蠡请见。伯嚭跪而致辞，十分卑下。范蠡笑道："相国请起，暂时留此，候奏明寡君，再行定夺。"范蠡去见越王，说吴王遣伯嚭求成之事。越王勃然道："寡人与吴有切齿之仇，安得允其成？"范蠡谏道："吴尚未可灭也，始许行成，得其犒礼，修备军实，俟气力充足，吴国可一朝而下。"越王点头依允，传伯嚭进见。伯嚭膝行进见，不敢仰视。越王道："孤念太宰昔日之惠，曲许行成。太宰归告吴王，毋忘寡人今日之恩。"伯嚭叩头称谢而出，回至阳城复命。吴王准备犒军之礼，一一如越当日之数，越王收了，班师回国。吴王幸得无事，自回都城，与西施取乐。此时修明因妒西施之宠，早已郁郁而死。

且说越王回国，众将封赏有差①。不日赵平已由齐国来，鲍皋等已由楚国来，王孙建因父亲抱病，不能离开，详详细细写了一封回信。陈音看过，只好复书安慰。越王见赵平年虽七十以外，却是精神矍铄，水性精通，鲍皋十人，没一个不深谙水战，十分大悦。便令赵平带了鲍皋等，督练水军，陈音专教弓弩，卫茜专教剑术，卫英、曹渊等各有重任。此时越国士气已伸，另是一番气象。陈音为媒，曹渊小女素蕙许配了卫英。赵平有个堂侄女名婉姐，即是赵允之女，许了司马彪。唐必振之妹名翠娟，曹渊为媒，许了陈继志。鲍皋等在楚时都有了妻室，只有雍洛未娶。此时姻娅②往来，越是亲热。

陈继志已是十八岁了，一身本事，不亚乃父，只是性烈如火，遇事挺身。陈音屡次教诫，哪能一时改变得来。一日带了从人，去郊外射猎。出

---

① 有差——按照一定差别和次序。
② 姻娅——亲家和连襟，泛指姻亲。

城不到十里,忽见一乘彩舆,蜂拥而来,许多人围在左右。彩舆①中有妇女啼哭之声,甚是悲切。陈继志笑道:"好容易盼到今天,为什么又要啼哭?"让她过了,接着鼓乐随行。后面一个年约三十岁的人,骑一匹白马,浑身绮罗,十分得意,想来是新郎了。陆续让过,忽见一个老汉,须发雪白,头面带伤,衣服破碎,一面飞跑,一面哭喊道:"清平世界,抢人女子,难道没得王法吗?"陈继志心中诧异,立定马拦住去路,问道:"老头儿为何这样急苦?"那老汉见有人拦住,发急道:"想来你们都是一党,老汉不要性命了!"便低着头颅,歪着颈项,向马头撞来。陈继志着忙,把马带过一旁。老头儿撞了个空,倒在地下,打滚哭喊。陈继志慌忙跳下马来,叫从人把他扶起。老头儿还是哭死哭活。陈继志道:"你不要着急,有什么冤苦,对我说来。我可替你设法。这般哭有何用处?"老汉听了,把了陈继志望了一眼,带着喘息,用手指着前面道:"那是抢我女儿的,看看去远了,我只赶去与他拼了这老命罢!"说罢,又要往前跑。陈继志听得一个抢字,也不暇细问事由,便叫两个从人,拦着老头儿,自己带了两个从人,翻身上马,加上一鞭,哗喇喇向原路跑回。不到一里,已经赶到,越过骑马那人,直到舆前,勒马拦住去路,大喝道:"光天化日之下,狗子何敢掳抢良家妇女?快快停下!"一些人齐吃一惊,见陈继志仪表堂堂,气象猛勇,一半睁起眼睛望着陈继志,一半回过头望着后面骑马的人。彩舆中的女子听得有人拦阻,知是救星,哭叫救命,声甚凄楚。后面骑马那人,见了前面情形,骤马而来,大喝道:"什么人在此撒野?可晓得公子爷的厉害吗?"陈继志此时方把那人细细一看,生得尖额削腮,鼠眼鹰鼻。知道不是个善良之辈,不觉勃然大怒。正是:

  本来世上无公理,
   谁为人间削不平。

  不知陈继志如何发作,且听下回分解。

---

① 彩舆——彩轿,花轿。

第三十八回

御强暴雍洛得佳偶　报仇恨越王获全功

　　话说陈继志见那人面貌生得薄削,不是个善良之辈,早已勃然大怒;又听他的声口①十分横蛮,哪里忍耐得住?大喝道:"王法所管的地方,何得任尔横行?好好将人交还,饶尔不死。你要牙缝里迸个不字,管教你眼前流血!"那人大吼道:"真正反了!你这小小孺子,是个什么人?敢来问我!"喝叫家人,"与我打这狂妄小子!"陈继志不等众人动手,早即跳下马来,叫从人牵去,挥起双拳,把众家奴打得落花流水,四下逃跑。骑马那人,见势不好,正想跑开,陈继志抢上前去,捉住他一只脚,用力一扯,喝声下来,那人便从马上横滚而下。陈继志拳打脚踢,打得那人哀告饶命。此时行路之人,围看的却也不少。有认得那人的,说道:"今日也有吃亏的时候,平时的威风哪里去了?"陈继志见那人已是眉青目肿,方放了手,指着骂道:"暂且饶尔的狗命,下次再要遇着,休想得活!"去到彩舆前,叫从人扶着,照原路转回,自己上了马押着,交与老汉。老汉见了,伏在地下,磕头不止。老头儿正要申诉苦情,陈继志道:"不用说了,你把你女儿带回去罢。"老头儿已经向从人问了陈继志的家世,知道是位公子,口称公子道:"公子去了,那贼再来,老汉父女性命休矣!"陈继志一想不错,问道:"你家还有些什么人?离此多远?"老头儿道:"老汉本是楚国人,投亲不遇,流寓在此,只有父女两个,住处就在前面。请公子到草舍略坐片时,点茶相奉,聊表寸心。"陈继志道:"那可不必。即是家无别人,何妨到我府中去住,也免那贼来耨恼②。"老头儿道:"好是极好,只是怎好到府噪乱?"陈继志发躁道:"不要这样啰啰嗦嗦。愿意去,我就叫从人随你去收拾;不愿去,我不强你。"老头儿连声道愿去。陈继志便叫从人同去,自己立马等候。老头儿走至彩舆前,对女儿道:"女儿就在这里,等我去收拾

---

① 声口——口气,口吻。
② 耨(nòu)恼——骚扰以使恼怒。

好就来。"女儿应了一声,老头儿同着从人,急急去了。陈继志立在那里,远远见着那班人跄跄跌跌,把那人扶上马去了。还有两个人立在那里,望着不走。约有一个时辰,老头儿捐了两个包袱来了,一同转身。陈继志也不射猎了,走到厮打的地方,那两个人也飞奔跑去。

一直进城,到了府中,陈继志先进去对母亲说明。韩夫人甚喜,问道:"这老头儿叫什么名字?"陈继志呆了半晌,方道:"儿还不曾问他。"韩夫人道:"你总这样粗心浮气,如何是好?快把他们招呼进来!"陈继志应了,转过身,笑道:"真是糊涂!打了一阵,连两人的姓名都不晓得,实实胡闹!"来到中厅,叫老头儿同他女儿进去。

陈继志此时才把那女子看出,年纪二十余岁,生得容颜娇媚,举止端庄,虽是荆钗布裙,却是落落大方,令人可爱可敬。行过中厅,自有仆妇迎着引进。老头儿方转身与陈继志见礼。陈继志问:"老翁尊姓大名?"老头儿道:"老汉姓屈名永,楚国渔湾人氏。十年前,被一个亲戚横暴不仁,逼索老汉之女为妾,告在官里。老汉吃尽亏苦,幸遇一个好汉,路见不平,把他全家杀了,取了他三百两银子,给与老汉做路费,去投亲眷。"陈继志问道:"救你这人叫什么名字?"屈永道:"老汉问他,他不肯说,只记得他大指旁边有个枝指,面孔黑如油漆,身躯甚是雄健。"陈继志曾经听过蒙杰杀人,血痕留迹之事,心中明白救的是此人了,又问道:"老翁为何又到越国来了?"屈永道:"只因投亲不遇,楚国官司①,缉捕甚紧。从前老汉有个族弟,名叫屈明,贸易来越,听说在此立了家业,因此奔到这里。已是九年前的话了,不料来此打听不着,便在老汉住的地方,地名茅坪居住。老汉种些荒地,小女做些针黹②度日。老汉来此是异乡人,茅坪又是个荒僻之地,小女今年二十七岁了,无从扳亲③。不料三日之前,小女在门外汲水,被今天那人看见。次日便来两个人,拿了两卷红缎,二十两银子,对老汉说,他是扈公子府中差来的,特地来替小女做媒,与扈公子作妾。老汉虽贫,也是耕读传家,焉肯把女儿与人做妾?又与扈家一面不识,如何肯允?二人见老汉不允,把红缎银子丢在老汉家中,发话道:'聘礼在此,不

---

① 官司——旧时官府。
② 黹(zhǐ)——缝纫,刺绣。
③ 扳亲——联姻;拉亲戚关系。

由你允不允!'气冲冲地去了。老汉着了急,与女儿商议,躲避那厮。无奈没一个相识的人,无路可走。不料今天那厮便带着人来怙抢。若非公子相救,老汉父女两命都没有了。"说着磕头下去。陈继志慌忙扶起道:"从前在渔湾救你那人,现在这里。你愿不愿见他?"屈永道:"老汉父女时时叹念,焉有不愿之理?烦公子叫人引老汉叩见。"陈继志立时叫人引屈永到蒙杰家去了。彩舆一乘,叫人拉至空地,拆散烧了。

　　不一时,屈永转来道:"且喜恩人做了大官,方遂我父女时时感念之心。"傍晚陈音回府,陈继志把此事回明,陈音甚喜。屈永上前叩了头,陈音吩咐在东偏小院居住。进了内宅,韩夫人又说一遍,叫仆妇引玉英来叩见。陈音见玉英人才端丽,甚是喜悦。心中一动,想起雍洛相随十余年,忠朴勤能,十分可靠,如今年近四旬,尚无妻室,便存了作伐①之思,暂不说出,只叫收拾一间静室玉英居住。玉英朝夕不离韩夫人,如母女一般。

　　陈音一想,默念道:这个扈公子,莫不是扈赫之子?扈赫为人,尚无大恶,为什么有这样的儿子?原来扈赫官授戎右之职,越王颇加宠爱。只因性情良懦,只有扈慎一个儿子,过于溺爱,扈慎肆无忌惮,屡行不法,众人不敢轻犯,他胆越大了,便做出白昼抢人的事来。被陈继志殴打一顿,哪肯甘心?后来打听是陈音之子,又晓得屈永搬到陈府,哪里敢去惹他?他只忍气吞声,从此也不敢像从前那般横霸了。

　　过了几日,陈音与蒙杰商议,替雍洛玉成此事,两家俱甚欢喜。雍洛与玉英十分和睦,不时到陈蒙两府。只因蒙杰的孙夫人送婉姐来越婚配,就留在越,赵允不时也来越国,好不有兴。这是众人的家事,通有着落了。

　　且说越王胜吴回来,仍是励精图治,不忘国耻,抚恤人民,训练士卒。陈音、卫茜一班人日夜勤劳,不敢片刻安逸。直过了四年,是周敬王四十二年,探得吴王荒淫酒色,不理朝政;相国伯嚭,专权骄恣,贿赂公行;朝无直谏之臣,野有流离之苦。于是,大集群臣,商议伐吴之策。范蠡道:"吴国荒乱至此,是天假我以报仇之机也。不趁此时殄灭,万一昏君死了,另出英主,选用贤能,大非我国之福。四年以来,吾国剑术弩弓,水军陆战,事事精熟,以此灭吴,如热汤泼雪耳。"陈音、卫茜亦极力请战。越王大喜,仍命诸稽郢为元帅,卫英佐之,统率全军;司马彪为先锋,利颖佐之;曹

————————————
① 作伐——做媒。

渊、胥弥为左翼,蒙杰、里璜为右翼;赵平督率水军,鲍皋十人佐之;陈音督率弩弓队,雍洛佐之;卫茜督率剑士,陈继志佐之;越王亲率范蠡文种一班文武随后。祭纛之日,越王坐于露坛①之上,鸣鼓排阵,斩有罪者三人。次日大军离城,又斩有罪者三人。令曰:军中有不遵号令者,以此为例。自是军心肃然。国人送其子弟于郊野之上,涕泣诀别曰:"此行不灭吴,不复相见。"皆作离别之词,以送曰:

趚趗②攉长恶兮,攉戟驭㪥。所离不降兮,以泄我王气苏。三军一飞降兮,所向皆殂③。一士划死兮,而当百夫。道祜有德兮,吴卒自屠。雪我王宿耻兮,威振八都。军伍难更兮,势如貔貅④。行行各努力兮,於乎於乎。

闻者感泣,勇气百倍。越王又下令于军中曰:"父子俱在军中者,父归;兄弟俱在军中者,兄归;有父母无兄弟者,归养;或是衰老,或有疾病,不能胜兵者,准其告诉,给与药饵糜粥。"军中感越王恩德,欢声如雷。

整队出郊。路上见一大蛙,睁目胀腹。越王肃然起敬,凭轼而起,左右问道:"大王何故敬此蛙也?"越王道:"孤见此蛙,怒气正盛,如有欲斗之状,所以敬之。"此话传遍军中,齐声道:"吾王敬及怒蛙,我等隐忍吴国十数年之耻,蒙吾王十数年之恩,岂反不如蛙乎?"于是交相劝以灭吴为志,战死为快。越王闻之,私心窃喜。大军行至江口,又斩犯军律者五人,越王对众垂泪道:"所斩者皆吾爱士,虽太子不能过也。及其犯罪,太子亦不能免,岂孤所愿哉?立法不能不然耳!"说罢,痛哭失声,又命人设祭,亲自哭吊。军士见越王如此,心中又感又畏。行至江口,吴王已经得报,亲率一班战将,六万雄兵,扎营江北,以御越兵。越王屯兵江南,相拒两日。

第三日,王子姑曹领兵五千,横江讨战。司马彪带同利颖出阵,两边列成阵势。王子姑曹大喝道:"侥幸小人,快来领死!"司马彪挥起双鞭,冲出阵前。王子姑曹挺长矛,迎面便刺。司马彪接着相斗。王子姑曹是

---

① 露坛——古代举行祭祀、誓师等大典用的土和石筑的高台。
② 趚(lì)趗——走动急躁。
③ 皆殂(cú)——全部死亡。
④ 貔貅(pí xiū)——古书上的一种猛兽,比喻勇猛的军队。

吴国第一名将,杀法骁勇,战到四十合,利颖见司马彪不能取胜,挥刀助战。王子姑曹瞋目大呼,一矛刺中利颖的手腕,弃刀退回。司马彪心慌,鞭法渐乱,刚正败退,曹渊领一支兵从左冲来,蒙杰领一支兵从右冲来,两翼齐出,敌住王子姑曹。王子姑曹毫无惧怯,一杆长矛,运动如飞,势甚猛勇。且喜曹渊、蒙杰,俱是上将,一场恶战,司马彪翻身相敌,杀得阵云乱卷,江水横飞。吴阵中西门巢见了,恐王子姑曹有失,使一支画戟,冲到阵前,绞在一处。喊杀之声,震动山谷。卫英正在掠阵,见吴将十分骁勇,便到阵角旗影里,弯弓搭箭,觑准西门巢射去,射中盔缨。西门巢吃了一惊,倒拖画戟,退下阵去。王子姑曹见三人武艺高强,谅难取胜,也虚掩一矛,抽身退回。曹渊三人见二将骁勇,恐有疏失,收兵回营。

越王听说吴将骁勇,难以取胜,心中焦急。陈音上前道:"臣有一计,望大王采纳。"越王问:"是何计?"陈音道:"将全军分为三大队:一队衔枚息鼓,趁夜驰至上流,悄悄埋伏;一队趁明日昏黑之时,直捣他的中营;一队从下流悄悄渡过北岸,击他前阵。臣与赵平带领水军,用弩队冲锋先进。吴阵一乱,三队齐起,定获全胜。"越王大喜,即派范蠡、诸稽郢、曹渊为右军,文种、卫英、蒙杰为左军,越王自率卫茜、陈继志、司马彪等为中军,陈音同赵平为前驱,分派停妥,各去准备。

到了次日黄昏,陈音率弩队在前,赵平在后,一声鼓起,船似抛梭,箭如撒豆,直向吴营冲去。弩弓的劲力,前文已经详说,吴营哪里抵敌得住?立时阵势大乱,满营鼓噪①。赵平所带水军,都是久经训练,出波入涛,势似凫鸥②,砍营而入,纵横莫挡。季崇急来抵敌,怎奈弩箭势大,重甲立穿,一箭射伤左腿,倒在船上。越王带领中军,亲自授枹击鼓,排山一带,直捣中坚③。王子姑曹挺矛立于船头,大吼道:"军士有乱动者,立斩!"吴兵听了,方想立札,怎奈卫茜仗剑当先,一班剑士弄剑如丸,腾踔踊跃,添上所铸八剑,满营之中,只见白光闪灼,人头乱滚。王子姑曹挥矛抵敌,被卫茜拧着矛头,一纵步凑近身边,盘螭剑一挥,王子姑曹头首落下。中军见了,吓得魄散魂飞,乱喊乱窜。

---

① 鼓噪——喧嚷,呐喊。
② 凫鸥——野鸭。
③ 中坚——古时指军队中最精锐的部分。

吴王见阵势大乱,急命诸无忌、季楚分两路堵御。忽然上流头鼓角齐鸣,范蠡一队急骤而来;下流头火光冲天,文种一队唿哨而至。霎时之间,满江都是越船,把吴营冲得七分八裂。吴王仗剑在手,还想支持,怎奈军心已丧,越国之兵,人人衔恨,个个奋勇,加以弩声猛烈,剑气飞腾,黄落之叶,怎挡迅风一扫？王子地、王孙雄在前,王孙骆、诸无忌、季崇保着吴王居中,西门曹断后,乘乱冲杀逃走。王孙雄正在冲锋,被一弩箭直透咽喉,倒坠江中。王孙骆瞋目切齿,挥动大刀,舍命冲突,吴王方得突出重围。一路招集残兵,聚合余船,不敢稍留,奔至笠泽,方才停歇,就在笠泽扎营。

吴王痛哭道:"孤自用兵以来,所向无敌。不料,今日遭此大败。孤何颜再返吴都耶？"王孙骆道:"胜败兵家常事。我国带甲之士,不下十万,大王急速调集前来,再与越国决一死战,以报今日之仇。何得自隳志气哉？"吴王只得命人四路催趱①兵马。第二日皇吉带兵一万,被诚带兵一万二千先到,分头立营,吴王心中略稳,准备迎敌不提。

且说越王当夜大胜,直到天明,方才收队。计点军士,伤亡者不过五六百人,所得舟只粮械,不可胜数。暂时歇息,开筵庆贺。越王举酒道:"十年之前,孤与夫人入吴时,曾在此地。夫人吟诗悲哀,寡人掩袂②呜咽,至今回首,心犹惨切。今赖众卿之力,大破吴兵,略洗当年之耻,为江山改色。"群臣称贺,尽欢而罢。

次日,范蠡对越王道:"吴王败走,锐气全隳,正宜乘此长驱,以期早日殄灭③,若待养成锐气,图之不易,我军远来,久持非计,愿大王思之。"越王听了,即时传令前进,仍是司马彪带兵先行,大军一路浩浩荡荡,直到笠泽扎寨。越王见吴营旗帜整齐,戈矛密布,心中惊异,对范蠡道:"不料吴国尚有此军容。若不早为驱灭,诚如大夫之言,为害不浅。"是日两军坚壁相持,各无动静。到了二更以后,越营右面,忽然喊声大起,鼓角齐鸣。越王失惊,便想开壁迎敌。卫英谏止道:"吴兵先我在此,必有布置,黑夜交兵,恐被他暗算,只命陈音以弩队御之,自然无事。"越王一听有理,便传令着陈音率队御敌。陈音得令,带了弩队,鼓棹而来,对着吴兵,

---

① 催趱——催赶;催促。
② 掩袂——用衣袖遮面。
③ 殄(tiǎn)灭——灭绝。

蝉联射来。怎奈吴船有进无退,箭到身上,不见一人倒下,十分骇然。正是:

  自古行兵不厌诈,
  况当深夜更难防。

未知吴兵为何不退,下文便见分晓。

第三十九回

破笠泽陈音殉国难　战吴都卫茜显奇能

话说陈音见吴船逼近,用弩箭连排射去,吴船有进无退,十分骇然,即命雍洛泅水前去探看情形。少时回报,吴船上都是草苇扎成人形,前后八人推桨,都用极厚挡牌遮身。陈音知道吴人必然另有诡计,即使飞报全营,切勿乱动,恐中奸计。果然左面又是照样发喊而来,卫英、曹渊两人镇定,不许军士乱动。闹了两个更次,吴人见越军不动,料知觑破①奸计,各处伏兵,全行撤回。若不是陈音仔细,险为吴人所算。

到了次日,吴营全无影响。赵平哨探回来,说道:"吴营此时,四面悬起粗竹排、软皮障②,意在死守。"越王听了,带了众将前去探看,果然遮护得严密。众人看了,束手无策。越王道:"我兵越境而来,利在速战,似此死拒,何能久持?"众将默然,正在眺望,忽见竹排皮障一起卸下,吴营中一声鼓角,箭如飞蝗般射来。越王急命回船,俟船离远,顷刻之间,竹排皮障,一起支起。众人见了,不由不目瞪口呆,无法可设,闷闷回营。

陈音转到自己船上,暗想道:似此死拒,国耻何日能雪？大仇何日能伸？无奈他这样布置,破他不得。倒在床上,翻来覆去想了半夜。忽然醒悟道：他既能一时卸下,一时支起,必然有个总机关。只要把他的总机关坏了,眺然③以兵乘之,吴可破矣。我不免趁此夜深,泅水前去,探看一遭。若是寻着他的总机关,就好设法。想到这里,片刻也不安枕,立时翻身下床,取了水靠穿好,带了牛耳尖刀,连雍洛也不通知,悄悄泅下水去。到了吴营,冒出头来,见四围遮得严谨,更柝分明,营内情形,一毫不能望见。便泅入水去,直到中营,从空隙里伸头探望。见四面都是细铁链牵连不断,分成前中后三处。把眼光顺着铁链寻去,果然一起总归在一处,上

---

① 觑破——识破。
② 皮障——用兽皮制作的一种屏障。
③ 眺(tiào)然——突然。

第三十九回　破笠泽陈音殉国难　战吴都卫茜显奇能　251

用巨石镇压。约计此石，不下千斤。心中一想，是了，只要把此石推下，全船的铁链一松，竹排牛障，便都御下。把那块巨石细细审视一会，定了主意，又到前后两营看过，一般如此，悄悄入水，泅回本船。

天已发晓，略睡片时，便去参见越王，说了昨夜所探之事。又道："臣愿前往，推落巨石。大王调齐大兵，四面等候，排障一落，弩箭当先，大兵随进，破吴兵如摧枯拉朽耳。"越王道："此行太险，既是全营排障，系在一处，必派健将把守。稍有差池，何堪设想？况且千余斤的巨石，如何容易推得它动？此计太险，容再思别计。"陈音道："大王受吴大辱，臣痛心切齿，至今十余年。今幸军威已振，吴国指日可灭，若同他死拒，万一军心一隳，大王十余年的卧薪尝胆，为着何来？臣等十余年的茹苦含辛，寝食不安，又为着何来？臣愿舍死前去，以求一效，但得国耻尽雪，大仇克报，臣虽死九泉，目亦瞑矣！"此时，范蠡、文种侍坐左右，见陈音如此激烈，甚是赞叹，齐劝越王照着陈音之议行事。越王见陈音誓死报国，点头道："但愿功成，越国与卿共之。万一不测，卿之妻子，寡人当善觑之。"陈音叩头称谢。范蠡、文种会齐诸稽郢、卫英，调兵准备不提。

陈音回在本船，方与雍洛说知此事，就叫雍洛督率弩队，当先冲杀。雍洛听得呆了一晌道："大哥一人前去，未免太险，此事还当斟酌。"陈音道："吾志已决，不用多言。大丈夫死得其所，虽死犹生，你只去准备便了。"雍洛只得怏怏而去，准备一切。

是夜二更以后，陈音穿上水靠，腰间带了牛耳尖刀，照会了众人，泅水而去。一直泅到中营，泱在水面，一听人声未静，伏着不动。等至三更，方无声响，陈音冒出水面，在船隙里冒出头来，轻轻扒去船上。四面张望，见军士都和衣睡倒，但闻四面摇铃唱号之声，悄悄走到总机处。不暇端详，用尽平生之力，迸着一口气，使劲把巨石一推，嘣咙一声，巨石坠落船板，果然中营排障一起落下。这一声响，早惊动守中营总机的西门巢，蓦然惊醒，翻身跳起，跑到总机处。陈音刚待转身，西门巢挥起铜鞭，劈面打下。陈音用手接着，两个死劲相夺。此刻雍洛早已督率弩队，风雨般射进吴营。赵平、卫英大队跟进，逢人乱砍。西门巢心中着急，飞起一脚，直中陈音小腹。陈音哎呀一声，松了手中的鞭，一筋斗翻下水去。雍洛看在眼里，让卫英等与吴将厮杀，自己跳下水去，寻着陈音，负在背上，泱回陈音本船，放下睡倒。陈音摇了摇头，口一张，哇的一声，鲜血长淌。原是推石之时，用劲已过，又与西门巢夺鞭，力气更用尽了，被西门巢踢伤小腹，故尔鲜血长淌，吐了一地。雍洛心中难过，滴下泪来。陈音吐了血，面黄气弱，双眼紧闭，躺了下去。远远听得战鼓如雷，陈音微微睁眼，用手挥雍洛去助战。雍洛正在伤心，不懂其意。陈音发急，喘了两喘，挣了一口气，大声道："你去助战罢。"说了这一句，仍然倒下发喘。雍洛急叫服侍陈音的人，一面报与越王，一面报与陈继志。雍洛守着，哪里肯离寸步？片刻，陈继志飞棹而来，跑到跟前，见父亲如此模样，不禁放声大哭。倒把陈音惊醒，睁眼见是继志，微微点了两点头，便用手挥继志出去。继志号啕不止。接着，越王已遣军医来诊视。正在用手诊脉，只听陈音狂叫道："继志吾儿，休忘了国耻！"喉间一响，却已死了，呜呼哀哉！继志、雍洛跪在床前，抚尸大哭，直哭得死而复生。军医也叹气流泪一会，转去复命。

　　此时众将都出战去了，只有卫茜守营，得了信，飞奔而来，见了也是呼天抢地，哭个不休。约有一个更次，方才止哭，同雍洛极力劝解继志。继志止了哭，雍洛把西门巢踢伤的情形说了。陈继志咬牙切齿，哭道："不把西门巢那贼碎尸万段，怎泄此恨？"听外面鼓声犹厉，知道还在相持，便叫人取了银枪来，头盔不戴，脱了锦袍金甲，只穿短衣，便叫军士驾只小船去寻西门巢。卫茜立起身道："我同继志弟去。"雍洛叫人看守尸身，便与陈继志驾船，放箭般向吴营冲去。

　　此时吴国中营已破，前后两营都杀得纷纷大乱。一班越将耀武扬威，四面冲杀。事有凑巧，西门巢正同王子地、皇吉、被诚保着吴王，尽力冲突。继志却认不得西门巢，雍洛见了，指告陈继志。正是仇人相见，分外眼红，挺着枪凑进前去，也不言语，牙齿咬得咕咕有声，刷的一枪，向西门巢心窝挑去。西门巢舞鞭相敌，陈继志一支枪神出鬼没，又加恨深力猛，趁空一枪，敲开铜鞭，顺手一绞，枪锋已到西门巢的咽喉，直透颈后，跌倒在船。陈继志丢了枪，跳过船去，拔剑割了首级。不防皇吉见西门巢失手，抢向前来，一矛对陈继志顶心戳去。幸得卫茜眼快，跃步过船，一剑将皇吉长矛削成两段。皇吉吃了一惊，正想逃走，卫茜逼上，一剑横腰挥去，杀了皇吉。雍洛驾了船，三人一同回营。吴王乘乱逃去。

　　越王大胜回营，急到陈音本船。陈继志哭着跪接，越王也禁不住两泪滔滔，把陈继志扶起。雍洛把陈继志杀了西门巢取头回来的话奏知，越王叹道:"父子忠孝如此,孤之幸也。"随即命人铺设祭坛,以上大夫服制①殓之。陈继志谢恩后,把西门巢之头设祭,哭奠尽哀。越王命陈继志扶柩还都,陈继志叩头道:"臣父死时,以国耻为嘱。今吴国未灭,遽行归柩,非先臣之志也。"越王叹息道:"陈音忠勇性成,舍身报国,寡人不灭吴,无以对陈音也。"即准陈继志戴孝从征。欲加陈继志官职,陈继志叩头泣道:"父骨未寒,滥邀封赏,臣窃耻之。"越王叹道:"有子如此,陈音不死矣!"后来陈音葬于山阴,在山阴西南四里,至今呼为陈音山,此是后话。

且说吴王败回吴都,好生忧闷,连日调集车徒,婴城固守,旦夕同西施饮酒取乐。过了数日,越王大军已到,将吴都紧紧围困,鼓角之声不绝。吴王登城瞭望,见越军雄壮整齐,甚是胆寒。诸无忌、季楚道:"臣受大王厚恩,今日兵临城下,愿出城决一死战,替大王分忧。"吴王尚未开言,王子地道:"二位将军出战,臣愿前去掠阵。"吴王没了主意,只得点头应允。

三将结束②齐备,诸季二将在前,王子地在后,一同领兵,开城而出。越军略退,让出战场。胥弥、蒙杰接着厮杀,诸无忌仗着莫邪剑,季楚仗着二钩,连伤越将,不是削断军器,就是刺伤人马。卫茜听知,同卫英出战。卫茜舞着盘螭剑,卫英仗着青梭剑,卫茜敌诸无忌,卫英敌季楚。吴军是王子地掠阵,越军是陈继志掠阵。先说卫茜与诸无忌战了二十余合,两把宝剑如神龙搅海,飞虹亘天,光芒起落,两阵看的人眼都花了。诸无忌恃着勇力,卫茜得自仙传,战至深际,卫茜把剑锋向莫邪剑口一挫,只听当的一声,莫邪剑向空飞去,一道白光,瞥然而没。此剑直到六百余年之后,晋朝留吴张华丞相,见斗牛之间有紫气,闻雷焕妙达象纬,召而问之。焕曰:"此宝剑之精,在豫章丰城。"张华即补雷焕为丰城令,焕既到县,掘狱屋基,得一石函③,长逾六尺,广三尺,开视之,内有双剑。以南昌西山之土拭之,光芒艳发。以一剑送华,留一剑自佩之。华报曰:"详观剑文,乃干将也,尚有莫邪,何为不至? 虽然,神物终当合耳。"其后焕同华过延平津,剑由鞘中跃出入水,急使人入水求之,唯见两龙张鬣④相向,五色炳

---

① 服制——指死者的亲属按照与其血像的亲疏穿戴不同等差的丧服制度。
② 结束——装束;打扮。
③ 石函——石质的匣子。
④ 鬣(liè)——某些兽类如马、狮子、颈上的长毛。

耀,使人恐惧而退。以后二剑更不出现,想神物终归天上矣。今丰城有剑池,池前石函,土瘗①其半,俗称石门,即雷焕得剑处也。诸无忌见莫邪飞去,心中吃惊,抬头张望,被卫茜一剑斩于阵前,便来助卫英。

卫英正与季楚杀得难分难解,一个青气一条,上下纵横旋不定;一个白光两道,屈伸交互势难当。卫茜把盘螭剑划入白光中,只听嘎然一声,吴鸿、扈稽两钩斩为四段,便成废物。季楚张皇失措,被卫英一剑劈头剁去,季楚丧命。陈继志指挥军士,一拥上前,杀得吴兵如破瓜切菜一般。王子地急来相救,被陈继志一枪挑于车下。吴兵逃走者不到一半,败兵入城。

吴王闻知三将阵亡,又失了两般神物,叹道:"孤屡被围困,赖以逃脱者,均赖此两般神物。一旦丧失,孤不免矣。"此时骁将只剩王孙骆一人,其余被诚等将,谅来都非越将之敌,惊急万分,手足无措。越军连日攻打,范蠡、文种欲毁胥门而入。夜间望见吴南城上有伍子胥之头,巨若车轮,目如闪电,须发怒张,光射十里。越国将士,莫不惧怕,暂且屯兵。到了夜半,暴风疾雨,从南门而起,雷电交加,飞沙扬石,疾于弓弩,越兵遭者辄伤。范蠡、文种情急,一起肉袒冒雨,遥望南门叩头谢罪。好一会,风雨方止。是夜范蠡、文种二人,一同梦见子胥白马素车而来,衣冠甚伟,严如生时,开言道:"吾前知越兵必来,故求置吾头于城楼之上,以观汝之入吴。不忍越兵从吾头上而过,故为风雨以阻汝军。然越之灭吴,天也,吾安能止哉?汝等可从东门进兵,我当为汝开道,贯城以通汝路。"二人次日告于越王,使士卒开渠。自南而东,将及蛇匠二门之间,忽然太湖水发,自胥门汹涌而入,波涛冲击,竟将城墙荡开一大穴。有鱄鲋②无数,逐涛而入。范蠡道:"此子胥为我开道也!"遂大驱军士入城。夫差闻之,大惊失色,又听伯嚭已经降越,慨然曰:"孤恨不手刃此贼,以泄子胥之冤,出我胸中之气!"时越兵已逼近吴宫,吴王不及携带西施,只带了王孙骆及其三子,乘乱逃出,奔于阳山。昼夜奔驰,腹饿口渴,双眼昏花,不能行动。越王领了一队大军,跟踪而至,围之数重。

吴王写了一封书,系于箭头,射入越军。越军拾得,呈与范、文二人观

---

① 瘗(yì)——埋藏,掩埋。
② 鱄鲋(zhuān fū)——淡水鱼和江豚。

第三十九回 破笠泽陈音殉国难 战吴都卫茁显奇能

看。词曰:"吾闻狡兔死而良犬烹,敌国破而谋臣亡。大夫何不存吴一线,以自为余地?"文种作书答之曰:"吴有大过六:戮忠臣伍子胥,一也;以直言杀公孙圣①,二也;伯嚭残佞②而相信任,三也;齐晋无罪,屡伐其国,四也;吴越同壤,频相侵伐,五也;越亲戕吴之前王,不知报仇,而纵敌贻患,六也。有此六大过,欲免于亡,其可得乎? 昔天以越赐吴,吴不肯受。今天以吴赐越,越其敢违天之命乎?"吴王得书,读至第六款大过,垂泪而言曰:"寡人不诛勾践,忘先王之仇,为不孝之子,此天之所以弃吴也。"王孙骆道:"臣请见越王而哀恳之。"吴王道:"寡人不愿得国,若许为附庸,世世事越,于愿足矣。"王孙骆到了越营,范蠡、文种拒之营外,不许入内,王孙骆涕泣而去。越王远远望见,心中恻然,使人谓吴王道:"寡人念昔日之情,置君于甬东,给夫妇五百家,以终王之世。"吴王对使流涕而言曰:"君王幸赦吴,吴亦君之外府也。若废社稷,覆宗庙,而以五百家为臣,孤老矣,不能从编氓③之列,孤有死耳。"

越使者回宫,吴王虽是这般说,却不肯自裁。越王对范蠡、文种道:"二卿何不执而诛之?"范蠡道:"人臣不敢加诛于君,愿大王自为之。天诛当行,不可久稽④。"越王乃仗步光之剑,立于军前,使人告吴王道:"世无万岁之君,总之一死,何必使吾军士加刃于王耶?"吴王听了,叹息数声,四顾而望,泫然涕泣道:"孤不听忠言,屈杀伍子胥、公孙圣,至有今日。孤死晚矣!"顾左右道:"假使死而有知,孤有何面目见子胥、公孙圣于地下耶? 孤死可用重罗三幅,以掩吾面。"说罢,拔剑自刎而亡。王孙骆解下身上所穿之衣,以覆吴王之面,即以组带自缢于旁。越王命以侯礼葬于阳山,使军士每人负土一篑,须臾咸成一大冢,流吴王第三子于龙尾山。正是:

　　卧薪尝胆君须霸,
　　信佞诛忠国必亡。

欲知后事如何,且看下回分解。

---

① 圣(jīng)。
② 佞(nìng)——用花言巧语谄媚人。
③ 编氓——编入户籍的平民。
④ 久稽——长期拖延。

第四十回

大报仇勾践灭吴国　深寓意晏冲留箴言

话说越王将吴王逼死阳山之后,转回吴都,令人放火,焚了姑苏台。却不见西施踪迹,四处搜寻不见,心甚诧异。原来是破吴之时,卫茜因前日在苎萝山时,承西施母子一番情义,如今西施之母已死,诚恐西施为越王所杀,趁越王领兵去追吴王,当夜纵进吴宫,寻着西施。西施已吓得魂飞身软,见了卫茜,已不认得,越发吓得无主,战战兢兢,面无人色。卫茜把来意说明,西施方才回过气来,流泪牵着卫茜之衣道:"姊姊如何救我?"卫茜道:"我不救你,也不来了。可脱去华衣,换了青服,略带珠宝。我带姊姊到个去处,可保无事。"西施急急换了衣服,带了几件珍宝。卫茜把西施驮在背上,纵上宫墙,从荒僻处蹿出宫来,把驴儿与西施骑了,直送到山阴南林,安置好了。转回吴都,天尚未明,真神人也。后来西施老死于南林。人说是越王班师,携西施归国,越夫人潜使人引出,负以大石,沉于江中,说道:"此亡国之物,留之何为?"又有人说,范蠡载入五湖,遂有"载去西施岂无意,恐留倾国误君王"之句。看官试想,范蠡扁舟独往,妻子且弃之,岂吴宫宠妃而敢私载①乎?又有人说,范蠡恐越王复迷其色,乃以计沉之于江,都是荒谬之谈,拟议之说。

　　闲话休提,且说越王据了吴王宫殿,百官朝贺,伯嚭亦在随班,自以为有旧日之恩,面有德色。越王笑而言曰:"子吴之太宰也,寡人何敢相屈,汝君在阳山,何不从之?"伯嚭满面羞惭而退。是夜,越王命卫茜前去,将他杀了,并家属二十余口,一个不留。卫茜道:"吾替忠臣伍子胥泄愤也。"卫茜复了命,越王抄其家私,珠宝玩物,不计其数,黄金白银,约三十余万,都是贪婪得来。越王将一半分赏军士,一半运回越国。

　　过了一月,诸稽郢、卫英等分定各处,均已回来,从此吴国全境,都归于越,尽报前日会稽之仇,一雪当年石室之耻。于时,周敬王已崩,周元王

---

① 私载——私自将其载走。

嗣位。元王使人赐越王衮冕圭璧,彤弓弧矢,是为东方之伯。越王受命,各国诸候俱遣人来致贺。命人筑贺台于会稽,以盖昔日之耻。置酒于吴宫文台之上,与群臣为乐。命乐工作伐吴之曲,乐师引琴而歌之。其词曰:

> 吾王神武蓄兵威,欲诛无道当何时?大夫种蠡前致词:吴杀忠臣伍子胥,今不伐吴又何须?良臣集谋迎天禧,一战开疆千里余。恢恢功业勒常彝①,赏无所吝罚不违,君臣同乐酒盈卮②。

台上群臣大悦而笑,越王面上毫无喜色。范蠡见了,私自叹道:"越王不欲归功于臣下,疑忌之端已见矣。"从此便有退志,只因未返越国,恐失人臣之义,隐忍未发。

陈继志与卫英兄妹同时启奏,一个要将祖父陈霄之尸改葬,一个要悬赏求祖父卫安素之尸,奏明前日原委。越王十分叹息,一一准奏,都用上大夫之礼祭葬。不多几时,西鄙之人晓得卫英兄妹建了大功,授了显职,关役把卫老埋处指明,事隔十余年,两个老人都只剩得枯骨而已。且喜陈音当日所插竹枝,竟已成林,此乃孝心所致。越王就把诸伦府宅,赐与卫英兄妹,原楚府宅赐与陈继志,三人谢了恩。卫茜叫人送了一千黄金到山阴伊衡家,伊衡已死,交与伊同志弟兄收了。卫茜见国事家事已了,一夜留下一张柬帖而去,上写道:

> 国耻已雪,家仇已报,自念此生,无亏忠孝。春生冬伐,四时之道。孑身来往,戞然一笑。

次日卫英见了柬帖,惊惶失措,各处命人寻访,哪有踪迹?连那匹黑驴儿也不见了。后来见青梭剑,已换了盘螭剑,知道妹子决不回来,大哭了几场,只得奏明越王。越王也是惊叹,道:"越女屡立奇功,寡人正待厚加封赏,以酬劳绩。不想不辞寡人而去,孤心何安也?"命人寻访不见,随即罢了。司马彪也寻了妹子的骸骨安葬。

越王班师回越,灭吴半年,封赏不闻。范蠡叩头辞越王曰:"曩③者奉

---

① 彝(yí)——法度,常规。
② 卮(zhī)——古代盛酒的器皿。
③ 曩(nǎng)——以往,从前。

职无状①,致大王见辱于吴,臣所以忍辱偷生者,以冀或得一雪耻之日耳。今赖宗庙之神灵,大王之威德,旌旗所指,吴国为墟,臣愧无尺寸之功,请从此辞。"越王愕然道:"是何言也? 寡人之有今天,子之力也。寡人正图酬子之劳,奈何竟忍舍寡人而去? 子住乎,分国共之;子去乎,妻子受戮。"范蠡道:"臣闻君子俟时,计不朔谋②,死不被疑,内不自欺,舍既逝矣,妻子何辜?"叩头而出,私与文种道:"吴王有言,高鸟已散,良弓将藏;狡兔已死,良犬就烹。越王为人,长颈鸟喙③,鹰视狼步,可以共患难而不可与共安乐。大夫不去,将受其害。"文种道:"大夫之虑过矣! 越王蒙于耻辱之中,得群臣翼而起之。大仇已报,大功已成,而忍自诛肱膂④乎? 大夫之虑过矣!"范蠡曰:"大夫岂不闻四时之序乎? 进退存亡之际,不可不察也。"文种只是不信,范蠡当夜弃了妻子,独乘扁舟,出三江,入五湖,人莫知其所适⑤。

次日,越王知之,挨户大索,形影毫无,乃愀然变色,问文种道:"蠡可追乎?"文种道:"蠡有鬼神不测之机,今既飘然长往,不可追也。"文种辞了越王回府,将近黄昏,有人投书一封。文种拆开视之,其言曰:

天不祚越,祸连勾吴。国之危亡,不绝如线。求成之耻,越与大夫实共蒙之。吴夫差幸胜而骄,昵谗戮忠,贪利渔色,越得乘隙而甘心焉。沼吴之宫,墟吴之庙,夫差授首,全吴之地,胥入版图。行者言功,蠡实不德。居者之力,大夫实多。今者大势敉定⑥,诸大夫相与庆于朝,论功行赏,为大夫首,而蠡窃有不能不为大夫虑者,盖有说焉。君之去国也久,越之政令,大夫主之;越之人民,大夫抚之;越之僚佐,大夫左右之。昔天不绝越,系亡大夫之手;今天复昌越,启于大夫之手。大夫之志行矣,大夫之功伟矣,而大夫之祸亦伏矣! 君在蒙难中忍耻含垢,惟延旦夕,以冀幸生。及返国,卧薪尝胆,惟切仇怨,

---

① 无状——没有任何办法。
② 朔谋——回顾过去之计谋。
③ 喙(huì)——鸟兽的嘴。
④ 肱膂——辅佐、辅弼之人。
⑤ 所适——向何处去。
⑥ 敉(mǐ)定——安抚,平安。

第四十回　大报仇勾践灭吴国　深寓意晏冲留箴言

以图报复,虑在外不在内地,志在人不在己也。今则疆宇已启,敌国已破,大耻已雪,积忿已伸,窃念倾危之际,维持调护,诸臣中,计孰秘？功孰高？计秘者,难于防;功高者,难于赏。又念大夫主政令也久,知必悉;抚人民也久,情必亲;左右僚佐也久,势必顺;好为秘计,而又挟不赏之功。如不如志,其倾覆我越国也,直反掌间事。中夜深思,心震荡而不安,必思有以处大夫。大夫其能免乎？大夫明哲善察,何难审此？独是古今来,能以危机中人,卒至中人危机而不觉者,明于料人,昧于料己也！蠡系舟湖口,将倘佯于烟波中,与凫鸥相狎①。弟念与大夫交最契,殊难恝置②,用敢沥告不至。后之忠而见疑,功而见杀者,援大夫以为喻,大夫之幸,亦蠡之幸也。如大夫自多其功君必不负,盍③观子胥之弃楚投吴也？三战破楚,吴遂以霸,后又练兵训武,覆越以复吴仇,勋业之隆,大夫能比拟乎？而胡为见杀于属镂④也,且沉之江？大夫念及此,其亦可以悚然⑤矣。祸福之际,惟大夫图之！

　　文种在灯下看了又看,细细思想,总觉范蠡过虑,随即搁开,才想起送书的人,叫从人来问,从人道:"那人投了书就去了。"文种觉得心内踌躇难安。后来见越王封范蠡妻子百里之地,盟于国人道:"有敢侵之者,上天所殃。"又使良工铸金象范蠡之形,置诸座侧,朝夕论政,日昃⑥之后,必亲祝奠。想道:越王如此眷念功臣,何至如书中所言？便坦然了。

　　不料,数月之后,凡泄庸、皋如、计砚一班旧臣,渐次疏远,不觉内忧起来,每每托疾不朝。越王左右,有与文种不睦者,进谗言于越王道:"文种弃宰相之位,而令君称霸于诸候。今官不加增,位不益封,乃怀怨望⑦之心,愤发于内,色变于外,故不朝耳。"越王本有疑忌文种之心,听了这般谗言,越发疑忌,便日夜在心,想寻文种过失,借词杀之。无奈文种,毫无

---

① 狎(xiá)——亲近而态度不庄重。
② 恝(jiá)置——淡然置之,不加理会。
③ 盍(hé)——何不。
④ 属镂(lòu)——剑名。
⑤ 悚然——形容害怕的样子。
⑥ 昃(zè)——日西斜。
⑦ 怨望——怨恨;心怀不满。

差错,寻思已久,只得横了心肠,因文种告病不朝,假意去看文种之病。文种听说越王来了,装作病容,勉强迎接,越王解了佩剑坐下道:"寡人闻之,志士不忧其身之死,而忧其道之不行。子有七术,寡人仅行其三,而吴已破,尚余四术,将用焉之?"文种愕然,只得对道:"臣不知所用也。"越王道:"愿以四术,谋吴之前王于地下可乎?"说罢,升舆而去,遗下佩剑于座。文种取而视之,剑室有属镂二字,即夫差赐子胥自刎之剑也,不禁仰天叹曰:"吾悔不听范少伯之言,乃为越王所害,岂非愚哉!"又自笑曰:"后世论者,必以吾配子胥,亦复何恨?"遂伏剑而死。越王听得文种已死,心中大快,默念道:"方去我心腹之患,葬文种于卧龙山。后人因名其山曰文种山。葬一年,海水大发,冢忽崩裂,有人见子胥同文种逐浪而去,故前潮沈候者伍子胥也,后重水者文种也。

一班文武见越王薄待功臣,莫不心怀怨气。赵平同蒙杰商量道:"现在听说我国变乱将作,势甚垂危,何心留此?不如请辞归国。"蒙杰称是,与陈继志卫英等说知。陈继志正当守服,未与朝贺,文种一事,心中甚不平,早与韩夫人商议,决计告退,韩夫人甚愿。那日听了赵平蒙杰的话,极口称是,并不阻留。赵平、蒙杰辞了越王,虽有赏赐,分毫不受。卫英约同陈继志、司马彪与二人饯行,饮酒中间,卫英道:"我久已有心要同彪哥到牡山看望师傅,只因朝中文武,纷纷告退,怕的连接辞朝,反触朝廷之怒,只得暂时隐忍。不过三五月,我们往牡山时,先到尊府请候。"司马彪道:"我是恨不得一时飞到牡山去,做官有何好处?真把人气闷死!"赵平道:"老朽年近八旬,风烛瓦霜,苟延残喘。众位正当英年,尽好替国家出力,也不枉人生在世。"蒙杰道:"我看越王嫉功妒能,难与相处。虽说为国宣力,分所当然,也要明于进退,方是保身之道。你看范文一大夫,就是榜样了。"众人点头称善。大家畅谈,痛饮一会,方散。次日,赵平、蒙杰告辞回齐去了。

又过了半年,陈继志、卫英、曹渊、雍洛十一人等,陆续告退。唐必振已官至司直,也告了终养。就是宁毅、利颖见朝事如此,都退隐深山,耕种度日,几于朝署一空,所以越王虽暂时称霸。此时勾践二十六年,到了三十三年,越王薨后,传至兴夷,便一蹶不振。国势之强弱,系于人才之盛衰,失道寡助,而欲国势振兴,其可得乎?

再过些时,卫英约了司马彪去牡山看望师傅,陈继志也要同去。择了吉日,带了从人,往齐进发。先到苦竹桥,赵平因田和篡国,愤而死。蒙杰伏于稷门要杀田和,虽然伤了田和许多卫卒,奈众寡不敌,为众所害。黄通理之子黄奇逃得快,幸而不死,却只好埋头牖下①。只剩赵允年近七旬,接待三人,告知一切。三人听了,一起洒泪。次日到各人坟上,哭祭一番,便辞了赵允,直往牦山而去。

到了牦山,正是四月天气,野花怒发,芳草平铺,丽日悬空,和风荡袂。一直走上山去,到了庄院,静荡荡的毫无人声。从人将马系好在树上,三人走进里面,架上的刀枪,壁上的弓箭,一件也没有了。急急到师傅所住的房去,门上并未下锁,推门进去,哪里有师傅的影子?床帐桌椅,却好端端地摆得齐整,略无纤尘。随即出来,四下寻找,各处都是草满径荒,帘破门欹,从前那一个小厮也不见了。灶房内蛛丝结网,尘土厚封,是个久不住人的光景。

三人一同转到师傅的房中坐下。陈继志道:"如此看来,令师不在此处了。我们既然到此,总表了②师弟之情,不如下山,早早回去。"卫英道:"就是当年,师傅也不长居此地,一月来三五次不等。我想,师傅房里,如此洁净,师傅还是不时来此,也未可知。我们回去,无甚要事,不如在此略住几日,或者师傅到来,得见一面,也不枉我一场跋涉。"二人一听有理,便叫从人另外去打扫个地方,设了铺陈,把带来的锅炉支好,弄些干粮吃了。大家路上辛苦,一起睡了,日里无事,便在山前山后,恣意游玩。夜里便聚在一处谈叙,颇不寂寞。且喜带得干粮充足,十日半月,还可支持。

过了三天,一夜大家安睡,约有三更光景,忽听檐前扑的一声,势如鹰隼斜掠一般。卫英一蹶劣翻身起来,道:"师傅来了。"二人也连忙起身,衣服都不及穿,一同跑出房去,哪里有个人影?只见星斗满天,寒烟四塞而已。卫英连忙敲了火,点燃蜡烛,到师傅房里去看,却煞作怪③。桌上放着一张帖子,三人急忙取看,上写道:

　　危哉时局,险哉世途,
　　忽而坦易,忽而崎岖。

---

① 牖(yǒu)下——窗下。
② 表了——表达了。
③ 作怪——离奇古怪。

阴阳二气,消长①盈虚,
祸福倚伏,吉凶或殊。
吴之兴也,越作囚徒。
吴之亡也,越启霸图。
优胜劣败,岂独越吴?
太宰伯嚭,食佞当诛。
大夫文种,死于属镂。
同是一死,各判荣枯。
陈音忠勇,殉难身殂②。
卫茜功成,遁于荒墟。
一时忠孝,万世楷模。
报仇雪耻,是大丈夫。

---

① 消长——增减;盛衰。
② 身殂——身亡。

图书在版编目（CIP）数据

热血痕/（清）李亮丞著．—北京：华夏出版社，2016.1
（中国古典文学名著丛书）
ISBN 978-7-5080-8610-1

Ⅰ.①热… Ⅱ.①李… Ⅲ.①章回小说－中国－清代 Ⅳ.①I242.4

中国版本图书馆CIP数据核字（2015）第237989号

热血痕

作　　者	（清）李亮丞
责任编辑	杜潇伟　韩　平
责任印制	顾瑞清
出版发行	华夏出版社
经　　销	新华书店
印　　刷	三河市万龙印装有限公司
装　　订	三河市万龙印装有限公司
版　　次	2016年1月北京第1版 2016年1月北京第1次印刷
开　　本	880×1230　1/32
印　　张	8.5
字　　数	270千字
定　　价	18.00元

华夏出版社 地址：北京市东直门外香河园北里4号　邮编：100028
网址：www.hxph.com.cn　　电话：（010）64663331（转）
若发现本版图书有印装质量问题，请与我社营销中心联系调换。